Tobias O. Meißner

Das Paradies der Schwerter

Zu diesem Buch

In einer fernen bizarren Welt ziehen sechzehn Männer einem Turnier entgegen: Es geht um Ehre, aber nur für einen von ihnen. Es geht um Geld, aber nicht um viel. Bedeutsam ist nur das Leben – oder der Tod. Einige nehmen aus Abenteuerlust an dem Duell teil, andere aus Lebensüberdruß, aus Verzweiflung oder Not. Schicksale kreuzen sich mit scharfer Klinge vor den Augen sensationsgieriger Zuschauer, und allmählich geraten alle in den Bann des blutrünstigen Schauspiels. Doch am Ende wird nur einer den Sieg davontragen – oder gar keiner? Mit »Das Paradies der Schwerter« legt der junge Berliner Autor Tobias O. Meißner einen verstörenden Roman vor, der schnell ist wie ein Degenstreich und brutal wie ein Axthieb.

Tobias O. Meißner, geboren 1967, studierte Kommunikations- und Theaterwissenschaften. Er verdiente seinen Lebensunterhalt als Fabrikarbeiter, nun arbeitet er als freiberuflicher Schriftsteller. Die Romane »Starfish Rules«, »Neverwake«, »Hiobs Spiel« und »Das Paradies der Schwerter« wurden von der Kritik hochgelobt. 2005 begann er seinen neuen großen Fantasy-Zyklus »Im Zeichen des Mammuts« mit dem Band »Die dunkle Quelle«. Der Autor lebt in Berlin.

Tobias O. Meißner

Das Paradies der Schwerter

ROMAN

Piper München Zürich

Von Tobias O. Meißner liegen in der Serie Piper vor:
Die dunkle Quelle. Im Zeichen des Mammuts 1 (6581)
Das Paradies der Schwerter (6588)

FSC

Dieses Taschenbuch wurde auf FSC-zertifiziertem Papier gedruckt. FSC (Forest Stewardship Council) ist eine nichtstaatliche, gemeinnützige Organisation, die sich für eine ökologische und sozialverantwortliche Nutzung der Wälder unserer Erde einsetzt (vgl. Logo auf der Umschlagrückseite).

Ungekürzte Taschenbuchausgabe
Piper Verlag GmbH, München
Januar 2006

Umschlagkonzept: Büro Hamburg
Umschlaggestaltung: Nele Schütz Design, München
Umschlagabbildung: Jan Patrik Krasny via Agentur Schlück GmbH
Autorenfoto: Carsten Belz via Eichborn AG, Frankfurt
Satz: Fuldaer Verlagsagentur, Fulda
Papier: Munken Print von Arctic Paper Munkedals AB, Schweden
Druck und Bindung: Clausen & Bosse, Leck
Printed in Germany
ISBN-13: 978-3-492-26588-1
ISBN-10: 3-492-26588-X

www.piper.de

DAS PARADIES DER SCHWERTER 1

Einige folgen Sauls Spur, sagt man.

In Zeiten wie diesen, wo Kriege keinen Namen mehr brauchen und erst recht keinen Anlaß, ist die Schneise, die Saul durchs Land zieht, wie ein Wegweiser. Die Schneise ist nicht sehr breit, einen Schritt vielleicht, eben genau so breit wie das Ding, das er hinter sich herzieht und das die Leute ehrfurchtsvoll ›den Pflug‹ nennen.

Triffst du auf die Schneise, auf deiner Wanderung oder deiner Flucht, so bieten sich dir zwei Möglichkeiten, ihr zu folgen. Gehst du dorthin, wohin die Spur führt, dann kann man dich mit Fug und Recht einen Abenteurer nennen, denn wenn du schnell genug bist, begegnest du vielleicht Saul selbst, am Ende dieser Spur, und vielleicht bleibst du dann dort, für immer, und Sauls Spur frißt sich weiter, dein Grab nur eine unmarkierte Stelle längs des Weges. Wenn du dich aber dorthin wendest, wo die Spur herkommt, findest du vielleicht eines Tages den Ort, wo Saul begann, einen Ort, den er selbst schon längst vergessen hat. Du bist dann einer mit einem Traum, denn am Anfang der Schneise liegt ein machtvoller Schatz, oder das Paradies, sagt man.

Du hast die Wahl, wenn du ein Fährtenleser bist, und das Kommen vom Gehen zu unterscheiden gelernt hast. Einige, die diese Fertigkeit nicht besitzen, vertrauen einfach ihrem Glück und gehen los, folgen der geharkten Narbe in irgendeiner der beiden Richtungen, einer niemals klar umrissenen Hoffnung auf Erlösung vertrauend.

So wie Saul von dem lebt, was ›der Pflug‹ ihm fängt, so soll es einige geben, die sich von dem ernähren, was übrigbleibt. Geborstene Vogel- und Echseneier meist, ein Tier, das zu langsam war, oder Früchte, Beeren, ganze Sträucher sind manchmal darunter. Saul macht nur Halt, wenn ›der Pflug‹ sich an einem Baum verkeilt hat, und es muß ein mächtiger Baum sein, Saul zu stoppen.

Das Dorf, das zufällig auf Sauls Weg lag, hatte nur die eine Schenke. Die war leicht zu erkennen. Ein Holzschild über der Tür quietschte im Wind, ein Hirsch, der sich wie vor Schmerzen um die Achse des ihn durchbohrt habenden Speeres drehte, die Farben verwittert, das Blut, einst leuchtend, jetzt nur ein dunkler Fleck zwischen den Flanken des Tieres.
Der Wirt schaute argwöhnisch auf, als der breitschultrige Mann durch die Tür kam, wunderte sich über die Kette, die er hinter sich herschleppte. Dann verhakte sich ›der Pflug‹ am linken Türrahmen, und der Wirt reagierte schnell genug, um zu verhindern, daß Saul die morsche Hausfassade mit nach innen holte. Der Wirt nestelte das scharfkantige Holz- und Eisengebilde frei und bewirtete Saul dann schwitzend mit Schwarzbier, kaltem Krustenbraten und einem guten Ziegenkäse. Saul zahlte mit Geld in einer fremden Währung, aber die Münzen waren echtes Silber, das allein war von Bedeutung. Zwischen den Bissen puhlte und polkte er am ›Pflug‹ herum, den er ganz nah an sich herangezogen hatte. Ab und zu war eine solche Reinigung nötig. Astwerk und Gesträuch oder auch ganze Grasschollen konnten sich zwischen den beweglichen Haken und Klingen verfangen. Saul spürte das daran, daß ›der Pflug‹ immer schwerer wurde.
6 Heute waren ein paar langstielige Blumen dabei, die wohl aus einem der Gärtchen am Dorfeingang stammten, und ein Zettel, ein vergilbtes Stück Pergament, das Saul mit gerunzelter Stirn betrachtete, weil er keine Ahnung hatte, vor wie vielen Tagen und wo er das Schriftstück aufgespießt hatte.

»Wirt, kannst du lesen?«
»Gut genug, um ein Geschäft zu führen, der Herr.«
»Dann lies mir das vor.«
»Sehr gerne, der Herr.«
Der Wirt wischte sich die feuchten Hände an der Schürze ab, nahm das Pergament und hielt es gegen das waagerechte Licht.
»Das ist eine öffentliche Bekanntmachung, der Herr.
Der Wortlaut ist der folgende:
Großes Kampfturnier in der Befestigten Stadt!
Sechzehn Teilnehmer streiten auf Leben und Tod
um einen goldenen Stirnreif.
Wert: Eintausend neue Taler.
Kommt, um teilzunehmen!
Kommt, um zu schauen!
Eintritt nur fünf neue Taler.
Das Turnier findet statt am Achten des Achten,
ab morgens um acht.
Das ist eines der Festspiele des Bischofs, wenn ich mir die Bemerkung erlauben darf, der Herr. Jedes Jahr finden ein oder zwei solcher Veranstaltungen statt, früher waren es meist Schauspiele, aber heute, wo es in der Befestigten Stadt von Söldnern und Kriegskünstlern aller Herren Länder nur so wimmelt, wird eher ein blutiges Kampfspiel gemacht.«
»Der Achte des Achten – ist der schon vorbei?«
»Oh nein. Wir haben doch erst den Vierten des Achten. Es sind noch vier Tage Zeit bis dahin. Wollt Ihr Euch das anschauen gehen?«
»Komme ich in vier Tagen zu Fuß in die Stadt?«
»Sicher, der Herr. In gut drei Tagen könntet ihr dort sein. Soll ich Euch ein Proviantpaket machen?«
»Nein. Zeigt mir die Richtung.«
»Folgt einfach dem Grünen Fluß flußabwärts, der Herr. Ihr könnt die Befestigte Stadt nicht verfehlen.«

Saul wischte sich mit dem Handrücken über den Mund, erhob sich und stapfte aus der Tür. Das Pergament und das aus dem ›Pflug‹ gekratzte Ast- und Blattwerk ließ er einfach zurück. Der Wirt stand aufmerksam an der Tür, um den ›Pflug‹ durch den Rahmen zu dirigieren, aber diesmal war keine Hilfe nötig. Das rostige Ungetüm paßte in gerader Richtung knapp durch die Öffnung.
Der Wirt besah sich die parallelen Scharten, die die Klingen des ›Pfluges‹ gerade in seinen Holzboden gerissen hatten, aber er war kein bißchen wütend darüber. Er hatte sogar ein kleines Lächeln in den Mundwinkeln.

Denn einige folgen Sauls Spur, sagt man, und diese Spur führte jetzt durch diese Schenke.

DAS PARADIES DER SCHWERTER 2

Das Fährschiff war nicht mehr zu retten.
Dunkelrote Flammen hechelten bereits am tiefblauen Segel hinauf, und die Piraten – kleine Burschen in Lendenschurzen und Fellwesten – wirbelten über das rauchende Deck wie Brecher in einem Sturm. Vereinzelt war Waffenklirren zu hören, aber nur wenige Passagiere oder Seeschiffer vermochten sich mit Stahl zu wehren, und selbst diese hatten gegen das Ungestüm der Angreifer kein Mittel.

Der junge Mönch kam aus der Gemeinschaftskabine auf Deck. Als die anderen Passagiere bereits – vom Ruck des rammenden Piratenbootes aufgescheucht – schreiend aus dem Raum gestürmt waren, um ihr Heil entweder in verzweifelten Sprüngen über Bord oder vergeblichen knierutschenden Gnadengesuchen zu finden, war der Mönch noch sitzen geblieben, um das sechsundzwanzigste Gebet des Meisters Fan Li bis zum Ende durchzuflüstern. Es wäre ein unverzeihliches Zeichen von Schwäche und darüberhinaus auch ein schlechtes Omen für kommende Tage gewesen, ein Gebet mittendrin abzubrechen.
Als er jetzt mit zusammengekniffenen Augen durch die schweren, rußigen Schwaden blinzelte, kam einer der Piraten mit wehendem, filzigen Haar und hoch erhobenem Entermesser brüllend auf ihn zugestürmt. Der junge Mönch griff hinter seinen Rücken, löste aufwärts den Kampfstab aus den Schnüren und beförderte den schreienden Angreifer mit einem wuchtigen Horizontalschlag über die pfeilgespickte Reling.
Zwei weitere Freibeuter tauchten wie lärmende, rennende Dämonen aus dem Qualm auf. Der Mönch machte den für diese Situation vorgeschriebenen Halbschritt, stellte die Füße in den richtigen Winkel, nahm eine der drei jetzt möglichen

Haltungen ein, verlagerte seinen Körperschwerpunkt auf einen Ort knapp unterhalb des Schiffskiels und warf die Angriffsgeschwindigkeit der beiden Piraten auf sie selbst zurück. Die vier nachfolgenden Berührungen waren angemessen schnell durchgeführt und ließen die beiden kleineren Männer an ihm vorbei nach links und rechts zu Boden stürzen. Die anschließend in der rechten Hand kreiselnde Bewegung des schweren Stabes riß Rauchschwaden in spiralförmigen Mustern aus dem vorherrschenden Wabern und vermittelte den weiteren Freibeutern den Eindruck einer entzündeten Laterne oder einer anderen, nicht natürlichen Lichtquelle. Einige Gefechte wurden durch diesen Moment der Irritation zugunsten der Passagiere gekippt.

Der Mönch prägte sich die Positionen der jetzt sichtbaren Piraten an Deck ein, schloß dann die Augen und bewegte sich entlang der ewigen Regeln vorwärts. Ein Ausfall nach links, und einer der Piraten bekam ein Stabende hart gegen den Hinterkopf. Eine ausgreifende Bückbewegung mit weit ausgestelltem Stab nach Halbrechts, und einem anderen Banditen wurden beide Beine in Höhe der Kniekehlen unter dem Körper weggeschlagen. Ein größerer, zottiger Kerl kam jetzt von links – der Mönch öffnete die Augen wieder, stoppte den Mann, indem er ihm das Stabende vor die Brust setzte, dann legte er den Stab in der Linken auf und versetzte seinem Ende mit der Rechten den vorgeschriebenen Stoß. Der Stab drang in den Zottigen ein und behielt beim Herausziehen einen feuchtroten Kopf.

Brennende Segelfetzen wehten abwärts vorbei in den schwarzgefärbten Wind, der aus der Sonne einen kleinen hohlen Kreis ohne Leuchtkraft machte. Fünf Schritte voraus kämpfte eine junge Frau mit einem Kurzschwert gegen einen geifernden Piraten um ihr Leben. Der Mönch wählte statt der Fünfschrittdie kompliziertere Achtschrittvariante, kam so seitlich an den

Piraten heran und ließ diesen mit zwei fast unsichtbar schnellen Schlägen die Vorderzähne dem Körper voran ins tanzende Wasser sprühen.

»D ... danke ...«, keuchte die junge Frau, eine Einheimische in knapper, Bewegung ermöglichender Abenteurerkleidung. »Laß uns abhauen, das Beiboot ist gleich hier.«

Der Mönch wandte sich von ihr ab. »Nimm das Boot. Wo ist der Kapitän?«

»Vergiß den, Mann. Der Kapitän und die Mannschaft sind schon beim Pfeilregen vor dem Ramm-Manöver hopsgegangen. Die Piraten sind vollkommen in der Überzahl, du solltest nicht weiter Richtung Bug gehen.«

Von vorne waren aber immer noch vereinzelte Kampfgeräusche zu hören. »Ich muß ihnen helfen«, meinte der Mönch und wollte voran in den Rauch stürmen, aber jetzt hielt ihn das Mädchen am Ärmel seiner weiten Kutte fest. »Sei doch kein Idiot! Siehst du den Schatten da hinten rechts? Die Piraten sind mit zwei Schiffen gekommen, und die zweite Besatzung fängt eben erst an zu entern. Du bist verdammt gut mit deinem Stab, aber mit vierzig oder fünfzig Gegnern kannst auch du's nicht aufnehmen. Hilf mir mit der Vertäuung des Bootes. Wir nutzen die abgewandte Flanke und setzen uns ab. Das Schiff hier wird sowieso sinken.«

Da hatte sie allerdings recht. Die flammenden Segelfetzen entzündeten hier und dort weitere Brandherde, die immer mehr Hitze, Funken und Qualm aufwirbelten. Der Mönch zögerte noch, als schon wieder zwei Freibeuter auf sie zugesprintet kamen. Einer der beiden hatte einen mittelgroßen Anker als Waffe. Der Mönch griff den anderen mit einer Links-Rechts-Endenkombination an, duckte sich unter dem zischenden Ankereisen hinweg und ließ dann den Stab unter dem rechten Arm nach hinten stechen. Der Pirat bekam das noch unblutige Ende gegen die Stirn, schlug aber erneut zu. Der Mönch war noch jung, er hatte das Auge verfehlt. Also entschied er sich nach der fehlgeschlagenen ›Wespen-Figur‹ für die ›Leiter Abwärts‹. Er blockte, den Stab beidhändig weit auseinander haltend, den Anker oberhalb des Kopfes ab, zog beide Waffen dann abwärts, schlug die Stabmitte dem Piraten nacheinander gegen Stirn, Nase, Kinn und Kehlkopf und ließ den Anker nach links vom Stab rutschen, während der Pirat gurgelnd nach hinten kippte. Der andere der beiden hatte sich zittrig schon wieder auf die Oberarme gestützt, aber der Mönch schickte ihn mit einem raschen, ›Fürstlicher Segen‹ genannten Kopfschlag wieder auf die Planken zurück. Aus den Augenwinkeln sah er die Wurfbewegung eines weiter hinten stehenden Enterers. Rasch zog er den Stab vor seinem Körper vorüber und schmetterte die zitternd fliegende Klinge zur Seite übers Deck. Der jetzt waffenlose Attentäter zog sich in den Rauch zurück und rief seinen Spießgesellen rauhkehlige Hinweise zu.

Ein Blick über die Schulter zeigte dem Mönch, daß die Abenteurerin sich mittlerweile damit abmühte, den kleinen Rettungsnachen zur dafür vorgesehenen Aussparung in der ansonsten weit hochgezogenen Reling zu schieben.

Also gut, sagte er sich, wahrscheinlich hat sie recht. Vom Bug her war jetzt das lauter werdende Johlen weiterer Kapertrupps zu hören.

Die Fähre lag flach im Wasser, zu zweit war es also kein Problem, das kleine Ruderboot über die Deckskante in den See zu kippen, ohne daß es umschlug. Sie sprangen nacheinander ins Boot, und der Mönch stieß den Nachen mit seinem Kampfstab von der klobigen Bordwand der Fähre ab, während die Frau die gutvertäuten Ruder unter den Sitzbänken auspackte. Oben an der Reling des sich nur ganz langsam entfernenden Fährschiffes tauchten mehrere fransige, von lodernden Flammen konturierte Silhouetten auf.

»Verdammt«, ächzte die junge Frau, »die werden mit ihren Kurzbögen Igel aus uns machen.«
»Rudere«, meinte der Mönch ruhig, »ich kümmere mich um die Pfeile.«
Er stellte sich ins Heck des Bootes und konzentrierte sich auf Bewegungen und Geräusche von Richtung der Fähre. Es dauerte keine zehn Herzschläge, bis die ersten Pfeile backbord ins Wasser klatschten und die Folgeschüsse näher und näher kamen. Hundertmal hatte der Mönch in den Höfen des Ordens diese Aufgabe geübt, war von mehreren Mitbrüdern gleichzeitig aus unterschiedlichen Richtungen mit stumpfen Pfeilen beschossen worden und hatte außer seinem Stab nichts gehabt, sich zu verteidigen. Es war kein großes Problem. Die gefiederten Holzschäfte surrten verhältnismäßig laut und langsam heran. Der Mönch konnte sich auf jeden von ihnen einstellen. Er wehrte links ab, oben, weiter seitlich – er mußte ja auch das Mädchen hinter sich schützen –, schlug die Geschosse nach schräg oben, nach unten ins Wasser oder sogar direkt entgegen der Schußrichtung als trudelnde Stöckchen wieder zurück. Schließlich hatte die Frau den Nachen weit genug vom Kampfschauplatz fortgerudert. Das Schießen verebbte und blieb dann ganz aus. Nicht ein einziger Pfeil hatte das kleine Boot berührt. Hier jenseits des Brandrauches lag der See ruhig und idyllisch im Sonnenlicht da, die weit entfernten Uferböschungen und umliegenden Waldhänge glitzerten von den letzten Regenfällen.
»Hey, verdammt gute Arbeit, Mönch. Du bist sehr schnell mit deinem Kampfstab.«
»Kurzbogenpfeile sind langsam. Armbrustbolzen sind gefährlicher.«
Er legte den Stab längs ins Boot, setzte sich neben sie auf die Ruderbank und nahm ihr eins der Ruder ab. Er paßte sich ihrem Rhythmus an und hatte auch nichts gegen die von ihr eingeschlagene Richtung einzuwenden.

»Mein Name ist übrigens Vedra«, meinte sie.
Er deutete im Sitzen eine höfliche Verbeugung an. »Wei Guan Zhou aus dem Tsen-Dau-Feng-Kloster des Muy-Dong-Jo-Ordens in Shan Tien Lai.«

»Uups. Und wie kann man dich ansprechen, ohne sich die Zunge zu verknoten?«
»Einfach nur Guan Zhou«, lächelte der junge Mönch und fuhr sich mit der Hand verlegen über seinen sorgfältig rasierten Schädel.
Sie ruderten eine Weile dahin.
»Guan Zhou«, begann Vedra dann, »hast du eigentlich schon Pläne, wo du hingehen willst? Ich meine: jetzt, von hier aus?«
»Ich bin auf dem Weg ins Tal der Glocken.«
»Ins Tal der Glocken, hmmm. Da liegt die Befestigte Stadt sozusagen am Wegesrand. Jemand mit deinen Kampffähigkeiten könnte dort eine ganze Menge Geld machen.«
»Ich brauche kein Geld.«
»Na gut. Dann Erfahrungen. Stell dir vor, du könntest deine Kampftechniken aus deinem Kloster ...«
»Tsen-Dau-Feng.«
»... genau, diese Kampftechniken vergleichen mit den Kenntnissen und Fertigkeiten von Kämpfern von überallher. Würde dich sowas nicht interessieren?«
»Natürlich. Das Kennenlernen und Lernen von anderen ist wichtigster Bestandteil meiner Wanderschaft.«
»Also dann habe ich genau das Richtige für dich: In ein paar Tagen steigt in der Befestigten Stadt ein großes Turnier mit sechzehn verschiedenen Kämpfern. Ich weiß, an wen man sich wenden muß, um dich dort anzumelden. Du nimmst teil, machst deine wertvollen Erfahrungen, und wenn du gewinnst – wer weiß, möglich ist alles –, dann machen wir Halbe-halbe beim Preisgeld. Was hältst du davon?«
»Was für Kämpfe werden das sein?«

»Soviel ich weiß, kann jeder Teilnehmer mit seiner Lieblingswaffe antreten. Nur Schußwaffen sind nicht erlaubt. Regeln gibt es sonst keine, gekämpft wird, bis einer verloren hat.«

»Das verstehe ich nicht. Sechzehn Kämpfer, und nur einer verliert?«

»Nein, natürlich gehen die Sechzehn nicht alle gleichzeitig in den Ring. Es ist ein Zweikampfsystem. Acht Kämpfe in der ersten Runde, vier in der zweiten, zwei in der dritten und in der vierten Runde dann der Finalkampf zwischen den beiden Unbesiegten. Ich weiß nicht, so, wie ich dich einschätze, müßten Zweikämpfe eigentlich ein Kinderspiel für dich sein. Du hast auf der Fähre mehrmals mehr als einen Gegner gleichzeitig gehabt.«

»Das waren nur Piraten. Keine Leute, die sich zu einem Turnier melden würden. Bei einem Turnier, noch dazu in einer Stadt, kommen bestimmt nur sehr gute Kämpfer.«

»Ach was, die besten Kämpfer sind doch alle gerade dabei, in irgendwelchen Kriegen zu fallen oder von irgendwelchen Seuchen dahingerafft zu werden. Bei dem Turnier nimmt teil, wer eben gerade in der Stadt ist und nichts besseres vorhat. Ich wette mit dir, du wirst da der Held sein. Ich meine, was hätte ich davon, mit jemandem dorthin zu gehen, von dem ich nicht überzeugt bin?«

Der Mönch sah sehr nachdenklich aus. »Hast du so ein Turnier schon mal gesehen?«

»Letztes Jahr. Der Bischof veranstaltet sie jetzt immer häufiger, um das Volk vom Murren und Magenknurren abzulenken.«

»Und die Kämpfe ... gehen die bis zum Tod?«

»Es kann passieren, daß jemand im Eifer des Gefechtes umkommt, ja. Schließlich wird mit echten Waffen gekämpft. Wenn einer aber bewußtlos zusammenbricht, oder deutlich sichtbar aufgibt, dann ist der Kampf zuende, und er hat halt verloren, aber überlebt. Nur wenn einer ein Hasenfuß ist und überhaupt nicht richtig kämpft, sondern sich gleich zu Boden wirft und um Gnade winselt, kann es vorkommen, daß das Publikum von dem anderen Kämpfer den Tod des Feiglings fordert. Aber sowas wird dir nicht passieren. Du bist kein Hasenfuß, das konnte ich sehen.«

»Ich möchte aber auch nicht einen vor mir knienden Menschen töten müssen.«

»Hör zu, wenn du ein guter Typ bist, wenn du Ausstrahlung hast – und die hast du, das kann ich dir versichern, allein schon wegen deiner exotischen Mandelaugen –, wird das Publikum dir auch nicht übelnehmen, wenn du seine Forderungen verweigerst. Im Gegenteil: Die Leute werden dich für deine Ehrenhaftigkeit und die Unbeugsamkeit deiner Prinzipien nur umso mehr feiern. Du mußt dich da nicht verstellen. Tritt als ehrenhafter Mönch auf – die Menschen lieben sowas.«

»Wenn es so angenehm und so heldenhaft ist, an so einem Turnier teilzunehmen – warum nimmst du dann nicht selber teil? Du kannst doch auch kämpfen, das konnte ich sehen.«

Vedra brach in helles Gelächter aus und mußte sogar mit dem Rudern aussetzen, so daß das Boot ein wenig vom Kurs abkam. »Guan Zhou, sieh mich doch an. Ich bin eine Frau und sehe noch dazu auch deutlich wie eine aus. Ich habe nur eine Chance, bei einem solchen Turnier aufzutreten: als Tänzerin, zwischen den einzelnen Duellen. Es ist einfach nichts anderes erlaubt für Frauen. Sag bloß, ihr habt in eurem Kloster auch weibliche Mönche.«

»Wir lassen Schwestern zu, natürlich. Wenn sie schnell sind, stark und geschmeidig und das innere Licht suchen, sind sie nicht anders als wir.«

»Oh, ich glaube, da gibt es schon ein paar Unterschiede«, schmunzelte Vedra, »aber du bist ein Mönch – kann natürlich sein, daß du davon noch nie was mitbekommen hast. Jedenfalls« – sie überging Wei Guan Zhous Verwirrung dadurch, daß sie einfach weiterredete – »wenn du mir die Sache mit dem ›Inneren Licht‹ vielleicht eines Tages schmackhaft machen könntest, würde ich vielleicht mal deine Heimat besuchen.« Der Mönch faßte das als Kompliment auf und lächelte nickend.

Sie ruderten wieder gemeinsam.

»Also«, begann Vedra, als sie einem nicht allzu steilen Ufer schon recht nahe waren, »hast du's dir nun überlegt ? Kommst du mit mir in die Stadt?«

»Ich weiß nicht. Ich bin mir immer noch nicht sicher, daß so ein Stadtturnier das Richtige für mich ist.«

»Warum vertraust du mir nicht einfach? Ich hab nun einmal eine Nase für sowas. Und ich sagte es schon: Was habe ich davon, dich in so ein Turnier zu schicken, wenn du keine Chance hast? Selbst wenn du getötet wirst – du besitzt ja nichts, was ich erben könnte. Du kannst mir nur dann was einbringen, wenn es dir gutgeht, wenn du dich wohlfühlst und wenn du gewinnst. Klingt doch nicht allzu schrecklich, oder?«

Wei Guan Zhou lächelte verlegen und strich sich wieder über den Kopf.

Und so vertraute der Mönch der Frau.

DAS PARADIES DER SCHWERTER 3

Das kleine Mädchen rannte durch den Wald.
Sie war flink, sie trug keins von diesen hinderlichen Kleidchen, die die Mädchen in den Dörfern und Städten sonst trugen, sondern Hosen und ein Hemd aus einem einfachen Stoff. Das war besser beim Laufen. Sie kannte den Weg und wetzte mit geballten Fäusten, was das Zeug hielt. Alle hundert Schritte etwa stieß sie hervor: »Es ist soweit!« Hundert Schritte später wieder: »Es ist soweit! Es ist soweit!«
Sie war schnell wie ein Reh. Die Bäume zuckten vorüber, ein Wechsel von Dunkel und Grün, einzig verbunden durch ihre wehenden blonden Haare.
»Es ist soweit! Ist soweit! Soweit!« keuchte sie, ihr Atem flatterte vor ihr her.
Niemand konnte sie hören so tief im Wald, aber bald erreichte sie einen Weg, den sie schon tausendmal gelaufen war, der sich erst stark wand und dann weniger, der erst schmal schien wie eine Schlange, aber dann bald breiter wurde wie ein Fluß; der Abzweigungen bildete wie die Bäume ringsum Äste, Abzweigungen, von denen das Mädchen die meisten kannte, aber nicht alle, nicht die, die ihre Brüder für gefährlich hielten. Der Weg durchschnitt eine weit wogende Wiese, und das Mädchen durchschnitt sie auf ihm.
Schließlich kamen die ersten Häuser in Sicht, das Dorf, aus dem das Mädchen stammte. Die Hütte, in der sie wohnte mit ihren vier Brüdern und ihren zwei Schwestern, konnte sie auch im Dunkeln finden, auch mit verbundenen Augen, auch mit einem Sack über Kopf und Oberkörper. Alles schon ausprobiert beim Spielen.

Andreus, der zwanzig Sommer alt war und der älteste der Brüder, saß vor der Hütte und schnitzte mit zwischen den Lippen hervorlugender Zunge an einem Wanderstab herum. Manchmal konnte er durch solche Kunst etwas dazuverdienen. Er schaute auf und setzte das Messer ab, als er seine jüngste Schwester um die Hausecke herumschliefern und auf ihn zurennen sah. Sie war völlig außer Atem, ihre langen Haare sahen ganz feucht aus.

»Es ist soweit!« ächzte sie, bevor Andreus irgendetwas sagen oder tun konnte. »Es ist soweit, es ist soweit, es ist soweit!«

»Das Turnier?«

»Ja, das Turnier.«

»Hast du es mit eigenen Augen gesehen?«

Sie beugte sich nach vorne, stützte die Hände auf die Knie und atmete schwer zwischen den Worten. »Die Männer des Bischofs haben die Zettel an die Bäume genagelt. Ich konnte keinen abreißen, sie waren zu weit oben, aber ich habe einen der Bürger gebeten, mir die Buchstaben vorzulesen. Das Turnier beginnt in vier Tagen. Sechzehn Teilnehmer. Auf Leben und Tod.«

Der Schatten eines Vogels zog über Andreus' Gesicht. »Auf Leben und Tod. Wie ich befürchtet hatte. Aber wir haben es bereits beschlossen. Wir werden heute noch aufbrechen.«

»Ich werde mitkommen, ja? Du läßt mich doch mitkommen?«

»Wir haben das alles schon besprochen, Lilin. Wir gehen zu zweit, das genügt. Die große Stadt ist zu gefährlich für Leute wie uns.«

»Aber niemand wird für dich jubeln! Alle anderen Kämpfer haben Zuschauer, die für sie jubeln!«

Andreus beugte sich hinunter und drückte seine Schwester an sich. »Wenn die Menschen erst das Schwert sehen, und wenn ich gut kämpfe, dann werden sie jubeln, das verspreche ich dir.«

»Ich möchte so gerne dabeisein.«

»Wir werden euch alles erzählen, wenn wir wieder zurück sind.«

Er lehnte den erst halb fertigen Stab gegen die Hauswand und wollte durch die Tür ins Innere treten, aber Lilin hielt ihn mit ihrer Frage zurück. »Was bedeutet eigentlich: auf Leben und Tod?« Ihr Gesicht war ernst, die Unterlippe vorgeschoben.

Andreus überlegte einen Moment, wie er es ihr am besten erklären konnte.

»Das bedeutet soviel wie: ... Jeder, der teilnimmt, verspricht, sein Bestes zu geben.«

Zwischen Lilins Augenbrauen bildeten sich Falten. »Und wenn ihr euer Bestes gebt, dann werdet ihr gewinnen?«

»Ja. Dann können wir nur gewinnen.«

Sie waren die sieben Kinder des Helden Teriadon und seiner Frau Gyanla.

Teriadon war berühmt gewesen zu seiner Zeit, ein Bewältiger zahlreicher Schlachten, ein Beschützer von Verfolgten und um ihr Recht Betrogenen. Zuerst hatte er für die Armee der Sechs Könige gestritten, um dies Land hier gegen die brandschatzenden Verheerer aus den Wogenden Steppen zu verteidigen. Als die Gefahr zurückgeschlagen war, verdingte er sich als Söldner und häufte mit seinem berühmten Schwert *Cholectyr* Ruhm auf, so wie ein einfacher Mann mit einem Spaten Erde aufhäuft. Überall im Land, so munkelt man noch heute, sind seine Kriegsbeuten als Schätze dem vergraben, der das Glück hat, sie zu finden.

Als Lilin, das siebte seiner Kinder, noch ganz klein war und noch nicht sprechen konnte, kehrte Teriadon mit einer Krankheit aus dem Feld zurück, mit der er auch die Mutter ansteckte. Die Kinder blieben alle gesund, die Krankheit übertrug sich durch etwas, was der Vater im Geheimen mit der Mutter tat, und wie er sagte, nur mit ihr. Fast täglich wurden die Eltern schwächer. Andreus war damals dreizehn Sommer alt und kümmerte sich um sie, der zweitälteste Sohn, Eljatin, zwei

Jahre jünger als Andreus, half, so gut er konnte. Doch ›so gut sie konnten‹ bewirkte nichts zum Besseren. Die Eltern konnten bald keine Nahrung mehr bei sich behalten, sie magerten ab, ihre Haut wurde dünn und fleckig, bei jeder Nichtigkeit fingen sie an zu bluten. Schmerzen begleiteten jede noch so zaghafte Bewegung. Innerhalb nicht einmal eines halben Jahres waren die beiden Eltern tot, und die sieben Kinder des Helden Teriadon und seiner Frau Gyanla waren Waisen.

An acht seiner vergrabenen Schätze hatte der Vater sich noch erinnern können, hatte Andreus mit gekrümmten, geschwollenen Fingern Karte um Karte auf rauhes Leder gekrakelt, um seinen Kindern ein gutes Leben zu sichern. Vier Jahre lang war Andreus – mit Unterbrechungen – durchs Land gewandert, um die verborgenen Reichtümer zu finden, während Eljatin die Obhut über die Kleinen übernahm. Nur drei der acht Schätze waren noch ergiebig. Drei waren bereits geraubt worden, einer bestand nur aus tönernen Götzenfiguren, die ihren ehemaligen Besitzern sicher einst sehr wertvoll gewesen waren, aber diese Besitzer waren in einem längst vergessen Krieg vor Jahren schon vernichtet worden. Der achte und letzte der Schätze schließlich war mit einer Art Flechtenbewuchs überzogen, der Andreus beim Berühren die Finger verbrannte. Zwei Wochen kämpfte ein Heiler, dessen Haare bis zum Boden reichten, in einem fünfeckigen Zelt darum, Andreus die brandigen Hände nicht absägen zu müssen. Der Heiler gewann diesen Kampf, die Hände von Andreus behielten zwar eine eigentümlich violette Farbe, aber ansonsten keinerlei Schaden zurück. Die Bezahlung des Heilers jedoch kostete zwei der anderen Schätze. Von dem einzigen, der ihnen geblieben war, hatten die Kinder des Helden bis heute gelebt.

Es war den beiden ältesten Brüdern gelungen, jedes ihrer Geschwister durch jeden noch so harten Winter zu bringen. Mittlerweile waren ein weiterer Bruder und eine Schwester älter als Andreus und Eljatin beim Tod der Eltern gewesen waren, und konnten bei den Kleineren ebenfalls mit zur Hand gehen. Es hatte immer für alles irgendeine Lösung gegeben. Die Hütte war ihnen geblieben. Der Flecken Land ringsum. Ab und zu halfen Nachbarn aus oder kamen auch nur auf ein Gespräch vorbei. Jedes der Kinder, auch Lilin, die Kleinste, hatte mittlerweile mit verschiedenen kleinen Arbeiten und Handreichungen schon etwas dazuverdient. Sie schlugen sich durch, sie litten keinen Hunger, kämpften sich tapfer durch alle Krankheiten, die sie bedrängten, und hatten immer etwas anzuziehen. Der Schatz ihres Vaters ermöglichte es ihnen, anständig zu bleiben, und die ganz harten, die krankmachenden Arbeiten und Verträge ablehnen zu können. Schon früh hatte Andreus den heiligen Eid geleistet, daß er keine seiner Schwestern jemals verkaufen würde, wie es andere arme Landleute mit ihren Töchtern taten. Er hatte geschworen, keinen seiner Brüder, und sollten sie auch noch so kräftig und ihrem Vater ähnlich werden, von einem herumziehenden Söldnerheer mit ins Gemetzel nehmen zu lassen, oder einen von ihnen in den Bergwerken des Schwarzen Staubes schuften zu lassen, bis er blutige Asche husten mußte.

Aber langsam, Jahr für Jahr, war die goldene Quelle versiegt, der letzte Sold des berühmten Vaters aufgebraucht. Andreus und Eljatin wurde bewußt, daß es eines Wunders bedurfte, um das Überleben der Sieben auch in Zukunft zu sichern.

Ihre älteste Schwester, Mudia, war mit sechzehn schon eine blühende Schönheit geworden. Ein Reisender namens Dwest hatte ein Auge auf sie geworfen, hatte Andreus zweihundertfünfzig Taler geboten nur für eine einzige Nacht, falls Mudia noch unberührt war. Als Dwest dann Lilin gesehen hatte, bot er den doppelten Preis. Andreus hatte *Cholectyr*, das Schwert seines Vaters, von der Wand genommen und Dwest mit weiten Hieben aus dem Haus getrieben. Rückwärtsgehend hatte Dwest noch ein Gebot für das Schwert

gemacht: dreihundert Taler, Junge - Mensch, sei doch kein Narr. Das Leben ist so.
Im selben Jahr dann hatten sie das erste Mal von des Festspielen des Bischofs gehört. Sie wurden in unregelmäßigen Abständen veranstaltet, und auch in verschiedener Form, aber mindestens einmal im Jahr war ein Schwertkampfturnier dabei, womöglich auf Leben und Tod, und der Sieger erhielt mehr Geld, als wenn Andreus auf alle drei Angebote Dwests eingegangen wäre.
Damals faßten sie ihren Entschluß.
Mit dem Schwert des Vaters würde einer von ihnen gehen, in die Befestigte Stadt, um den Preis zu erstreiten oder zu fallen. Wenn er fiele, blieb für die anderen immerhin ein Maul weniger zu stopfen.
Die Frage und das Problem war nur, wer von ihnen gehen sollte. Denn Eljatin ließ sich diesmal nicht abschütteln. Zu Recht brachte er als Argument vor, daß Andreus schon einmal derjenige gewesen war, der die ganze Last des Abenteuers allein geschultert hatte, um ihnen die Schätze des Vaters zu finden. Eljatin war jetzt ein junger Mann von achtzehn Sommern - er wollte nicht einsehen, daß Andreus bessere Chancen hatte bei einem Kampfturnier als er. Und da auch Andreus sich nicht sicher war, und da er auch Manns genug war, einzugestehen, daß er sich fürchtete vor dem Kampf und auch vor der Stadt, so beschlossen sie, es in einem Wettbewerb unter sich auszutragen, wer von ihnen beiden gehen sollte.

Sie begannen mit einem verzwickten Hindernis-Wettlauf über Stock und Stein, und unter den Anfeuerungsrufen all ihrer Geschwister kam Eljatin deutlich als Erster ins Ziel.
Danach warfen sie schwere Steine so weit wie möglich in ein Feld hinein. Nach fünf Versuchen waren drei der Steine von Andreus weiter als der weiteste von Eljatin.

Danach beschlossen sie – um eine Entscheidung zu finden –, ihre Geschicklichkeit im Erklettern eines Baumes zu testen. Mit einer von einer Nachbarin geliehenen Sanduhr maßen sie die Zeit. Eljatin, als erster angetreten, schwang sich wie ein Eichhörnchen bis zur Spitze empor und war wieder unten mit einer unglaublichen Geschwindigkeit. Andreus, der es noch besser machen wollte, stürzte schon auf halbem Weg nach oben ab und kam nur durch Glück ohne ernstere Blessuren davon.

Eljatin hatte gewonnen, aber Andreus war unzufrieden, und überzeugte seinen Bruder, sich auf noch zwei weitere Wettkämpfe einzulassen, die das testen sollten, was bei einem Schwertkampfturnier die größte Bedeutung hatte: die Kampffertigkeiten.

Da sie nur das eine Schwert besaßen und sie *Cholectyr* auch nicht durch ungeschicktes Training beschädigen wollten, maßen sie sich erst im Ringkampf und anschließend in einem wilden Gefecht mit borkigen Knüppeln. Im Ringkampf hatte der schmalere Eljatin keinerlei Chance gegen den deutlich schwereren Andreus, aber im Knüppelkampf setzte er sich mit so großem Geschick zur Wehr, daß sie beide zweimal neue Knüppel suchen mußten, weil ihre vorherigen aneinander zerbrochen waren. Nach einer Stunde des wütendsten, atemlosesten Dreschens und Ausweichens war immer noch kein eindeutiger Sieger festzustellen, keiner der beiden Brüder war bereit, sich geschlagen zu geben, und schließlich gingen die fünf jüngeren Geschwister dazwischen. Es nutzte niemandem etwas, wenn die beiden Ältesten sich derart wundprügelten, daß sie beim echten Turnier dann stark benachteiligt antraten.

»Wenn wir es nicht schaffen, eine Entscheidung zwischen uns beiden zu finden«, meinte Andreus schwer atmend, »dann müssen wir eben beide gehen. Dann sollen die Männer des Bischofs halt aussuchen, wer von uns beiden geeigneter ist.«

»Das ist eine gute Idee«, ächzte Eljatin, der alle Viere von sich gestreckt auf dem Wiesenboden lag. »Wenn wir zu zweit gehen, kann der Zweite sich auch um den Kämpfenden kümmern, falls der verletzt wird. Und sicherstellen, daß *Cholectyr* in unserem Besitz bleibt, selbst wenn etwas Schlimmes passiert. Das ist eine gute Idee.« So wurde es dann einstimmig beschlossen. Die beiden Ältesten hatten zwar noch niemals gleichzeitig ihre jüngeren Geschwister allein gelassen, aber Mudia sagte, daß es ja nur für acht oder neun Tage wäre, und so lange würde man schon ohne sie zurechtkommen.

Sie hatten das wertvolle Schwert in einfache Lappen gewickelt und in der Mitte eines Bündels aus Andreus' Schnitzstäben verborgen, um zu verhindern, daß Diebe darauf aufmerksam wurden. Andreus trug das Bündel auf der rechten Schulter, während Eljatin den mit viel Liebe zubereiteten Reiseproviant in einem von den Mädchen genähten Sack auf dem Rücken trug. Aber Andreus hatte seinem jüngeren Bruder mittlerweile schon mehrmals versprechen müssen, daß sie das Gepäck unterwegs ab und zu tauschen würden, damit auch Eljatin das Schwert tragen durfte.

Die fünf jüngeren Geschwister standen vor der Haustür versammelt, als Andreus und Eljatin sich anschickten, die gefährliche Reise zur Befestigten Stadt anzutreten. Bis auf Mudia wußte keiner der Jüngeren, was ›auf Leben und Tod‹ wirklich bedeutete, daß entweder Andreus oder Eljatin vielleicht niemals mehr wiederkommen würde.
Die Brüder drückten ihre Geschwister an sich, ermahnten jeden nochmal einzeln, in der Zwischenzeit gut auf sich und die anderen achtzugeben, viel mehr noch als sonst.
Dann machten sie sich winkend auf den Weg und tauchten bald im blendenden Gegenlicht des Sommerabends zwischen den hohen Waldbäumen unter.

Lilin hatte noch ein Stück mit den beiden laufen wollen, bis in ihren geliebten Wald zumindest, aber Eljatin hatte zu ihr gesagt, ein Abschied müsse ein richtiger Abschied sein, sonst bringe er kein Glück.

So stand sie einfach nur bei den anderen und winkte. Eigentlich hatte sie ja beschlossen zu schmollen, weil sie nicht mitdurfte in die große Stadt, um zu jubeln. Aber Mudia war traurig, das konnte man deutlich sehen, also, fand Lilin, war jetzt wohl nicht die richtige Zeit zum Schmollen. Munter sammelte sie, die die kleinste von allen war, die Hände der vier anderen und zog sie alle hinter sich her ins Haus zurück. Da gab es immer irgendwas zu machen, und acht oder neun Tage würden vergehen wie nichts.

Es wurde beschlossen, daß Alam der Wilderer für die Farben und das Haus Herzog Locirs kämpfen sollte.
Das war eine interessante Idee, denn zur Zeit saß Alam in Locirs Kerker und erwartete ein schreckliches und gerechtes Ende.

Begonnen hatte die Geschichte mehr als ein halbes Jahr zuvor.

Der Herzog besaß viel gutes Land, das beste, das man sich vorstellen konnte. Eisfarbene Flüsse, moosüberwucherte Hochländer und einige der tiefsten und wildreichsten Wälder diesseits der mächtigen Berge. Er war ein wohlhabender Fürst, einer, auf dessen drei Burgen regelmäßig rauschende Feste stattfanden, zu denen sich die besten ungebundenen oder vorübergehend beurlaubten Heerritter der bekannten Länder einfanden. Er war sogar ein guter Fürst, wenn man den Maßstab anlegte, daß es ihm gelungen war, seine Grenzen zu sichern und den überall sonst wütenden Fraßbrand des Krieges und der Rebellion von seinen Leibeigenen und zehntpflichtigen Dörfern fernzuhalten. Locir hatte noch niemals die erwachsenen Männer auf seinen Ländereien zum Waffendienst pressen müssen. Es gab Poeten, die Locirs Ländereien als weitläufige Oase bezeichneten, in der es mehr Lebenswertes zu finden gab als einfach nur Wasser. Jedoch die Menschen sind niemals zufrieden.
Selbst wenn sie nicht in rußende Schlachten ziehen mußten für Banner, die sie noch niemals vorher genau gesehen hatten, beklagten sie sich darüber, daß es ihnen nicht so gut ging wie dem tanzenden Adel in den Burgen. Daß es einen Zehnten gab, der in natürlichen Erträgen oder in Münzen abgegolten werden mußte. Daß sich einige der zu Hofe reisenden Ritter Freiheiten herausnahmen gegenüber dem einfachen Landvolk.

Daß das Wild in den Wäldern dem Herzog gehörte und von den Bauern und Handwerkern und Tagelöhnern nicht gejagt werden durfte.

Der Herzog achtete sein Wild auf ungewöhnliche Art.
Drei Forstwarte arbeiteten für ihn und führten Buch über alles Leben in den Wäldern. Zweimal im Jahr veranstaltete der Herzog eine große Jagd für alle seine Freunde und Verbündeten, und jedesmal konnten die Forstwarte angeben, in welcher Gegend die herrlichsten Tiere aufzuspüren waren. Manchmal mied der Herzog sogar für seine Jagden absichtlich diese Gegenden, um den besten Hirschen und Wölfen und Wildrindern und Ebern Gelegenheit zu geben, ihre hervorragenden Eigenschaften zu vererben. Man konnte regelrecht sehen, daß die Wohlhaltung seiner Tierbestände etwas war, das dem Herzog besonders am Herzen lag. Ein Steckenpferd, oder mehr als das: ein Ehrgeiz, in dem er sich auch mit den Besitzern anderer Ländereien messen wollte und die meisten von ihnen bei weitem übertraf.
Aus diesem Grund wurde das Wildereiverbot durch eine der härtesten Strafen begleitet, die es in Locirs Gebieten überhaupt gab. Einem Untertanen oder auch einem Landfremden, der der Wilderei überführt werden konnte, wurden beide Unterschenkel abgehackt. In anderen Ländern war es üblich, Wilderern eine Hand zu nehmen wie anderen Dieben auch, aber Locir hatte hier seine eigenen Ansichten. Um zu jagen, meinte er, muß man sich bewegen können. Ein Einhändiger kann immer noch durchs Unterholz laufen und Schlingen auslegen. Einer ohne Beine jedoch kommt nicht mehr dorthin, wo es sich lohnen würde.
So war das Risiko jedem bewußt.
Dennoch ist die Unzufriedenheit der Einfachen manchmal größer als ihre Furcht. Wenn es ein Fest zu feiern gab, ein heid-

nisches, ein hochzeitliches oder einfach nur eines, das dem Brauchtum der Erntedanksagung entsprang, mangelte es an Tieren, deren Blut als Opfer die Erde tränken und deren Fleisch als Mittel der Einheit und Verinnerlichung von den Menschen verzehrt werden konnte. Und so kam es denn, daß immer wieder junge Männer auserwählt wurden, die Kunst des Wilderns zu erlernen, heimlich, des Nachts, in den tiefsten Schründen verborgener Täler. Einige von ihnen machten zwölfendrige Beute, bevor man sie faßte und ihnen die Beine abwärts der Knie nahm. Andere scheiterten schon, als sie loszogen, weil sie erwischt wurden mit ihrer eindeutigen Ausrüstung. Die meisten von ihnen hatten grimmige Eide geschworen, daß sie sich das Leben nehmen würden, wenn sie keine Beine mehr hätten. So gab es nur ganz wenige in den weitverstreuten Dörfern, die auf den Ellbogen vorwärtskrochen oder sich, die Schenkel in einen Kinderkarren mündend, auf der Straße mit Hunden um Reste raufen mußten. Keiner von ihnen wurde mit Respekt bedacht. Sie hatten verloren, versagt, hatten ja gewußt, worauf sie sich einließen, und waren nicht stark genug gewesen, entweder erfolgreich zu jagen oder wenigstens durch eigene Hand zu fallen. Sie waren für die meisten ein abschreckendes Beispiel, für einige wenige ein Anreiz, zu versuchen, es besser zu machen. Diese wenigen wiederum wurden später ebenfalls zu abschreckenden Beispielen, und so ging es immer weiter fort. Das System Herzog Locirs funktionierte. Das Wildern hörte zwar nie vollständig auf, nahm aber an Häufigkeit auch nie beträchtlich zu. Es blieb immer unter Kontrolle.

Bis eines Winters Alam kam.

Niemand wußte, woher.

Da war von Anfang an ein Geheimnis um diesen merkwürdigen Mann, der einen dunkelgrünen Umhang und dunkelgrüne rautenförmige Tätowierungen im Gesicht trug, und dessen lange Haare zu lauter dicken, wollenen Zöpfen geflochten waren, von denen etwa jeder dritte dunkelgrün eingefärbt war. Er trug drei verschiedene Speere mit sich und sonst keinerlei Ausrüstung. Der erste Speer war fast drei Meter lang, sehr schlank, aus einem schwarzglänzenden Metall, und Alam konnte diesen Speer fast hundert Schritt weit werfen und eine aufgeschreckte Ente noch im Flug treffen. Der zweite Speer war aus Holz und hatte eine lange, gegabelte Metallspitze, sah fast wie eine Nahkampfwaffe aus. Der dritte Speer hatte Spitzen an beiden Enden, und dieser war – wie Alam sagte – für die Jagd auf Wölfe. Das Beeindruckendste an Alam jedoch war, bei all seiner Fremdartigkeit, seine Art, sich vorzustellen. Er ging durch die winterlich verschneiten Dörfer, und jedem, der ihn ansprach, entgegnete er: »Ich nenne mich Alam, und ich nenne mich Wilderer.«

Dem Herzog kam das Gerücht von dem Fremden, der das Wort ›Wilderer‹ wie ein Wappen vor sich herzutragen schien, zu Ohren, noch bevor mehrere Dörfer ihre Ersparnisse zusammenlegten, um Alams Dienste zu erwerben. Er beauftragte den jungen Forstwart Bertrand con Zelm damit, der Sache nachzugehen, und, wenn nötig, den Fremden entweder zu vertreiben oder seiner habhaft zu werden, so daß die übliche Strafe an ihm vollzogen werden konnte. Das Auftauchen eines sogenannten Stolzen Wilderers in ausgerechnet seinen wohlgehegten Ländereien muß dem Herzog Locir wie ein Hohn oder eine Herausforderung vorgekommen sein. Vielleicht vertraute er deshalb die Mission einem seiner besten Männer an. Con Zelm hätte das Zeug zum Ritter gehabt, darin waren sich viele Hochgestellte einig, aber seine Eltern waren eben nur arm gewesen, und so hatte er es immerhin zum überall respektierten Forstwart gebracht.

Das nun folgende Geschehen – welches nur deshalb nicht ein Krieg genannt werden kann, weil es zu dieser Zeit zu viele Kriege gab, die in Ausmaß und Opferzahlen bedeutender waren als dieser, und weil es auch in einer Welt wie der unseren nur ganz selten vorkommt, daß man einen Kampf zwischen drei Männern, so vielfältig und eigentümlich er auch sei, mit dem Wort Krieg bedenkt – wird in den Ländereien Herzog Locirs seitdem wieder und wieder erzählt, und mittlerweile gibt es mehr unterschiedliche Fassungen dieser einen Geschichte, als es ursprünglich glaubhafte Zeugen gegeben haben kann.

Der Kampf dauerte beinahe sechs Monde.

Die erste Woche.
Der Forstwart con Zelm macht sich in den Dörfern und Gehöften, in deren Nähe der geheimnisvolle Fremde, der sich Wilderer nennt, gesehen wurde, über dessen Person und Aussehen kundig. Er erfährt hierbei, daß Alam tatsächlich schon mit Rotwild und Schwarzwild über der Schulter gesehen worden ist, deutlicher Hinweis auf das bereits erfolgte Überschreiten der herzöglichen Gesetzgebung.

Die zweite Woche.
Auf einer Lichtung erhascht con Zelm zum ersten Mal einen Blick auf den Wilderer. Alam entkommt, die Nadelbäume stehen in dieser Gegend so dicht, daß kein Schnee und kein Licht den Boden erreicht. Es ist con Zelm nicht möglich, einer Spur zu folgen.

Die dritte Woche.
Vergebliche Suche. Vergebliche Versuche, die Fährte des Wilderers wiederzufinden. Alam scheint selbst im Schnee keine

Spuren zu hinterlassen, kein Lager zu bereiten, und vor allem nicht mehr zu jagen in dieser Zeit. Con Zelm kommt ihm nahe, entfernt sich dann wieder, nähert sich erneut, aber sie begegnen sich nicht.

Die vierte Woche.
Rein zufällige Begegnung der beiden in einer kleinen Flußansiedlung namens Reethingen. Beide waren gerade dabei, das Dorf in sich kreuzenden Richtungen zu durchqueren. Sie stoßen in der Nähe des Flußufers aufeinander. Der Überraschung und dem gegenseitigen Erkennen – auch Alam hat mittlerweile von seinem Verfolger gehört – folgt ein kurzer, eher an ein Handgemenge oder eine Knabenrauferei erinnernder Kampf. Con Zelm bleibt benommen auf dem Eis liegen, der Wilderer entkommt, verliert aber wenigstens einige seiner erbeuteten Felle.

Die fünfte Woche.
Con Zelm auf der Hauptburg des Herzogs. Locir wurde mittlerweile ungeduldig, schließlich dauert die Verfolgung nun schon einen vollen Mond, und sandte nach dem Forstwart, damit dieser ihm aus erster Hand berichte. Con Zelm ist unruhig und gereizt vor seinem Herzog. Er drängt auf Rückkehr in die Wälder des Wilderers.

Die sechste Woche und die siebte Woche.
Bertrand con Zelm befindet sich zusammen mit vier ausgesuchten bediensteten Wildwarten des Herzogs erneut auf Alams Fährte. Die Anhaltspunkte mehren sich. Die fünf sind ein gutes Gespann, wenngleich die Stimmung untereinander gereizt ist. Augenzeugen werden zuverlässiger. Beweise frischer.

Die achte Woche.
Endlich wird der Wilderer gestellt. Ein heftiges, grausames Gefecht entbrennt. Die Gegenwehr Alams überrumpelt mit ihrer Wucht die Übermacht der Häscher völlig. Mit seinen Speeren tötet er zwei der fünf Männer. Con Zelm setzt ihm alleine nach, die jetzt beginnende Verfolgungsjagd quer durch alle tiefverschneiten Landschaftsformen dauert annähernd dreißig Stunden. Dann gelingt es dem Wilderer, den jegliche Beherrschung verlierenden Forstwart in einem Schneefeld abzuschütteln, das so tückisch und tief ist, daß con Zelm es nicht mehr durchqueren kann.

Die neunte Woche und die zehnte Woche.
Con Zelm alleine, verbissen, zu Fuß, zu allem entschlossen, auf Alams Fährte. Hungrig, dürstend, frierend, aller Lebendigkeit ermangelnd, durchglüht einzig und alleine von dem fiebrigen Vorsatz, dem wahnsinnigen Waldschänder ein Ende zu machen. Es geht mittlerweile nicht mehr um die gerechte Strafe nach Ansinnen des Herzogs. Es ist längst etwas Persönliches geworden. Zuviel Blut ist geflossen, das von Tieren und jetzt auch das von Menschen, und der junge Forstwart bewegt sich über unwirtlichste Strecken und Etappen, als bestünde die ganze Welt nur noch aus diesem einen anderen Mann und der Richtung, die dieser andere ihm vorgibt.

Die elfte Woche.
Vor einer senkrecht aufragenden, hellblau glosenden Wand aus Eis kommt es zum Duell zwischen dem Stolzen Wilderer und dem Forstwart, der ihn endlich eingeholt hat. Beide bekämpfen sich unter Aufbietung aller zur Verfügung stehender Waffen und natürlicher Gegenstände bis zum Äußersten. Im Blut des Wilderers ausgleitend, stürzt Con Zelm schließlich über eine sechzehn Meter tiefe Klippe und bleibt – dem Tode

näher als dem Leben – inmitten mehrerer zerborstener Nadelbäume liegen. Alam klimmt mit letzter Kraft über das rotüberspülte Blau nach oben und entkommt dort selbst den Blicken der schwächlichen Sonne. Die Eiskristalle, die er dabei noch lostritt, rollen wie Würfel über den unterhalb liegenden Körper con Zelms und werden dort langsam zu Wasser.

Der Forstwart wird gefunden, schon seit Tagen waren Männer des Herzogs hinter ihm her – das ganze Land scheint in diesen Tagen durchfurcht von einem kuriosen Geflecht einander wortlos hinterherhastender Jäger. Locir sind schon längst die Leichname seiner beiden Wildwarte überbracht worden, und die fürstliche Langmut hat ein Ende gefunden. Der Herzog ist nun nicht mehr der Meinung, daß Bertrand con Zelm der Richtige ist für diese Aufgabe, vertritt ja auch schon seit der fünften Woche die Ansicht, daß ein Mann alleine eine solche Mission wahrscheinlich ohnehin nicht erfüllen kann.

Der Herzog schlägt einen neuen, gänzlich ungewöhnlichen, wenngleich originellen Weg ein. Während der zerschmetterte Leib con Zelms auf die Hauptburg gebracht wird, um dort zusammengeflickt und gepflegt zu werden, läßt Locir zur Jagd rufen. Schließlich ist alles Unglück durch Jagd gekommen, also soll auch eine Jagd dem Unglück ein Ende setzen. Und was für eine Jagd.

Herzog Locir läßt zur winterlichen Treibjagd blasen, und achtundvierzig Fürsten und einfache Adelige beiderlei Geschlechts und mannigfaltiger Konfession, aus den inneren und angrenzenden Ländern, aus Burgen, Schlössern und Landsitzen, von Festen, Ausritten und Kunstvergnügen zusammengeholt, strömen buntgewandet auf herrlichen, dampfenden Rössern zusammen, um schwatzend und schwitzend über Stock und Stein der Beute nachzuhetzen. Kein hellroter Fuchs soll diesmal das Treibopfer sein, keine goldengefiederten Fasane gilt es diesmal aus ihren Verstecken zu lärmen – diesmal ist die Beute ein

Mensch, der sich Alam nennt und Wilderer, und der lange grüne Zöpfe trägt und grüne Muster im Gesicht und drei verschiedene Speere. Die große Treibjagd dauert insgesamt – mit allen Ruhepausen, Verweildauern in Wildhüterhütten, Rückzügen in wohlvorbereitete Zeltunterkünfte, Planungs-, Ausschwärm- und Orientierungsphasen – zehn volle Tage. Sie faßt die zwölfte Woche des Geschehens mit ein.
Das Gebiet rings um die Eisfelsen und noch darüber hinaus wird weitläufig erfaßt, umrundet, umzingelt und durchkämmt. Viel Wild geht den Jägern dabei in Netze, Lanzen und schließlich sogar Fallen, wird beiläufig Opfer des absurden Kampfes, dient dem freien Auslauf von Wut, Ungeduld und Frustration.
Von Alam dem Wilderer weit und breit keine Spur mehr, kein Zeichen. Vielen Teilnehmern der großen Jagd ermangelt es sogar deutlich an einem Beweis seiner Existenz. Der teilnehmende Herzog Locir muß sich in dieser Zeit mehr Spott gefallen lassen als jemals zuvor in seiner schon über ein Jahrzehnt andauernden Führungszeit.

Die Wochen dreizehn bis achtzehn.
Ruhe. Tauwetter.
Der Wilderer: verschollen, für tot erklärt von vielen.
Die bunten Fürsten längst heimgekehrt in ihre heimatlichen Befestigungen.
Con Zelm: heilend, düstere Befürchtungen hervorstoßend. Fiebernd noch immer.
Der Herzog: unbefriedigt, um Genugtuung betrogen. Rastlos.
Dann, am Ende der achtzehnten Woche: Auf eine einfache Lanze gespießt finden die Wachen vorm Haupttor der Hauptburg des Herzogs im Frühnebel eines milden Frühlingsmorgens den Kopf eines großen Bären, eines Einzelgängers, eines der großen Unjagbaren, eines der ganz edlen Alten, allen Forstwarten

und den meisten Bewohnern dieser Länder wohlbekannt, sogar mit Namen. Die Zunge des toten Kolosses hängt deutlich sichtbar heraus, wie zum Possen, ragt rot hervor aus einem bedrohlichen Gehege dunkelgrün eingefärbter Zähne.
Der Wilderer lebt. Der Krieg ist erklärt. Der Wutschrei des Herzogs vergellt in den blühenden Wäldern.

Die neunzehnte Woche und die zwanzigste Woche.
Der nur unzureichend genesene, aber wirksam sein Recht einklagende con Zelm bekommt zehn Mann unterstellt, gut ausgebildete Kämpfer sie alle, freie Kriegshandwerker, die im Gestrüpp der Wälder auf ihren breiten Pferden ein wenig verloren wirken, aber nie zu murren lernten. Männer wie sie sind teuer, auch für jemanden wie Herzog Locir, aber sie sollen diesen Preis wert sein. Sie haben den Ruf, jeden Auftrag zu erfüllen, den sie annehmen, und diesen hier nahmen sie mit einem Achselzucken an. Das einzige, was sie stört, ist der eigenartige Jüngling, der sie befehligen soll, aber sie nehmen auch das hin. Es wird schon seinen Sinn haben. Die Devise lautet: Irgend jemand muß den Wilderer gesehen haben. Alam mag so gut und so frech sein wie ein übernatürliches Wesen, aber er kann nicht so unsichtbar sein. Nicht überall. Nicht immer.
Dorfbewohner werden bedroht, erpreßt, zusammengeschlagen. Demonstrativ verwundet man Frauen. Con Zelm hält nur wenig in Grenzen, meistens glost sein Blick über die Szenerie, in die Ferne gerichtet, weit entfernt. Ein neuer Ton herrscht plötzlich in den Ländereien Herzog Locirs. Aus dem geordneten Miteinander ist ein Gegeneinander oder Nebeneinanderher geworden. Dieser Frühling bringt Fruchtbarkeit und Furcht.
Die neue Taktik zeitigt Erfolge: Einheimische schließen sich sogar zusammen, um gegen den Wilderer, der ihnen so viel

Unbill eingehandelt hat und wohl damit noch fortfahren wird, vorzugehen. Jegliche Unterstützung für den einsam in den Wäldern umherstreifenden Alam bricht weg. Mit einem Mal gibt es überall nur noch Feinde für ihn.

Die einundzwanzigste Woche.
Nicht weniger als drei gewalttätige Konfrontationen zwischen dem Wilderer und den elf ihn grimmig und hart verfolgenden Männern sind in dieser einen Woche zu zählen. Der Zeugen und Denunzianten gibt es jetzt genug: Wo immer Alam sich auch hinwendet, die berittenen Söldner sind ihm schnell auf den Fersen. Aber wiederum halten die furchtbaren Speere des Grünhaarigen blutreiche Ernte: Vier der Söldner werden getötet, drei weitere schwer verwundet. Die letzten drei meutern schließlich. Zu unheimlich ist ihnen der Gegner, der sich in Farbe und Umriß kaum noch von Ast- und Blattwerk zu unterscheiden scheint. Mit widernatürlichen Kräften scheint dieser Mörder im Bunde zu sein. Ein Dämon mit Ranken und Schlangen als Haar und lachenden, triefenden Fangzähnen.
Con Zelm findet mitten im Tumult des dritten und letzten Kampfes seinen klaren Verstand wieder. Er führt die zitternden und jammernden Überlebenden hinaus aus der Wildnis und zurück in die steinerne Obhut von Locirs Burg. Der Wilderer zieht mittlerweile eine Spur aus Blut, Fleisch, Fell und edlem Gehörn quer durch die zerbrechlichsten und privatesten Wälder und sogar Parks des herzöglichen Besitztums. Es ist dies die zweiundzwanzigste Woche des Kampfes. Eine weitere wird noch folgen.

Die dreiundzwanzigste Woche.
Es gibt kein Verstecken mehr, kein Sich-Tarnen, keinen Unterschlupf und keine Maskerade. Alle Aktionen Alams sind ein *Hier bin ich, und wo bleibt ihr?*

Herzog Locir selbst reitet wieder hinaus, doch diesmal nicht zur Treibjagd. Er hat sich drei Lanzen fertigen lassen, die denen des Wilderers in ihrer Art ähneln, nur größer sind, wuchtiger – die Turnierlanzen eines fürstlichen Ritters in voller Montur. Sein bronzefarbenes Streitroß bahnt sich einen Weg durch das Dickicht, wo vorher keine Wege waren.

Der Herzog führt acht berittene Männer an. Seine persönliche Leibgarde, Leute, die er kennt und denen er seit langem vertraut. Einer von ihnen ist Bertrand con Zelm. Der Herzog versteht ihn jetzt wieder, und verurteilt und bereut seinen Entschluß, die einfachen Menschen in den Dörfern dafür leiden gelassen zu haben, daß der Stolze Wilderer lebt. Jetzt soll es kein Weiterreichen von Verantwortung und Schmerz mehr geben. Jetzt reitet der Herzog selbst. Und er reitet – deutlich sichtbar – in den Krieg. Von Anfang an war Jagd ein viel zu kleines, nettes Wort für dies.

Das Rad aus Verfolgung, Verwirrung und Flucht kommt zum Stehen. Nach vier Tagen stellt sich der Wilderer dem herandonnernden Trupp. Noch einmal müssen vier gute Männer sterben, und die rechte Hand Bertrand con Zelms wird vom Huf eines durchgehenden Hengstes zermalmt. Dann ist Alam der Wilderer endlich gefangen, zappelt und bäumt sich in Lagen und Mustern aus Netzen und Stricken, die ihn als Menschen kaum noch sichtbar lassen.

Vier Tote quer über ihren Sätteln und das Winseln und Weinen con Zelms verhindern, daß der Zug zurück durch die Dörfer ein Triumphzug wird, aber die Legende beginnt genau hier. Der Wilderer ist gefangen. Der Krieg ist zuende. Doch wer ihn gewonnen hat, vermag keiner so richtig zu sagen. Verloren haben auf jeden Fall die Wälder, und alle Geschöpfe, die in ihnen lebten.

Der wilde Mann wurde in die tiefsten Kerker der Hauptburg verbracht, und erwartete dort sein Ende. Allen war klar, daß die herkömmliche Bestrafung für Wilderei für Alam nicht mehr angemessen war. Dieser Mann war nicht nur Wilderer gewesen, er hatte auch Menschen getötet. Zehn Männer hatten durch seine Hand ihr Leben gelassen, auch die Rechte con Zelms war nicht mehr zu retten. Der junge Forstwart trug jetzt an ihrer Statt einen ledernen Stumpf, auf den er verschiedene, dem jeweiligen Zweck entsprechende Aufsätze anschrauben konnte. Des weiteren war die sorgfältige herzögliche Wildstands- und Beforstungsplanung durch das dreiundzwanzig Wochen andauernde Unheil um Jahre zurückgeworfen worden. Auch das natürliche, fast freundschaftliche Verhältnis zur Bevölkerung mußte erst wieder neu verdient und erarbeitet werden, so als hätte es niemals vorher bestanden. Der Schaden war gewaltig. Herzog Locir verspürte keinerlei Freude über seinen Sieg, der viel zu spät eingetreten war und viel zu viel gekostet hatte.

Als wären der Unnötigkeiten noch nicht genug, kam in diesen Tagen Botschaft aus der Befestigten Stadt. Declan Gillett richtete in seiner Hölzernen Arena im kommenden Sommer ein neues bischöfliches Kampfturnier aus, und das reihum zwischen den benachbarten Fürstenhäusern rotierende Recht, einen ausgesuchten Kämpfer zu stellen, fiel diesmal auf das Haus Locir.

Der Herzog lachte bitter auf, als ihm die Nachricht verlesen wurde. Einen Kämpfer sollte er stellen, der Locirs Farben und Wappen auf dem Kampfschauplatz vertreten sollte, und dem Haus mindestens Ruhm und Ehre, im günstigsten Falle jedoch einen goldenen Stirnreif als Lohn der Mühsal heimführen sollte. Welchen Kämpfer? Unter normalen Umständen hätte er es den Mitgliedern seiner vertrauten Leibgarde freigestellt, ob sich vielleicht einer von ihnen für diese lebensgefährliche, aber sehr ehrenhafte Aufgabe berufen fühlte. Jetzt jedoch war die Leibgarde um die Hälfte dezimiert worden. Der Herzog konnte nicht auf einen einzigen der noch verbliebenen Vier verzichten. Es würde schon mühsam genug werden, vier neue geeignete Männer heranzubilden.

Oder da wäre der junge con Zelm gewesen, von dem die Leute früher gesagt hatten, daß er zum Ritter taugte. Vielleicht hätte der einen achtbaren Streiter in den Farben des Herzogs abgegeben. Aber con Zelm hatte nun seine Kampfhand verloren und stand deshalb nicht mehr zur Verfügung. Der Wilderer Alam hatte den Herzog im Alleingang seiner besten Männer und Möglichkeiten beraubt.

Sollte der Herzog irgendeinen seiner Soldaten in die Arena schicken, damit dieser dann schon in der ersten Runde chancenlos unterging? Oder sollte er sogar die Ehre ablehnen, einen Kämpfer zu entsenden, und damit offiziell eingestehen, daß sein Fürstentum keinen geeigneten Mann mehr vorzuweisen hatte? Sollte er selber gehen und damit seine Ländereien dem Ausverkauf preisgeben? Seit der mißlungenen großen Treibjagd waren die umliegenden hohen Häuser ohnehin nur zu schnell bereit, Spott und Hohn über das Haus Locir zu gießen. *Seht den Herzog selbst, da unten im Staub der Arena. Er hat keinen anderen Kämpfer gefunden, schon wieder muß er alles selbst erledigen. Oh, seht, wie er blutet. Seht, da stirbt er, geschlagen von einem Gladiator ohne Rang und Adel. Da liegt der Stolz des Hauses Locir und verendet. Ist dies nicht alles im nachhinein der Triumph eines gewissen Wilderers?*

Der Wilderer. Um ihn kreisten alle Gedanken und Argumente. Der Wilderer war an allem Schuld. Er war verhört worden, er war sogar gefoltert worden, aber er hatte nicht preisgegeben, wodurch sich der Herzog einen solchen Zorn der Götter zugezogen hatte. Das war noch das andere Problem. Für den Wilderer mußte eine Strafe gefunden werden, die an Härte alles übertraf, was bislang im Herzogtum üblich gewesen war. Schmallippige Günstlinge flüsterten dem Herzog zu, daß man dem Wilderer alle Gliedmaßen absägen sollte und den nackten, noch lebenden Torso durch den Kot der Straßen schleifen, ihn dann an Haken aufhängen und von den Krähen fressen lassen müßte. Dem Herzog schauderte angesichts der Grausamkeit und Wollust, die bei diesen und vielen ähnlich gearteten Vorschlägen im Spiele waren.

Aber: Was immer seine Gegner in letzter Zeit auch über ihn gesagt haben mochten – der Herzog war ein umsichtiger und mutiger Mann. Eines Nachts ging ihm auf, wie er beide Probleme mit einer einzigen Entscheidung lösen konnte.

Er würde den Wilderer in den Farben des Hauses zum Turnier schicken.

Für den Herzog wäre dies ein weithin erkennbares Zeichen seiner Stärke, ein wildes, gefährliches Tier schließlich eigenhändig gebändigt und in seinen erweiterten Haushalt eingezähmt zu haben. Für den Wilderer wäre dies erstens eine Demütigung, für das Haus zu streiten, welches er vormals so entschlossen bekämpfte, zweitens jedoch war seine Überlebenschance äußerst gering. Er war ein guter Kämpfer gewesen, da draußen in den Wäldern, hatte die Tarnung und Deckung der Bäume zu nutzen verstanden. Aber im hellen Sand der Kampfbahn konnten ihm sein dunkles Grün und der verwirrende Umriß seiner an Schlingpflanzen gemahnenden Haare nicht mehr beistehen. Hier würde er sich ungeschützt und ohne Fluchtmöglichkeiten nacheinander bis zu vier ausgesuchten, gefährlichen Gegnern aus aller Welt gegenübersehen. Er würde sich teuer verkaufen und dem Haus Locir Ehre machen. Aber er würde fallen.

Für den unwahrscheinlichen Fall jedoch, daß er überlebte, mußte der Herzog ihm etwas versprechen, um ihn zu motivieren, denn es würde natürlich einen peinlichen Eklat geben, wenn der Wilderer in der Arena den Kampf einfach verweigerte, weil es für ihn ohnehin nichts zu gewinnen gab.

Der Herzog konnte dem Wilderer natürlich nicht das Leben versprechen, dafür waren die Vergehen Alams einfach zu schwerwiegend gewesen. Er versprach ihm einen schnellen und schmerzlosen Tod. Ein öffentliches Erhängen durch Genickbruch. Sollte der Wilderer sich weigern, in der Arena für den Herzog anzutreten, wäre ihm ein sich über Tage oder sogar Wochen hinziehender entsetzlicher Foltertod zugedacht.

Der Wilderer nahm das Angebot an.

Der Herzog handelte mit Veranstalter Gillett aus, daß der Wilderer seine drei Speere mitnehmen dürfte in die Befestigte Stadt, und vor jedem Kampf angesichts des Gegners sich für einen dieser drei Speere entscheiden müßte. Alam würde für die Zeit des Turnieres von einem Trupp herzöglicher Soldaten bewacht werden, und auch Declan Gillett würde für die Sicherheit seiner Zuschauer haften und entsprechende Sicherheitsvorkehrungen treffen. Es würde nicht das erste Mal sein, daß ein gefährlicher Verbrecher in einer Arena auftrat. In der Befestigten Stadt gehörte so etwas fast schon zum Alltag.

So wurde es also beschlossen. Alam der Wilderer würde – in neue Gewänder gehüllt, die die herzöglich leuchtenden Farben gelb und rot repräsentierten – im Sommer auf dem Turnier des Bischofs das Haus Locir vertreten.

Der Wilderer lächelte, unsichtbar im Dunkel seiner tiefen Zelle. Der Herzog gab ihm eine Chance, den Himmel wiederzusehen.

Eigentlich gab es viele wie den hier.
In jedem zweiten oder dritten Ort. Kerle, die verloren hatten. Die vor den Augen ihrer johlenden, angetrunkenen Kumpane Sägespäne schmecken mußten. Die mit breitem Grinsen und erhobenen Armen in den Ring stiegen, sich von den Dorfschönheiten feiern ließen, um am Ende mickrig und mit blutverschmierter Nase durch die Seile zurückzuzittern in ihren schattigen Alltag.
Thruac hatte schon erlebt, daß solche wie der hier mit Messern auf ihn losgegangen waren oder mit einem zerschlagenen Krug, daß sie ihn anspuckten und herumschrien. Er war das gewohnt, das war Teil seines Jobs. Er war jedermanns Feind. Reiste von Dorfkirmes zu Dorfkirmes – »*Brarens Wandernder Ring präsentiert: Thruac, den Giganten, Thruac, den Unbesiegbaren, Thruac, den Gewaltigen! Wer wagt es, eine Runde mit ihm in die Arena zu steigen? Es kostet nur drei Taler, aber man kann zehn Taler gewinnen, wenn man eine Runde durchhält, und sogar fünfzig Taler, wenn man Thruac besiegt! Kommt, Leute! Kommt heran und seht den grimmigen Riesen, der eure Frauen bedroht und euch klein aussehen läßt im Angesicht der Furcht!*« – und boxte oder rang mit jedem, der überheblich oder betrunken genug war, es zu versuchen. Da waren nie wirklich gute Kämpfer dabei. Wirklich gute Kämpfer ließen sich nicht auf Jahrmarktskämpfe vor gröhlenden, schweißglänzenden Bauern ein. Thruac hatte fast immer leichtes Spiel, und mit den Jahren hatte er gelernt, die Gegner nicht einfach nur auseinanderzunehmen, sondern sie über die Hälfte der Distanz gut aussehen und ihren Spaß haben zu lassen, bevor er ihnen ihre Tracht Prügel verabreichte. Es sollte immer so wirken, als fehlte nur ein kleines Stückchen, ein wenig Glück vielleicht, und dann wäre der Riese besiegt. Auf diese Art versiegte der Strom neuer Her-

ausforderer nicht so schnell, und Braren machte seinen Schnitt, wenn nicht über die drei Taler der Kämpfer, dann über den einen Taler, den er den Zuschauern abknöpfte. Braren war immer zufrieden, und die Verprügelten quengelten immer herum und versuchten, gegen den Wandernden Ring zu hetzen.

Eigentlich gab es viele wie den hier, aber der hier war ganz besonders unangenehm, und er ließ und ließ nicht locker. Thruac konnte gar nicht genau sagen, was ihm an dem Mann am meisten mißfiel. Die Art, wie seine schwachsinnig wirkenden Freunde ihn anhimmelten; wie er gleich zwei erstaunlich schöne junge Frauen dabeihatte, die ihn stützen und streicheln wollten; wie er sich im Ring bewegte, höhnisch und herablassend, ein Tänzchen machte im Geviert, um kurz darauf voll eins in die Fresse zu kriegen und ein dermaßen dummes Gesicht zu machen, daß Thruac sich nur mit Mühe zurückhalten konnte, nochmal so hart zuzuschlagen und den Kampf vorzeitig zu beenden. Oder war es die Art, wie er »Jetzt schick' ich dich aufs Siechbett, alter Mann!« krähte, als der Kampf begann. Oder wie er schon vorher während der anderen Kämpfe dauernd dazwischengerufen und Thruac verspottet und verlacht hatte und jede von Thruacs Bewegungen mit einem wenig originellen Witz kommentierte, über den seine Freunde dann prustend lachten. Thruac hatte fast gebetet, daß diese Ratte zu ihm in den Ring kommen würde, und als es so weit war, hatte er fast gegrinst vor Freude. Viel zu schnell war es vorbei gewesen, die Ratte war langsam und schwach, hatte ein schlechtes Auge und fiel auf die ältesten Tricks herein. Trotzdem hatte sie mehr Freunde und Bewunderer und besser aussehendere Mädchen als Thruac je in seinem Leben gehabt hatte. Vielleicht war es ja das. Der Riese war immer nur bestaunt und gehaßt worden, und geprügelt. Immer wieder waren welche darunter, denen ein paar wilde Glücksschwinger gelangen, die Thruacs Nasenbein brachen oder eine Rippe oder sein Handgelenk. In den achtzehn Jahren, die er jetzt als fahrender Jahrmarktskämpfer für unterschiedliche Veranstalter gearbeitet hatte, hatte Thruac sich dutzende von Brüchen und hunderte von selbstgenähten Narben und Platzwunden zugezogen. Sein ganzer mächtiger Leib, über einen Kopf größer als der Durchschnitt und mit einem ungeheuren, von mittlerweile silbergrauen Haaren bewachsenem Brustkasten, war über und über beschriftet von den Zeugnissen seiner rauhen Profession. Thruac war ein Kirmesboxer, ein Festspielringer, ein Tollplatzschläger, er war dies seit achtzehn Jahren, nachdem er vorher acht Jahre lang Soldat und Söldner und anschließend noch einmal zehn Jahre lang freier Abenteurer gewesen war. Er war jetzt zweiundfünfzig Sommer alt und seine einstmals schmale Taille rivalisierte langsam an Breite mit seinem Brustkorb, aber das war noch lange kein Grund, sich von einem vorlauten Grünschnabel, der überhaupt nichts draufhatte, fortwährend beleidigen zu lassen.

Dabei war er es gewohnt, als fett bezeichnet und verlacht zu werden, und wegen seines Alters verspottet, und weil sein Haarschopf nicht mehr voll war. Fast alle Veranstaltungen fingen so an, wenn die farbigen Fackeln und Laternen entzündet wurden und Thruac über die Rampe in den Ring stiefelte, gehüllt in Tierfelle, die ihm das Aussehen eines pelzigen Alptraums geben sollten. Aber meistens verstummten die Spötter, wenn Thruac die Felle nach hinten warf, die schenkeldicken Oberarmmuskeln spielen ließ und die Zähne bleckte, die zwar nicht mehr vollzählig, aber noch beeindruckend weiß waren. Und die hartnäckigsten Lacher härten spätestens dann auf zu lachen, wenn der erste Herausforderer in hohem Bogen in die Menge zurückgeworfen wurde und Thruac ein wildes Brüllen

hinterherschickte, das ihn in einen Säbelzahntiger verwandelte, wenn auch nur für Momente.
Aber der hier legte es wirklich drauf an. Er hatte vorher gelästert, er hatte im Ring den großen Mann markiert, und jetzt, wo er deutlich sichtbar verloren hatte, giftete er etwas von Betrug und Thruacs Mundgeruch und Schwabbelbauch und sicherlich winzigkleinem Schwanz. Die Veranstaltung war für heute vorüber, alle sieben Herausforderer waren von Thruac in den Spänen gewendet worden, und die schubsende, kicherige Menge verlief sich, um draußen vorm Zelt den Feuerspeiern und Schwertschluckern zuzuschauen, die auch für Braren arbeiteten, aber dieser hier ließ nicht locker, und Thruac glaubte mittlerweile zu wissen, was es war, das ihn so wütend machte. Es waren tatsächlich die beiden Frauen. Er stellte sich vor, wie sie sich beide gleichzeitig nackt mit der Ratte auf feuchten, duftenden Fellen wälzten und ihm lachend ihre herrlichen jungen Körper darboten, ohne daß die Ratte dafür bezahlen mußte, und sowas durfte einfach nicht sein, sowas war nicht gerecht. Diesen Mädchen konnte gezeigt werden, daß sie sich dem Falschen an den Hals warfen, daß Männlichkeit anders bewiesen werden konnte als durch ein loses Maul und Jugend. Thruac schlüpfte durch die Seile nach unten, sprang vor, packte den Angeber im Genick und knallte dessen Gesicht auf die rauhe, hölzerne Ringkante. Zur Gegenwehr kam der Kerl gar nicht.
»Hältst du jetzt endlich deine Schnauze? Hast du jetzt genug?« Der Angeber sagte gar nichts mehr, sondern fing laut an zu flennen. »Halt die Fresse, sag ich dir! Halt verdammt nochmal dein dummes Maul!« schrie Thruac, schlug den Flennenden noch zweimal hart auf die Kante und stieß das blutverschmierte, winselnde Etwas dann zu Boden. Das zertrümmerte, zerbrochene Ding krümmte sich zu einer kläglichen Kugel zusammen, und erst jetzt tauchten wieder seine Freunde und seine beiden Huren auf. Anschuldigungen, schrilles Geschrei, geball-

te Fäuste und Fingernägel. Es war zum Kotzen. Alles war zum Kotzen. Thruac haßte diese ganze Scheiße. Er wandte sich ab und wollte einfach nichts mehr damit zu tun haben.

Diesmal war Braren nicht zufrieden, zeigte auch kein einziges Mal sein breites Grinsen mit den golden blitzenden Backenzähnen. So etwas durfte nicht passieren. Ein Kämpfer, der unter Brarens Schriftzug auftrat, durfte sich nicht an einem zahlenden Gast vergreifen, erst recht nicht an einem schwächeren zahlenden Gast. Braren erzählte irgendeinen Mist darüber, daß Thruac sowieso in letzter Zeit mehr Kämpfe verloren hätte als früher und Brarens Gewinnspanne kleiner geworden sei, und daß Thruac schon seit längerer Zeit mürrisch und lustlos gewirkt hätte beim Kämpfen und sich die Leute kaum noch vor ihm fürchteten und nicht mehr von so weit her zum Wandernden Ring hinkämen wie früher, und daß Braren sich das Ganze ohnehin bald nicht mehr würde leisten können und darüber nachdächte, sich an irgendeinem beschaulichen Ort zur Ruhe zu setzen. Thruac hörte kaum hin. Am Ende zahlte Braren ihm das noch ausstehende Honorar für die letzten drei Monde aus, und dann war Thruac entlassen, stand nach neun Jahren in Brarens Diensten wieder auf der Straße.

Thruac empfand keine Trauer und keine Wut. Er erkannte jetzt seinen Irrtum. Er war gar nicht wütend gewesen auf die Ratte oder neidisch auf die beiden Mädchen. Er war auch nicht durchgedreht oder hatte vorübergehend die Beherrschung verloren. Er hatte einen Schlußstrich gesucht, und er hatte ihn mit Blut gefunden.

Nun war es vorbei. Thruac war ein alter Mann geworden. Da machte er sich nichts mehr vor. Sein Leben war voller Erlebnisse und Gefahren gewesen, früher, als Soldat, und später, als er sein Schwert in verschiedene Dienste gestellt hatte. Da gab es nichts zu bereuen und nichts wiedergutzumachen. Aber die letzten achtzehn Jahre als Kirmesboxer hatten ihn in die Lachhaftigkeit geführt. Ins Vergessen. Ins Nichts. So konnte es nicht zuendegehen. Als drohgebärdender Sandsack für Besoffene konnte es nicht enden. Die Haare auf seinem Brustkorb mochten zu Silber geworden sein, aber er war immer noch einen guten Kopf größer als der Durchschnitt und hatte immer noch die Kraft in den Armen, Gewichte zu stemmen, bei denen anderen die Puste ausging. Ihm war klar, daß er es besonders in Geschwindigkeit und Wendigkeit nicht mehr mit jungen Kämpfern unterschiedlicher Schulen aufnehmen konnte, aber seine reine Kraft und Masse und die große Routine, die die vielen durchkämpften Jahre ihm eingebracht hatte, waren ein nicht zu unterschätzendes Guthaben.

Zu Fuß und sich ab und zu auf Handelskarren mitnehmen lassend machte Thruac sich auf in die Befestigte Stadt.
Dort investierte er die drei letzten Monatssolde Brarens – plus dem, was er in den Jahren zusammengespart hatte – in ein mächtiges Zweihänderschwert, das bislang nicht verkauft werden konnte, weil es so schwer und groß war, daß niemand in der Lage gewesen war, es zu schwingen. Dann suchte er sich ein Turnier auf Leben und Tod, um seiner Laufbahn einen Abschluß zu geben, den das Publikum bejubelte und von dem man noch lange sprechen würde.

Die Geschichte der fünf Helden

Es ist jetzt zwölf Jahre her, daß es dem General Oguni gelungen war, der Gruppe Arashi habhaft zu werden.
Arashi bedeutet *Sturm*, und genau wie ein Sturm hatte die aus fünf Personen - vier Männern und einer Frau - bestehende Bande auf den Daimyo-Inseln gewütet, ein Banner mit sich führend, das das Symbol *Rakuen* zeigte, ungefähr übersetzbar mit dem Begriff *Paradies*. Der General Oguni hatte lange überlegt und war strategisch vorgegangen. Einem Verräter war es gelungen, die Nahrung der Gruppe mit Schlafmittel zu vergiften, und so brauchten die gefährlichen fünf Verbrecher nur noch eingesammelt zu werden. Nun lagen der Anführer Girumitsu, das Mädchen Tika, die Kämpfer Huong und Lao Liang sowie der bärenstarke Festlandkrieger Mountain in Ketten in der Burg Hashira, und das Volk erwartete das Spektakel einer großen Hinrichtungszeremonie. Der General jedoch hatte noch anderes im Sinn. Ihn beschäftigte, daß sich noch immer im Volk hartnäckig das Gerücht hielt, jeder einzelne der Gruppe Arashi wäre im Kampf soviel wert wie zehn beliebige Söldner jedes beliebigen Generals. Er bereute nun fast, daß er die fünf auf so einfache Art gefangengenommen hatte, und er war klug genug, um zu begreifen, daß sein Sieg über die Bande niemals vollkommen sein würde, solange die Legende ihrer Kampffähigkeiten überdauerte.
Also rief er fünfzig Söldner zusammen - fünfundzwanzig Männer, zwanzig Frauen und noch fünf weitere, die vielleicht weder das eine noch das andere waren, Abgesandte einer unheimlichen Sekte, die als *Ningenhotai* bekannt war und deren Schüler am ganzen Körper und auch im Gesicht mit bunten Bandagen verhüllt waren - und er versprach diesen

fünfzig Söldnern hohen Lohn, wenn es ihnen gelingen würde, den Ruf der Gruppe Arashi endgültig zu zerstören.

Er ließ den breitesten Bergfried der Burg Hashira in eine Arena umwandeln. Die Zinnen der oberen Plattform wurden abgetragen, so daß eine randlose, quadratische Ebene von zehn Metern Kantenlänge in vierzehn Metern Höhe entstand. Auf zwei benachbarten, höheren Türmen wurden Langbogenschützen postiert, die besten, über die der General verfügte. Erreicht werden konnte die Kampfplattform nur über die bereits vorhandene Falltür in ihrer Mitte.

Dann stieg der General Oguni in die verwinkelten Kerker der Burg hinab und stellte die Gefangenen der Gruppe Arashi vor die Wahl: Sie würden entweder einer nach dem anderen gefesselt von der Plattform des umgebauten Bergfrieds gestoßen werden, oder aber sie bekamen die Chance, mit ihrer eigenen Waffe um ihr Leben zu kämpfen. Dort oben, in luftiger Höhe, und jeder Fehltritt über die Kante bedeutete den Tod. Der General sagte, wenn wirklich jeder von ihnen so gut sei wie zehn Mann, müßte es für sie möglich sein, fünfzig Söldner zu besiegen. Also sollten sie alle nacheinander einzeln dort hochgeführt werden und gegen ebenfalls einzeln auftretende Söldner antreten, insgesamt fünfzig an der Zahl. Sollten nach dem fünfzigsten Gegner noch Mitglieder der Gruppe Arashi am Leben sein, so versprach der General diesen Überlebenden die Freiheit. Die Reihenfolge der Söldner würde ausgelost werden, aber die Gruppe Arashi würde Gelegenheit bekommen, die Reihenfolge ihrer Kämpfer selbst auszuwählen. Da jeder Kämpfer bis zum Tode zu kämpfen hatte, hatte natürlich derjenige, der als erster antrat, die geringste Überlebenschance, denn er würde nacheinander alle fünfzig Gegner zugeführt bekommen. Der zweite würde nur noch die Gegner bekommen, die den ersten überlebt hatten, der dritte nur noch die, die die ersten beiden überlebt hatten, und so weiter. Wenn jeder der Gruppe Arashi es wirklich – wie die Legende behauptete – schaffen konnte, zehn Gegner zu überwinden, hätte der letzte von ihnen eine echte Chance, freigelassen zu werden.

Selbstverständlich nahm die Gruppe Arashi, genau wie der General dies vorhergesehen hatte, das Angebot an. Im Kampf gegen die verhaßten Vasallen der Daimyos zu fallen war allemal besser, als einfach nur hingerichtet oder zu Tode gestürzt zu werden. Im Grunde genommen hatte jeder von den Fünfen eine solche Gelegenheit erträumt. Daß sie durch Gift besiegt worden waren, hatte mehrere von ihnen zum Weinen gebracht.

Jetzt brach der Streit darüber auf, in welcher Reihenfolge sie antreten sollten. Der Anführer Girumitsu wollte darauf bestehen, daß er als erster kämpfen dürfe, denn schließlich sei ihrer aller Gefangenschaft seiner Verantwortung zuzurechnen. Aber zum ersten Mal, seit es die Gruppe Arashi gab, wurde der Anführer von seinen Freunden überstimmt. Die anderen waren sich einig: Eigentlich hatte tatsächlich nur der letzte Kämpfer Aussichten auf ein Weiterleben, und auch diese Aussichten
waren mehr als gering, aber wenn nur einer von ihnen überleben sollte, dann sollte dies Girumitsu sein, der am ehesten die Essenz von Arashi verkörperte. So wurde es beschlossen. Huong und Tika, die ein Liebespaar waren, seit sie zwei Jahre zuvor in einem Höhlenschacht gemeinsam verschüttet worden waren, wollten als erste kämpfen, der große Mountain dann als dritter, Lao Liang, der Girumitsus Kampflehrer gewesen war, als vierter, und der Anführer selbst schließlich als letzter.

Das Volk wurde zusammengerufen und war begeistert, denn das in Aussicht stehende Kampfschauspiel war noch viel spektakulärer und blutrünstiger als jede Massenhinrichtung. Mit etwas Glück konnte man an diesem einzigen Tage fünfzig

Menschen sterben sehen, das versprach ein Fest, das auch viele Naschwaren- und Getränkehändler mit ihren Laufkarren zur Burg Hashira in Bewegung setzte.
Der General Oguni ließ in einem Radius von zehn Metern rings um den Bergfried große Tonscherben und scharfkantige Metallteile ausstreuen und richtiggehend in die Erde setzen, um die Bedrohung des Absturzes noch deutlicher zu machen, und auch, um zu verhindern, daß Abgestürzte mit zerschmetterten Knochen noch lange jammern und den Schaulustigen die Stimmung verderben konnten. Dieser Splitterkreis wiederum wurde an seinem äußeren Rand noch von einer Seilabsperrung begrenzt, damit das kurzsichtig schubsende Volk sich nicht so leicht selbst verletzen konnte.
Mit dem Losverfahren, das nun die Reihenfolge der kämpfenden Söldner bestimmen sollte, erfand der General Oguni die Grundlage der auch heute noch sehr beliebten Guzen- (= Zufall) Turniere, in denen die Kampfpaarungen ebenfalls voll und ganz dem Losschicksal überantwortet werden. Die Söldner hatten sich zwar alle freiwillig für diese Mission gemeldet, denn der General hatte jedem, dem es gelang, einen der Banditen zu töten, eine ungewöhnlich hohe Münzenprämie in Aussicht gestellt, aber das war noch gewesen, bevor der Bergfried in eine tödliche Falle umgebaut wurde, und jetzt schlackerten doch etlichen von ihnen die Knie.
Die Gruppe Arashi wurde in Ketten herausgeführt, denn jeder von ihnen sollte natürlich zusehen dürfen, wie seine Mitgefangenen getötet wurden. Das Schweigen des sich bis weit in die angrenzenden Weiden und Wälder drängenden Volkes war eisig, als die gefürchteten Wegelagerer präsentiert wurden. Dann wurden Huong die Ketten gelöst, er durfte sich aus einem bereitliegenden Waffenarsenal seinen eigenen, beschlagnahmten Säbel heraussuchen, und dann wurden ihm, seinen Kumpanen, den Söldnern und den Zuschauern noch einmal

die Regeln erklärt. Jeder Kampf würde erst beginnen, wenn beide Gegner oben auf der Plattform Aufstellung genommen hätten und ein Fanfarenstoß als Startsignal ertönte. Sollte einer der Kämpfer sich durch eine verfrühte, unfaire Attacke Vorteile zu verschaffen suchen, so würde er von den benachbart postierten Langbogenschützen tödlich unter Beschuß genommen. Schwerverwundete, die auf der Plattform liegenblieben, durften über den Rand in die Tiefe gekippt werden. Ein Entwaffneter mußte waffenlos weiterkämpfen und konnte sich nach einem Sieg die Waffe des Gegners aneignen. Ein Söldner, der ein Mitglied der Gruppe Arashi getötet hatte, hatte seine Pflicht erfüllt, wurde reich entlohnt und mußte nicht noch einmal gegen ein weiteres Mitglied der Bande antreten. Aufgeben wurde nicht akzeptiert. Jeder Kampf endete mit dem Tod eines der beiden Gegner. Eine Zeitbegrenzung gab es dabei nicht, allerdings behielt sich der General Oguni vor, Feiglingen, die sich nur lauernd gegenüberstanden und sonst weiter keine Aktionen sehen ließen, durch ein paar warnende Bogenschüsse Beine zu machen.
Die große Holzschüssel mit den auf Reispapierschnipseln getuschten Symbolen der fünfzig Söldner wurde mit einer großen Kelle umgerührt, dann wurde der erste Söldner ermittelt, ein mit einem Schwert bewaffneter, finster dreinblickender junger Krieger in einem traditionell weitgeschnittenen Gewand von grasgrüner Farbe. Wortlos schritten er und der Bandit Huong nacheinander durch das gefährliche Splitterfeld und betraten den Bergfried durch die untere Tür. Eine spannungserfüllte Minute später kamen sie oben auf der Plattform wieder zum Vorschein. Die Durchstiegsluke wurde hinter ihnen geschlossen und von unten verriegelt. Jetzt gab es für keinen der beiden mehr ein Entkommen. Sie stellten sich drei Meter voneinander entfernt auf, die Waffen in den ihnen am vielversprechendsten scheinenden Schlagstellungen haltend.

Leichter, warmer Wind bauschte das grüne Gewand des Söldners. Huong hatte im Inneren des Turmes sein zerschlissenes Hemd auf den Treppenstufen liegenlassen und stand nun mit nacktem Oberkörper da. Beide warteten auf den Fanfarenstoß. Als er endlich erklang, fingen die Zuschauer unten an zu schreien und zu lärmen wie eine Horde entfesselter Tierdämonen.

Huong drang mit mächtigen Hieben wild auf den Söldner ein. Der stürzte blutüberströmt zu Boden, rappelte sich wieder auf und wurde mit einer weiteren Serie von Schlägen bis an den Rand zurückgetrieben. Huong riß den Taumelnden mit einem Fußfeger von den Beinen, und der vielleicht schon gar nicht mehr lebendige Söldner trudelte lautlos in die Tiefe und schlug dumpf auf. Der Kampf hatte kaum zehn Sekunden gedauert, der Bandit war nicht einmal angekratzt worden. Höhnisch rief er hinunter, der General sollte besser jemanden hochschicken, der sein Handwerk verstehe. Das Los fiel auf eine junge Frau, die tapfer nach oben rannte. Wieder wurde das Signal abgewartet, dann wiederholte sich das Schauspiel. Die junge Söldnerin kam überhaupt nicht zur Gegenwehr. Huongs wuchtige Querschläge töteten sie noch oben auf der Plattform, und der Bandit trat ihren Leichnam geringschätzig in die Tiefe.

Dem dritten Gegner sah man seine Unsicherheit und Furcht schon an, als er auf das Tor des Bergfrieds zuging. Einen Augenblick sah es sogar so aus, als wollte er fliehen, aber die Zuschauer standen ringsum zu dicht, da war kein Durchkommen mehr. Oben auf der Plattform ereilte ihn ein ebenso schnelles Ende wie die anderen beiden. Der Bandit arbeitete jetzt noch mehr mit wuchtigen Tritten, und der letzte dieser Tritte beförderte den schrill kreischenden Söldner in weitem Bogen über die Kante. Erst unten brach der Schrei dann ab.

Huong lachte und spottete, führte sogar ein kleines Tänzchen dort oben auf, schmähte die Daimyos und die Soldaten des Generals. Er war immer noch vollkommen unverletzt und schien sich glänzend zu amüsieren.
Unten machte sich Unruhe breit, sowohl unter den Zuschauern als verständlicherweise auch unter den siebenundvierzig verbliebenen Söldnern. Was, wenn die Gerüchte die Wahrheit sprachen? Wenn wirklich jeder einzelne der Gruppe Arashi zehn Mann wert war? Mußten sie dann nicht alle heute hier sterben? Welchen Sinn hatte der Plan General Ogunis, außer sie alle zum Tode zu verdammen?
Eine junge Frau mit Kampfspeer war die vierte. Zuerst sah der Kampf aus wie die anderen zuvor, aber sie wurde nicht so oft getroffen, parierte viele von Huongs Treibhieben mit ihrem stählernen Speerschaft. Dann, schon fast an die Kante zurückgedrängt, setzte sie zum Gegenangriff an. Diese Taktik hatte Erfolg, denn Huong hatte schon mit einem weiteren leichten Sieg gerechnet. Er wurde mehrmals schwer getroffen, und es entbrannte ein grimmiges Duell, bei dem kein Sieger abzusehen war. Schließlich, nach einer gewalttätigen halben Minute, brach das Mädchen zusammen, und Huong konnte sie über die Kante rollen, aber dem folgten kein Tänzchen mehr und auch keine Schmähreden. Der Bandit atmete schwer und blutete stark aus mehreren Stich- und Rißwunden.
Die Stimmung kippte. Der Sturm war sterblich. Die nächste ausgeloste Söldnerin, eine ältere, erfahrene Kämpferin vom Festland, grinste breit, als sie auf den Bergfried zuschritt. Die Prämie für den Kopf eines Banditen schien ihr sicher.
Sie eröffnete mit herausgeschrienen Rundum-Schwerthieben, die Huong den Rest geben sollten. Aber der Bandit konzentrierte sich zuerst nur mit schweißglänzendem Gesicht aufs Parieren. Dann setzte er eine Ausfallserie an, die von der Kriegerin kalt lächelnd ebenfalls pariert wurde, aber ihre rückwär-

tige Laufrichtung führte sie zu nahe an die Kante heran. Ein schneller Fußfeger des verwundeten Banditen, und die noch fast taufrische Gegnerin stürzte in die Tiefe und starb. Der Sturm war immer noch gefährlich.
Jetzt kam ein breitschultriger Hüne an die Reihe, und er nahm sich vor, den blutenden Verbrecher dort oben nicht zu unterschätzen und ganz besonders bedachtsam vorzugehen. Aber seine Wachsamkeit machte ihn zu langsam. Huongs mörderische Hiebe hatten ihn getötet, bevor er eine noch schlauere Taktik einschlagen konnte.
Huong schien wieder Oberwasser zu bekommen, man konnte ihn jetzt wieder lachen und spotten hören. Sechs Gegner hatte er nun schon besiegt. Unter den Zuschauern machte sich erste, staunende Anerkennung breit.
Die siebte Gegnerin war wieder – das Losglück wollte es so – eine junge Frau mit einem Kampfspeer. Diese Kombination hatte Huong bislang deutlich am meisten zu schaffen gemacht. Und auch diese Kämpferin verstand sich wieder ausgezeichnet aufs Parieren mit dem Speer, aber ihr fehlten die überraschenden Vorstöße ihrer Vorgängerin. Übermütig versuchte sie Huong zu Fall zu bringen, indem sie seitlich gegen seine Beine schlitterte, und der Bandit spießte sie dabei auf wie eine Taube. Der achte Söldner war ein noch fast kindlich junger Blondschopf von weit her, mit einem Schwert bewaffnet, das viel zu groß für ihn wirkte. Die Wirren eines flächenverheerendes Krieges hatten ihn zum Söldner werden lassen, und dies hier war sein erster und letzter großer Kampf. Es sah fast so aus, als spränge er nach einem etwa sieben Sekunden langen Opferlammspiel von selbst kopfüber in die Tiefe, um dem rasenden Mörder irgendwie zu entgehen.
Wieder kehrte Stille ein. Der durch Gift zu Fall gebrachte und rechtmäßig verurteilte Brigant Huong stand immer noch aufrecht auf der Plattform, und rundum lagen in der Tiefe acht

zerborsten tote Leiber. Es war ein schauerliches Bild. Aber als jetzt das Los gezogen wurde, ging ein Raunen der Endgültigkeit durch die Menge, denn der erste der fünf Ningenhotai machte sich jetzt auf den Weg zum Dach des breiten Turmes.
Die wie angelaufenes Messing gefärbten Stoff- und Lederbänder, sie seinen ganzen athletischen Körper umhüllten, gaben ihm ein gespenstisch unlebendiges Aussehen. Er hatte je eine schmutzig wirkende Klinge in jeder Hand, und zum ersten Mal war auch auf Huongs Gesicht so etwas wie Furcht zu lesen.
Der Kampf begann. Der Bandagierte sprang vor und pflügte beide Klingen tief durch Huongs Eingeweide. Danach zog er sich zurück und wartete nur noch ab. Der sterbende Bandit drang zwar brüllend und hustend immer noch auf seinen Gegner ein, aber der wich mit lässig tänzerischen Bewegungen nur noch aus, während Huong elend verblutete. Nach einer endlos scheinenden Zeit der demütigenden Vorführung brach Huong zusammen und kroch nur noch auf allen Vieren herum. Da er robbend und ächzend für die Zuschauer unten nicht mehr zu sehen war, machte der namenlose Sektierer ein Ende und schnitt dem Röchelnden wie einem Tier den Hals durch. Dann hob er den toten Gegner mit beiden Armen über sich in die Höhe, ließ Blut wie aus einer Quelle über sich strömen und schleuderte die Leiche Huongs dann fast bis an den Rand des Splitterkreises hinab. Die Menge war begeistert. Dies war buntes Theater, harter Kampf und großes Drama in einem. General Ogunis Name wurde begeistert gerufen, und der Name der geheimnisvollen Kriegersekte ebenfalls.

Der völlig unverwundete Bandagierte bekam seine Prämie und wurde als Sieger und Held gefeiert, und das Mädchen namens Tika, dessen Gesicht vor Stolz und Tränen leuchtete, denn sie hatte ihren Liebsten sterben sehen, und er hatte großartig gekämpft, wurde von ihren Fesseln befreit, bewaffnete

sich mit einem schmalen, stabilen Dolch und betrat den Bergfried. Ihr folgte die zehnte ausgeloste Söldnerin.
Tikas Zeit begann ähnlich wie die ihres Geliebten. Die ersten beiden Gegnerinnen hatten überhaupt keine Chance und wurden von ihr mit wütenden Schlägen und gut plazierten Tritten über die Kante befördert. Der dritte Gegner war ein Ningenhotai, von dem alle Zuschauer natürlich ähnlich Überzeugendes erwarteten wie von dem ersten, aber dieser hier enttäuschte auf ganzer Linie. Tika nahm blutige Rache für das Schicksal Huongs. Der Bandagierte konnte keinen einzigen wirkungsvollen Schlag anbringen, und Tika schlitzte ihm genüßlich die bronzefarbenen Körperumwicklungen auf. Als schließlich nur noch ein schlotternder Kerl mittleren Alters vor ihr stand, dessen Haut bleich und transparent war, als hätte sie noch niemals die Sonne gesehen, öffnete sie ihm mit einem unglaublich harten Kreuzschlag den Brustkorb und verwandelte die Kampfplattform endgültig in eine rutschige Falle.
Der vierte Gegner, ein hektisch herumschreiender Schwertkämpfer, hatte auf dieser glitschigen Fläche nicht den Hauch einer Chance und schlingerte haltlos in sein Ende. Gegner Nummer Fünf konnte mit seiner Streitaxt Tika zwar erste Blessuren beibringen, dann mußte aber auch er unter der Wut der jungen Wegelagerin sein Leben lassen.
Tika wirkte noch stärker, noch unbezwingbarer als Huong. In der Daimyo-Kultur, in der Männer und Frauen völlig gleichberechtigt unter Waffen standen, wäre auch niemand auf die Idee gekommen, herablassend zu behaupten, daß dies doch nur ein Mädchen sei. Ihre Bewegungen waren schneller und wirkten gleichzeitig doch auch gezielter als die aller anderen Kämpfer bislang, vielleicht mit Ausnahme des Ningenhotai, der Huong getötet hatte. Nach diesem Gegner rief Tika jetzt auch in der Zeit, die ihr sechster Gegner brauchte, die Treppen zu erklimmen. Sie wollte Huongs Mörder vor

die Klinge bekommen, aber die Regeln des Generals ließen das nicht zu.
Der Kampf gegen ihren sechsten Gegner dauerte keine fünf Sekunden. Dieser war der erste, der wenigstens den Sturz überlebte, aber nach der Zeitspanne, die ein ordentlicher Kampf hätte dauern sollen, hauchte auch er sein Leben auf den Metalltrümmern aus. Wieder forderte Tika den Ningenhotai. Der war mittlerweile auch bereit zu kommen, aber der General hielt ihn persönlich zurück.
Kaum jemand beachtete Tikas siebten Söldner. Auch unter den Zuschauern wurden die Stimmen immer lauter, die das Duell zwischen der bösen Schönen und dem edlen Ungeheuer forderten. Umso erstaunter war man, als Tika plötzlich tot auf der Plattform lag. Ihr siebter Gegner, ein schon älterer Mann in einer sorgfältig verzierten Lederrüstung, hatte dem wütenden und verzweifelten Mädchen keinen Raum zur Entfaltung gelassen und sie mit geschickten Kombinationen und schweren Klingenhieben auf schnelle und recht schmerzlose Weise hingerichtet. Der anschließende Wirbel um seine Person schien dem Mann eher unangenehm zu sein, auch wich er den brennenden Blicken der noch lebenden Banditen aus. Er nahm seinen Sold an sich und verließ dann Burg und Gegend, ohne sich für den weiteren Verlauf der Kämpfe zu interessieren.

Jetzt war die Reihe an Mountain, dem größten, kräftigsten und am wildesten aussehenden der vier Räuber. Sich den Eindrucks, den allein schon sein massiger Körperbau machte, wohl bewußt, griff er sich eine gewaltige doppelklingige Kriegsaxt aus dem Waffenfundus und stapfte mit der Ruhe eines Dickhäuters zum Turm und hinauf. Einigen der vierunddreißig jetzt noch nicht gelosten Söldner klapperten hörbar die Zähne.

Mountains erste Gegnerin war eine Schwertkämpferin mit einem auffallend schönen Gesicht und einem männlich wirkenden, durchtrainierten Körper. Sie ließ sich von Mountains rauschenden Schwingern erstaunlich wenig beeindrucken und versetzte ihm ein paar beherzte Streiche, bevor die reine Aufprallwucht von Mountains riesiger Waffe sie beim Parieren rückwärts über den Rand der Kampffläche trieb. Mountain hatte nicht gut ausgesehen in diesem Kampf, zu schwerfällig und berechenbar wirkten seine Aktionen. Das Zähneklappern verebbte.

Als zweiten Gegner bekam Mountain den dritten Ningenhotai vorgesetzt. Wer sich auf ein spannendes Duell gefreut hatte, wurde bitter enttäuscht. Dieser hellrot gefärbte Bandagierte stellte sich unglaublich ungeschickt an und lief dem langsamen Mountain mehrmals regelrecht ins Axtblatt. Der atemberaubende Eindruck, den der erste Sektierer noch hinterlassen hatte, verkehrte sich nun beim vergeßlichen Publikum langsam ins Gegenteil. Man begann, sich über die Bandagierten lustig zu machen und schlug scherzhaft vor, bei dem nächsten solle man doch wenigstens die Augen nicht verbinden. Mountains dritter Kampf bestand größtenteils aus Lauern, Abwarten und Taktieren, so daß ungeduldige Bürgerstimmen schon nach den Bogenschützen zu krähen begannen. Nach mehr als fünf Minuten und bislang erst wenigen halbherzigen Waffenkontakten fand endlich eine gnadenlose Schlagserie Mountains ihr Ziel und beendete das nur für Experten fesselnde Schauspiel.

Die vierte Gegnerin Mountains hatte sich seine bisherigen Kämpfe ganz genau angesehen und richtete ihre Taktik ganz auf Schnelligkeit und Wendigkeit aus. Damit hatte sie auch beinahe Erfolg. Mehrmals zwangen ihre schweren, mit einer Kampfhellebarde beigebrachten Wirkungstreffer den muskelbepackten Koloß zu Boden, aber dann nutzte Mountain doch noch die eine Sekunde, in der seine Gegnerin zu nah an der Kante vorbeilief, und schleuderte seine schwere Doppelaxt nach ihr. Mountain hatte Glück, das Metall blieb klirrend auf der Kante liegen, die verblüffte Kämpferin jedoch kippte armerudernd in die Tiefe und brach sich unten das Genick. Ihre Hellebarde flog dabei kreiselnd weit in die zuschauende Menge hinein und hieb einem Landmann ein Stück Stirn aus dem Schädel. Der überlebte das aber, verband sich selbst den Kopf mit seinem Hemdsärmel und ließ sich durch diesen Unfall nicht einmal vom weiteren Zuschauen abhalten.

Der Riese war jetzt schwer angeschlagen. Überhaupt waren sich alle Betrachter einig, daß der große, starke Mann bislang deutlich der schwächste der Arashi-Banditen war. Dementsprechend zuversichtlich sah auch Mountains fünfter Gegner dem Kampf entgegen. Im Grunde genommen hatte die Hellebardenkämpferin bis auf ihre eine Unachtsamkeit schon eindrucksvoll demonstriert, wie dem Riesen beizukommen war. Der fünfte Kämpfer folgte dieser taktischen Linie. Da aber auch Mountain mittlerweile begriffen hatte, daß seine Feinde ihn durch Schnelligkeit zu überrumpeln trachteten, stellte auch er seine Taktik auf ein bißchen mehr Unberechenbarkeit hin um. Allerdings behinderten ihn seine Verletzungen schon zu sehr, um dieses Konzept noch wirklich gut umzusetzen. Es wurde ein ausgeglichener und langer Kampf. Der Söldner mußte mehrere Hiebe einstecken und hatte einmal Glück, daß die Axt seine massive Gürtelschnalle traf, sonst hätte ihn der entsprechende Hieb vielleicht in zwei Hälften geschnitten. Schließlich gelang es ihm aber, mehrmals unter Mountains pfeifenden Rundumschwingern durchzutauchen und dem viel größeren Gegner mehrere böse Stiche in den Unterleib beizubringen. Mountain ließ irgendwann die Waffe los und krümmte sich jaulend zusammen, und dann fiel der Gegner wie ein

Aasfresser über ihn her und stach ihn mit über dreißig weiteren Stichen tot. Danach mußte der Söldner von Helfern die Bergfriedtreppe hinabgetragen werden. Seine eigenen Verwundungen bluteten so stark, daß auch die Geldübergabe zeremoniell abgekürzt wurde, da der General verhindern wollte, daß ihm einer seiner Triumphatoren unterm Jubel der Menge wegstarb. Hastig wurde der Sieger ins Lazarett getragen und dort in einen die Farben Weiß und Rot tragenden Bandagierten verwandelt.

Die Banditen Lao Liang und Girumitsu konnten sich mittlerweile ausrechnen, daß sie beide dieses Blutspektakel nicht überleben würden. Ihre Kameraden hatten zwar heldenhaft gekämpft und zu dritt insgesamt einundzwanzig Gegner verschlissen, aber dadurch blieben jetzt immer noch fünfzehn für den einen und vierzehn für den anderen übrig, und sie machten sich keine Illusionen darüber, daß sie deutlich mehr Gegner würden besiegen können als Huang oder Tika.

Dennoch konnte aufmerksamen Beobachtern – und der General Oguni war ein solcher – nicht entgehen, daß die beiden Gefangenen keinerlei Angst zeigten. Als Lao Liang jetzt die Fesseln abgenommen wurden und er auf der Stelle hüpfend seine Gliedmaßen ausschüttelte, um das Blut wieder fließen zu lassen, lächelten und nickten die beiden sich sogar selbstbewußt zu. General Oguni bekam jetzt zum ersten Mal das Gefühl, einen Fehler gemacht zu haben, indem er der Gruppe Arashi ein dermaßen heroisches Forum für ihr Sterben bereitet hatte. Sicher, bislang hatte keiner von ihnen die Legende von den zehn besiegten Gegnern bestätigen können, aber sie hatten ihn bis jetzt zu dritt immerhin achtzehn Söldner gekostet, das machte einen Schnitt von sechs pro Arashi. Hätte die Legende statt von zehn von sechs Gegnern gesprochen, wäre sie kaum weniger eindrucksvoll gewesen, und kaum weniger

ärgerlich. Sollte es Lao Liang und dem Anführer der Gruppe jetzt auch noch gelingen, jeweils sechs Söldner zu töten, würde dieser Tag die Geburt einer neuen – und diesmal vollauf wahren – Legende bedeuten.
Aber es gab jetzt kein Zurück mehr. Die aufgepeitschte Menge erwartete den weiteren Ablauf. Und Lao Liang, der kahlrasierte Kampflehrer innerhalb der Bande, nahm sich seine dreigliedrigen Nunchakus aus dem Angebot der Waffen und schlenderte, sie spielerisch und eindrucksvoll wirbelnd, durch das Tor zum Ruhm.

Seine ersten drei Gegner – drei Männer mit völlig unterschiedlichen Bewaffnungen, Rüstungen, Kampfstilen und körperlichen Ausprägungen – hatten nicht den Hauch einer Chance. Es war überhaupt erstaunlich und begeisternd zu sehen, daß ein ausgeruhter Arashi offensichtlich von keinem wie auch immer gearteten einzelnen Gegner gefährdet werden konnte. Auch den unkundigsten Zuschauern fiel das langsam auf. Mit den jeweils ersten Gegnern hatte bis auf Mountain keiner der Verurteilten bisher Probleme gehabt. Lao Liang verdrosch seine Gegenüber mit einer Geschwindigkeit, die mit menschlichem Auge kaum noch wahrnehmbar war, und wenn sie dann strauchelten und stürzten, sprang er wie ein Raubvogel von oben auf sie drauf und erdrosselte sie mit den Kettengliedern seiner Waffe. Dadurch blieben alle Leichname seiner Kampfgegner oben auf der Plattform liegen, und Lao Liang machte auch keinerlei Anstalten, die Toten über die Kante zu kippen. Vielmehr verwandelte er die ohnehin schon besudelte Kampffläche in ein unebenes, hindernisreiches Gebiet, auf das jeder folgende Gegner sich erst einstellen mußte, in dem Lao Liang sich aber bestens auskannte.
Die Gegner Vier und Fünf waren Frauen, auch sie sehr unterschiedlich, die eine mit einem sehr breitklingigen Kurzschwert

und einem kleinen runden Schild bewehrt, die andere mit einer spitzen Metalldornstange mit Pariergabel am Griff. Den beiden gelang es nacheinander, durch ein paar selbstmörderische Vorstöße dem glatzköpfigen Banditen ein paar Wunden beizubringen, und die Kämpferin mit dem Metalldorn kam sogar einmal hinter ihren Gegner und konnte ihm einen bösen Schnitt am Hals zufügen. Aber schließlich blieben auch diese beiden Söldnerinnen auf der Plattform liegen und stellten weitere Bewegungshindernisse für weitere Gegner dar. Der General Oguni knirschte mit den Zähnen, denn er hatte tatsächlich vergessen, in seinen Regelformulierungen das Räumen der Plattform zur Pflicht zu erklären.

Lao Liangs sechster Kontrahent scheiterte auch tatsächlich an diesem Geländevorteil, den der Lehrmeister sich mittlerweile verschafft hatte. Der Bandit tanzte sicher zwischen den Körpern hindurch, während der junge Langschwertkämpfer beim Vor- wie Zurückgehen auf jeden Schritt doppelt achten mußte. Die Hartholzglieder der Nunchakus zerschmetterten seinen Kopf, während er halb liegend zum Schutz die Arme in den Himmel reckte.

Als siebtes wurde das Namenssymbol eines zartgliedrigen, hübschen Mädchens mit langem dunklen Zopf und einer seltenen Waffe, die aus einer gekrümmten Schwertklinge an einem speerlangen Griffschaft bestand, aus der hölzernen Schale gezogen. Dieses Mädchen verstand es, die Reichweite ihrer Waffe als großen Vorteil zu nutzen. Zuerst hielt sie den unberechenbar herumspringenden Lao Liang damit einigermaßen auf Distanz, um dann, als sie sich einen sicheren Laufweg zwischen den Toten ausgerechnet hatte, plötzlich in eine riskante, rein auf Offensive bedachte Attacken- und Nachsprungserie überzugehen. Einiges konnte Lao Liang dank seiner großen Routine noch abfangen, aber schließlich war die verlängerte Schwertklinge zu umfangreich und zu schwer, um von den Nunchakus voll in Zaum gehalten werden zu können. Das Mädchen rammte dem Meisterkämpfer die Schneide mit soviel Anlaufschwung in die Brust, daß sie zwischen seinen Schulterblättern wieder herausplatzte. Lao Liang drehte sich zweimal mit der langen Stange in der Brust wie ein Tanzbär um die eigene Achse und fiel dann steif um, als siebter liegender Körper auf dem Dach der Welt.

Als Helfer auf die Plattform strömten, um die sieben Toten über den Rand zu werfen, wurde zur Überraschung aller festgestellt, daß die beiden von Lao Liang besiegten Frauen noch lebten. Der Bandit hatte sie nur bewußtlos geschlagen, sie aber nicht wie die männlichen Gegner erwürgt. Die Menge verzeichnete dies mit einem spontan hier und dort aufflackernden Beifall, aber der allgemeine Applaus für das hübsche und siegreiche Mädchen mit dem Zopf war lauter, langanhaltender und ganz allgemein unvergeßlicher. Sie war die erste Frau, die heute hier gewonnen hatte, und deshalb jubelten besonders die Frauen und Mädchen unter den Anwesenden und warfen unterschiedlichste Kopfbedeckungen in die Luft. Dieser Kämpferin, die so überlegen und mutig gesiegt hatte, stand jetzt mindestens eine großartige Karriere in einer fürstlichen Leibgarde offen. Heiratsanträge begüterter Galane würden zahlreich folgen. Sie selbst allerdings hatte in den Minuten nach ihrer Belohnung nur Augen für den Banditen, der jetzt seiner Ketten entledigt wurde.

Girumitsu war der letzte Überlebende der Gruppe Arashi. Er war ihr Anführer gewesen, und er war noch dazu einer der bestaussehendsten Männer weit und breit. Jetzt begann der riskanteste Teil von General Ogunis Plan.

Der Bandit ging nicht sofort zum Waffenhaufen, sondern er betrat waffenlos den Splitterkreis, der den Bergfried umzäunte, und niemand wagte so richtig, ihn daran zu hindern. Sechsundzwanzig Leichname lagen mittlerweile in allen erdenklichen Körperhaltungen wie achtlos um den Turmmonolithen herumgestreut, vier von diesen Leichnamen waren in den letzten Jahren Girumitsus Familie gewesen. Er suchte und fand diese vier Toten unter den anderen heraus, berührte sie, schloß ihnen Augen und Mund, wo das noch nötig war, und umkreiste so einmal den Turm mit der blutigen Spitze. Anschließend ging er an den noch übriggebliebenen zweiundzwanzig Söldnern vorbei zum Waffenberg, zog aus diesem ein einfaches, bereits schartiges Schwert und ging dann festen Schrittes erneut durch das Totenfeld zum Turmeingang.

Als sein erster Gegner wurde der vorletzte anwesende Ningenhotai ermittelt. Dieser hier war auffallend groß, und seine gelbgoldenen Verschnürungen wirkten beinahe prunkvoll, aber dennoch gab es wahrscheinlich nicht einen einzigen unter den Zuschauern, der dem Sektierer ein Überleben der jetzt folgenden Momente zutraute. Zu enttäuschend war das Bild gewesen, das die beiden vorherigen Bandagierten geboten hatten, um diesem hier noch irgendwelche Erwartungshaltungen übrig zu lassen. Nein, im Gegenteil: Der charismatische Girumitsu, der jetzt oben auf der Plattform erschien und sich ein wenig warmmachte, führte die Aura eines Unbesiegten wie eine Streitflagge mit sich. Es schien möglich zu sein, daß er die verbliebenen zweiundzwanzig Söldner tötete. Vereinzelt wurde im Zuschauerfeld schwerverdientes Geld verwettet.

Der vertraute Fanfarenstoß ertönte, zum neunundzwanzigsten Mal an diesem Tag. Der Ningenhotai wurde von Girumitsu regelrecht vorgeführt und der Lächerlichkeit preisgegeben. Noch während sein zerfledderter und einen goldfarbenen Kometenschweif hinter sich herziehender Leib kreischend in die Tiefe trudelte, war den militärischen Experten im Publikum klar, daß die Kampfsekte der Ningenhotai in den kommenden Aufstellungsregistern von Söldnerverbänden keinerlei Rolle mehr spielen würde.

Die zweite Gegnerin war eine große, blonde Frau mit nur noch einem Auge, die erst im Moment ihres Absturzes über den Kampfflächenrand zu ihrer ersten Attacke kam. Immerhin gelang es ihr auf diese Art, Girumitsu leicht am Schienbein zu ritzen.

Jetzt enterte wieder eine junge Vertreterin der Kampfspeerschule den Bergfried. Sie wurde kaum getroffen und traf auch selber kein einziges Mal, aber ein eingesprungener Tritt Girumitsus gegen ihre Rippen beförderte sie weit von der Turmhöhe hinab. Eine weitere junge Frau wurde die nächste Gegnerin Girumitsus. Immerhin schien diese überhaupt keine Angst zu haben vor dem eindrucksvollen Todgeweihten, der bisher noch kein bißchen erschöpft oder angegriffen wirkte. Aus zwei schon fast hoffnungslosen Situationen ganz am Rande der Plattform konnte sie sich mit geschickten Kontern wieder herauswinden, aber Girumitsu ließ sich auch von selbst eingesteckten Treffern nicht beirren und schnitt schließlich mit seiner alten Klinge durch das Mädchen durch, als wäre es Luft oder überhaupt nicht vorhanden.

Gegner Fünf. Dieser hatte so sehr damit zu tun, Girumitsus Versuche, ihn über die Kante zu kicken, abzuwehren, daß er den finalen Schwertstoß in sein Herz überhaupt nicht kommen sah.

Gegner Sechs. Der General Oguni hielt den Atem an. Hätten es seine eigenen Regeln nicht untersagt, wäre er jetzt gerne selbst hinaufgestiegen, um zu kämpfen, denn jetzt war die letzte Chance, eine neue Mythenbildung um die Zahl Sechs herum zu unterbinden. Auch Lao Liang hatte wieder sechs Gegner besiegt, und wenn Girumitsu jetzt erfolgreich war, war ›so gut wie sechs Daimyo-Söldner‹ der neue Maßstab der nicht mehr existierenden Gruppe Arashi. Der General besah sich deshalb den jetzt ausgelosten Söldner mit großer Besorgnis: Es handelte sich um eine kleine, beinahe untersetzt zu nennende Frau, die mit zwei Nadeldolchen gegen den großen Schwertkämpfer dort oben vorgehen wollte. Wie sich zeigte, konnte sie mit überkreuzt gehaltenen Dolchen hervorragend parieren, und sie verstand sich auch ebenso wie Girumitsu auf die Kunst der ansatzlos angebrachten Fußtrittattacke, aber es reichte nicht. In einem wahren Gewitterhagel von Schwerthieben knickte sie ein und kam nicht mehr auf die Beine. Sie lebte noch, als Girumitsu sie gnadenlos von der Plattform schob, und sie hatte sogar Glück im Splitterkreis: Sie landete verhältnismäßig weich auf zwei bereits an dieser Stelle übereinanderliegenden Leichnamen, kam deshalb nicht mit irgendwelchen tödlichen Ton- oder Metallteilen in Berührung und war somit tatsächlich die einzige Kämpferin, die den Sturz vom Bergfried überlebte.

Der jetzt folgende Kampf geriet zum spannendsten und ausgeglichensten des gesamten Tages. Girumitsus Gegner war ein erfahrener Kämpe, der einen ähnlichen Stil kämpfte wie Girumitsu selbst, und auch ein ähnlich altes Schwert sein eigen nannte. Die beiden Kontrahenten schenkten sich nichts und beharkten sich sage und schreibe fast eine Viertelstunde lang aufs äußerste, mehrmals hart am Rand der Klippe schlingernd, mehrmals beide am Boden waffenlos miteinander ringend, sich dann aber immer wieder lösend und mit neu ergriffenen Schwertern wieder unbarmherzig aufeinander einschlagend. Am Ende standen sie sich beide blutüberströmt und rasselnd atmend gegenüber, und es war eine einzige rituell durchgeführte Schlagattacke, die diesen großartigen Kampf beendete. Mit hoch aufgerichtetem Schwert stand Girumitsu nach der Attacke zwei Schritte hinter dem Rücken des Söldners, der dann ganz langsam umkippte und tot liegenblieb. Der Applaus für beide Kämpfer war ohrenbetäubend. Der General Oguni war aschfahl im Gesicht, denn die Menge war nach dieser perfekten Vorstellung jetzt ganz kurz davor, den Banditen Girumitsu zu ihrem Helden zu erklären. Es mußte schnell gehandelt werden. Girumitsu war erschöpft, verwundet, völlig außer Atem, und er verschwendete seine Lungen noch, indem er das Wort »Rakuen« wie eine Herausforderung in die unter ihm liegende Landschaft hinausschrie. Der General trieb die Auslosung voran, während das Volk noch der dunkelrot erhobenen Klinge und dem Kampfruf des Arashi-Anführers huldigte, und schärfte dem schwitzenden Söldner, der jetzt an der Reihe war, ein, sich zu beeilen und dem Spuk endlich ein Ende zu bereiten.

Der junge Söldner, kein Einheimischer, sondern ein aus einem komplett übergelaufenen Heer stammender Fußsoldat vom Festland, rannte die gewundenen Treppen hoch und kam keuchend oben an. Das Fanfarensignal schnitt durch den immer noch anhaltenden Jubel des Volkes. Girumitsu wandte sich langsam um, versuchte, seinen Blick auf den achten Gegner zu fixieren. Der Bandenführer konnte sich kaum noch aufrecht halten, seine zerfetzte Kleidung und sein wundes Fleisch waren kaum noch zu unterscheiden. Der junge Söldner warf sich gehetzt auf den überragenden Feind, schlug, trat, kratzte und biß wild und unkoordiniert um sich, wurde noch zweimal getroffen, und hatte schließlich Erfolg. Girumitsu sackte gurgelnd zusammen und starb mit einem grausigen Gelächter auf den Lippen. Der Spuk endete. Der vom Blut des Getöteten geblendete Söldner taumelte beinahe noch selbst über die Kante, aber Helfer sprangen schnell genug durch die Falltür nach oben, um ihn abzufangen und seiner Heldenbestimmung zuzuführen. Er wurde auf Händen nach unten und dann in die begeisterte Menschenmenge getragen. Blumen wurden geworfen, Wasser- und Weinschläuche spritzten durch die Gegend. Der General Oguni drückte den jungen Söldner an sich und sprach ihm seinen persönlichen Dank aus. Der junge Söldner verlor winselnd das Bewußtsein.

Die Geschichte von Veldeon Balkwist

Veldeon Balkwist hat das ganz große Los gezogen.
Nachdem er den Anführer der Gruppe Arashi vor den Augen der Öffentlichkeit in ehrlichem Zweikampf besiegt und getötet hat, bekommt der erst neunzehnjährige Söldner eine hohe Prämie ausgezahlt, ein persönliches Empfehlungsschreiben des Generals Oguni, sowie eine Anstellung als Leibgardist im Range eines Leutnants bei einer äußerst wohlhabenden Fürstin. Das Leben dort ist streng und starren Regeln unterworfen, und Balkwist ist ein Festländer, er beherrscht die komplizierte Sprache der Daimyo-Provinzen nicht gut genug, um sich wirklich eingliedern zu können. Also kehrt er ein halbes Jahr später in seine Heimat zurück, und mit seinen mitgebrachten Referenzen und seiner noch nicht ausgegebenen Prämie ist es ein leichtes, eine Anstellung als Prunkgardist in einer der noch nicht belagerten Städte zu ergattern. Hier beginnt Balkwists Abstieg.
Die machtvolle Position eines Prunkgardisten steigt ihm zu Kopf. Er bringt seine Prämie, den beachtlichen Sold und die durch Bestechung zusätzlich einlaufenden Einkünfte in Hurenhäusern und gefährlichen Kaschemmen durch und holt sich dabei eine üble Krankheit, die ihn zwei Jahre lang nur dunklen Sirup pissen läßt. Gegen die Schmerzen stößt er sich heiße Nadeln mit Morphiumtinktur ins Zahnfleisch und in die Lenden. Natürlich verliert er seine Anstellung in der Prunkgarde.
Um die Auswirkungen der Morphiumsucht zu bekämpfen, trinkt er unmäßig Alkohol. Er schlägt sich als Drogenanbieter

und Gelegenheitsstecher durch, tritt unter erfundenem Namen noch einmal einer Armee bei, desertiert, landet in einem Gefängnis, kann fliehen und treibt sich als bettelnder Säufer, Kaschemmenfeger und Bordellrausschmeißer in diversen Städten herum.
Die Jahre vergehen immer schneller, und immer weniger ändert sich. Mittlerweile ist Balkwist einunddreißig Jahre alt, aber er sieht etwa zehn Jahre älter aus. Mehrmals hat er sich bei verschiedenen, vom Bischof in Auftrag gegebenen Kampfturnieren in der Befestigten Stadt um die Teilnahme beworben, damit prahlend, daß er schon in früher Jugend ein Turnier auf den Daimyo-Inseln gewonnen hat, aber Veranstalter Gillett hat ihn jedesmal abgelehnt, weil er von Balkwists kämpferischen Fähigkeiten nicht überzeugt ist. Außerdem besitzt Balkwist das eine nicht mehr, das ihn als Turnierteilnehmer wirklich interessant und wertvoll machen könnte: die feinziselierte Uniform eines Prunkgardisten.
Vor zwei Wochen jedoch hat Veldeon Balkwist zum ersten Mal seit vielen Jahren wieder Glück gehabt. Im Hinterhof einer Wettkneipe ist ein Prunkgardist buchstäblich in Balkwists Armen an schlechtem Schnaps verreckt. Balkwist hat die Uniform von der blutigen Kotze gereinigt und jetzt besitzt er wieder eine, und den Säbel noch dazu. Die Uniform stinkt zwar und kneift unter den Armen und am Bauch, aber er kann sie ja aufknöpfen, wenn es zum Kampf kommt.
Diesmal hat Gillett ihn tatsächlich genommen. Balkwist grinst während der neuerlichen Bewerbung pausenlos und schwankt dabei im Stehen hin und her, aber Gillett ist das jetzt egal. Er hat erst wenige Bewerber zusammen, es gibt zuviele Kriege mittlerweile, alle guten Kämpfer sind tot oder weit weg, und ein Menschenopfer kann ja auch der Unterhaltung dienen.
Balkwist lacht und trinkt wieder viel. Er wird zurückkehren auf den Bergfried seiner Jugend, auf den Gipfel, das blutüber-

strömte Dach der Welt. Die Menschenmassen werden wieder schreien und ihn tragen, der General wird ihm danken. Die Banditen werden sterben. Die Prämie wird noch höher sein als damals. Balkwist kehrt zurück, alles beginnt nochmal von vorn, und diesmal wird danach alles besser.

Was ist das Gegenteil von Nichts?

Suche das Schweigen des Herzens, junger Freund.

Ohne Waffen. Geh ganz ohne Waffen.
Erlerne den Mittelpunkt.
Schweigen des Herzens.

Folge dem Lauf der Sonne.

Folge, folge.

Was ist das Gegenteil von Nichts?
Was ist das Gegenteil von Nichts?

Wende die Robe im Blut deiner Feinde.
Schule der Höhen

Gedenke. Gedenke unser. Deiner Herkunft.

Schule der Ziegel

Dein Name sei fortan Nichts.

Suche. Geh. Erlerne. Folge. Wende.
Gedenke. Sei. Finde.
Finde. Finde.

Finde
das Gegenteil
von Nichts.

Declan Gillett sprang von seinem Sessel und machte ein paar flinke Schritte um seinen ausladenden Schreibtisch herum, als sein Diener den Gast hereinführte.
Gillett war kurzgliedrig, stämmig und fortgeschrittenen Alters, ein graubrauner Haarkranz war alles, was ihm an Haaren noch geblieben war, und dennoch strahlte der unansehnliche kleinwüchsige Mann Würde und Autorität aus. Vielleicht, weil die Statuetten, die die Winkel des Zimmers in Vielfalt bevölkerten, sorgfältig daraufhin ausgesucht waren, noch gedrungener und putziger zu sein als der Hausherr. Vielleicht auch, weil es überbordend gerahmte Spiegel gab, die über die eigentliche Größe des Raumes Unklarheit aufkommen ließen und Gilletts Person vervielfachten und damit in ihrer Bedeutung auf unwirkliche Weise hervorhoben. Oder weil die kostbaren Gewänder Gilletts unaufdringlich mit den Wandschmuck- und Teppichmustern harmonierten. Es konnte aber auch einfach daran liegen, daß Declan Gillett Würde und Autorität hatte. Er war des Bischofs liebster Wettkampfveranstalter. Darüber hinaus hatte er eigentlich keinerlei Aufwertungen mehr nötig.
Der Diener verbeugte sich tief, raschelte wieder hinaus und schloß die Tür hinter sich. Gillett war allein mit seinem Gast, einem städtisch eleganten Mittdreißiger mit sorgsam frisierten längeren Haaren und Oberlippenbart. Herzlich gaben sich beide Männer die Hand und drückten sie fest.
»Ihr seht prächtig aus, Meister DeVlame. Und Ihr steht immer noch in der Blüte Eurer Jugend, worum ich Euch aufs äußerste beneide«, strahlte Gillett, und er schwindelte kein bißchen.
Cyril Brécard DeVlame deutete eine höfische Verbeugung an und lächelte ebenfalls. Er war es bereits gewohnt, den eminenten Größenunterschied zwischen ihm und Gillett mit tiefgreifenden Bewegungen zu kaschieren. »Und Ihr seid behende

und tüchtig wie eh und je, Meister Gillett. Es ist eine sichere Sache, davon auszugehen, daß Eure Geschäfte blendend laufen.«

»Setzt Euch, mein werter Freund, setzt Euch dorthin, mein Adlatus wird uns gleich Tee und vorzügliches Gebäck bringen. Ich sehe, Ihr konntet Euren Degen an ihm vorbeischmuggeln.«

»Oh, er hat mich gar nicht gebeten, ihn abzulegen. War das unschicklich von mir, in Waffen zu Euch zu kommen?«

»Unschicklich, lieber Freund, wäre es gewesen, einen DeVlame seines Degens zu entledigen, ohne dabei mit ihm zu kämpfen.« Gillett war wieder um seinen Schreibtisch herumgelaufen und kletterte geübt auf den thronartigen Sessel zurück. Die beiden Männer saßen sich jetzt gegenüber. DeVlame musterte die Gobelins, Spiegel und die mit Buntkristallen besetzten Wandleuchter, zog sich die Handschuhe aus und legte sie übereinander auf seine Sessellehne.

»Seid Ihr noch nie hier in meinem Allerheiligsten gewesen? Sagt bloß!«

»Ich fürchte, wir sind uns immer nur in der Arena begegnet und bei verschiedenen Gelegenheiten auf verschiedenen Empfängen. Es ist eine Ehre für mich, hierher eingeladen zu werden.«

»Nein, die Ehre liegt bei mir. Ihr seid nach wie vor der einzige Kämpfer, dem es gelungen ist, zwei meiner Leben-und-Tod-Turniere zu gewinnen. Wir haben sogar schon einmal darüber nachgedacht, das Turnier in ›Cyril-DeVlame-Prüfung‹ umzubenennen.«

»Hättet Ihr dies getan, würdet Ihr jetzt wohl nicht mehr hier sitzen.«

»Womit Ihr ein heikles Thema gelassen anschneidet. Ja, der Bischof hat nie soviel übrig gehabt für das eigentliche ... sportlich-kämpferische Element einer solchen Veranstaltung. Ihm geht es weiterhin mehr um das Sehen und Gesehenwerden.

Regelmäßig stattfindende Vergnügungen, die Streitigkeiten simulieren, sind mittlerweile wohl die einzige Möglichkeit geworden, die vielen gereizten Hohen Häuser vom Gegeneinander-Krieg-führen abzuhalten.«

»Ja. Fürwahr eine seltsame Welt, in der wir leben. Das Sterben weniger ist dem Töten vieler offenbar vorzuziehen.«

»Nun ja.« Gillett räusperte sich. Eine peinliche Pause entstand, die glücklicherweise von dem Diener unterbrochen wurde, der den beiden köstlich duftenden, bernsteinfarbenen Tee sowie eine Silberschale mit kunstvoll aufgetürmtem Zuckergußgebäck servierte. Während der Diener wieder zur Tür hinausglitt, schob Gillett seinem Gast die Silberschale hin. »Davon müßt Ihr unbedingt probieren. Das ist eine mit Kokosmark hergestellte Spezialität von einer der blauen Seeinseln tief im Süden. Ihr könnt Euch gar nicht vorstellen, was es kostet, Süßwaren aus einer Region zu importieren, in der beinahe täglich blutigste Truppenbewegungen stattfinden.«

»Ich habe davon gehört. Die Eingeborenen widersetzen sich den bischöflichen Religionsdekreten mit erstaunlicher Beharrlichkeit.« Höflich nahm DeVlame sich eines der halbkugelförmigen Gebäcke und probierte es. »Hmja, jedenfalls ist ihre Backkunst tatsächlich der Erhaltung wert.«

»Gewiß, gewiß. Greift nur zu, je älter diese Stückchen werden, umso weniger schmecken sie. Mir ist zu Ohren gekommen, daß Ihr einen gutdotierten Posten in den Diensten der Sechsunddreißigsten Armee erhalten habt?«

»Ja. Als militärstrategischer Berater und Fechtausbilder der … verzeiht bitte, daß ich mit vollem Munde spreche.«

»Aber ich bitte Euch!«

»… als militärstrategischer Berater und Fechtausbilder der Jungrekruten. Ein guter Beruf ohne direkte Lebensgefahr. Auch das habe ich indirekt Euch zu verdanken, Meister Gillett. Ohne die Meriten, die ich mir in der Hölzernen Arena verdient habe, wäre mir ein Einstieg bei der renommierten Sechsunddreißigsten auf so hohem Niveau wohl nicht möglich gewesen.«

»Hm. Das freut mich. Aber es betrübt mich auch, in anderer Hinsicht. Muß ich doch davon ausgehen, daß dies meine Chancen, Euch dazu zu überreden, noch einmal an einem Turnier teilzunehmen, deutlich reduziert.«

»Was? Entschuldigt.« Gilletts Eröffnung hatte DeVlame derart überrascht, daß er sich beinahe verschluckt hätte. »Ihr überrumpelt mich jedesmal aufs Neue mit Euren ausgefallenen Ideen! Ich muß ja gestehen, daß ich mir selbstverständlich meine Gedanken machte, als Euer Bote mir Euren Wunsch nach meiner Anwesenheit übermittelte.« DeVlame legte das angebissene Gebäck an den Rand der Schale zurück. Erstens behinderte ihn das krümelige Naschwerk beim Sprechen, zweitens war es ihm zu süß. »Nachdem ich nun seit einem Jahr als militärischer Berater unter Dach und Fach gekommen bin, hätte ich mir vorstellen können, daß Ihr mir ebenfalls einen Beratervertrag anbieten wollt, vielleicht, um kommende Turniere dramaturgisch zu verändern oder etwas in dieser Hinsicht. Aber Teilnehmer? Noch einmal nichts weiter sein als einer der armen Hunde, die sich da unten im Staub gegenseitig die Schädel einschlagen? Ich denke, über diesen Status bin ich glücklicherweise hinaus. Oder scherztet Ihr gerade eben nur, und ich bin wie ein Tölpel darauf hereingefallen?«

»Nein, nein, ich meinte das vollkommen ernst.«

»Aber ... um Himmels Willen, Meister Gillett, was kann Euch auf eine solche Idee gebracht haben?«

»Was soll ich lange darumherumreden? Die Geschäfte laufen schlecht. So sieht es aus.«

»Die Geschäfte laufen schlecht? Eure Geschäfte laufen schlecht? Das kann ich doch kaum glauben.«

»Naja, laßt es mich präzisieren. Es sind die Namen, die fehlen. Zum einen wird es immer schwieriger, sechzehn Leute aufzutreiben, die sowohl auf der Kampfbahn etwas taugen als auch tatsächlich den Mumm haben, es auf Leben und Tod mit einem Gegner auszutragen, und das noch vor Publikum. Zum anderen aber kommen auch immer weniger Zuschauer, weil das Kämpferangebot immer zweitklassiger wird. Und selbst wenn hochklassige Kämpfer dabei sind - niemand kennt sie! Sie kommen von weither und ihre Namen sagen niemandem etwas, also wird sich auch niemand ihretwegen in die Arena bemühen. Bei einem Cyril Brécard DeVlame sieht die Sache da ganz anders aus. Ihr seid eine Legende, ein Idol, ein zweimaliger Sieger. Ich könnte meine Eintrittspreise verdoppeln und müßte trotzdem noch je einen Sitz- in zwei Stehplätze umwandeln, wenn Ihr ein drittes Mal für mich antreten würdet.«

DeVlame lachte geschmeichelt. »Verstehe ich das richtig? Ein berühmter Name sollte nicht nur Zuschauer ziehen, sondern auch Kämpfer?«

»Natürlich. Seht einmal das jetzt anstehende Turnier. Fürst Locir wird einen Verrückten ins Rennen schicken, einen Wilderer, der eine ganze Menge Soldaten getötet hat. Kämpferisch wird dieser Mann vielleicht spannend sein, aber sein Name sagt niemandem etwas, und ich glaube auch nicht, daß Zuschauer sich von einem zum Tode verurteilten Rechtsbrecher zu Jubelstürmen hinreißen lassen werden. Dann habe ich hier noch einen riesigen Kerl mit Bihänder, der schon über fünfzig ist und die letzten Jahrzehnte seines Lebens als Jahrmarktsboxer verdümpelt hat, einen Grünschnabel mit Schlitzaugen, der irrsinnigerweise darauf besteht, völlig waffenlos zu kämpfen, dann werde ich wahrscheinlich diesmal dem anhaltenden Drängen und Beteuerungen eines heruntergekommenen ehemaligen Prunkgardisten und jetzigen Vollzeitsäufers nachgeben und dann werde ich natürlich wie jedesmal noch einem meiner Kriegsgefangenen-Gladiatoren die Chance geben, sich die Freiheit zu erstreiten. Das macht fünf. Mehr habe ich bislang noch nicht zusammenbekommen, und es ist ja keine Woche mehr Zeit. Eine kolossalere Ansammlung von Spinnern und Verlierern läßt sich kaum denken. Und da soll sich irgendein Städter so sehr dafür interessieren, daß er sein gutes Geld ausgerechnet für mein Turnier hergibt, wo es doch mittlerweile allerorten blutige Zerstreuungen zu sehen gibt, und noch dazu welche mit nackten Frauen? Freund, ich bin religiös, aber nicht dermaßen religiös, daß ich an Wunder glaube.«

»Ihr habt recht mit den Frauen. Ich habe von einem Turnierveranstalter im Süden gehört, der unbekleidete Sklavinnen auf Leben und Tod gegeneinanderhetzt. Wenn sie den Kampf verweigern, werden sie vor aller Augen gepeitscht.«

»Oh, das ist noch gar nichts. Ich kann sie Euch genau benennen, die erfolgsträchtigste Veranstaltungsidee des kommenden Jahrzehnts: schlammringende Huren, jeder Zuschauer erhält eine Losnummer, und wenn seine gezogen wird, darf er ohne zusätzliche Kosten die Damen auf offener Bühne beschlafen. Es ist dekadent, es ist der Anfang vom Ende, und es wird kommen, das ist schon so gut wie sicher. Aber nicht hier, nicht, solange diese Arena mir und dem Bischof gehört. Er und ich mögen oftmals verschiedener Ansicht sein, aber wir sind beide einer Würde und Ehrenhaftigkeit verpflichtet, die vielleicht schon nicht mehr zeitgemäß ist.«

DeVlame strich sich über den Schnurrbart, während er über das Problem nachdachte. »Erfahrungsgemäß treffen die meisten Bewerber immer erst einen Tag vor dem Turnier in der Stadt ein.«

»Das weiß ich auch! Aber was für Leute werden das sein? Noch mehr Greise, Kinder, Trinker, Mörder und Gefangene? Was ich brauche, ist ein bißchen Glanz! Ein kleines bißchen Heroismus, mit dem die verwöhnten Städter etwas anfangen können. Ich brauche Cyril Brécard DeVlame. Oder jemanden wie ihn, wenn Ihr mir einen empfehlen könntet.«

»Hm. Mir fällt niemand ein, der zur Zeit verfügbar wäre.«
»Genau das ist das Problem. Viele Armeen haben mittlerweile genügend Erfolge verbucht, um wirklich erstklassige Gehälter zahlen zu können. Die besten Schwertkämpfer unserer Zeit tummeln sich mittlerweile alle fest angestellt auf irgendwelchen Schlachtfeldern oder auf irgendwelchen Kasernenhäfen an den Enden der bekannten Welt. In den Städten ist kaum noch erwähnenswertes Material zu finden.«

»Mag sein, daß Ihr recht habt. Aber ich würde die, die Ihr bereits habt, nicht unterschätzen. Der Waffenlose zum Beispiel. Jemand, der waffenlos in so ein Turnier geht, ist entweder äußerst dumm oder äußerst gut. Und wenn er Mandelaugen hat, muß er von weither kommen, und wenn er waffenlos von sehr weither gekommen ist, dann ist er eher äußerst gut.«
»Das weiß ich doch auch. So denke ich und so denkt Ihr, und deshalb verstehen wir uns auch so gut. Wir beide verstehen etwas vom Kämpfen, beide aus unterschiedlichen Perspektiven, aber keine von beiden ist weniger wahr. Selbstverständlich ist dieser Junge eine Entdeckung, und ein hübscher Knabe ist er noch dazu. Aber der springende Punkt bleibt dennoch: Niemand kennt ihn und niemand wird seinetwegen zuschauen wollen, noch sich seinetwegen als Teilnehmer anmelden. Mir fehlt nach wie vor ein ...«
»Zugpferd.«
»Wenn Ihr so wollt. Ein Name, mit dem ich die Plakate aufmachen kann.«
DeVlame schlug die Beine übereinander und stützte sein Kinn in eine Hand. »Hmmmm. Spielen wir das einmal durch, nur so in der Theorie. Versucht einmal, mich zu motivieren. Soweit ich weiß, beläuft sich die Siegprämie dieses Turnieres wie gewohnt auf eintausend neue Taler. Das ist ein stolzes Sümmchen für einen zweitgeborenen Degenvirtuosen ohne Erbteil, aber mittlerweile verdiene ich fünfhundert neue Taler monatlich bei der

Sechsunddreißigsten Armee, und das ganz ohne Blutvergießen. Für den Lohn nur zweier Monate würde sich die intensive Lebensgefahr eines Leben-Tod-Turnieres wohl kaum rentieren.«

»Das verstehe ich nur zu gut. Aus genau diesem Grund wäre ich bereit, einem zweitgeborenen Degenvirtuosen zehntausend neue Taler zu bieten. Falls er gewinnt.«

»Habe ich mich verhört, Meister Gillett? Ich hörte gerade zehntausend.«

»Ich habe zehntausend gesagt. Der Lohn von zwanzig Monaten. Der Lohn von fast zwei Jahren harter und unerfreulicher Arbeit an ungeschliffenen Rekruten. Der – möchte ich doch wagen zu vermuten – höchste Lohn, den Ihr jemals in Eurem Leben auf einen Schlag ausgezahlt bekommen habt.«

»Wie soll das funktionieren? Die anderen kriegen, wenn sie gewinnen, nur eintausend? Und ich würde zehntausend bekommen? Das ist doch Betrug!«

»Wieso Betrug? Den anderen wurde niemals mehr versprochen als eintausend. Euch verspreche ich zehntausend. Das bleibt natürlich unter uns. Eintausend bekommt Ihr offiziell vor dem Volk in Form des goldenen Stirnreifs vom Bischof persönlich überreicht, und die anderen neuntausend holt Ihr Euch anschließend hier bei mir in meinem Büro ab.«

»Es wäre Euch zehntausend neue Taler wert, mich teilnehmen zu sehen? Ihr scherzt nicht?«

»Keineswegs. Aber nur, damit wir uns nicht mißverstehen: Die zehntausend Taler bekommt Ihr nur, wenn Ihr gewinnt. Scheidet Ihr aus oder fallt sogar – was die Götter der Gläubigen verhüten mögen – dem Tode anheim, behalte ich mein Geld. Ich bin nicht verrückt, Meister DeVlame, ich besitze nicht genügend Münzen, um sie zum Fenster hinauszuwerfen. Für die zehntausend Taler erkaufe ich mir die hundertprozentige Gewißheit Eurer gewinnversprechenden Teilnahme, bei dreiundneunzigprozentiger Chance, die Summe behalten zu können.«

»Dreiundneunzig Prozent?«

»Rein mathematisch gesehen. Bei sechzehn Teilnehmern hat jeder Teilnehmer eine Chance von sechs und ein bißchen mehr Prozent, zu siegen. Realistischer Pessimist, der ich bin, runde ich auf sieben auf. So komme ich auf die Zahl Dreiundneunzig. Selbstverständlich ist das nur Mathematik. In Wirklichkeit sind Eure Siegchancen weit höher, wegen Eurer fantastischen Fähigkeiten. Aber die Sache rechnet sich immer noch für mich. Wenn Ihr teilnehmt, werde ich dadurch wohl die neuntausend Taler mehr einnehmen, die Ihr mich mehr kosten könntet.«

»Ich bewundere wirklich Eure Fähigkeit, Menschenleben in Zahlen zu verwandeln, und völlig ungerührt mit diesen Zahlen umzugehen. Wie war das mit der Würde und der Ehrenhaftigkeit, die nicht mehr zeitgemäß sind?«

Ein breites Lächeln teilte Declan Gilletts Kopf in zwei ungleiche Teile. »Ihr fordertet mich auf, Euch zu motivieren. Seid Ihr motiviert?«

DeVlame entfaltete seine Beine wieder und wand sich unruhig auf der weichen Sitzfläche. »Das kann man wohl sagen. Zehntausend Taler sind ein unglaublicher Posten. Die Sache hat, soweit ich sie überblicke, nur einen Haken.«

»Welchen?« Gillett schien der Haken kein bißchen zu besorgen.

»Nun, die Öffentlichkeit darf nicht erfahren, daß ich so viel Geld bekomme. Das wirft das Problem auf, daß in der Öffentlichkeit das Gerücht entstehen könnte, Cyril Brécard DeVlame hätte es nötig, wieder für eintausend Taler in die Arena zu steigen. Ich denke, daß dies meinem gerade erarbeiteten Ruf auch beim Militär eher schaden könnte.«

»Für diesen Haken gibt es Zangen, ihn zu ziehen. Zange Nummer Eins: Wir begründen die Teilnahme von Meister DeVlame an einem neuerlichen Bischofsturnier damit, daß besagter

Meister von dem sportlichen Ehrgeiz angetrieben wird, der erste Kämpfer der bekannten Welt zu sein, der *dreimal* ein Turnier gewinnt. *Einmal* kann Glück sein, *zweimal* ist sicherlich erstaunliches Können, aber erst *dreimal* sichert unsterblichen Ruhm. Meister DeVlame ist beseelt von dieser Vision und kündigt diesen Rekordversuch hiermit offiziell an.«

»Ihr seht mich bereits in Beseelung begriffen. Und Zange Nummer Zwei?«

»Ihr spendet Eure Siegprämie einem wohltätigen Zweck. Zum Beispiel einem neu errichteten Kriegswaisenhaus in der Westwinklersgasse. Niemand wird hiernach jemals wieder die Verleumdung äußern können, ein DeVlame täte irgendetwas der Selbstbereicherung wegen.«

»Ich soll meine Siegprämie verschenken?«

»Eure gesamte vom Bischof erhaltene Siegprämie: einen goldenen Stirnreif im Wert von eintausend neuen Talern.«

DeVlame barg sein Gesicht in den Händen. Seine Schultern zuckten vor Lachen. »Meister Gillett, Ihr seid ein ausgekochtes, mit allen Wassern gewaschenes Genie.«

»Oh, ich bin nur ein einfacher Freund des Volkes. Ich gebe den Menschen die Spiele, die sie nicht unbedingt verlangen, aber verdienen.«

Der Tee war vernachlässigt worden und darüber abgekühlt. Nun widmeten beide Männer sich erstmal ihren Tassen. Es war DeVlame anzusehen, daß er das unerwartete Angebot des Turnierveranstalters in seinem Kopf um- und umwendete.

»Trotzdem«, sagte er schließlich, und stellte die geleerte Tasse auf ein dreibeiniges Beistelltischchen, »ein Problem bleibt immer noch, und dieses Problem ist alles andere als unbedeutend. Bei aller ... mathematisch kalkulierten Nachvollziehbarkeit Eurer Ausführungen, Meister Gillett, sollte doch nicht in Vergessenheit geraten, daß es letzten Endes mein *Leben* ist, über das hier verhandelt wird. Mit Verlaub gesagt: Im Gegensatz zu Euch vermag ich zu beurteilen, wie es sich anfühlt, dort unten auf Leben und Tod zu kämpfen, und das viermal hintereinander, die Verwundungen der Vorrunde in die Nächstrunde mit hineintragend. Ich habe es immer als mein Ziel erachtet, über diesen Status hinauszuwachsen, und ich habe dieses Ziel erreicht. Im Gegensatz zu vielen meiner Professionsgenossen bin ich nicht dazu verdammt, als Gladiator zu enden. Eine Rückkehr in die Arena käme einer Rückkehr auf eine tiefere Ebene des Daseins gleich.«

»Wirklich eine *tiefere* Ebene? Der berühmte Gladiatorenausbilder Bato hat einmal – sinngemäß – formuliert, die Existenz eines Gladiators sei von einer Intensität erfüllt, die alles Gold der Könige nicht einmal annähernd simulieren könne. Ich wußte nicht, daß Ihr so abschätzig darüber denkt, Meister DeVlame. Oder habt Ihr mittlerweile geheiratet und Eure abschätzigen Gedanken sind gar nicht wirklich die Euren?«

DeVlame blickte lächelnd zu Boden. »Nein. Das ist es nicht. Vielleicht ... habe ich einfach nur Respekt vor der nachgewachsenen Generation. Ich verdiene einen guten Lebensunterhalt damit, Männern, die fast meine Söhne sein könnten, meine Tricks und Finten beizubringen, aber darüber verliere ich fast zwangsläufig ein wenig den Kontakt zu dem, was sich in anderen Teilen der Welt abspielt. So jemand wie dieser Waffenlose zum Beispiel macht mir wirklich Sorgen. Zu meiner aktiven Zeit hätte es niemand gewagt, waffenlos in einer Arena einem Bewaffneten gegenüberzutreten. Also was ist der Trick dabei? Hat er seine Brustmuskeln so trainiert, daß mein Degen an ihnen zerbrechen wird, wenn ich zustoße? Konzentriert er sich aufs Ausweichen und plaziert dann einen einzigen, tödlichen Fingerspitzenschlag auf meinen Kehlkopf? Oder wirft er sich auf den Boden und kämpft aus einer liegenden Position heraus, jeden Vorstoß mit Beinscherenversuchen vereitelnd? Ich weiß es nicht. Ich wäre ratlos angesichts eines solchen Gegners.«

»Na, nun ist die Chance, daß Ihr ausgerechnet gegen diesen ausgelost werdet, doch ziemlich gering.«

»Schon, aber sie besteht nichtsdestotrotz. Es sei denn natürlich, man könnte dafür sorgen, daß die Lose nicht so fallen.«

»Was selbstverständlich ausgeschlossen ist. Ich bin bereit, einen hohen, in Münzen meßbaren Preis für Eure Teilnahme zu zahlen, aber was Ihr jetzt andeutet, überschreitet die Grenzen der Bezahlbarkeit. Die Hölzerne Arena ist meine Welt, in ihr bestimmen eherne Regeln über Leben und Tod, und niemals würde ich es wagen, diese Regeln zu verletzen. Niemals wird irgend etwas an der Auslosung manipuliert, niemals werden die Waffen eines Teilnehmers sabotiert oder mit Gift verstärkt, niemals wird einem Teilnehmer medizinische Versorgung zwischen den Kämpfen versagt bleiben, niemals wird der Bessere zum Verlierer gemacht und der Schlechtere, und sei er auch noch so beliebt und sympathisch, zum Gewinner erhoben. Würde eine dieser Regeln gebrochen, würde der daraus resultierende Skandal mich vernichten. Nein, das einzige, was ich Euch noch anbieten könnte, wäre, von meinem natürlichen Recht Gebrauch zu machen, die Teilnehmer auszuwählen. Wenn dies das letzte Hindernis sein sollte, werde ich den bereits angemeldeten Waffenlosen von der Teilnehmerliste streichen lassen, um an gleicher Stelle Euren Namen einfügen zu können.«

»Würde und Ehrenhaftigkeit.«

»Würde und Ehrenhaftigkeit, in der Tat.«

DeVlame schaute immer noch zu Boden, aber sein Gesicht war jetzt ernst. »Tja. Ich weiß nicht. Zehntausend neue Taler. Die Möglichkeit eines dritten Sieges. Noch einmal Mittelpunkt Eurer hölzernen Welt sein. Das klingt schon alles sehr verlockend. Ich könnte vielleicht sogar anschließend mein Gehalt bei der Sechsunddreißigsten noch höher schrauben.«

»Ganz gewiß. Euer Marktwert würde in bisher unbekannte Größenordnungen aufsteigen.«

»Sechzehn zu eins. Sechzehn zu eins. Und das zum dritten Mal. Ergibt das ... Achtundvierzig zu eins?«
»Nur vier tatsächliche Gegner jedesmal. Die anderen sortieren sich ja gegenseitig aus. Das ergibt zwölf zu eins. Und acht davon habt Ihr schon hinter Euch. Also nur noch vier. Vier zu eins.«
»Vier zu eins. Zum dritten Mal. Das hieße, das Glück wirklich zwingen. Dieser Waffenlose aus der Ferne – wie ist eigentlich sein Name?«
»Er nennt sich Nanimonai, aber ich verstehe genug von der Sprache seines Volkes, um zu wissen, daß nani mo nai ein Begriff ist, der soviel wie Nichts bedeutet.«
»Nichts. Ein Mann, der sich Nichts nennt. Und er ist schon hier?«
»Ja, er ist schon in in den Teilnehmerunterkünften einquartiert. Wenn Ihr die dortige Unbequemlichkeit auf Euch nehmen wolltet, könntet Ihr diesen Gegner natürlich in den bis zum Turnier noch verbleibenden Tagen studieren.«
»Das klingt gut. Also in Ordnung. Ich werde das ganze noch mit meinem Dienstplan bei der Sechsundreißigsten koordinieren müssen, aber ich denke, das wird kein besonderes Problem darstellen. Soll ich irgendetwas unterschreiben?«
»Nicht nötig. Ich werde sofort die Neuauflage der Plakate in Druck geben, dort wird Euer Name häufiger als genug in Erscheinung treten. Allerdings habe ich Euch dieses Schriftstück hier aufgesetzt, das Euch die zusätzlichen neuntausend Taler zusichert. Man kann ja nie wissen – eventuell falle ich ja dieses Mal in der anstrengenden Vorbereitungszeit des Turnieres einer Herzattacke zum Opfer, und dann könntet Ihr mein gutes Wort nicht mehr belegen.«
»Ich sehe, Ihr habt alles schon bestens vorbereitet. Ihr wußtet wahrscheinlich schon, daß Ihr mich überzeugen würdet, als ich hier zur Tür hereinkam. Warum habt Ihr mir nicht einfach

etwas in den Tee getan und mich zu meinem Glück gezwungen? Das wäre doch viel weniger zeitraubend gewesen?«

»Das hätte Euch aber doch um den Genuß meiner Argumentationen gebracht.«

Lachend gaben sich die beiden die Hand. DeVlame steckte Gilletts Siegelbrief in seine innere Westentasche, nahm seine Handschuhe auf und ging gemessenen Schrittes durch die Tür hinaus, wo er von dem Diener mit seinem Hut und Übermantel bedacht wurde. Declan Gillett beugte sich weit vor, griff sich das von dem Degenvirtuosen angebissen liegengelassene Stück Kokosgebäck vom Rand der Silberschale und schob es sich genüßlich in den Mund.

DAS PARADIES DER SCHWERTER 9

Raupe, Puppe, Schmetterling
bringen ihre Ernte ein.
Raupe, Puppe, Schmetterling
tanzen wild durch dein Gebein.

Renne, fliehe, laufe, spring,
denn du wirst der Nächste sein
- Raupe, Puppe, Schmetterling
kriegen deine Knochen klein.

(Abzählreim aus den nördlichen Bergen)

Die brennende Hütte spuckte fetten Qualm und den Geruch von brennendem Kinderhaar. Zwischen den Flammen und den dunkel glosenden Balken war ab und zu Puppes gewaltiger Umriß zu sehen. Ihm machte die Hitze nichts aus, er suchte noch immer nach Beute.

»Brennt wie Papier, das ganze Ding«, brummte Schmetterling, der gegen Windrichtung vor der Hütte stand. »Ein Papierhaus, eine Fassade, ein Theatermärchen.«

»Sieh dir das hier an.« Raupe war über einen hundshohen Stapel Zettel gebeugt, den er aus der Hütte geborgen hatte. »Steht überall das gleiche drauf. Überall genau das gleiche. Wie kriegt man sowas hin?«

»Es gibt Maschinen in den Städten, da legen sie ein Blatt Papier zwischen zwei große Steinblöcke und pressen die mit Hebeln zusammen, und wenn die Flächen dann wieder auseinandergestemmt werden, steht was drauf. So kann man tausend Blatt mit den selben Worten beschriften, ohne jahrelang schreiben zu müssen.«

»Hey, nich übel. Und warum hatte der Typ hier Stapel von dem Zeug?«

»Wahrscheinlich sein Lebensunterhalt. Zettelausteiler oder Zettelannagler oder was weiß ich. Was treibt Puppe denn so lange da drin? KOMM RAUS, ALTER, DAS DACH MACHT NICHT MEHR LANGE MIT! DA DRIN GIBT'S NICHTS MEHR!«

»War wirklich 'ne verdammt beschissene Ausbeute. Eine von den Töchtern sah nich schlecht aus, glaub ich. Schade, daß alles so schnell zu brennen angefangen hat.«

»Was hast du erwartet? Man sieht doch schon von weitem, daß hier arme Leute hausen. Die ganze Idee war scheiße. Aber ihr wolltet ja nicht auf mich hören.«

»Na und, was soll's? Gekostet hat's uns auch nichts. Eintausend neue Taler. Das wär'n Ding.«

Zum ersten Mal wandte Schmetterling den Blick von der Hütte und auf seinen schlaksigen, kauernden Kumpan. »Eintausend neue Taler? Wie kommst du denn da jetzt drauf?«

»Steht hier. Steht hier auf jedem einzelnen von diesen tausend Zetteln. Eintausend neue Taler gibt's bei 'nem Turnier zu holen, in der Befestigten Stadt. Am Achten.«

»Gib mir mal einen davon. PUPPE, KOMM JETZT ENDLICH RAUS DA, DU TRANBEUTEL! WAS SUCHST DU DENN DA DRINNEN NOCH? EIN BISSCHEN HIRN?« Puppe kam jetzt tatsächlich raus. Er war häßlich, groß, breitschultrig, rußverschmiert, und hinter ihm stürzte fauchend und polternd das Dach ein. Von aufstiebenden Funken umschwärmt, spuckte Puppe dunklen Rotz aus. »Wer ist hier 'n Tranbeutel, du Fleischflötenbläser?«

»Und – was gefunden?«

»Nichts. Eine von den Muschis war niedlich, aber sie brannte schon.«

»Oh, sie muß in Leidenschaft entflammt sein, als sie dich gesehen hat.«
»Ach, halt's Maul. Was habt ihr'n rausgeholt?«
»Vierzehn alte Taler und'n bißchen 'was zu kauen.«
»Na bitte, is doch was.« Puppe setzte sich ins Gras. »Und Papier zum Abwischen haben wir jetzt auch wieder, wie ich sehe. Schön.«
»Ist gar nicht übel.« Raupe erhob sich und setzte sich mit dramatischer Geste in Szene. »*Großes Kampfturnier in der Befestigten Stadt! Sechzehn Teilnehmer streiten auf Leben und Tod um einen goldenen Stirnreif. Wert: Eintausend neue Taler. Kommt, um teilzunehmen! Kommt, um zu schauen! Eintritt nur fünf neue Taler. Das Turnier findet statt am Achten des Achten, ab morgens um acht.*«

»Zu früh für mich, da schlaf ich noch«, griente Puppe. »Außerdem können wir uns den Eintritt nich leisten.«
Nachdenklich strich Schmetterling sich über seinen Zierbart. Das angesengte Papier in seiner Hand spiegelte das unstete Licht des Brandes wider. »Da steht nirgends, daß es etwas kostet, mitzumachen.«
»Nee, das is natürlich umsonst«, lachte Puppe. »Der Tod is immer umsonst. Wenigstens der!«
»Woran denkst du, Schmetterling?« fragte Raupe mit schrägem Kopf. »Deine Augen glitzern, als hättest du ein schönes Weib gesehen. Denkst du an eintausend neue Taler? Denkst du, wir haben 'ne Chance, da ranzukommen?«
»Viel zu gut bewacht«, meinte Puppe, der sein Lachen jetzt übergangslos gegen einen mürrischen Tonfall eingetauscht hatte. »Das ist die Befestigte. Da können wir nich einfach so reinspazieren und tausend Taler raustragen.«
»Es sei denn, wir tun es öffentlich. Vor aller Augen.«
»Häh?«
»Jungs, denkt doch mal nach.« Schmetterlings Stimme klang heiser. »So ein Turnier – das wäre doch mal was ganz anderes!

Ich hab euch schon vor ein paar Wochen gesagt, ich bin's leid, dauernd die Hungerleider und Habenichtse aus den Bergen rumzuscheuchen und Typen abzuklemmen, die sich kaum noch aufrecht halten können. Hier gibt's doch in der ganzen Gegend keinen mehr, der uns das Wasser reichen kann.«

»Und ich hab dir auch schon vor ein paar Wochen gesagt: Wenn du's schwer haben willst im Leben, dann meld dich doch bei irgend'ner Armee an«, knurrte Puppe.

»Aber das lohnt sich doch nicht! Da kriegt man doch auch kaum was zu beißen. Aber hier, Raupe hat ganz recht.« Schmetterling schlug klatschend gegen das Papier in seiner Linken. »Eintausend neue Taler! Das bringt uns aus der Pechgrube und katapultiert uns ganz nach oben, nach vorne, wohin auch immer wir wollen.«

»Willst du dich beim Turnier eintragen? Als Teilnehmer?«

»Warum nicht?«

»Weil bei sowas die Besten von überallher kommen, darum nich. Die treten dir so fest in den Arsch, daß dir Scheiße aus dem Maul fliegt.«

»Woher willst du das wissen? Wie willst du mich beurteilen? Wir haben, seit es *Raupe, Puppe, Schmetterling* gibt, noch nie mit wirklich guten Kämpfern zu tun gehabt. Wir haben uns immer darumherum gedrückt, das Hasenpanier ergriffen, wenn es eng wurde. Ich bin das langsam leid. Wir sollten aufhören mit der Kinderkacke und uns was Großes vornehmen.«

»Ich nehm mir 'ne große Muschi vor, nichts größeres.«

»Du bist doch ein Schlappschwanz.«

»Ich bin ein Schlappschwanz?« Puppe stand bedrohlich langsam auf. »Dich nehm ich doch allemal auseinander, du gepudertes Hemd!«

»Ja, vielleicht sollten wir's wirklich mal rausfinden.« Schmetterling ließ den Zettel zu Boden wehen und stand bereit da, die Hand am Rapiergriff.

Raupe erhob sich mit knackenden Knochen und ging dazwischen. »Nun mal langsam, Jungens, kein Grund, sich zu schlagen. Wir sind alle schlechter Laune, die Beute war wieder mal mager, der Arbeitsaufwand viel zu hoch, und im Umkreis von mehreren Tagen gibt's mittlerweile keine Hütte mehr, die wir nich schon leergemolken haben. Insofern hat Schmetterling recht. Wir könnten 'ne neue Herausforderung nicht nur brauchen, wir haben sie wahrscheinlich sogar bitter nötig.«
»Genau«, nickte Schmetterling. »Und das Schicksal hat uns einen ganzen Stapel voller Herausforderungen vor die Füße gelegt.«
»Ja, gut, aber Puppe hat auch recht. Sich zu so 'nem Turnier zu melden is Blödsinn. Wir sind vielleicht ziemlich gefährlich, Puppe kann mit seiner Nagelkeule sogar einem Ochsen den Schädel zu Brei hauen – aber das hier ist die Befestigte. Da werden keine Hinterwäldler antreten. Da werden Gladiatoren teilnehmen, echte Gladiatoren, und hochdekorierte Offiziere und Weitgereiste aus fernen Ländern mit Kampfkünsten, wie man sie so noch nie gesehen hat. Ich weiß, wie sowas läuft. Ich hab vor vielen Jahren mal bei sowas zugesehen, als ich noch ein Bürgerlicher war. Das ging stellenweise so schnell, daß die Zuschauer in den ersten Reihen gar nicht mitbekommen haben, warum ihre teuren Seidengewänder plötzlich über und über mit Blut und Hirn bespritzt waren. Schlag dir das aus dem Kopf, Schmetterling. Du bist nicht Cyril Brécard DeVlame, auch wenn du deinen Bart trägst wie er und versuchst, dich so wie er anzuziehen. Wenn du sterben willst, dann leg dich da hinten in die brennende Hütte. Das wäre wenigstens ein würdevoller Abgang.«
»Warum hast du denn dann angefangen mit dem Scheiß? Du hast doch als erster einen weit offenen Mund bekommen von dem Zettel!«
»Weil ich mir ziemlich sicher bin, daß es heutzutage kaum noch Gelegenheiten gibt, sowas Wertvolles wie diesen goldenen Stirnreif in der Öffentlichkeit zu sehen.«

»Joho, und was willst du machen?« dröhnte Puppe. »Willst du dich dazwischenhechten in dem Moment, wo das Teil übergeben wird? *Ich hab es! Ich hab es!* Und dann schlagen achtzig Armbrustbolzen in dich ein. Achtzig, nur so über'n Daumen gepeilt. *Ich bin tot! Ich bin tot! Weil ich dumm bin! Weil ich dumm bin!*« Raupe ließ sich nicht ablenken. »Ich dachte eigentlich eher daran, ... daß ich den Sieger des Turniers seelenruhig da rausspazieren lasse. Und dann – in irgendeiner dunklen Gasse, durch die er in der Befestigten sicher gehen muß: zack, witsch. *Raupe, Puppe, Schmetterling, bringen ihre Ernte ein.*«

»Oh ja. Klasse Idee. Den Sieger des Turniers. Zack, witsch. Den Besten von allen. Zack, witsch. Mann, der wird dich einatmen.«

»Er wird angeschlagen sein. Das ist ein Sechzehnersystem, das bedeutet, er wird vier Runden Kämpfe auf Leben und Tod hinter sich haben. So jemand ist fertig. Total leichte Beute. Kaninchen mit Würgeschlinge um.« Raupe ließ seine Peitsche aus dem Gürtel gleiten, bog sie zärtlich zwischen den Händen und betonte die folgenden Worte mit glänzenden Zähnen: »*Zack. Witsch.*«

Schmetterling hatte rote Wangen bekommen. »Mann, Raupe. Das ist ein genialer Plan! Eintausend neue Taler! Das ist wirklich groß!«

»Ja«, wiederholte Raupe, »das ist groß. Und es ist wenig Risiko dabei.«

»Wenig Risiko?« höhnte Puppe wieder. »Ist doch völliger Wahnsinn, in die Befestigte Stadt zu gehen. Da wimmelt's doch nur so von Uniformen.«

Diesmal mußte sogar Schmetterling Puppe beipflichten. »Das stimmt allerdings, das ist ein Problem. Mit der gleichen Maschine, mit der die diese Zettel hier herstellen, machen die auch Bilder von uns und hängen sie überall auf. In der Befestigten flattert bestimmt an jeder Häuserwand ein hübsches

Plakat von *Raupe, Puppe, Schmetterling*. Und vor allem: Die Wachposten draußen an der Befestigungsmauer kennen alle Steckbriefe und schauen sich sicher jeden ganz genau an, der in die Stadt rein will.«

»Bestimmt.« Ein häßlicher Fleck war auf Raupes sauberen Plan gekleckert. »Das ist wirklich ein Risiko.«

»Aber das könnten wir doch abmildern!« rief Schmetterling begeistert. »Genau das ist doch der Punkt: *Raupe, Puppe, Schmetterling!* Die unzertrennlichen Drei, die schon seit Jahren die Länder der nördlichen Berge unsicher machen ...«

»... die Länder der nördlichen Berge *beherrschen*«, verbesserte Puppe.

»... die Länder der nördlichen Berge *beherrschen* und immer zusammen zu finden sind. Also? Gehen wir einfach getrennt rein! Jeder für sich, jeder durch ein anderes Stadttor. Und wir verändern unser Aussehen! Wenn ich mir den Bart und die Haare abschneide, erkennt selbst ihr mich nicht mehr wieder. Raupe hier läßt sich dagegen einen ulkigen Bart stehen. Bei seinem Bartwuchs ist das halbe Gesicht überwuchert, bis wir in der Befestigten ankommen. Und du ...«

»Ja, ich. Was soll ich machen? Soll ich meine Muskeln rausnehmen, damit ich aussehe wie du?«

»Tjaaa, du bist der ... Unverwechselbarste von uns dreien. Für dich muß halt ein breiter Schlapphut her und eine Kutte oder ein Umhang. Oder gleich eine Kutte mit großer Kapuze, damit man deine Visage überhaupt nicht sehen kann.«

»Wie unauffällig! *Seht mal den großen Typen, der sein Gesicht unter der Kapuze versteckt. Was meint ihr, ob der was zu verbergen hat?*«

»Wir können dich ja auch als Frau schminken. Deine Titten sind groß genug.«

»Das sind Muskeln, du Stricher. Schon mal gehört? *Mus-keln.*« Puppe machte eine pumpende Drohgebärde, die tatsächlich schon so manchem Bauern eine Hosenfüllung beschert hatte, bei seinen Kumpanen aber immer eher heiter aufgenommen wurde.

»Mir gefällt Schmetterlings Idee«, ging Raupe wieder dazwischen. »Schließlich geht's um eintausend neue Taler, da sollten wir ruhig was für wagen. Wir verändern unser Aussehen so gut es geht, gehen einzeln und auf unterschiedlichen Wegen rein, treffen uns dann da drinnen wieder, sagen wir mal, am Rathausbrunnen, da wird so viel los sein, daß niemand auf uns achten wird, dann finden wir raus, in welcher Arena das Turnier überhaupt stattfindet, suchen uns 'ne Schenke in der Nähe, von der aus man am besten beobachten kann, was für Typen sich da einfinden, und baldowern das Ganze richtig aus. Dann muß nur noch einer von uns als Zuschauer reingehen, sich die Kämpfe angucken und dann rechtzeitig rauskommen, um den beiden anderen 'nen Wink auf den Sieger zu geben.«

»Wir können auch alle drei als Zuschauer reingehen«, schlug Schmetterling vor. »So ein Turnier is doch eine tolle Sache, das sollten wir uns ruhig mal gönnen. Da kann man bestimmt eine Menge lernen. Kampfkunstmäßig und so.«

»Schon. Aber das ist auch 'ne Frage des Geldsäckels.«

»Na, ich hab eine Idee, wie wir im Gasthaus was sparen könnten. Nur einer von uns mietet sich ein Zimmer, schön mit Blick aufs Arenentor oder die Anmeldekabine oder was immer die dort hinstellen. Die anderen beiden kommen als normale Freßgäste rein und schleichen sich dann irgendwann hoch aufs Zimmer, wenn der Wirt gerade mal nicht hinschaut. So sparen wir Zeche und umgehen außerdem, daß wir zu dritt gesehen werden.«

»Das klingt gut. So könnten wir's machen. *Raupe, Puppe, Schmetterling* gegen die Befestigte Stadt ! Das ist doch wirklich mal was anderes. Das wird uns unsterblich machen.«

»Oder tot. Das wird uns totmachen«, knurrte Puppe.

»Memme. Muttersöhnchen«, versetzte Schmetterling lächelnd.
»Tucke. Pupsbruder«, griente Puppe zurück.
Der Wind drehte. Die drei gerieten in den Rauch ihres eigenen Brandes. Sie nahmen das als Signal zum Aufbruch.

Breitseits toste der an zwei Seilen schwingende Baumstamm gegen die Kutsche und verwandelte das elegant geschwungene Birkenholzdach in weithin davonstiebendes Laub. Ächzend hob sich die Kutsche von allen vier Rädern, schüttelte sich im Flug und begrub die geborstene Gestalt des Kutschers unter sich. Langsam, als seidener Ball, rollte Angrica aus der geköpften, gekippten und noch immer seitwärts rutschenden Holzkonstruktion. Wie staubige Spinnen ließen sich die Deserteure an Seilen von den Steilhängen auf den Hohlweg hinabgleiten. Drei fingen und beruhigten den trudelnden Baumstamm, einer stach das Pferd ab, das halb zerschmettert worden war und keuchte, einer rannte dem anderen Pferd hinterher, das mit seitlich nikkendem Kopf, eine Kaskade aus Zaumzeug, Geschirr und abgebrochener Deichselstange hinter sich herziehend, den Weg voran Richtung Wald galoppierte. Von verschiedenen Seiten näherten sich die restlichen Drei den buntverstreuten Kutschentrümmern, in der Mitte das besinnungslose Mädchen.

Avalon Jaynes bewegte sich, hetzte den Waldhang oberhalb des Hohlweges entlang, in der Richtung, in die auch das Pferd und der einzelne Deserteur liefen. Von seiner Position am gegenüberliegenden Hang des schmalen Canyons aus hatte Jaynes die Briganten gut beobachten können, wie sie den Baumstamm an noch wuchtigeren, überhängenden Baumriesen vertäuten, wie sie den Hohlweg unter Beobachtung hielten und sich geschickt koordinierten, um die Beute präzise schlagen zu können. Er hatte eigentlich nur aus Neugier abgewartet, was passieren würde. Vielleicht hatte er auch gehofft, aus den Überresten eines Überfalls etwas für sich abzweigen zu können. Aber als er das Mädchen aus der Kutsche hatte purzeln sehen, hatte sich alles geändert. Sie war jung und schön, und die Banditen trugen die abgewetzten Uniformen eines vor Monaten geschlagenen Regimentes und hatten überhaupt nichts mehr zu verlieren. Sie waren nicht auf Lösegeld aus, dazu hatte die Art des Überfalls zu sehr den Tod aller Kutschenpassagiere miteinkalkuliert. Nein, diese Kerle würden ihren Spaß haben mit dem Mädchen und es dann töten. Das durfte nicht sein.

Es hatte wertvolle Momente der Überwindung gekostet, dieses *Das durfte nicht sein* in voller Tragweite zu begreifen. Es bedeutete: Er selbst, Avalon Jaynes, er ganz allein gegen acht zu allem entschlossene Männer. Jaynes war kein Träumer mehr, das hatte er vor Jahren verloren. Er glaubte an die Ehrenhaftigkeit eines Zweikampfes, aber gegen mehrere Gegner gleichzeitig war alles aussichtslos. Und doch: Einer der Deserteure – ein *Einzelner* – war dem fliehenden Pferd gefolgt. Während er diesen ersten ausschaltete, hatte Jaynes ja immer noch Zeit genug, sich über die anderen sieben Gedanken zu machen.

Die hinter dem Pferd hertanzende Deichselstange hatte sich zwischen zwei dicht beieinanderstehenden Fichten verfangen, und die hochsteigenden, wiehernden Befreiungsversuche des Tieres hatten nur noch Leinen und Lederriemen um die Falle geschnürt. Geduckt pirschte sich der Deserteur näher und machte beruhigende, summende Geräusche. Avalon Jaynes sprang von oberhalb des Hanges ab und landete zwei Schritte hinter dem Mann. Noch ehe Jaynes' Umhang vollständig zur Ruhe gekommen war, war der Deserteur herumgewirbelt, aber ein weiter Schwung mit einer dunkelroten Schwertklinge kappte sein Leben, bevor seine Augen den schwarz und grau gekleideten Gegner voll erfassen konnten. Der Körper fiel drehend ins Unterholz, und Jaynes schwang einen Streifen hellen Blutes von seiner matten Klinge über die nächsten Bäume. Anschließend beruhigte und befreite er das Pferd.

Der Deserteur, der das verletzte Pferd getötet hatte, war zu den anderen gekommen, zu viert umkreisten sie jetzt lächelnd ihre Beute. Sie hatten es nicht eilig. Wenn die anderen drei den Baumstamm zurückgehievt hatten, so daß man ihn wieder verwenden konnte, wenn ihr Kamerad mit oder ohne Pferd aus dem Wald zurückgekommen war, würden sie gemeinsam auswerten, was sich ihnen bot, und alles teilen, was sie erbeutet hatten. Danach würden sie alle zusammen die Trümmer beseitigen, die Spuren des Überfalls tilgen und ihre Positionen wieder einnehmen, denn die Sache mit dem Hohlweg und dem Baumstamm funktionierte tatsächlich und konnte ihnen noch viel mehr einbringen als ein paar Münzen, Kleider, Schmuck, Proviant und eine junge Braut für alle.

Als das Geräusch des galoppierenden Pferdes näherkam, wandten nur die argwöhnischsten unter ihnen die Köpfe. Zu unwahrscheinlich schien den anderen, daß dies nicht ihr Kamerad auf dem erbeuteten Pferd sein könnte, und zu unbeträchtlich die Gefahr, die ein einzelner Reiter darstellte, der zufällig und ahnungslos den Hohlweg heraufgeritten kam.

Die argwöhnischsten unter ihnen kniffen die Augen zusammen, denn der Reiter war, tief geduckt hinter dem Pferdehals, nicht richtig zu erkennen. Als sie allerdings begriffen, daß er keine Anstalten machte, vor ihnen zu zügeln, sondern voll auf die eine Seite der auseinandergezogenen Vierergruppe zuhielt, war es bereits zu spät. Jaynes schlug sein Schwert vorwärtsstürmend nach links und rechts, wo es zwei Blutfontänen auf zwei unterschiedlichen Köpfen auslöste. Jetzt stemmte er sich voll in die Steigbügel und zerrte das Tier auf kleinstmöglichem Wendekreis herum, um die anderen zwei auch noch anzugreifen. Nur einer von ihnen war langsam genug, er bekam den weinroten Stahl frontal in die Brust, der andere jedoch parierte Jaynes' Schlag zurückspringend mit einer Schmucktruhe, die er gerade in Händen hielt und die – Perlenketten und Ohrringe freigebend – aufsprang. Aus dem Hintergrund stürmten die drei Baumhandwerker herbei, und der eine hier vorne riß einen Langdolch aus seinem Gurt und machte Anstalten, sich auf das Pferd zu stürzen. Jaynes hielt sich nicht weiter auf und trieb das Tier in Laufrichtung an, also zurück dorthin, von wo aus er seinen Angriff vorgetragen hatte. Der mit dem Langdolch und noch ein anderer liefen noch zwanzig Schritte wütend hinterher, mußten dann aber dem viel höheren Tempo des Reittieres Tribut zollen.

Bis hierhin war es gutgegangen, die Hälfte der Deserteure hatte Jaynes jetzt ausgeschaltet. Aber es hieß, keinen Moment zu vergeuden. Der nächste Angriff durfte den Gegnern keinen Zeitraum lassen, sich darauf einzustellen.

Es hatte keinen Sinn mehr, noch einmal mit dem Pferd zu attackieren. Die Deserteure kannten jetzt die Richtung, aus der er kommen würde, und waren wahrscheinlich auf noch einen Angriff gefaßt. Jaynes ließ das Pferd etwas langsamer werden und sprang nach rechts aus dem Sattel, während das Tier ohne Reiter weiterlief. Das Hufgetrappel war deutlich zu hören und verlor sich irgendwo im Wald. Währenddessen hetzte Jaynes die Waldsteigung hinauf und bahnte sich dann einen Weg auf dem Hang, der seinem ursprünglichen Beobachtungsposten gegenüberlag. Die Bäume standen hier dicht genug, daß auch die Deserteure samt ihrer Baumstammfalle hier oben gute Deckung gefunden hatten. Rechterhand unterhalb konnte er bald den Ort des Überfalls sehen. Die vier verbliebenen Deserteure standen entweder wild gestikulierend herum oder hatten sich über ihre toten Kumpane gebeugt und unter- oder durchsuchten sie. Das Mädchen lag in ihrer Nähe, ein bunter, weicher Körper, der für noch ein paar wertvolle Augenblicke nicht Mittelpunkt des Interesses war.

Glücklicherweise machten die Deserteure selbst genügend Lärm, so daß Jaynes oberhalb einer Klippe entlangschliefern konnte, ohne an Geschwindigkeit einzubüßen. Dann endlich konnte er den Baumstamm sehen. Ausgelöst wurde der Stamm normalerweise dadurch, daß ein Seil durchgeschlagen wurde, das ihn am äußersten Schwungpunkt festhielt. Jetzt war von diesem Seil nur ein gekapptes Stückchen übrig, und der Stamm lag mehr schlecht als recht auf einer Felskante auf. Die mühselige Arbeit, ihn hoch zurück in Schwungposition zu hieven, hatte von den Deserteuren noch nicht vollständig verrichtet werden können. Das war schade, ein fertig eingespannter Baumstamm wäre jetzt für Jaynes wertvoller gewesen, aber er konnte unmöglich warten. Bevor die Deserteure sich wieder an die Arbeit machten, würden sie erst ihre Wut an dem Mädchen austoben.

Der Stamm lag zwei Meter unterhalb von Jaynes' jetziger Position auf, doch Jaynes sprang. Der Ruck des Aufpralls war genug, das borkige Holzpendel mitsamt einer kleinen Lawine aus Erdreich, Felssplittern und Baumnadeln über die Kante brechen zu lassen. Der Stamm schwang los, und wie ein Holzflößer hielt Jaynes die Balance, richtete sich auf und durchhieb – kurz nachdem die Schwungbahn ihren tiefsten Punkt durchlaufen hatte – eines der beiden Halteseile. Die kontrolliert majestätische Pendelkurve des Baumstammes verwandelte sich in eine wütend schlenkernde Ausholbewegung, etwa anderthalb Fuß über dem Hohlwegboden. Jaynes schnellte sich hoch und konzentrierte sich darauf, wie eine Katze auf allen Vieren zu landen. Einer der Deserteure wurde krachend vom Baum getroffen und flog zehn Schritte weit sich überschlagend durch die Luft. Jaynes und das lose Ende des Baumes schlugen gleichzeitig auf, der Baum hieb eine donnernde Erderuption gegen einen kreischenden Deserteur, Jaynes'

Schwert rutschte drei Schritte weit aus seiner Reichweite, und er hetzte ihm sofort nach. Als er es hatte, setzte er über das rückwärts ausrollende Ende des Baumstammes und tötete den Langdolch-Deserteur mit einem wuchtigen Querhieb. Der mit Erdreich Bespritzte taumelte zurück, hob abwehrend die unbewaffneten Hände, und als Jaynes zögerte, warf er sich herum und floh panisch hangaufwärts. Jetzt war nur noch ein Deserteur übrig. Jaynes ging langsam auf ihn zu. Zweikampf-Situation. Jetzt fühlte er sich vollkommen sicher. Der Deserteur musterte kurz die dunkle Kleidung, den Umhang, das bis zur Nase von einem Schalkragen verhüllte Gesicht seines Gegenübers, die ausdrucksvollen hellen Augen unter den geschwungenen Augenbrauen und das lange, schmale, triefende Schwert, dessen Klinge auch ohne Blut von dunkelroter Farbe war. Vom hektischen Keuchen seines den Hang hinaufstrampelnden Kameraden irritiert, ging der letzte Übriggebliebene ein paar Schritte rückwärts und floh dann in die Richtung, aus der die Kutsche ursprünglich gekommen war. Wer einmal desertiert, der tut es immer wieder.

Jetzt kümmerte sich Jaynes um das Mädchen. Sie atmete tief, als schliefe sie, aber da war Unruhe in ihrer Ohnmacht. Ihr Kopf und ihre rotgeschminkten Lippen bewegten sich leicht, ihre Stirn kräuselte sich zu Zornesfalten. Jaynes hob sie behutsam auf und trug sie ein Stück weit in Richtung Wald, fort von den Toten und dem Blut. Dort setzte er sie gegen eine alte Zeder gelehnt ins Moos und ging das Pferd suchen. Er hatte richtig vermutet: Das Pferd, zum Ziehen von Kutschen und nicht zum freien Umherlaufen erzogen, stand verloren zweihundert Schritte abseits inmitten eines Buchenhaines. Ohne größere Probleme konnte er es wieder einfangen und zu dem Mädchen zurückführen.

Noch bevor Angrica ihre Augen wieder aufschlug, kehrten die Erinnerungen zu ihr zurück. Der Ramm-Widder, der die Kutsche durchstoßen hatte. Der zerschmetterte Kutscher. Und dann, wie zerdehnte Riesen in einem Alpdruck, schmutzige Männer, die kehlige Laute von sich gaben und sich von allen Richtungen näherten. Dann nichts mehr. Ihre Fäuste ballten sich. Sie hatte genug der getuschelten Geschichten gehört, um kein Kind mehr zu sein.

Als sie die Augen aufschlug und den Blick hob, sah sie direkt in die zwei hellsten männlichen Augen, die sie je gesehen hatte. Der Fremde trug einen Umhang und hatte ein Schwert an der Seite, sein Mund war bis zur Nase von einer Art Kragen verhüllt, wie bei einem Banditen, aber er war kein Bandit. Er hatte lange hellbraune Haare, die ihm zusammengebunden über die linke Schulter fielen. Seine Augen hatten die Farbe von tiefen Seen, die im Winter zu hellem Eis gefroren waren. Er kauerte vor ihr, sehr nah an ihr, und strich ihr zärtlich eine gelöste Haarsträhne aus der Stirn. Sie tat einen tiefen Atemzug und wollte etwas sagen oder etwas fragen, aber er legte einen Zeigefinger an seinen maskierten Mund und bedeutete ihr so zu schweigen. Sie schwieg also, und er half ihr auf, stützte sie, drückte ihr die bei dem Überfall verlorengegangene Schatulle mit ihrem Lieblingsschmuck in die Hand und führte sie zum Pferd. Dann half er ihr hinauf, so daß sie im breitbeinigen Herrenstil auf dem sattellosen Tier zu sitzen kam. Er selbst stieg nicht hinter ihr auf, um sie zu umfassen und zu führen. Er deutete in die Richtung, in die sie reiten sollte, und in immer noch verwirrter Wortlosigkeit folgte sie seiner Geste. Sie hatte ihn etwas fragen wollen, sich nach dem Kutscher erkundigen, der Kutsche, den Banditen, dem anderen Pferd, nach irgend etwas, das zurückblieb, aber ihr fielen keine angemessenen Worte ein, und sie fürchtete den Klang ihrer eigenen Stimme. Unwirklich, wie rückwärts durch eine Vision gleitend, ritt sie der Befestigten Stadt entgegen.

Angrica wußte, daß sie den schweigenden Fremden wiedersehen würde, wenn auch nur in ihren Träumen.

Avalon Jaynes schaute dem Mädchen hinterher, und ging dann zu der Kutsche zurück. Er durchsuchte die Trümmer und fand im Reiseproviantkorb etwas Honig und Milch, flüssige Nahrung, die er zu sich nehmen konnte. Er streifte den Schalkragen hinunter und hängte den aus Holz geschnitzten Unterkiefer aus den Drahtösen. Das ausgefranste nasse Gaumenloch mit der unvollständigen, zerborstenen oberen Zahnreihe, das darunter zum Vorschein kam, wurde dann von ihm gefüttert wie ein sperrender Vogel: indem er den Kopf in den Nacken legte und den Honig direkt in die triefende Schlucköffnung schmierte. Der Rest seiner Zungenwurzel, der noch vorhanden war, schmatzte dabei und wand sich wie eine fette, festgeklebte Nacktschnecke.

Avalon Jaynes war nicht als Monster auf die Welt gekommen. Vor fünf Jahren noch hatte er in der Armee, in der er als niederrangiger Offizier gedient hatte, den Ruf als Frauenschwarm innegehabt. Dann war seine Einheit in einer Felswüste in einen Hinterhalt geraten. Die Übermacht der Gegner war erdrückend gewesen. Jaynes hielt tapfer durch, mit dem Rücken an einen Findling gelehnt, gleichzeitig gegen zwei Gegner kämpfend, die ihn frontal bedrängten. Er konnte die Attacken beider Gegner nicht angemessen parieren, und je gleichzeitiger sie zuschlugen, desto sicherer kam mindestens einer von ihnen durch. Schließlich war der Moment gekommen, wo beide ihre Schläge genau gleichzeitig setzten. Jaynes mußte sich entscheiden, welchen der beiden Treffer er akzeptieren mußte. Er entschied sich falsch. Der andere Schlag hätte ihn getötet, aber das wäre besser gewesen als das, was jetzt kam. Der zugespitzte Kriegshammer des links stehenden Gegners schlug seitlich mit ungeheurer Wucht gegen Jaynes' Unterkiefer und riß Haut, Knochen, Sehnen, Muskelstränge und Zunge glatt durch. An den Schmerz dieses Augenblicks konnte sich Jaynes hinterher nie erinnern, jedoch ganz deutlich an den unwirklichen Moment, in dem die Gesichter der beiden Kampfgegner ungläubiges Entsetzen zu zeigen begannen. Dann spritzte das aus Jaynes' zerfetzter Zungenwurzel herausschießende Blut den beiden in die Gesichter und blendete sie. Jaynes gelang es, sie zu töten, während sein Bewußtsein ihn verließ. Eine nach der Schlacht eintreffende Einheit verbündeter Söldner fand ihn immer noch aufrecht, hintenüber auf die Rundung des großen Steins gelehnt, in einem Teich seines eigenen Blutes stehend.

Die folgende Zeit in den Feldlazaretten war die Hölle gewesen. Jaynes sah nicht mehr wie ein Mensch aus, ihm fehlte das untere Drittel seines Gesichtes, und allen, die ihn anblickten, stand Mitleid ins Mienenspiel geschrieben, und die unausgesprochene Bemerkung, daß für diesen armen Teufel der Tod besser sei als ein Überleben. Doch Jaynes überlebte. Im Interesse der Heeresmoral wurde er mit einer regelrecht großzügigen Talersumme ›von der Armeezugehörigkeit freigestellt‹ und streifte fortan als verhüllte, verborgene und verstummte Monstrosität durch die Länder. Ein tüchtiger Schreinermeister wurde von seinem Schicksal ergriffen, und fertigte ihm eine hölzerne Kinnpartie an. Die Nägel, an die der neue Unterkiefer mittels Drahtösen gehängt werden konnte, mußten durch Jaynes' Oberkiefer getrieben werden, aber diese Schmerzen waren nichts im Vergleich zu der Freude, die Jaynes empfand, als er hinterher im Schatten einer Zimmerlaterne feststellen konnte, daß er wieder über ein normales Profil verfügte, noch dazu ein markantes, mit einem attraktiv energischen Kinn. Seitdem zog er als freier Abenteurer mit nur noch halb verhülltem Gesicht durch die Welt. Da er nicht mehr sprechen konnte, blieb die

Art der Aufträge, die er annehmen konnte, meist auf simple Personenschutz- und Kampfmissionen beschränkt, aber seine fechterischen Fähigkeiten waren nach wie vor außerordentlich. Sein Einkommen genügte, um sich gute Kleidung leisten zu können und dem Schreinermeister, dem er alles zu verdanken hatte, freundschaftliche Geldgeschenke zu machen, die dieser zwar immer ablehnen wollte, aber in Wirklichkeit gut gebrauchen konnte, denn die Zeiten waren schlecht, besonders für ehrliche Leute.

Jetzt war Jaynes auf dem Weg in die Befestigte Stadt, um dort ein herausforderndes Turnier zu bestreiten, das auf einem ehrlichen Zweikampfsystem beruhte. Bei einer solchen Veranstaltung waren Geld, Ansehen und weiterführende Aufträge, mindestens aber das Studium neuer, verfeinerter Zweikampftechniken zu gewinnen. Die Vorräte der überfallenen Kutsche und die Erinnerung an das wunderschöne Mädchen waren Jaynes auf seinem Weg eine willkommene Stärkung.

Ducoy lehnte sich vor, damit die schon fast heruntergebrannte Kerze sein struppiges, von beachtlichen Segelohren zusammengehaltenes Gesicht noch wirkungsvoller von unten beleuchtete. »Der zweitunheimlichste Kerl, dem ich je in meinem Leben begegnet bin ... betrat eine Schenke, die gar nicht einmal so viel anders aussah als diese hier.«

Seine Zuhörer, drei junge und ein älterer Landmann von hier aus dem Ort, sahen sich unbehaglich Richtung Eingang um. Es war gut voll im ›Taler zu Trunke‹, und alle halblang wurde die Doppelschwingtür entweder von innen oder von außen knarrend aufgedrückt. Man wußte nie, ob einer reingekommen war oder einer ging. Die preiswerte Taverne mit den unter der Decke schaukelnden bunten Öllichtern war ein hervorragender Ort zum Erzählen.

»Ihr wißt ganz genau«, fuhr Ducoy fort, »daß jeder, der eine Schenke betritt, immer versucht, einen Eindruck zu hinterlassen. Vorausgesetzt, er ist kein Hasenfuß, sondern jung und unternehmungslustig und hat es darauf abgesehen, den Weibern zu imponieren.« Der ältere Bauer grinste am breitesten, die drei jungen nickten und hingen an Ducoys Lippen.

»Das beste, was einem passieren kann, wenn man in eine Kaschemme reinkommt – das absolut Größte ist, wenn die Gespräche verstummen oder das verdammte Geklimper der Lautenmusik aufhört oder ein Gelächter mitten im Flug abbricht, als wäre dem Lacher die Kehle durchgeschnitten worden. Wenn dir sowas gelingt, dann weißt du, daß du jemand bist, und daß sich keiner so ohne weiteres an dich rantrauen wird.«

»Außer denen«, grinste der Ältere, »die sich gerade die Eindrucksvollen aussuchen, um sich mit ihnen anzulegen und sich zu beweisen.«

»Deshalb«, nickte Ducoy, »darfst du eben kein Hasenfuß sein. Wenn du so reinkommst, daß die Würfel in den Spielbechern aufhören zu klappern, und daß das Aneinanderklirren der Krüge plötzlich so hohl klingt, daß es ein Echo kriegt, dann mußt du wissen, daß du besser bist als jeder Gernegroß, der dich von der Seite her anspucken will. Wenn du so reinkommst, mußt du einer der ganz Großen sein. Und deshalb weißt du, wenn einer so reinkommt, daß alles aufblickt und die Gespräche hinterher viel leiser weitergehen als vorher und sich dabei alle um ihn drehen – deshalb weißt du dann, daß dieser Bursche, der da gerade eben die Tür zum Schwingen gebracht hat, gefährlich ist. Mordsgefährlich. Todesgefährlich.« Er machte die Augen groß und rollte sie ein wenig. Die Köpfe der vier Bauern rollten ein wenig mit. Ducoy nahm einen tiefen Zug aus seinem Methumpen, um die Kunstpause bis zur Unerträglichkeit zu dehnen. »Der Bursche, von dem ich euch erzähle – der zweitunheimlichste Kerl, dem ich je in meinem ganzen Leben begegnet bin –, der hatte gleich zwei solche Momente, indem er reinkam, der ließ es einem gleich zweimal eiskalt den Rücken runterlaufen.« Wieder knarrte die Tür, und Ducoy versäumte es nicht, zur Tür zu schauen, als wäre der Beschriebene jetzt eingetroffen. Wieder machten die Bauern das Spielchen mit. Sie begannen, unruhig und mulmig auf ihren Stühlen hin- und herzurutschen. Niemand war reingekommen, einer war wohl nach Hause gegangen oder nur kurz raus, um abzustrullen. »Das erste, was dir an ihm auffiel, waren seine Haare. Lang, lang, kann ich euch sagen, bis fast runter zum Gürtel, und feuerrot. Nicht irgend so ein Rot, mit dem man geboren wird, nein, ein richtig helles, leuchtendes Rot, wie man es manchmal in Gewändern findet. Blendend grell. Als Haarfarbe absolut unmöglich. Und das Gesicht darunter schmal, blaß, farblos, selbst die Lippen beinahe weiß. Er trug einen langen braunen Mantel, unter dem man die Ausbuchtungen mehrerer Klingen sehen konnte. Der Bursche sah nach vielen Toten aus, ich kann euch sagen. Die Augen so tief in den Höhlen, daß sie wahrscheinlich auch nach hinten sehen konnten.« Einer der Jungbauern, ein Blondling mit einigen Bartfransen am Kinn, schluckte so schwer, daß man seinen Adamsapfel hüpfen sehen konnte. »Ihr könnt euch sicher denken, daß alle in der Schenke erstmal verstummten und aufschauten, zumal der Rothaarige in der Tür stehenblieb, je einen Türflügel in jeder Hand, und erstmal die ganze saufende Sippschaft mit seinen tiefliegenden Blicken musterte. Dann kam er rein ... und schlenderte langsam vor zur Theke. Seine Klingen schlugen unter dem Mantel beim Gehen gegeneinander wie ganz ferne Kirchenglocken. Und dann, als die Leute schon wieder anfangen wollten, mit ihren normalen Schenkenbetätigungen fortzufahren, hatte er die Schenke ganz durchquert, war an der Theke angekommen und jeder, jeder im Raum konnte seinen Rücken sehen. Das« – Ducoy hob einen Finger – »war der zweite Moment, an dem jeder unwillkürlich ein paar Lenze älter wurde. Denn auf seinem Rücken, an seinen schweren, braunen Mantel genagelt, hing der mumifizierte Leichnam einer geräderten schwarzen Katze. Könnt ihr euch sowas vorstellen?«

Den Landmännern schnürte das Entsetzen die Kehlen zu, aber als Ducoy jetzt ein Pause machte, um seine Geschichte sacken zu lassen, ergriff jeder der vier die Gelegenheit, ein paar Schlucke aus seinem Humpen zu nehmen.

»Hat ihn jemand angepöbelt?« fragte der Blonde.

»Wo denkst du hin? Hättest du dich getraut, ihn anzusprechen? Nein. Er bestellte einen Schwarzgebrannten, trank aus, zahlte und ging wieder. Kein einziges unnötiges Wort. Aber kein Einziger, der dort in dieser Schenke gewesen war, hat diesen Typen bis heute vergessen, da gebe ich euch mein Wort drauf.«

»Wie hieß er? Was wurde aus ihm?« fragte der Älteste.
»Oh, ich habe keine Ahnung, und es hilft mir nachts gut zu schlafen, daß ich nichts Genaueres über diesen Mann und seine Geschichte weiß. Auch ich ging ihm einfach aus dem Weg. Ich bin kein Narr und auch kein Held. Ich bin einfach nur einer, der ein bißchen rumkommt.« Ducoy bestellte sich und den anderen eine neue Runde bei der schielenden Wirtstochter. Er konnte sich jetzt sicher sein, daß die vier Bauern die Zeche für ihn mitbezahlen würden.
Nachdem die Vier das Erzählte erstmal verdaut hatten, meldete sich der Älteste wieder zu Wort.
»Du hast gesagt, das ist der zweitunheimlichste Mann gewesen, den du je getroffen hast. Wer war der Unheimlichste?«
»Na, ich weiß nicht, ob ihr sowas hören wollt.« Ducoy bog an einem seiner großen Ohren herum.
»Aber na klar« und ähnliches riefen die Vier durcheinander.
»Das ist aber keine Geschichte für ein gemütliches Beisammensein. Da fließen ein paar Liter Blut den Hang runter.«
»Das halten wir schon aus«, meinte der Blonde. »Wir hören gern Geschichten von anderswo.«
Ducoy lehnte sich diesmal zurück. Die Kerze flackerte nur noch am Grund ihres Tellerchens. Bald würde sie verlöschen, und dann blieben ihnen an diesem Tisch nur noch die bunten Lichter von oben. »Na gut, wenn ihr darauf besteht, will ich mal nicht so sein. Aber ich möchte ausdrücklich betonen, daß ich jeden von euch gewarnt habe und daß ich keine Verantwortung übernehme, wenn es heute nacht eure Frauen sind, die euch trösten müssen, statt umgekehrt.«
»Bah, wir sind doch Kerle«, sagten die Jungen. Der Ältere schwieg besorgt.
»Also.« Ducoy breitete die Hände aus wie einer, der ein Taschenspielerkunststück vorbereitet. »Es ist schon ein paar Jahre her, da war ich ein einfacher Soldat in einer der Armeen

der Ewigen Fackel. Und das Schicksal meinte wohl, mir die Vergänglichkeit meines Daseins und des Daseins aller anderer Menschen an anschaulichem Beispiel vor Augen führen zu müssen, denn ich begegnete Blackvale.«

»Blackvale?«

»Doch nicht *der* Blackvale!?«

»Gibt's den denn wirklich? Ich dachte immer, das sind nur Geschichten.«

»So wahr ich hier bei euch sitze«, wisperte Ducoy eindringlich, »so wahr hat mich der dunkle Saum von Blackvales Kutte gestreift, und ich verdanke den Umstand meines Überlebens nur der Tatsache, daß der Untergänger mich wohl für tot gehalten hat, halb begraben wie ich dort lag unter den gefallenen Leibern meiner Kameraden.«

»Wie sah er aus?«

»Hat er etwas gesagt? Hast du seine Stimme gehört?«

»Laßt mich von Anfang an erzählen. Wir waren noch etwa fünfundvierzig Mann, übrig geblieben aus diversen Scharmützeln in den Tausendseetälern. Wenn man es genau nimmt, waren wir eigentlich auf dem Rückzug, zurückbeordert von den Trägern der Ewigen Fackel, um jenseits der Gratkette von Spirachi mit dem Hauptheer zusammenzutreffen, um von dort aus einen gut koordinierten Vorstoß unternehmen zu können. Aber auf unserem Rückzug war uns dieses Bergkastell in die Hände gefallen, und nachdem wir – mehr durch Zufall als durch weise Vorausschau – mitbekommen hatten, daß eines der Ritterheere bereits vor uns gelangt war und uns so den Weg abschnitt, beschlossen wir halt, das Kastell zu halten, solange es eben ging. Und wie der Zufall des Krieges manchmal so spielt: Das Kastell hatte eine strategisch für den Feind sehr wichtige Position. Daß wir es hielten, machte es den Rittern unmöglich, die Gratkette in dieser Gegend zu passieren, und mit einem Mal war das Heer, das uns den Weg abschnitt, selbst abgeschnitten, von jeglichem Nachschub gekappt, und in einer ziemlich miesen Situation zwischen uns und unserem Hauptheer. Die Ritter warfen Sturmwelle auf Sturmwelle gegen die hohen Mauern des Kastells. Sie hätten es besser wissen müssen, schließlich hatten sie das Kastell ja selbst erbaut. Wir hielten stand. Und nördlich von uns wurde das isolierte Ritterheer langsam vom Lichtschein der Ewigen Fackeln in die Zange genommen. Da wußte sich das Kommando der Dornenritter wohl nicht mehr anders zu helfen. Um das umzingelte Heer zu retten, um endlich wieder die Paßstraße frei zu kriegen, mußte uns das Kastell aus den Händen genommen werden. Und wo brüllende Armeen versagten, wußte vielleicht die wirkungsvolle Schweigsamkeit eines Einzelnen zu triumphieren.«

»Blackvale. Sie heuerten Blackvale an. Oder gehörte er ohnehin zu ihnen?«

Ducoy ging auf diese Frage nicht ein. Es war wirkungsvoller so. Die Kerze verblakte jetzt, ein in geschmolzenem Wachs ertrinkender Docht. »Es begann für uns am Morgen des sechsundzwanzigsten Tages unserer Kastellverteidigung. Einer der Wachtposten rief unseren Kommandanten. ›Da kommt ein einzelner Mann den gewundenen Pfad hinauf, Kommandant!‹ ›Uniform?‹ ›Keine, Kommandant. Nur dunkle Gewänder, also sicherlich einer der Dornen.‹ ›Wenn er keine Unterhändlerflagge zeigt, schießt auf ihn ganz nach Belieben.‹ Danach wurde es ein paar Minuten ruhig für mich und die anderen Soldaten, die gerade in einem der Gebäude beim Essenfassen waren. Dann kam die nächste, aufgeregt klingende Meldung. ›Kommandant! Der Mann hat das Tor erreicht! Unsere Pfeile sind von ihm einfach abgewehrt worden wie lästige Stöckchen!‹ ›Immer noch keine Flagge?‹ ›Keine Flagge, Kommandant.‹ ›Verdammt, was kann er wollen: ein einzelner Mann am Tor?‹ Die nächste Meldung kam kurz nach einem ohrenbetäubenden Bersten. ›Kommandant! Er ist durchs Tor durch! Er ist durchs Tor durch!‹ ›Das gibt's doch nicht! Das gibt's doch nicht! Ein einzelner Kerl kommt nicht durch dieses Tor! Alle Mann klar zum Gefecht! Alle Mann in höchste Alarmbereitschaf!‹«

Die Kerzenflamme erlosch. Ducoy machte eine bedeutungsschwangere Pause, gab den Bauern Gelegenheit, die neuen Schatten in seinem Gesicht zu deuten. »›Kommandant? Kommandant!‹ ›Ja, was ist denn, zum Teufel!‹ ›Kommandant, er tötet uns.‹«

Der älteste Bauer schüttelte sich. Die anderen sahen fahl aus. Ducoy leerte seinen Humpen und wischte sich mit dem Handrücken über den Mund. »Und genauso war es. Er tötete unsere Männer. Alle. Bis auf die paar, die ohnehin verwundet irgendwo im Fieber lagen oder die – wie ich – das Glück hatten, beim Treppenhochstürmen von den Kadavern zurückgeschlagener Gefährten verschüttet zu werden. Um deine Frage zu beantworten: Ich hörte seine Stimme nicht. Er sprach kein einziges Wort, denn selbst ein Blackvale redet nicht mit Toten. Sein gleißender Schatten fiel auf mich an diesem Herbstmorgen, und seitdem wache ich manchmal nachts auf, und mein Gesicht ist ganz naß, so, als hätte ich geweint, aber ich kann mich an nichts mehr erinnern, und ich sollte den Göttern dankbar sein dafür.«

Ducoy orderte sich bei der Schielenden einen neuen Humpen auf Kosten der Bauern. Außer ihm konnte jetzt an diesem Tisch keiner mehr einen Schluck zu sich nehmen. Die Kehlen der Zuhörer waren wie von einem Hanfseil zugeschnürt.

An einem der Nebentische stand ein schwarzhäutiger Mann auf und kam langsam zu Ducoys Runde herüber. Schwarzhäutige hatten ein ziemlich gutes Ansehen in dieser Gegend; sie kamen von weit her und waren meist herausragende Kriegshandwerker. Auch dieser hier sah in seiner unterteilten Lederrüstung mit Metallbesatz und den an beiden Seiten baumelnden Waffenscheiden wie ein ernstzunehmender Söldner aus.

»Entschuldige, Freund«, wandte sich der Schwarze an Ducoy, »ich konnte am Nachbarstisch nicht vermeiden, Teile deiner Erzählung mitzubekommen, und mir schien, du bist so ein leidenschaftlicher Geschichtenschilderer, daß ich dich nicht unterbrechen wollte. Aber die ganze Zeit geht mir etwas im Kopf herum, und vielleicht kannst du mir helfen.«
»Es wäre mir eine Ehre, wenn ich das könnte«, lächelte Ducoy.
»Hier.« Der Schwarze zog ein zusammengerolltes Pergament aus seinem Gürtel, breitete es auf dem Tisch aus und stellte die Enden mit zwei leeren Humpen fest. »Die Zeichnung ist beschissen wie bei all diesen Dingern, aber eine gewisse Ähnlichkeit ist durchaus vorhanden, und vielleicht kannst du mir bestätigen, daß du das bist.«
Ducoy sah auf sein eigenes Gesicht herab, zwar nur grob skizziert, aber dennoch verblüffend wahrheitsgetreu. Besonders seine Ohren kamen auf der Zeichnung hervorragend zur Geltung. Es war mittlerweile gut fünf oder sechs Jahre her, seit Ducoy zum letzten Mal einen seiner Steckbriefe gesehen hatte, weil er sich seit mittlerweile fünf oder sechs Jahren nicht mehr in dem Landstrich aufgehalten hatte, in dem diese Fetzen an jedem hundertsten Baum hingen, aber es schien, als hätte sich dieses skizzierte Spiegelbild jetzt aufgemacht, ihn an jedem Ort auf der Welt zu finden.
»Das ... das bin ich nicht. Haben schon mehrere Leute gedacht, wegen der Ohren, die sind wirklich ähnlich, aber bisher konnte das Mißverständnis glücklicherweise immer spätestens bei der Stadtgarde aufgeklärt werden. Wäre doch eine verdammt üble Sache, wenn ein Unschuldiger nur allein wegen seiner Ohren aufgeknüpft wird.«
»Da stimme ich dir vollkommen zu, Freund«, lächelte der Schwarze. »Hier steht was von Brandschatzung und Viehdiebstahl in mehreren Fällen, und hier drüben ist auch noch ein Raubmord an einer alten Frau erwähnt. Und hier, ganz unten,

schon etwas eingerissen, aber man kann's noch lesen, steht eine Zahl, das ist die Geldsumme, die auf diesen Kopf hier gesetzt ist. Verdammt viel Geld, findest du nicht auch?«

Ducoy, der plötzlich dringend austreten mußte, nickte und versuchte, heiter-gelassen durch die Zähne zu pfeifen. »Ja, verdammt, man soll's nicht für möglich halten. So viel hübsche Talerchen für so einen häßlichen Schädel.« Seine Bauern waren von der Situation zu verunsichert, um zu lachen.

»Das hast du klug ausgedrückt, man merkt gleich, daß du ein guter Redner bist«, meinte der Schwarze versöhnlich. »Also. Schon mal mit so 'nem Teil geschossen?«

Eine kleine Armbrust klapperte vor Ducoy auf den Tisch. Eine *Sparrow* oder *Sperling*, handlich, leicht, einschüssig. Gebräuchlich weiter oben im Norden, wo die anderen Sprachen begannen.

»N…nnein.«

»Ah, macht nichts, ist nicht weiter schwer. Nur den Abzug hier betätigen. Das kleine Ding unter dem Griff. Und hier« – ein kleiner Dolch landete neben der Schußwaffe – »das ist für danach, wenn du den Bolzen verschossen hast. Du verstehst schon, du bist doch schließlich ein weit herumgekommener Ex-Soldat.«

»Hören Sie, Mann, ich habe wirklich nicht die leiseste Absicht, mich mit Ihnen zu duellieren. Ich sitze hier gemütlich mit Freunden bei Tisch und …«

Der Schwarze drückte die aufgelegte Bolzenspitze einer zweiten *Sparrow* gegen Ducoys Schläfe. »Entschuldige, Freund, falls ich mich nicht klar genug ausgedrückt habe. Dieses hübsche Bildnis von dir auf diesem hübschen kleinen Blatt Papier gibt mir das Recht, dir hier und jetzt an diesem Tisch vor deinen Freunden einen Bolzen durch den Kopf zu jagen. Stattdessen aber beabsichtige ich, dir eine faire Chance zu geben. Eine *einmalige* Chance, wenn du mich fragst. Du hast wirklich ein unverschämtes Glück, daß du an mich geraten bist, und nicht an irgendeinen anderen Kopfgeldjäger.«

Ja, das war es. Ducoy konnte seinen Weg hier enden sehen, als hätte ihn der Zeichner des Steckbriefes neben das Portrait gekrakelt. Lange vorbei die goldenen Jahre, wo er es sich mit der Plünderbeute ganzer Landstriche hatte gutgehen lassen können. Vorbei jetzt auch diese magereren Zeiten, wo er sich aber immer noch als Erzähler guter Geschichten zu Bett und Brot bringen konnte. Vorbei das alles. Ein verdammter alter Wisch Papier hatte sich unter seinen Schuh geschoben und ihn zu Fall gebracht.

Es hatte keinen Sinn zu dementieren. Die Sache würde tatsächlich bis zur Stadtgarde führen, und da würde ihn dann irgendein spindeldürrer Bürokrat identifizieren. Es war besser, das Angebot des schwarzen Kopfgeldjägers anzunehmen und sich immerhin einen Abgang zu sichern, der eines Tages zu einer guten Wirtshausgeschichte taugte.

Ducoy nahm die beiden Waffen auf und folgte dem hünenhaften Schwarzen nach draußen in die frische Wärme des stechmückendurchschwirrten Sommerabends. Die Bauern von seinem Tisch kamen alle mit, sie trotteten alle herum wie Schafe, noch keiner von ihnen hatte auch nur ein einziges Wort herausbekommen oder zumindest einen intelligenten Gesichtsausdruck zustandegebracht. Trotz ihrer Schweigsamkeit machte die Kunde von einem *Sparrow'n'Dagger*-Duell unter den übrigen Schankgästen schnell die Runde. Eine ganze Traube von drängenden, schwitzenden Gestalten quoll über die Schwelle nach draußen, und auf der Straße fanden sich noch mehr Bürger ein, die in sicherer Entfernung auf den Knüppelgehwegen stehenblieben.

Der Schwarze schnallte umständlich Rucksack, Seitenrolltaschen und mehrere Schwertwaffen ab und entledigte sich dann auch noch einiger schwerer Teile seiner Leibrüstung, bis sein Oberkörper nur noch von einem dunklen, ärmellosen Netzhemd bedeckt war. Seine muskulösen Oberarme ließen darauf schließen, daß dieser Mann auch schwere Hiebwaffen zu führen verstand.

Ducoy stand ein wenig verloren herum, während der Schwarze die Entfernung zwischen ihnen abmaß – zwanzig Schritt – und einen der etwas denkfähiger aussehenden Bürger anwies, von Fünf rückwärts zu zählen. Bei *Eins* würde das Duell beginnen.

»Fünf.«

An einer der Seiten konnte Ducoy seine Zuhörer von vorhin stehen sehen. Sie alle mieden seinen direkten Blick. Hilfe war von ihnen nicht zu erwarten. Für eine Geschichte war er ihnen gut gewesen, für eine kurze, farbenfrohe Unterbrechung ihrer eintönigen Arbeitsleben. Aber keiner von ihnen war Manns genug, auch nur die Stimme zu seinen Gunsten zu erheben. Letzten Endes war er eben doch nichts anderes als ein Fremder, ein Durchreisender. Genauso wie der Kopfgeldjäger.

»Vier.«

Der Schwarze überprüfte den Sitz des Bolzens in seiner *Sparrow*, ließ sie dann locker neben der Hüfte in der Hand baumeln. Er wirkte so ruhig wie einer, der das hier schon zweitausendmal getan hat.

»Drei.«

Immer noch scharrten und drängten die Schaulustigen. Einige versuchten, weiter nach vorne durchzukommen, um besser sehen zu können, andere, die schon fast vom Knüppelweg herunter in den klumpigen Staub der Straße gedrängt wurden, versuchten, sich wieder nach hinten zu schieben. *Sparrow'n'Dagger*-Duelle waren selten in dieser Gegend, aber es gab wohl kaum einen unter ihnen, der nicht die Geschichten gehört hatte von Zuschauern, die sich zu weit in die Duellschneise vorgewagt hatten und versehentlich erschossen wurden. Konnte ja schließlich keiner genau wissen, ob die Duellanten überhaupt sichere Schützen waren.

»*Zwei.*«

Ducoy hatte überhaupt noch nie mit so einem *Sparrow*-Ding geschossen, aber eigentlich, so versuchte er sich zu beruhigen, konnte es ja auch nicht viel anders sein als bei den größeren Armbrüsten, die er während seines Militärdienstes kennengelernt hatte. Der Rückschlag würde weniger stark sein, aber welche Rolle spielte schon Rückschlag, wenn man ohnehin nur einen einzigen Schuß hatte. Ducoy spürte fast so etwas wie Rührung und Dankbarkeit in sich aufsteigen dafür, daß der Schwarze den Anstand besessen hatte, seine Rüstung zu reduzieren. So hatte Ducoy mit dem Dolch eine Chance. Er war nämlich gar kein schlechter Dolchkämpfer. Früher hatte er sogar mal das *Bullseye* von Zielscheiben treffen können mit solchen Instrumenten. Früher, als er noch in verschiedenen Gruppierungen durch die Länder gezogen war und sich gegriffen hatte, was sich bot.

»*Eins.*«

Der Schwarze rannte nach vorne los und überwand die Hälfte der Distanz in erstaunlicher Geschwindigkeit. Ducoy ließ sich dadurch zu dem Fehler hinreißen, den unerfahrene *Sparrow'n' Dagger*isten meistens begehen: Er feuerte seinen Bolzen hektisch auf den heranstürmenden Gegner ab und verfehlte ihn. Nachdem der Bolzen an ihm vorbeigesirrt war, bremste der Schwarze sein Tempo ab und blieb etwa sieben Meter von Ducoy entfernt stehen. Ducoy ließ die kleine Armbrust fallen und machte sich gerade bereit, mit vorgestrecktem Dolch brüllend auf den Kopfgeldjäger loszustürmen, als dessen aus sicherer Entfernung abgefeuerter Bolzen ihm die Stirn durchschlug. Ducoy knallte zu Boden und kickte und gurgelte noch in unkontrollierbaren Reflexen, bis der Schwarze langsam auf ihn zukam und ihm seelenruhig mit dem Dolch den Kehlkopf durchklickte.

Das Dienstgebäude der Stadtgarde war ein grauer, würfelförmiger Kasten, der aus um ein marodes Holzgerüst herumgepantschten Blätterputz bestand. Innen war es fast dunkel und roch nach ausgerülpstem Branntwein.
Der Kopfgeldjäger ließ Ducoys Leichnam auf den Schreibtisch des diensthabenden Offiziers rummsen und legte den Steckbrief darüber. Auslaufende Tinte und der Inhalt eines gestürzten Kruges quollen unter dem Toten hervor und tropften auf den unebenen Mörtelboden. Im finsteren Licht des Raumes waren vom Gesicht des großen Schwarzen nur die Augen zu sehen.
Der fette Offizier beugte sich ächzend vor und entzifferte die Zahl auf dem Steckbrief. »Wintry, Wintry, Wintry«, nörgelte er mit hoher Stimme, »was bringt dich nur auf die Idee, daß wir soviel Bares hier haben, um dich auszahlen zu können?«
»Du schuldest mir noch die Hälfte des letzten Mannes, Gateau. So langsam verliere ich den Glauben an das Funktionieren des Steckbriefsystems. Weiß die Regionalskommandantur eigentlich, was mit dem Geld passiert, das sie dir für sowas zur Verfügung stellt?«
»Fick die ReKom! Geh doch hin und beschwer dich, wenn dir was nicht paßt. Ich hab bisher noch alle meine Schulden bezahlt.«
»Früher oder später.«
Der Offizier knurrte wie ein alter Hund. »Ich hab nichts zu fürchten. Bei dir sieht das ganz anders aus. Hast wieder ein Duell veranstaltet? Auf offener Straße?«
Die Augen bewegten sich leicht nach unten, dann wieder hoch.
»Mann, ich sag dir, eines Tages wird ein Bolzen einen unschuldigen Zuschauer treffen – und dann knüpf ich dich eigenhändig auf, das kann ich dir flüstern. Ich hab die Handhabe dazu, und ich werd's tun.«

»Muß schön sein, sich was Schönes vorstellen zu können. Ich komm in einem Monat wieder rum. Wenn du mir dann die anderthalb Prämien nicht auszahlst, bist du die längste Zeit Offizier gewesen.«

»Hohohoho«, äffte der Dicke, und es klang freudlos und bitter. Der Kopfgeldjäger wandte sich zum Gehen, aber dem Offizier fiel noch etwas ein.

»Sag mal, Wintry ... wenn du wirklich so ein gerechter und tapferer Held bist – wie kommt es dann eigentlich, daß du dir deinen Lebensunterhalt damit verdienst, kleine Männchen mit großen Ohren über den Haufen zu schießen? Gäb es da nicht ... ehrenhaftere Betätigungen?«

»Wie was zum Beispiel? Ein fetter, versoffener, korrupter Soldat sein?«

»Ich wette einen ganzen Monatssold, daß du nicht den Mumm hättest, an einem echten Turnier teilzunehmen, mit echten Gegnern, in einer echten Duellsituation.«

»Ein Monatssold? Wie wenig soll denn das sein?«

»Immerhin achtundvierzig neue Taler. Und ich brauch keinen umbringen dafür.«

»Das ist doch lächerlich. Du schuldest mir noch dreihundert, was soll ich da mit achtundvierzig weiteren, die du mir schuldest?«

»Tausend würdest du kriegen, wenn du gewinnst. Nicht von mir, vom Bischof persönlich, garantiert. Hast du noch nie nachgedacht über sowas? Das kann doch nicht sein! Tausend auf einmal. Soviel, wie sonst für vier oder fünf Jobs, die dich Monate kosten. Tausend an einem Tag. Und du bringst's nicht fertig, weil du Schiß hast. Hast du überhaupt schon jemals eine richtige Herausforderung angenommen, oder hast du dich dein ganzes Leben lang nur mit Kroppzeug über Wasser gehalten?«

»Ich hab mein Auskommen.«

»Hoooo, nun hör sich einer den an. *Ich hab mein Auskommen.* Und da hast du den Schneid, auf mich herabzublicken, nur weil ich 'n Schreibtischhengst bin. Mann, Wintry. Du bist 'ne Enttäuschung für deine pechkohlrabenschwarze Mama. Du bist genau so 'ne Memme wie wir Milchbrötchen. Du hast dein Auskommen. Nur eine Frage noch: Wofür trägst du eigentlich die ganzen Waffen und die Rüstung mit dir rum? Damit beim Kochen nichts passieren kann?«

»Du hast ja keine Ahnung. Überhaupt keine Ahnung.«

»Nee? Dann klär mich doch mal auf.«

Das Augenpaar im Dunkeln verengte sich und schien heller zu leuchten, aber weiter passierte nichts. »Dieses Turnier, von dem du sprichst. Es ist in der Befestigten, stimmt's? Ich habe von den tausend Talern gelesen, auf Zetteln, gleich neben den Steckbriefen.«

»Ja, hat viel Geld in die Werbung investiert, der Veranstalter. Soll ein großes Fest werden. DeVlame wird teilnehmen, das ist seit neuestem raus. Dieses Turnier wird die Sache unter den guten Kämpfern der gläubigen Welt.«

»Und wann?«

»Genug Zeit von hier aus. Reichlich genug Zeit.«

Der Schwarze nahm sich eine halbe schweigsame Minute, die Sache gut zu überdenken. »Also gut. Dein Monatssold, wenn ich teilnehme. Und meine dreihundert krieg ich dann auch endlich.«

»Na, das ist doch mal ein Wort! Hey, du hast ja vielleicht doch Mumm in den Knochen! Vielleicht muß ich meine Meinung über euch Menschenjäger ja doch noch ändern auf meine alten Tage.«

Sie gaben sich – der Offizier grienend, der Kopfgeldjäger ernst – die Hände drauf, und dabei überlegte Hauptmann Cedric Gateau, ob er sich eine Woche Urlaub zuschreiben sollte, um der großkotzigen Rußfratze beim Verrecken auf Gilletts Holzplanken zuzusehen.

Die letzte der sechs langen Klingen durchbohrt das Rind von der Seite bis fast ans Heft. Blökend bricht das massige Tier in den Vorderbeinen ein und kippt zuckend auf die Seite. Hellrotes Blut platscht in breiten Fäden in den Sand. Gortyn Terentius Crao taumelt noch ein Stück weit aus der letzten Stechbewegung heraus, dann gibt er dem verendenden Tier einen heftigen Fußtritt in die Rippen und stößt ein verächtliches Schnauben aus. Seine gelb-weiße Tunika, seine Unterarme und sein Gesicht sind ganz verschmiert. »Das ist alles nichts«, sagt er undeutlich. Seine Lider sind schwer, der Rausch eines bittersüßen Weines sitzt hinter ihnen fest. »Das ist alles nichts. Das ist alles nichts.« Er dreht sich langsam um sich selbst, den Kopf gesenkt, die Finger gespreizt.

Die Kurtisane verfolgte mit den Augen die mäandernden Ornamente an der Decke und wartete darauf, daß es zuende war. Sich vom jungen Crao beschlafen zu lassen, konnte eine Stunde dauern oder noch länger, auch in dieser Beziehung war er ganz anders als sein Vater, der zärtlich war und sie immer streichelte. Gortyn dagegen rammte sie nur, immer und immer wieder, so wie er auch die Sandsäcke in seinen Trainingsgemächern bearbeitete, mit unnachgiebiger Härte. Das Mädchen hatte erfahren, daß Gortyn Crao Schmerzen hatte, wenn es ihm kam, und daß er vielleicht deshalb süchtig danach war, es zweimal am Tag zu tun. Sie selbst empfand keine Schmerzen. Sie empfand überhaupt nichts. Deshalb galt sie als das belastbarste der Mädchen im Haus ihrer Herrin und war Stammgast im Hause Crao.

Gortyn sah die Kurtisane auch nicht an. Er beobachtete das Spiel seines Bizeps im aufgestützten rechten Arm und konzentrierte sich ansonsten darauf, Gefühle in seiner Leibesmitte zusammenzurufen, damit der pumpende, gleißende Schmerz wieder strahlte.

Die Diener tuscheln, wie sie es oft tun, wenn sie sich unbeobachtet glauben.

»Der junge Herr ist wahnsinnig, völlig wahnsinnig. Vorgestern hat er ein Pferd ersteigert, ein sehr schönes, hellgraues, mit langer Mähne, und er wird es dazu benutzen, es abzustechen, wenn sein Vater ihm nicht Einhalt gebietet.«

»Der alte Herr ist viel zu nachgiebig. Er sollte seinen Sohn in den Krieg schicken oder ihm sonst etwas Sinnvolles zu tun geben, statt ihm dauernd die blutigen Launen zu bezahlen.«

»Aber er braucht einen Erben für seinen Besitz. Niemals würde er den jungen Herrn in den Krieg ziehen lassen, mit der Gefahr, ihn zu verlieren.«

»Ich glaube, der junge Herr würde gerne gehen. Er haßt es hier.«

»Dabei hat er es hier so gut. Er ist eben wahnsinnig, völlig wahnsinnig.«

»Habt ihr gesehen, wie häßlich er ist, wenn er lacht?«

»Und seine Stimme ist schneidend und unangenehm. Jedesmal läuft es mir eiskalt den Rücken runter, wenn er mir etwas befiehlt.«

Hinter einer der hohen Statuen verborgen, krümmt sich die Gestalt Gortyn Craos noch weiter in sich zusammen.

Die von der Decke hängenden, schweren Sandsäcke waren jetzt alle in schwingender Bewegung. Gortyns schweißspritzende Kicks und hämmernde Ellbogen- und Faustattacken ließen sie in ungleichartigen Formationen tanzen, sich herauswagen und wieder verweigern. Die niedrige Halle war fast dunkel, nur ein Eisenkorb mit Glutkohle verbreitete filziges Rot.

Gortyn schlug und trat und hämmerte und spuckte, und wieder brachen sich seine langgezogenen Schreie an den Säulen und den wispernden Arkaden der Innenhöfe, so daß die nur flackernd beleuchteten Wachposten sich die Umhänge fester um die Schultern zurrten.

»Gibt es eine Möglichkeit, die Teilnahme meines Sohnes an einem Turnier politisch zu nutzen?« fragt der alte Mann.
Der Berater streicht sich über den kunstvoll gestutzten Bart. »Man kann alles politisch nutzen, mein Fürst, wirklich alles. Stellen wir es zum Beispiel folgendermaßen dar: Die Zeiten sind hart, und Hunger und Gewalt sind die wirklichen Regenten. Das Volk könnte nun meinen, den Patriziern ginge es trotz allem gut, sie schwelgten weiterhin im Überfluß, abgeschottet in ihren Schlössern und weitläufigen Häfen. Doch siehe da: Dort ist einer von ihnen, der Erbe eines der einflußreichsten Häuser noch dazu! Und seht: Er verweigert sich nicht dem Blut und dem Leiden. Mit einem Schwert in der Hand steht er in der Arena, wie einer der einfachen Leute, und schlägt und läßt sich schlagen ohne Unterschied. Seht seinen Schmerz, wir erkennen diesen Schmerz, es ist der unsere. Der Patrizier ist uns ähnlich. Es hat keinen Sinn mehr, die Gedanken an Aufstand und Umsturz weiterzuverfolgen.«
»Aber sie werden ihn hassen. Er zieht niemals Bewunderung auf sich. Er ist schmutzig und gemein, seine Körperglieder stimmen in den Proportionen nicht, seine Stimme schneidet unangenehm in den Ohren. Sie werden ihn hassen und dadurch uns.«
»Durch jeden Schlag, den er erhält, schlagen sie uns. Das wird ihnen Freude bereiten und Genugtuung und sie beruhigen.«
»Und wenn er gewinnt? Wenn er die Helden des Volkes niederwirft? Dann haben wir den Aufstand, dann ist er da.«
»Macht ihm klar, mein Fürst, daß er im Falle seines Sieges den goldenen Stirnreif in die Reihen der Zuschauer werfen soll. Er

wird das gerne tun, denn ihm geht es doch nicht um den Preis, sondern um den Kampf an sich. Stellt Euch vor, wie so etwas wirkt. Ein Patrizier beschenkt das Volk, siegt für das Volk. Der Jubel würde selbst hier zu hören sein.«

»Aber kann er denn gewinnen? Was, wenn er geschlagen wird? Werden sie nicht sagen: Seht, wie leicht man sie schlagen kann. Laßt uns gehen und noch mehr von ihnen schlagen! Laßt uns sie alle schlagen, wir sind doch in der Überzahl!«

»Glaubt mir, mein Fürst, wenn Euer Sohn am Boden liegt, wird das Volk ihn schnell vergessen, denn die Spiele gehen ja weiter, und der ihn schlug ist dann ein Held. Und wenn der Held dann selber stürzt, fällt alle Wut in sich zusammen. Und wenn der Held gewinnt, ist dies ein Anlaß, um zu feiern, nicht um blutigen Streit zu suchen.«

»Und wenn mein Sohn getötet wird? Wenn er den Kampf nicht überlebt? Ich brauche ihn doch, ohne ihn waren all meine Mühen ganz umsonst, ohne ihn wird alles, was unserer Familie je gehörte, dem Staub der Zeiten anheimfallen.«

»Aber was wollt Ihr machen, mein Fürst? Seit Jahren schon verweigert Ihr ihm solche Kämpfe. Wenn Ihr ihn jetzt nicht bald gewähren laßt, verliert Ihr ihn durch etwas Finstereres als nur den Tod.«

Der alte Mann birgt seinen Kopf in den Händen, denn all die goldenen Worte können seine Sorgen nicht entmachten.

Angetan mit dem einfachen Mantel eines der Wachtposten bewegte sich Gortyn durch den frühabendlichen Taumel der Stadt. Immer wieder führten seine schlingernden Pfade zwischen den schattigen Hausschluchten zurück zum hölzernen, wuchtigen Rund der Arena. Manchmal trainierten die dort lebenden Gladiatoren öffentlich, für ein paar Silberstücke konnte man ihren glänzenden Körpern bei staubigen Übungen zuschauen. Zuhause spielte Gortyn diese Übungen dann

nach, so daß es vorkam, daß er mit den Sandsäcken redete, sie sogar anschrie, wenn sie sich ungeschickt anstellten.
Die Frauen hier draußen in der Stadt waren frei, sie bewegten sich mit so viel mehr Schwung und Schnelligkeit als drinnen hinter den Mauern des Hofes, wo alles wie mit Zuckerguß glasiert war. Gortyn lächelte ihnen zu oder folgte ihnen hundert Schritte weit, und sie wandten sich ab oder gingen noch schneller.

Seine Finger schließen sich um den Hals der Kurtisane, sein Vater hat sie bezahlt, also wird sie sich keinen Widerspruch anmaßen können, aber er erwartet doch, daß sie protestiert, auf irgendeine Art und Weise. Als ihr Gesicht röter und röter wird und aufzudunsen scheint, wächst sie für ihn zu immer größerer Schönheit heran, und die Geduld, die sie ihm entgegenbringt, die so ganz anders ist als die sich umschauenden Fluchten der Frauen in Freiheit, rührt ihn an auf ganz neue Weise.
Sie schließt die naß und eng werdenden Augen und versucht, an den Himmel zu denken. Endlich tut er das. Wozu sie nicht die Kraft hat. Endlich hat er ihr die Entscheidung abgenommen. Sie stellt sich das Paradies vor in diesen letzten Augenblicken, und ihr Paradies ist genau so wie diese Augenblicke selbst.
Er verliebt sich in sie, weil sie so schön stirbt, als der weißglühende Schmerz aus ihm herauszuckt, er stöhnt auf wie ein Lied. Doch jetzt weiß er nicht mehr, wohin mit seiner Liebe, und er läßt sie los, sie hustet und muß leben, und sie weint.
Er packt sie und wiegt sie hin und her, und sie klammert sich an ihn, und er streicht ihr über das lange Haar und weint jetzt auch, sabbernd wie ein kleines Kind, denn er hat jetzt verstanden. Nie wird er beides zusammen bekommen, nie Überleben und Liebe, nie Schmerzen, die zu etwas anderem führen, oder an einen anderen Ort. Da ist keine Hoffnung, keine Freiheit, kein Entkommen, und das Leben ist ein Fluch mit tausend gebrochenen Fingern.

Am Grab des Jungen, der den Löwen nicht gehört hatte.
Orne mit der plattgehauenen Nase tritt zu Quenzais und sagt rauh: »Komm jetzt. Der kleine Mann will sprechen.«
Quenzais in Gedanken wieder bei dem Jungen, der den Löwen nicht gehört hatte, weil seine Eltern ihm als Kind das Gehör kaputtgeprügelt hatten. Der kleine Mann hatte das nicht gewußt, weil er sich nicht dafür interessierte. Zum Gelächter der Gutbetuchten hatte er den Jungen ohne Waffen in das Rund geschickt und dann hinter ihm ein Tor geöffnet mit einem verwundeten Löwen dahinter. Der kleine Mann durfte das tun, denn der Junge war sein Eigentum, wie sie alle hier.
Das Grab des Jungen eigentlich kein Grab, denn der kleine Mann erlaubt kein Erinnern an die Toten. Das Grab des Jungen die Stelle, an der der Junge zerrissen wurde. Der sandige Flur der Hölzernen Arena übersät von Gräbern, die der kleine Mann nicht kennt, obwohl er meint, auch diesen Boden zu besitzen.

Heute also will er wieder zu ihnen sprechen. Der Grund ist allen klar. Übermorgen wird es wieder ein Turnier geben, eins vom Bischof, eins von denen, in denen ausnahmsweise nicht die Gladiatoren ihr Leben für die Gutbetuchten lassen müssen. Eins von denen, in denen Verrückte aus aller Welt ihre Gedärme in den Sand speien und zum tosenden Applaus der Menge krepieren. Und einer der Gladiatoren würde wieder die Chance erhalten, die Chance, die noch keiner jemals nutzen konnte. Zu siegen. Zu töten. Und durch den Tod der Gegner hindurch zur Freiheit zurückzukehren.

Sie sind versammelt und warten still und mit gebeugten, rasierten Häuptern. Ihre Zahl liegt immer bei sechzehn, nur ihre

Gesichter ändern sich laufend. Wenn einer fällt, wird er durch einen neuen ersetzt. Das Land, in dem die Befestigte liegt, führt genügend Kriege, um immer wieder für Nachschub zu sorgen. Glaubenskriege. Bruderkämpfe. Eroberungsfeldzüge. Racheschlachten. Oder sogenannte Präventivschläge, meistens gegen nichtseßhafte Sippen der Grenzländer. Die Gladiatoren der Hölzernen Arena sind überwiegend Kriegsgefangene. Einige haben fast schwarze Haut, und sie haben ihre Kriege so weit weg verloren, daß sie die Sprache der Sieger überhaupt nicht verstehen. Quenzais stammt nicht aus so großer Ferne. Ein kleines Tal im Osten dieses Landes, das sich einfach nur geweigert hatte, die kunstvollen hölzernen Statuen ihrer Vorfahren zu verbrennen und fortan dem einen zornigen Gott zu huldigen. Quenzais ist ein Fußsoldat gewesen in einer Armee, in der jeder etwas anderes anhatte. Sie hatten sich nicht lange halten können. Die Truppen des Einzigen Gottes waren in Eisen geschlagen auf Pferden aus dem Westen gekommen und hatten alles Holz in Feuer und Rauch verwandelt.

Der kleine Mann auf einer der Freitreppen, wie immer umschirmt von vier kräftigen Wächtern. Er hält eine Rede. Seine Stimme ist laut und klar, sie wird auch beim Turnier wieder die aufsteigenden Ränge erfüllen.

»Gladiatoren, hört mich an. Heute ist wieder ein Tag des Glücks in eurer einzigartigen Laufbahn als Kämpfer der weitberühmten Hölzernen Arena. Ihr habt selbstverständlich bereits bemerkt, daß sich einige fremde Kämpfer in den äußeren Unterkünften einquartiert haben, um tagsüber im Stahlgarten und in den Außenhöfen zu trainieren. Diese Kämpfer und noch weitere werden in zwei Tagen an einem großen Turnier hier in dieser Kampfstätte teilnehmen, dem vielleicht größten Leben-Tod-Zweikampfspektakulum, welches zu Ehren seiner Eminenz des Bischofs bislang veranstaltet wurde. Hochgerühmte Streiter aus allen Ländern der bekannten und unbekannten Welt werden sich hier messen, unter ihnen auch der legendäre Cyril Brécard DeVlame, der manchen von euch unauslöschlich in Erinnerung geblieben sein dürfte als Fechter, der schon zweimal ein solches Turnier für sich entscheiden konnte. Mit einem Wort: Es wird eine unbeschreibliche Ehre sein, an einem solchen Wettkampf überhaupt teilnehmen zu dürfen. Nun ist mir natürlich völlig bewußt, daß der Begriff ›Ehre‹ für einige von euch eine eher untergeordnete Rolle im alltäglichen Denken und Trachten spielt. Einige von euch können Tag für Tag an nichts anderes denken, als ihren Kriegsgefangenenstatus endlich zu überwinden und in die verlorene Heimat zurückzukehren. Glaubt mir, Männer, ich kann dieses edle Sehnen sehr gut nachvollziehen. Und da ich ohnehin schon derjenige war, dem es oblag, euch in der Zeit eurer Gefangenschaft Obdach und Nahrung zu stellen, kann ich auch, ohne mich von meinen Prinzipien auch nur im mindesten zu entfernen, noch einen Schritt weitergehen und einem von euch die schriftlich verbriefte Freiheit versichern. Nämlich demjenigen, der an dem Turnier teilnehmen wird. Ist seine übermorgige Kampfleistung in der Arena ungenügend, werden selbstverständlich Aasvögel sowie Vergessen seine Gebeine vereinnahmen. Besiegt er aber alle Kontrahenten und schließt den Wettstreit als Gewinner ab, so darf er anschließend gehen, wohin immer es ihm beliebt. Nun gut, er wird *nicht* den Goldenen Stirnreif aus den Händen des Bischofs erhalten – die Tatsache, daß einem einst niedergeworfenen Kriegsgegner solche Ehre widerfährt, würde im einfachen Volk eine Unruhe auslösen, die das Leben des Betreffenden gefährden könnte –, aber er wird von mir persönlich eine hochanständige Summe sowie eine Proviantausrüstung erhalten, die ihn zur unabhängigen Wanderschaft befähigen. Wenn dies kein Anreiz ist, dann weiß ich auch nicht weiter, und das kommt selten vor.« Eine gütig gelächelte Pause. »Nun gibt es einige von euch, die diese Chance und Ehre mehr, und einige, die sie weniger verdient haben. Doch dies soll nun keine Rolle spielen. Bei dem Wettstreit handelt es sich um ein sogenanntes Guzen-Turnier. Als Berufskämpfer wißt ihr, daß dies die Vorherrschaft des Loses bedeutet. Also werde ich auch den Namen desjenigen von euch, der die Möglichkeit erhalten wird, sich seine Freiheit zu erkämpfen, jetzt und hier aus diesem Korb voller Namen ziehen. Dieser Korb enthält nicht die Namen unserer hochgeschätzten *Kriegsverbrecher*-Kameraden« – er bezieht sich damit auf die zwei Gladiatoren, die nicht als Gefangene einer Feindpartei, sondern als Feiglinge oder Wahnsinnige der eigenen Armee in den Gladiatorenstand hinabgestuft worden waren – »und auch nicht die Namen unserer hochverehrten Freiwilligen« – Slev Dasci und Orne, die den Gladiatorenstand allen Ernstes als selbstgewählten Beruf ausüben – »sondern lediglich die Namen derjenigen, deren eigentliches Zuhause zu weit von diesem hölzernen Asyl entfernt liegt, als daß von einer Freiwilligkeit ihres Hierseins noch mit Fug und Recht die Rede sein könnte. Während die übrigen fünfzehn Teilnehmer des übermorgen stattfindenden Turnieres sich um eine glänzende Nichtigkeit schlagen werden, wird der eine Mann, dessen Name jetzt gleich seinen Weg zwischen meine Finger finden wird, für das Eine kämpfen dürfen, das des Kämpfens würdig ist: die Unabhängigkeit des eigenen Daseins. Und der vom Glück Berührte ist« – er wühlt mit seinen kurzen, beringten Fingern in der geflochtenen Schale, zieht ein gefaltetes Zettelchen hervor, entfaltet es, liest es und zeigt es den versammelten Gladiatoren – »Quenzais.« Natürlich spricht er den Namen wieder völlig falsch aus, wie alle in diesem Land. »Mein lieber *Kwennzaiss*, meine Glückwünsche an dich vermögen nicht mein Bedauern zu überschminken, dich auf eine Art, die nun in deinen alleinigen Händen liegt, verlieren zu müssen. Laß dir, laßt euch alle die leuchtenden Worte zu Herzen gehen, die der berühmte Gladiatorenausbilder Bato sinngemäß so formulierte: Die Existenz eines Gladiators ist von einer Intensität erfüllt, die alles Gold der Könige nicht einmal annähernd simulieren könnte. Aber - wie ich in aller Bescheidenheit hinzufügen möchte - entscheidend ist das Ende, nicht der Anfang. Vielen Dank für die ungeteilte Aufmerksamkeit.« Er deutet tatsächlich eine Verbeugung an und geht wieder hoch.

Quenzais, umringt von Kämpfervisagen. Rauhe Hände berühren seine bloßen Schultern, wie, um etwas von dem abzureiben, das ihn berührt hat. Nicht Glück. Schicksal. Neidisch ist keiner. Zu gering die Aussicht, sich gegen Kämpfer aus aller Welt, DeVlame unter ihnen, erfolgreich durchsetzen zu können. Zu wahrscheinlich das Los des kleinen Mannes ein Todesbescheid.

Quenzais wird nicht von den anderen getrennt. Zu groß die Fluchtgefahr, wenn man ihn in die nur von niedrigeren Mauern umgebenen Gastkämpferquartiere überführen würde. Er bleibt in seiner Viererzelle mit Holzpritschen und Stroh. Er wird die zwei noch verbleibenden Tage damit verbringen zu trainieren, sich vorzubereiten.

Am Grab des Jungen, der den Löwen nicht gehört hatte.
Quenzais kann Schwerterklirren hören aus einem der äußeren Höfe, wahrscheinlich Gastkämpfer, die sich miteinander messen oder sich im Stahlgarten versuchen. Narren, die ihren eigenen Tod nicht sehen.
Er hebt den Blick und betrachtet die ringsum in konzentrischen Bögen in die Höhe strebenden Zuschauerränge. Er sieht sie brennen. Er sieht bleiche, fette Menschen in hellen Flam-

men stehen, ihre teuren Ringe tropfen ihnen geschmolzen von den Händen. Er sieht den Bischof liegen, das fassunglose Gesicht in unmöglichem Winkel aufwärts gewandt. Er sieht seinen Dreizack bis zum Schaft im feinen Wams des kleinen Mannes stecken. Die Feuer des brennenden Holzes lodern hoch, vom Wind zu immer neuen majestätischen Figuren entfacht, und greifen langsam über auf den Rest der Befestigten Stadt. Die ganze großmächtige Feste der vermeintlichen Sieger ein einziger schwelender Acker aus Gräbern, er, Quenzais, lacht rußschwarz zwischen den Ruinen. Dann erst kehrt er heim.

»W-I-N-T-R-Y. Vorname Calm. C-A-L-M.«
Der Schreiber notierte gewissenhaft. »Waffen?«
Der schwarze Kopfgeldjäger legte den Kopf schief. »Soll ich die jetzt alle aufzählen?«
»Nur die, die Ihr im Kampf verwenden wollt. Aber es gibt keine Quantitätsbeschränkung, also wenn Ihr alle verwenden wollt, werdet Ihr Euch schon die Mühe machen müssen, sie mir alle zu nennen.«
»Hm. Na, ich denke, Sparrow'n'Dagger werden mir reichen.«
»Keine Schußwaffen.«
»Wie – keine Schußwaffen?!«
Jetzt mußte der schmächtige Angestellte, der vom Schatten des vor ihm stehenden breitschultrigen Mannes völlig verdunkelt wurde, doch aufblicken. »Wir haben keine Quantitätsbeschränkung, wohl aber eine *Qualitäts*beschränkung. Schußwaffen sind nicht erlaubt, weil sie die Kämpfe zu kurz machen und außerdem eine Gefährdung des Publikums nicht auszuschließen ist. Wurf- und Schleuderwaffen sind möglich, aber prüfungs- und genehmigungspflichtig.«
»Aber ... ich bin Spezialist für Sparrow'n'Dagger!«
»Tut mir leid, werter Herr. Da kann ich nichts machen. Falsches Turnier für so etwas. Aber wenn Ihr so viele Waffen mit Euch herumtragt, wie Ihr sagt, und ich sehe hier ja auch einige recht eindrucksvolle Klingenscheiden, dann wird sich doch sicher etwas anderes Passendes in Eurem Sortiment finden lassen.«
Calm Wintry sah äußerst unbegeistert aus. Da hatte er die ganze weite Reise auf sich genommen und nun sowas. »Scheiße. Ich muß mir das noch überlegen.«
»Überlegen Sie sich's, werter Herr. Aber denken Sie daran: morgen abend ist Anmeldungsschluß.«
Wintry verzog geringschätzig den Mund und stapfte davon.

Etwa vierzig Schritt entfernt, im zweiten Stock eines Gasthofes mit dem Namen ›Gutmunder‹ saß Schmetterling seitlich im Fensterrahmen und beobachtete schon den ganzen Tag den Anmeldungsstand vor einem der Seitentore der imponierenden Festung, die allgemein als *Hölzerne Arena* bekannt war. Auf seinem Schenkel lag eines der Plakate, die überall an den Wänden der Innenstadt angebracht waren.

Das große bischöfliche Kampfturnier am Achten des Achten!
Sechzehn tapfere Streiter aus allen Himmelsrichtungen
auf Leben und Tod.
Cyril Brécard DeVlames einzigartiger Versuch,
zum dritten Mal als Turniersieger
Leben und Tod
hinter sich zu lassen.
Kommt, um zu schauen, was noch nie geschaut wurde!
Ab morgens um acht, in der Hölzernen Arena.

Der goldene Stirnreif spielte auf diesen neuen Plakaten schon gar keine Rolle mehr. Der Bischof hatte eine neue Hauptattraktion gefunden. Eine Hauptattraktion für Schmetterling.

Er war DeVlame nur ein einziges Mal begegnet. Das war sechs Jahre her, DeVlame hatte gerade sein zweites Turnier gewonnen und war Mittelpunkt einer kostenpflichtigen Fechtkunstdemonstration auf dem weitläufigen Marktplatz eines Städtchens im Westen. Schmetterling war alleine dort gewesen, um einen neuen lohnenden Raubzug für *Raupe, Puppe, Schmetterling* auszukundschaften, und hatte die paar Taler investiert, und sich in die Schaulustigenmenge gedrängt. Die folgende Stunde veränderte seine Art, das Leben wahrzunehmen. Alle anderen Teilnehmer der Fechtschau, alle Gaffer, sogar die Häuser rings um den Platz, verblaßten zur absoluten Bedeutungslosigkeit, als der knapp dreißigjährige Cyril Brécard DeVlame auftrat und zu tanzen begann. Seine Degenklinge war eine sonnenhelle Verlängerung seines rechten Armes, ihr

Schwung der Feder eines Dichters ebenbürtig. Sein linker Arm balancierte den rechten bei jedem Vorstoß aus, wie eine Waage blieb DeVlames Körper immer im Gleichgewicht. Er bewegte sich so schnell und geschmeidig vor und zurück auf unsichtbaren Bahnen, daß seine Gegner oft schon viermal getroffen waren, bevor sie überhaupt ihren Degen zur Parade angehoben hatten. Und das Erstaunlichste, Unglaublichste war: Er bewegte sich vollkommen lautlos. Auf dem hölzernen Podest war nur das Tappen der Füße seiner Gegner zu hören, von DeVlame nicht einmal ein Atmen.

Schmetterling hatte bis zu diesem Tag *Anmut* nur bei Frauen für möglich gehalten, jetzt aber erkannte er, daß die Möglichkeit bestand, daß auch ein Mann anmutig sein konnte, und dies noch dazu in der männlichsten aller Künste: dem bewaffneten Kampf. Dies hatte ihn von Grund auf verändert. Er schnitt seine Haare und seinen Bart nach DeVlames Vorbild, versuchte, sich ihm ähnlich zu kleiden, verlegte sich vom Langschwert aufs Rapierfechten – ein Degen wäre bei Schmetterlings rauher Profession zu bruchgefährdet gewesen –, imitierte und variierte die bei DeVlame gesehenen Bewegungen und Schritte und ließ sich zusätzlich noch von Puppe zum neuen Element der Beidhändigkeit inspirieren, um mehr Schlagwucht bei Hiebschlägen zu entfalten. Seitdem hatte ihn das Gefühl nie mehr verlassen, daß seine eigentlichen Talente bei der Unternehmung namens *Raupe, Puppe, Schmetterling* nicht richtig zum Zuge kamen, aber dann war diese Unternehmung doch immer gewinnbringend genug gewesen, um ihn vom Nörgeln abzulenken.

Als ihnen dann aber in der brennenden Hütte die Turnierzettel in die Hände gefallen waren, war Schmetterling derjenige gewesen, den die Idee des Turnieres begeisterte. Nicht der verdammte Stirnreif. Das Turnier an sich. Der Kampf. Der Tanz. Das Sich-Messen mit würdigen Gegnern. Von

Mann zu Mann. Das war noch, bevor er hier in der Stadt durch die neuen Zettel erfahren hatte, daß DeVlame einer der Teilnehmer war.

Puppe lag hinter Schmetterling in Schuhen auf dem Bett und döste den ganzen Tag, mehrere leere Weinkrüge neben sich. Raupe trieb sich irgendwo auf den Märkten herum und machte wahrscheinlich lange Finger bei unvorsichtigen Geldsäckelträgern. Schmetterling jedoch saß den ganzen Tag im Fenster und starrte über den sommerheißen Steinplatz zur Arena hinüber, und die Gedanken rasten in seinem Kopf so schnell durcheinander, daß ihm fast schwindlig wurde.

Er hatte gehofft, DeVlame irgendwann erspähen zu können, aber der ließ sich nicht am Tor blicken, wahrscheinlich war er ganz woanders untergebracht, in einer Nobelherberge in einem der geometrischen Parks. Stattdessen hatte Schmetterling ein paar andere Turnierteilnehmer zu Gesicht bekommen. Früh am Morgen waren zwei junge Burschen am Anmeldestand aufgetaucht, die beide dieselbe rotblonde Haarfarbe hatten und offensichtlich Brüder waren. Einer von ihnen zog aus einem Bündel geschnitzter Holzstangen ein in Lappen gewickeltes Schwert und packte die Waffe aus, die wirklich imposant aussah, auch auf vierzig Schritt Entfernung. Schmetterling hatte nicht jedes Wort mitbekommen, das die beiden mit dem Anmeldungschreiber sprachen, aber jedenfalls hatte der Schreiber ihnen angeboten, sie beide zum Turnier zuzulassen. Dadurch hatte Schmetterling erfahren, daß noch genügend Teilnehmerplätze frei waren, um dem Anmeldeschreiber in seiner Auswahl Großzügigkeit zu erlauben. Die beiden Brüder hatten dann nochmal darauf hingewiesen, daß sie beide nur über ein Schwert verfügten, aber der Schreiber hatte lachend gesagt, an Waffen herrsche »da drinnen« kein Mangel. So waren die Brüder mit dem besonderen Schwert hinter dem hölzernen Tor verschwunden.

Am frühen Nachmittag war ein Gardist in abgewetzter Prunkuniform erschienen und hatte sich mit wackligem Salut ›zur Stelle gemeldet‹. Offenbar stand er bereits auf der Teilnehmerliste und ließ jetzt nur noch sein Eintreffen quittieren. Der Schreiber ließ ihn passieren und lachte dann mit dem Tordiener.

Zwei Stunden später wurde es richtig spannend. Eine von sechs schwerbewaffneten Berittenen eskortierte Eisenkutsche mit dem Wappen eines Grenzherzogs war mit großem Brimborium und Säbelrasseln vorgefahren und hatte einen Gefangenen abgeladen, der so schwer mit Ketten verschnürt war, daß er nur noch kleine, klirrende Trippelschritte machen konnte. Schmetterling konnte nur einen kurzen Blick auf den von Soldaten umringten Sträfling erhaschen, aber was er an grüngefärbten Wollzöpfen und Tätowierungen erspähen konnte, war schon eigenartig genug. Einer der Soldaten rief »Vergeßt seine Speere nicht!« und reichte ein Bündel unterschiedlicher Wurfwaffen hinterher. Der Gefangene wurde durchs Tor geschoben und blieb dort. Die Wachsoldaten ebenfalls. Nur die Kutsche fuhr wieder weg. Schmetterling brauchte eine Weile, bis er kapierte, daß der Gefangene an dem Turnier teilnehmen sollte. Wahrscheinlich anstatt eines schnelleren Todesurteils.

Vor wenigen Minuten war noch ein gefährlich aussehender Kerl am Anmeldestand aufgefallen, ein hünenhafter Schwarzer, der mit mehreren Waffenholstern behängt war und trotz der hochsommerlichen Hitze eine schwere Lederrüstung trug. Er ging allerdings wieder, ohne sich eintragen zu lassen. Auch ansonsten hatte es im Laufe des Tages den einen oder anderen Neugierigen oder Großtuer gegeben, der ein bißchen mit dem Schreiber geschwatzt hatte, aber keiner von denen hatte wie ein echter Kämpfer ausgesehen.

Schmetterling wartete weiterhin. Seine Unruhe wuchs. Die Sonne sank und verlängerte die Schatten, aber der mit Stein belegte Stadtplatz strahlte weiterhin die Hitze des Mittags zu ihm hoch. Puppe schnarchte aus einem Mundwinkel. Wo blieb Raupe? Schmetterling vertrat sich die Beine, trank eine Schale Wasser, ging auf den Abtritt im Erdgeschoß. In der Schankstube des ›Gutmunder‹ fanden sich langsam die Bürgerlichen ein, die sich nach getanem Tagwerk eine herzhafte Mahlzeit gönnten. Schmetterling brauchte nicht zu fürchten, daß jemand ihn erkennen würde. Sie hatten zwar einige vergilbte Steckbriefe von *Raupe, Puppe, Schmetterling* an den Wänden hängen sehen, aber sie alle hatten ihr Aussehen wie geplant verändert, und Schmetterling sah nun ohne Bart und mit ganz kurz gestutzten Haaren seiner Kopfgeldzeichnung am wenigsten ähnlich. Er sah jetzt auch nicht mehr Cyril Brécard DeVlame so ähnlich, und das war ein eigenartiges Gefühl, als wäre man nackt, aber gleichzeitig befreit.

Als er wieder seinen Posten am Fenster einnahm, konnte er mitverfolgen, wie gerade ein neuer Turnierteilnehmer angemeldet wurde, und zwar von einem ausgesprochen gutaussehenden Mädchen mit schönem Busen. Der Teilnehmer, um den es in dem Gespräch ging, war einer von diesen Mandelaugen-Mönchen, die man manchmal am Rande von Marktplätzen tanzen und betteln sehen konnte. Er war noch sehr jung, trug einen Kampfstab über der Schulter und machte ganz den Eindruck, als verstünde er nur die Hälfte von dem, was das Mädchen und der Anmeldeschreiber besprachen. Schließlich legte er seinen Kampfstab zur Prüfung vor, machte seine krakeligen Zeichen auf mehreren Pergamenten und wurde vom Tordiener durchgelassen. Er verabschiedete sich mit höflicher Nick-Verbeugung vor dem Mädchen, sie gab ihm aber keinen Kuß. Die beiden waren also nicht wirklich zusammen. Hinter dem Mönch und vor ihrer Nase wurde das Tor von dem Diener wieder verschlossen. Die einzigen Frauen, die zu den Gladiatorenunterkünften Zutritt hatten, waren wahrscheinlich Huren und Klageweiber. Das Mädchen plauderte noch kurz mit dem Schreiber, der ihr irgendwelche Pergamente zeigte, damit er in ihren Ausschnitt spähen konnte. Schmetterling konnte nicht jedes Wort verstehen, aber die helle Stimme des Mädchens war klarer als das Gebrumm von dem Schwarzen vorhin, und deshalb bekam er mit, wie sie sich nach DeVlame erkundigte. Der Schreiber machte eine Geste zum Tor und sagte einen langen Satz, in dem die Worte »Mensch«, »unter«, »anderen«, »Kämpfer«, »gestern« und »drin« vorkamen. Das Mädchen bedankte sich und fragte noch, ob man heute eine Eintrittskarte kaufen könne, um übermorgen einen guten Sitzplatz zu bekommen. Der Schreiber verwies sie an ein anderes Arenator, sie bedankte sich und ging dorthin.

Schmetterling rannte aus dem Zimmer, die Treppe runter, durch die Schankstube, aus der Tür, auf den Platz, und dem Mädchen hinterher. Etwas außer Atem erreichte er sie, als sie sich gerade eine der eingestanzten Holzplättchen kaufte, die in der Hölzernen Arena als Eintrittskarten galten.

»Entschuldige, schönes Mädchen, daß ich dich so anspreche, aber ich habe zufällig gehört, wie du dich gerade eben am Anmeldungstor nach DeVlame erkundigt hast. Was hat der Schreiber geantwortet?«

»Warum fragst du ihn nicht selber?«

Weil ich und meine Kumpels vorhaben, DeVlame, nachdem er gewonnen hat, eins über den Schädel zu geben und den Stirnreif zu klauen und ich mich deshalb vorher nicht am Tor verdächtig machen will.

»Der Schreiber ist ein häßlicher alter Bastard. Ich frage lieber dich.«

»Ist das so? Bist du einer von diesen DeVlame-Jüngern?«

Ich bin mehr als nur ein ... Jünger. Ich ... ich ...

»Er soll sehr gut sein, habe ich gehört.«

»Ja, das habe ich auch gehört. Deshalb mache ich mir Sorgen um meinen Partner. Ich betreue einen der Kämpfer, mußt du wissen.«
Das ist es also. Du ›betreust‹ ihn. Schlitzäugiger Glückspilz.
»Das ist sicherlich spannend für dich. Also was hat der Schreiberling erzählt?« »Er sagte, DeVlame hätte sich wie ein ganz normaler Mensch unter die anderen Kämpfer gemischt und sei seit gestern da drin.« Sie deutete auf das dunkle Holz der Arenenpalisade.
Oh verdammte Scheiße. Den ganzen Tag sitz ich auf meinem Arsch rum und bin nur fünfzig Schritt von IHM entfernt. Ich Idiot, ich lächerlicher Trottel. Warum geh ich nicht einfach rein? Warum benehme ich mich wie ein abgewiesener Verehrer?
»Also nimmt DeVlame sicher teil. Na gut. Gut zu wissen.«
»Warum?«
Weil ich vielleicht teilnehmen werde.
»Weil ich vielleicht teilnehmen werde.«
»Oh hey, so ist das also! Das würde dich zu meinem Gegner machen, denn ich habe wie gesagt meinen Favoriten schon im Rennen. Willst du wirklich mein Gegner sein?«
»Niemals dein Gegner. Nur der deines Favoriten. Um dein neuer Favorit zu werden.« Sie lachte schallend. »Oh, bitte, dann sag mir wenigstens deinen Namen, damit ich übermorgen um dich trauern kann.«
Schmetterling. Schmetterling! SCHMETTERLING!
»Brone Carper. Stets zu Diensten, schönes Mädchen.«
Das hatte er alles von DeVlame gelernt. Dieses ganze, wie Puppe es nannte, »schwanzlutscherische Schöngetue« der vornehmen Stutzer, diese falsche Höflichkeit und Eleganz, dieses Wechselspiel mit den Blicken der Damen, ich leuchte, damit du mich siehst, und wenn du mich siehst, strahle ich heller. Das war alles eine Maskerade. Es bedeutete ihm weniger und weniger von Jahr zu Jahr. Vielleicht haßte er DeVlame. Vielleicht war dies die Erklärung für alles.

Nach einer tiefen Verbeugung wandte er sich von dem Mädchen ab und lief zum ›Gutmunder‹ zurück, ohne sich noch einmal umzusehen.

Oben im Raum war Bewegung. Raupe war endlich zurück, hatte den kurzen Moment von Schmetterlings Abwesenheit genutzt, um ungesehen durchzuschlüpfen. Ein Naturtalent. Puppe war jetzt halbwach und raunzte herum. Raupe war enthusiastisch.
»Die Leute hier sind dumm wie Möhren. Wir sollten viel öfters mal in großen Städten vorbeischauen. Die tragen ihre Geldbeutel auf dem Markt spazieren, als wollen sie damit angeben, wer den größten hat.«
»Zwecklos – den größten hab immer noch ich«, höhnte Puppe wie zu erwarten.
»Und?« fragte Schmetterling. »Was abgegriffen?«

»Klar.« Raupe ließ Münzen aufs Bett klirren. »Kost und Logis, würde ich sagen. Und vielleicht genug für 'ne geile Maus heut nacht.«
»Eine für uns drei? Das überlebt keine.« Puppe nahm einen tiefen Schluck Wein.
»Ihr könnt sie zu zweit haben, ich hab was Besseres vor«, meinte Schmetterling lauernd.
»Uhhh Liebling ! *El Schmett* hat sich was Bess'res angelacht. Warst du deshalb kurz draußen, hübscher Fremder ohne Schnurrbart?«
Schmetterling lächelte. »Ich werd teilnehmen.«
Puppe verstand's nicht. »Hä? Du hast doch grad gesagt, du willst nich?!«
»Teilnehmen. Am Turnier, du Blödmann. Turnier – schon mal gehört? Weshalb wir hier sind.«
Raupe stutzte. »Ey, Moment, da läuft was aus dem Ruder. Wir hatten einen Plan, Brone.«

»Ja, hatten wir, Mann. Und ich verbesser den Plan noch ein bißchen.«

»Das kapier ich nich. Erklär's mir.«

Schmetterling deutete zum Fenster, das vom dunklen, alten Holzbau der Arena fast völlig ausgefüllt wurde. »DeVlame ist jetzt da drinnen. Ihr erinnert euch, daß wir noch nichts von DeVlames Teilnahme wußten, als wir den Plan ausheckten? Für mich ändert das 'ne ganze Menge. Ich war ohnehin von Anfang an derjenige von uns, der echten Bock drauf hatte, mal an sowas teilzunehmen. Als echter ehrlicher Kämpfer, mal nicht als Abzocker hinterher, der abklaubt, was übrigbleibt. Das ist jetzt meine große Chance. Die nehmen immer noch Leute an. DeVlame ist dabei. Ich werd auch dabeisein.« Raupe faßte sich den Kopf und ließ sich rücklings aufs münzenklirrende Bett fallen. »Aber das ist doch Scheiße! Wir haben das doch schon durch! Du hast keine Chance, Brone. Kein Stück! Du kannst bei sowas nur verrecken.«

»Vielleicht geht ihm ja einer ab, wenn er von seinem Idol durchbohrt wird«, schnalzte Puppe.

»Und wenn, würdet ihr um mich weinen? Das ist doch Quatsch, und ihr wißt es. Ich will sehen, ob ich das Zeug habe, das ist alles. Wenn ich sterbe, dann hab ich's auch verdient. Ich hab's satt, dauernd Großvätern die letzten Zähne aus dem Maul zu klauen. Ich hab's einfach satt. Ich will sehen, wieviel ich wert bin im Vergleich zu Cyril Brécard DeVlame.«

»Das kann ich dir auch so sagen: Nix!« Puppes Miene lud zum Dreinschlagen ein. »Ist das scheiße, ist das scheiße«, wiederholte Raupe nur immer wieder zwischen vors Gesicht geschlagenen Händen.

»Jedenfalls ... was wichtig ist, ist doch, daß ihr euren Plan trotzdem durchführen könnt. Es gibt doch nur zwei Möglichkeiten. Entweder ich gewinne oder ich verliere. Wenn ich gewinne, dann haben wir den verdammten Goldreif, und zwar astrein und sauber und total erhobenen Hauptes. Und dann machen wir vierunddreißig-dreiunddreißig-dreiunddreißig, wie immer, nichts ändert sich. Wenn ich verliere, dann bin ich entweder tot oder verwundet. Ihr geht als Zuschauer mit rein, kuckt euch den Sieger aus, haut ihm hinterm Gelände übern Scheitel und macht halbe-halbe. Springt also auf jeden Fall mehr für euch raus. Entweder mehr Beute, oder gleiche Beute bei absolutem Nullrisiko. Was gibt's da zu meckern?«

»Das ist das Ende von *Raupe, Puppe, Schmetterling*, das gibt's zu meckern«, nölte Raupe.

»Nur, wenn ich wirklich draufgehe. Wenn ich überlebe, stoße ich in – sagen wir mal – zwei Monaten bei Bletters Point wieder zu euch. Keine Sache. Und ihr wißt, ob ich draufgehe oder überlebe, denn ihr werdet mir dabei zusehen.«

Puppe hieb mit beiden flachen Händen auf seinen Bettrahmen. »Ich find den Plan richtig klasse. Schmetterling stirbt mit

einem Lächeln auf den geschminkten Lippen, und wir beide können uns endlich neue Namen überlegen. Puppe war doch immer ein Schwuchtelname, und Raupe macht auch nicht gerade Muschis feucht.«

»Ja, jetzt erzähl du nur noch, daß du *Raupe, Puppe, Schmetterling* noch nie leiden konntest«, regte sich Raupe jetzt richtig auf. »Keiner hat so sehr von unserer Gemeinschaft profitiert wie du.«

»Na klar. Deshalb durfte ich auch immer die Drecksarbeit für euch zwei Anbläser machen.«

»Nun hört auf, euch zu zanken. Alles läuft bestens. Ihr zwei werdet weiterhin an euer Moos rankommen, und ich krieg endlich mal was, was mehr wert ist als Geld. Also nur gute Nachrichten zur Zeit. Kein Grund, sich zu prügeln. Und schreit hier nicht so rum in Dreiteufelsnamen, sonst werden wir alle noch verhaftet und erkannt und gehängt, bevor's richtig losgeht.«

Tatsächlich breitete sich jetzt Stille in dem Herbergszimmer aus. Erst nach einiger Zeit sagte Raupe leise: »Als ich mich den Tag über auf den Märkten und in den Händlergassen rumgetrieben habe, hab ich ungute Geschichten gehört über dieses Turnier. Nur ungute Sachen.«

»Was denn?«

»Einer der Grenzländereienfürsten läßt einen Verbrecher teilnehmen, der vielleicht gar nicht mal'n richtiger Mensch is. Könnte auch ein Walddämon oder ein Baumteufel oder sowas in der Art sein. Echt unheimlich.«

»Hab vorhin gesehen, wie sie einen Gefangenen in Ketten aus einer fürstlichen Sicherungskutsche in die Arena überführt haben. Sah sehr wie'n Mensch aus für mich, so, wie die den rumgestoßen haben.«

»Beim letzten dieser Turniere soll es außer dem Sieger noch genau zwei weitere Überlebende gegeben haben. Der eine hat nun keine Arme mehr, der andere vergißt jetzt dauernd seinen Namen, und wo er gerade is und sowas.«

»Damit muß man rechnen bei einem Leben-Tod-Turnier mit Auslosungen.«

»Naja. Und dann gibt's noch die Geschichte von dem *Abschiedsturnier*.«

»Abschiedsturnier? Was soll denn das sein?«

»Hat mir einer erzählt, der in der Schenke neben mir saß und sofort gesehen hat, daß ich nicht von hier bin und wahrscheinlich wegen dem Turnier angereist. So'n großer, ausgemergelter Kerl mit nur noch einem Auge. Der sagte, es wird immer schwerer, so ein Turnier mit Teilnehmern vollzukriegen. Überall is Krieg, und überall wüten die eigenartigsten Krankheiten, und irgendwann wird eines von diesen Turnieren das allerletzte sein, denn danach wird niemand mehr da sein, und die Menschheit hat von der Welt Abschied genommen mit einem letzten, blutigen Schauprozeß.«

»Huch, jetzt grusel ich mich aber«, knurrte Puppe. »Ich geh pissen.« Er wuchtete sich hoch und schlurfte zur Tür.

»Mach's gut, Puppe«, meinte Schmetterling. »Wenn du zurückkommst, bin ich nicht mehr da. Ich will mich anmelden, bevor der Schreiber für heute dichtmacht.«

»Schön. Nur daß mir das völlig wurscht is.« Er ließ Schmetterling einfach stehen und ging raus.

»Er ist nicht gut im Abschiednehmen«, meinte Raupe mit schiefem Lächeln. »Eigentlich ist er überhaupt in nichts gut, nur andere Leute totschlagen, das kann er wie kein Zweiter. Er sollte teilnehmen an diesem Scheißturnier, nicht du.«

»Puppe hat gar nicht den Mumm, seinen Gegnern ins Gesicht zu sehen. Er ist gut fürs Grobe, aber er hat nie wirklich nachgedacht über das, was wir tun. Anders als wir beide. Mach's gut, Raupe. Ihr könnt mich ja ein bißchen anfeuern, übermorgen.«

 Raupe schnellte sich vom Bett hoch, ging zu Schmetterling hinüber, und dann umarmten sich die beiden zum Abschied, drückten sich gegenseitig, bis Raupes Kreuz knackte. »Ist ein Jammer«, seufzte Raupe. »Mir hat der Gedanke immer gefallen, daß *Raupe, Puppe, Schmetterling* ihren Höhepunkt noch gar nich erreicht haben.«

»Wer weiß? Vielleicht ist es ja so. Vielleicht schlage ich schon übermorgen eine ganz neue Seite auf in unserer ... gemeinsamen Legende.«

»Du glaubst doch da nicht wirklich dran?! Brone, ich hab so ein Turnier mal gesehen. Ich war Zuschauer. Das ist der stumpfsinnigste Mord, den du dir vorstellen kannst. Wie Hahnenkämpfe, nur ohne Federn. Zum Kotzen ist das Ganze. Ich hasse diese Scheiße.«

»Und das hier draußen? Die Welt außerhalb der Arena? Sag bloß, die ist nicht zum Kotzen.«

So gingen sie auseinander, und Raupes Münzen klangen ganz hohl, als er sich wieder hinsetzte.

Die Sonne war zwischen den höheren Steinhäusern versunken und lag jetzt wie verendend in irgendeiner Seitengasse. Der Boden des Platzes strahlte noch immer Hitze ab, aber die Menschen wirkten jetzt entspannter und begannen langsam, ihre Nachtfarben zu entfalten.

Schmetterling ging die Strecke vom ›Gutmunder‹ zum Arenator sehr bewußt, er hatte ein bißchen das Gefühl, das aus allen umliegenden Fenstern heraus Augen nur Blicke für ihn hatten, Brone Carper, der einen Vierzig-Schritte-Weg in ein neues Leben nahm. Während er ging, gürtete er sich sein Rapier neu um. Der Schreibertisch vorm Arenentor war immer noch besetzt, eine bauchige Öllampe auf dem Pult verbreitete einen warmen Glanz. Zwei Gestalten standen vor dem sitzenden Schreiber, der etwas angestrengt wirkte. »Ich wollte eigentlich jetzt so langsam schließen«, hörte Schmetterling den Bürokraten quengeln. »Können Sie nicht morgen wiederkommen? Ich garantiere Ihnen, daß morgen immer noch genügend Turnierplätze frei sein werden.« Die schmalere der beiden Gestalten antwortete, ein städtisch und vornehm gekleideter älterer Mann mit Umhang und einem hohen Hut. »Die Gasthäuser sind aufgrund des anstehenden Spektakulums überlaufen, guter Mann. Es wäre wirklich eine große Hilfe für uns, wenn Sie es ermöglichen könnten, uns noch heute nacht in die Umbauungen der Kampfbahn aufzunehmen. Außerdem« – er unterband einen Einwand des müden Schreibers mit einer gezierten Handbewegung – »gibt es immer noch Wirte, die sich in empörender Verletzung ihrer Gastrechtspflicht weigern, meinen Schützling hier bei sich wohnen zu lassen. Mein Schützling hat ein leicht ... unheimliches Temperament, wenn Sie verstehen, worauf ich anspiele. Ein Umstand, der, das versichere ich Ihnen, sich im Geschehen eines tödlichen Turnieres als von unschätzbarem Vorteil erweist.«

Der Schreiber rutschte unruhig auf seinem Stuhl hin und her. Vielleicht hatte er auch deshalb jetzt Feierabend machen wollen, weil er dringend den Abtritt aufsuchen mußte. Schmetterling hatte Glück gehabt, daß die beiden Männer hier ihn aufgehalten hatten. Jetzt war Schmetterling heran und wurde von dem Schreiber direkt angesprochen. »Und Sie? Wollen Sie sich etwa auch anmelden?«

»Ja, und es wird nicht lange dauern, keine Sorge.«

Der Herr mit dem Hut wandte sich zu Schmetterling um und lüpfte den Hut mit einer mitteltiefen Verbeugung. »Freut mich sehr, die Bekanntschaft eines Kombattanten zu machen.«

»Freut mich auch sehr«, nickte Schmetterling, die andere Gestalt musternd, die sehr breit, schweigsam und unbeweglich war, und deren Kopf von einer Überzugkapuze vollständig verhüllt wurde. Die Kleidung war einfach und grobgestrickt, die Hände steckten trotz des Hochsommers in kratzigen Fäustlingen, und erst jetzt erkannte Schmetterling, daß eine lederne Leine vom Hals dieser zweiten Gestalt zum Gürtel des vornehmen Stutzers führte.

Der Schreiber stöhnte. »Also gut, bringen wir es hinter uns. Name?«

»Der Name meines Schützlings ist Maliw, mit einem ›W‹ hinten wie in ›Wehklagen‹. Es ist allerdings aus Gründen der allgemeinen Sicherheit vonnöten, daß auch ich in die ehrwürdigen Sanktuarien der Hölzernen Arena mit vorgelassen werde. Mein Name ist Aloysius Bonero, ich bin Maliws Lehrer und Berater und Betreuer und das einzige Wesen auf diesem weiten Weltenrund, das mit Fug und Recht als Maliws Freund bezeichnet werden darf.«

»Sind Sie bereit, sich auf Waffen durchsuchen zu lassen, wenn Sie die Höfe betreten?«

»Selbstverständlich. Mit Maliw an meiner Seite bedarf ich keiner Waffen.«

»Dann wird es kein Problem sein, Sie zusammen mit Ihrem Schützling unterzubringen. Mit welchen Waffen will er kämpfen?«
»Er kämpft mit seinen Fäusten und seinen Zähnen, guter Mann. Das ist mehr als genug für menschliche Gegner.«
Der Schreiber lächelte jetzt. »Sie werden sicherlich verstehen, daß ich mich davon überzeugen muß, daß es sich bei Maliw um einen Menschen handelt und nicht etwa um einen kahlrasierten Menschenaffen. Sie ahnen gar nicht, mit welchen Tricks gerissene Schausteller arbeiten.«
»Ich bin kein Schausteller, guter Mann. Ich führe die vollkommene Einzigartigkeit von Maliws Existenz lediglich einer Bestimmung zu. Eine Kreatur wie er ist von Geburt dazu verdammt, im Nichts zu enden. Ich bin nur ein Werkzeug, das diesem Verhängnis Abhilfe schafft.« Mit geübten Handgriffen zog Bonero seinem ›Schützling‹ die Kapuze vom Kopf. Schmetterling konnte von schräg hinten nur einen gedrungenen, haarlosen Schädel mit kleinen Segelohren ausmachen. Bonero griff Maliw an den Mund und legte wie ein Roßhändler die Zähne seines ›Schützlings‹ frei.
Selbst bei der goldtönenden Lichtquelle war zu erkennen, wie der Schreiber erbleichte. »Mein Gott! Sind die etwa echt?«
»Ich habe sie spitzfeilen lassen, damit Maliw seine Beute schneller töten kann«, sagte Bonero stolz. »Mir liegt nichts an verlängerten Qualen. Das Ende allein ist unser Ziel. Haben Sie sich davon überzeugt, daß Maliw menschlich ist?«
»Äh, jja, ja. Decken Sie ihn ruhig wieder zu. Seine Fäuste würde ich gerne noch sehen.«
Bonero streifte die Kapuze wieder über und zupfte sie sorgfältig in Form. Dann knüpfte er einen der Fäustlinge auf. Maliw ließ sich ohne eigenen Antrieb den Arm anheben und an sich herumfummeln. Was unter dem Handschuh zum Vorschein kam, war keine Haut, sondern schimmernde Metallriemen mit

Leder in den Zwischenräumen, die ein flexibles und dennoch metallisches Bewegen der Hand und der Finger ermöglichten. »Wenn Sie so wollen«, dozierte Bonero, »kann man diese Metall-Handschuhe als Kampfwaffe bezeichnen. Ihr ursprünglicher Daseinszweck ist jedoch ein barmherziger. In seiner Jugend litt mein bedauernswerter Schützling an einem dermaßen furchtbaren Hautausschlag an den Händen, daß er sich in seiner Pein und Verwirrung nicht anders zu helfen wußte, als sich selbst das wunde Fleisch von den Knochen zu knabbern. Die einzige Möglichkeit, die ich hatte, seine Hände zu retten, war, sie dauerhaft mit weißglühendem Metall zu verschmelzen.«

»Mein Gott!« entfuhr es dem Schreiber wieder.

»Ja, Gott hat viel wiedergutzumachen an diesem niedrigen Geschöpf. In meiner festen Hoffnung werden die Schmerzen, die dieser bemitleidenswerte Junge schon in seiner Kindheit zu erdulden hatte, ihm dereinst einen Platz zur Rechten des Himmlischen Allvaters garantieren.«

»Ja. Nun ... äh ... gut«, meinte der Schreiber hilflos und notierte irgend etwas, während Bonero die Stahlreifenhand fast mit Zärtlichkeit wieder einpackte. »Kann er schreiben - oder hier unten sein Zeichen machen?«

»Es ist eine meiner vielen angenehmen Aufgaben, ihm diese Pflichten abzunehmen«, beeilte sich Bonero und unterschrieb für sie beide das hingeschobene Dokument. »Verstehen Sie mich bitte nicht falsch«, rang der Schreiber noch um Worte, »aber ... sind Sie sicher, daß ... Maliw in der Lage sein wird, sich an die Regeln des Turniers zu halten? Auch im Interesse der Sicherheit des zahlenden Publikums ... »

»Ich erwähnte es eingangs: Um dies sicherzustellen, werde ich meinen Schützling keinen Moment aus den Augen lassen«, versicherte Bonero überaus freundlich. »Geruhsame Nacht, guter Mann.«

»Nacht«, meinte der Schreiber und schaute dem Stutzer und

dem schaukelnden Ungeheuer nach, wie sie beide vom Tordiener eingelassen wurden. Der arme Tropf hatte die undankbare Aufgabe, auch Maliw nach verborgenen Waffen abzutasten.
»Und nun zu Ihnen«, wandte sich der Schreiber räuspernd an Schmetterling. »Sie haben gesagt, es wird nicht lang dauern, also wollen wir mal sehen. Name?«
»Brone Carper«.
»Waffe?«
»Rapier.« Schmetterling legte die Waffe zur Begutachtung auf den Tisch.
»Hmmm. Rapier. Wir haben mit Cyril Brécard DeVlame bereits den weltbesten Degenfechter im Programm. Rapier und Degen unterscheiden sich nicht sonderlich, und Declan Gillett legt Wert auf ein abwechslungsreiches Kämpferfeld.«
»Ich kann das Rapier beidhändig führen, um höhere Schlagwucht zu erzielen.«
»Hmmm. Rapier beidhändig. Der filigrane Fechtstil DeVlames gegen eine ähnliche Klinge als wilde Hiebwaffe. Das läßt sich verkaufen. Gute Antwort. Können Sie schreiben?«
»Für meinen Namen reicht's.«
»Dann hier und hier. Vielen Dank. Viel Glück beim Kampf, Bürger Carper.«
»Wie sah er denn aus? Sein Gesicht.«
»Wer?«
»Maliw.«
»Oh. Nun ja. Stellen Sie sich einen jungen Mann vor, dessen Eltern Bruder und Schwester waren, die wiederum von einer Frau geboren wurden, deren einziger Beischläfer ihr eigener Vater war. Dann haben Sie's. Beten Sie, daß Sie sein Gesicht nicht in der Arena von nahem sehen müssen.«
»Ich bete niemals«, grinste Schmetterling, nahm sein Rapier wieder an sich und ging auf das hölzerne Tor zu, das sich wie von Geisterhand vor ihm öffnete.

Es war vor etwas über zwei Jahren, da war Calm Wintry hinter der lohnenden Beute namens *Raupe, Puppe, Schmetterling* hergewesen.

Er war den Spuren ihrer Taten und den Zeugen ihrer Unternehmungen gefolgt und hatte sich langsam aber sicher an sie herangearbeitet, ohne daß die drei dies bemerkten. Es war ein

regnerischer, kalter Herbst, und von Tag zu Tag hatte eine böse Erkältung immer heftiger von Wintry Besitz ergriffen.

In einem heruntergekommenen Wirtshaus nahe der nördlichen Berggrenzen hatte er die drei Briganten dann schließlich gefunden. Schlotternd vor Fieber hatte er sie eine Stunde lang von einem der Seitentische aus beobachtet, aber es war ihm nicht gelungen, klare Pläne zu schmieden, wie er sie überwältigen konnte. Das Fieber wütete immer heißer in ihm, und schließlich war es ihm nur noch gelungen, sich in einem der Gastzimmer aufs Bett zu schleppen, bevor lodernde Salzflammen ihn in Besitz nahmen.

Als er zehn Tage später dank der Pflege des Wirtes und seiner Frau wieder soweit genesen war, daß er ohne Hilfe gehen konnte, waren *Raupe, Puppe* und *Schmetterling* längst weitergezogen. Ihre Spur war erkaltet, und ihr letzter Beutezug war einträglich genug gewesen, um sie ohne weitere auffällige Schandtaten überwintern zu lassen. Der Kopfgeldjäger hatte seine sichergeglaubte Beute verloren.

Es war kein Zufall, daß Wintry sich jetzt nach Einbruch der Dunkelheit noch in der Nähe des Bewerbertores herumdrückte. Er hatte schauen wollen, ob noch ein paar Kämpfer vorbeikämen, damit er sich einen Eindruck vom Teilnehmerfeld machen konnte und davon, ob er eine realistische Chance hatte zu gewinnen, denn er war kein Glücksspieler und rechnete sich gern seine Möglichkeiten aus, bevor er etwas in Angriff nahm. Diesmal jedoch hatte er tatsächlich so etwas wie Glück gehabt. Der junge Mann, der sich als letzter einge-

tragen hatte, bevor der Schreiber eilig für heute seine Zelte abbrach, war unverkennbar *Schmetterling* gewesen, zwar ohne Bart und mit kürzeren Haaren, aber mit derselben Stimme wie damals. Mit seinem veränderten Aussehen mochte er Verfolger täuschen können, die nur sein Steckbriefbild kannten, aber niemals jemanden, der ihn persönlich gesehen hatte.
Wintry schätzte es als unwahrscheinlich ein, daß *Raupe, Puppe, Schmetterling* sich getrennt hatten. War es möglich, daß alle drei sich beim Turnier gemeldet hatten? Oder waren die anderen beiden in der Nähe und heckten etwas anderes aus? Wenn ja, würde es schwer sein, sie zu finden. Es sei denn, man blieb an Schmetterling dran. Und sicherte sich frühzeitig die Rechte an seinem Leichnam, falls er im Turnier umkam. Es schien jetzt so, als konnten die Spiele des Bischofs auch auf andere Weise als nur über diesen schwer zu erringenden Stirnreif und die läppische Wette mit Hauptmann Gateau ein lohnendes Geschäft werden.

Über Nacht polierte Wintry sein Schwert mit der gesägten Klinge.

Von der tagelangen Wanderung erschöpft, hatten sie die Nacht über ruhig geschlafen, aber nun erwachten die beiden Brüder früh am Morgen in einer Katakombe, in der kein Sonnenlicht sie erreichte, und Zweifel erfaßte ihre Herzen.

»Es war keine gute Idee, daß wir uns beide eingetragen haben«, meinte Eljatin. »Wir hätten besser nachdenken sollen.«

»Wir waren überrascht. Wer hätte denn gedacht, daß sie uns beide nehmen? Noch dazu, ohne sehen zu wollen, ob wir überhaupt etwas draufhaben. Es schien mir eine einmalige Möglichkeit zu sein, unsere Hoffnung auf einen Sieg zu verdoppeln.«

»Trotzdem. Unser eigentlicher Plan sah anders aus, erinnerst du dich noch? Einer sollte sich um den anderen kümmern. Was passiert jetzt, wenn wir gegeneinander kämpfen müssen?«

»Soweit wird es nicht kommen.«

»Es ist nicht unmöglich.«

»Aber sehr unwahrscheinlich.«

»Aber es ist nicht unmöglich. Was machen wir dann?«

»Dann kämpfen wir. Ganz einfach.«

»Bist du verrückt? Ich könnte niemals mit einem Schwert auf dich einschlagen. Und du? Könntest du mir sowas antun?«

»Eljatin, wir haben keine Wahl. Dies ist ein Turnier auf Leben und Tod, was hast du denn gedacht, wo wir hingehen, auf einen Jahrmarkt, zum Ponyreiten? Wenn wir gegeneinander gelost werden, können wir nicht kneifen, sonst werden wir wahrscheinlich beide getötet. Wir kämpfen, aber wir zielen nicht wirklich auf lebensgefährliche Körperteile. Der, der als erster eine blutige, schwere Wunde abkriegt, läßt sich fallen und stellt sich bewußtlos. Kann dann immer noch sein, daß die Leute verlangen, daß der Verlierer stirbt. Aber wenigstens

kann man den Sieger nicht zwingen, das selber zu tun. Die Arena hat Leute, die sowas machen.«
»Ich weiß nicht. Das gefällt mir alles nicht. Wenn ich mir vorstelle, daß ich dich zu Boden schlage – und dann soll ich tatenlos mitansehen, wie du von einem Mörder abgestochen wirst? Das könnte ich niemals zulassen.«
»Wenn du dich mit der Arena anlegst, sterben wir beide, und alles war umsonst. Außerdem: Wenn wir einen guten Kampf machen, wird der Verlierer nicht getötet werden. Das wäre unmenschlich, und die Leute sind nicht unmenschlich, die wollen auch nur ihren Spaß haben. Außerdem sehe ich weniger schwarz als du. Wenn die Arena uns zwei dahergelaufene Hänflinge einfach so teilnehmen läßt, kann das nur bedeuten, daß sie gar nicht so viele gute Kämpfer hierhaben. Wenn wir uns anstrengen, kommen wir beide in Runde Zwei, und von da aus wäre es schon großes Pech, wenn nicht einer von uns beiden an den goldenen Stirnreif herankommt.«
»Und der andere ist dann tot. Was für ein Sieg soll das sein? Wie soll der Sieger unseren Geschwistern sowas beibringen?«
»Genauso, wie er es ihnen beigebracht hätte, wenn nur einer von uns gekämpft hätte und dabei gefallen wäre. Genau so. Das war von Anfang an eine Möglichkeit.«
»Und wenn wir beide sterben? Was wird dann?«
»Ich sage es dir noch einmal: Keiner von uns wird sterben, weil wir gut sind. Wir sind die Söhne des Helden Teriadon, und wir führen das große Schwert *Cholectyr*. Die Zuschauer werden nicht unser Blut fordern.«
Die eisenbeschlagene Holztür schwang knarrend nach innen auf. Eine schmächtige Silhouette stand seitlich im blakenden Fackellicht. »Andreus und Eljatin?«
»Ja?« Wenn sie gemeinsam angesprochen wurden, war es immer Andreus, der Ältere, der antwortete.

»Ah, gut, daß ihr schon wach seid. Mein Name ist Talzis, ich bin einer der Verwalter, die für die Logistik des Turnieres zuständig sind. Der Schreiber, der gestern am Tor euer Schwert in Augenschein nahm, hat mir mitgeteilt, daß es sich dabei wahrscheinlich um eine wertvolle Waffe handelt. Ist das richtig?«

»Ja. Das Schwert heißt *Cholectyr* und gehörte dem Helden Teriadon, unserem Vater.«

»Nun, die Hölzerne Arena bereichert sich nicht auf unehrenhafte Weise. Falls ihr also beide fallt – was soll dann mit dem Schwert geschehen? Wir übernehmen die Kosten der Überführung.«

»Oh, das ist ... sehr ... freundlich. Im Süden, drei Tagesreisen zu Fuß von hier, gibt es ein Dorf mit Namen Eckarn. Das Haus des Helden Teriadon kennt dort jeder. Ein Mädchen namens Mudia wird das Schwert an sich nehmen.«

Talzis machte sich Notizen. »Eckarn ... Teriadon ... Mudia. Vielen Dank.«

»Wir haben zu danken.« Knarrend schloß sich die Tür wieder. Eljatin schaute seinen Bruder mit großen Augen an. »War das eben das, was die Gebildeten ein *Testament* nennen?«

Ebenfalls früh auf war Wei Guan Zhou, der junge Mönch aus Shan Tien Lai.

Die Zelle, die man ihm in den Katakomben zugewiesen hatte, kam ihm verhältnismäßig behaglich vor. Er war sogar eher erstaunt darüber gewesen, von Rundaugen mit so viel Respekt behandelt zu werden.

Nach dem Aufwachen ging er in der fast vollkommenen Dunkelheit die sechsundzwanzig Gebete des Meisters Fan Li durch, formulierte eine Konzentration auf sein eigentliches Reiseziel, das Tal der Glocken. Dann griff er sich seinen Stab und suchte sich durch die rußigen Steintunnel einen Weg zurück ins hölzerne Oben.

Der Arenenkomplex beherbergte in seinem Inneren außer dem eigentlichen Arenenkreis mit den Zuschauerrängen noch eine Anzahl von angrenzenden Gebäuden und Häfen, die das Gesamtgelände zu einem gewaltigen, von mächtigen Palisadenbohlen umzäunten Oval ausdehnten. Einige Bedienstete waren schon auf den Beinen, von einem durch ein Holzgatter abgesperrten Nebenhof gellten kehlige Kommandos und Waffengeklirr herüber. Der Mönch erkundigte sich bei einem der Diener, wo er für das Nachtlager bezahlen müsse. Der Diener lachte und sagte, alle Kämpfer seien Gäste von Herrn Gillett und bis zum morgigen Turnier sei alles für sie kostenlos. Danach jedoch würde Herr Gillett nur noch für etwaige medizinische Versorgung aufkommen, ein Abschiedsfest würde es nicht geben. Der Mönch bedankte sich und verbeugte sich tief vor dem Diener. Ob er seinen großzügigen Gastgeber im Laufe des Tages zu sehen bekäme? Würde er die Frau namens Vedra, die ihn hierhergebracht hatte, morgen unter den Zuschauern ausmachen können?
Er ging zu dem Holzgatter hin und konnte dahinter ein Dutzend Männer erkennen, die, lediglich mit Lendenschurzen bekleidet, in Formation gleichartige Schlag- und Ausweichbewegungen vollführten. Ein rotgesichtiger Ausbilder brüllte dabei Kommandos, und die Truppe bewegte sich einigermaßen aufeinander abgestimmt. Ab und zu schlugen dabei die Kurzschwerter der Männer gegen die Schilde ihrer Nachbarn. Ein einstudierter Rhythmus.
Diese Formation erinnerte Guan Zhou an seine Heimat, das Kloster, wo derartige Übungen zum Alltag gehörten, nur mit viel mehr Beteiligten und etwas mehr Körperbeherrschung und tänzerischer Eleganz. Die Übenden hier schienen eher auf Kraft zu trainieren, was natürlich völlig nutzlos war, denn ein konzentrierter Kämpfer mit bewußtem Stand konnte die Kraft jedes Gegners gegen ihn verwenden. Je stärker der Feind, desto spielerischer der Sieg.

Ein anderer Diener brachte Guan Zhou einen Holzteller mit frischem Obst. Zum Frühstück, sagte der Diener, und erklärte dem Mönch gleich, daß dies da drüben natürlich nicht die Turnierteilnehmer seien, sondern die Hausgladiatoren. Nur einer von denen nehme am morgigen Kampftag teil, und der sei jetzt nicht unter den Trainierenden, sondern bereite sich gesondert vor. Guan Zhou erkundigte sich nach den anderen Teilnehmern, bisher hätte er noch keinen gesehen. Es sei noch zu früh am Morgen, antwortete der Diener, die anderen schliefen wohl alle noch. Danach erbot sich der Diener, den Mönch ein wenig herumzuführen, um ihm die Hölzerne Arena zu zeigen. Guan Zhou nahm dankend an und teilte sein Obst mit ihm.

Der Diener zeigte ihm den sogenannten Stahlgarten, eine beeindruckende Ansammlung von Trainingsvorrichtungen und Übungsaufgaben, die den Turnierteilnehmern natürlich zur Benutzung offenstanden. Dort drüben waren die Unterkünfte der Gladiatoren, dort die der Angestellten, das dort war das Verwaltungsgebäude mit den Räumlichkeiten des Arenenbesitzers. Dies dort war eine komfortable Gastunterkunft für hochgestellte Besucher, die einige Zeit in der Arena verbringen wollten. Durch einen Verbindungstunnel, der gerade gewissenhaft gefegt wurde, gelangten sie dann in die eigentliche Arena, ein mächtiges, gut vierzig Schritt durchmessendes Rund mit ringsum steil sich auftürmenden Bankreihen. Alles bestand aus Holz in verschiedenen Färbungen und unterschiedlichsten Verarbeitungsformen, und roch nach einer seltsamen Mischung aus Harz, Firnis und Schweiß. Der Kampfboden bestand aus feinem, aber hartem Sand. An der gut drei Schritte hohen Balustrade lehnten ein paar Rechen. Guan Zhou schlüpfte aus seinen Latschen und prüfte den Barfußhalt auf dem Untergrund. Der Sand war schon vormittags warm und angenehm unter den Sohlen. Im Laufe eines Sommertages würde er sich weiter aufheizen und barfuß antretende Kämpfer zur Bewegung zwingen. Der Mönch drehte sich langsam und nahm die dunkel aufragenden Randaufbauten in sich auf, die Logen, die teureren Tribünenplätze, die gerade von einem Bediensteten mit sorgfältig festgebundenen dunkelblauen Sitzkissen belegt wurden, die unterschiedlichen Tore im hölzernen Kampfbahnrand, einige mit schweren Türen, andere mit Metallgittern versehen, den Verbindungstunnel zu den Häfen, die strahlenförmig zum Arenamittelpunkt hindeutenden Treppen, zwischen den Sitzreihen die Schmuckbögen, die den oberen Rand der höchsten Zuschauerebene umkränzten, die Wappen- und Wimpelmasten, die mit den Symbolen der Ehrengäste behängt werden konnten, das makellose Blau des Himmels, der wie ein Deckel über dem Ganzen lag.

Hier zu stehen fühlte sich gut an. Die Hölzerne Arena vermittelte Geschlossenheit und Ausrichtung auf einen Mittelpunkt hin oder von diesem Mittelpunkt weg. Die Gesamtkonstruktion war mit der Muy-Dong-Jo-Lehre des Inneren Lichtes vereinbar. Wer hier unten im Kreis stand, konnte wie durch den Trichter einer Sanduhr in ein Leben hinter dem Leben hinübergleiten.

»Sie ist eine Schönheit, nicht wahr?« fragte eine Stimme hinter dem Mönch und dem Diener. Sie wandten sich um. Im Durchgang, den auch sie gekommen waren, stand ein langhaariger Mann mit Bärtchen, einem weitgeschnittenen weißen Seidenhemd und einer dunkelroten Hose. An seiner Seite hing ein schwarzes Degengeschirr. »Ich kehre immer wieder hierher zurück. Man könnte sagen, ich bin hier geboren worden.«

Der Mann lächelte und schlenderte dann durch den Tunnel davon. Guan Zhou erkundigte sich bei dem Diener, ob das eben der Gastgeber gewesen sei, der Besitzer der Arena. Nein, antwortete der Diener ehrfurchtsvoll flüsternd, das eben war der Mann, der immer gewinnt.

Kurz darauf wurden der Mönch und der Diener von einem

übellaunigen Sandpfleger in die Übungshöfe zurückgescheucht.

Im Gegensatz zu den Brüdern und dem Mönch hatte Veldeon Balkwist Schwierigkeiten mit dem Wachwerden und Aufstehen. Sein Kopf kam ihm klein, hart und dunkel vor wie eine Nuß, seine Hände zitterten, und er hätte einen scharfen Schluck oder eine barmherzige Nadel gebrauchen können, aber er hatte nichts mit reingenommen, weil man es bei der Durchsuchung hinterm Tor sowieso gefunden und ihm abgenommen hätte. Innerhalb der Holzmauern war nichts erlaubt, was zur Entspannung hätte führen können.

Trotzdem fühlte Balkwist sich gut. Nicht körperlich, das war eine rein geistige Sache. Er hatte ein gutes Gefühl, was die Kämpfe anging. Der Applaus der Menge würde ihn emporheben, rauschend reinwaschen wie ein klarer Wasserfall und ihn von allem heilen, was ihn im letzten Jahrzehnt in den Morast gedrückt hatte.

Er trug die Uniform jetzt dauernd, sie war der Schlüssel seines Hierseins, und als er hochging und sich in den Höfen herumtrieb, achtete er darauf, daß jeder, mit dem er ein Schwätzchen hielt, ihn mit Leutnant anredete. Rüstungstechnisch war die Uniform ein Witz, nicht einmal ein Degen würde durch sie in seiner Bissigkeit gemindert werden, aber sie war hell und leuchtend und würde alle Blicke auf sich ziehen.

Mittlerweile konnte er die Mitbewerber schon gut einschätzen. Der alte fette Riese stand wieder mitten im Hof und schwang seinen monströsen Bihänder, dessen Sausen allein einem schon die Haare nach hinten blies. Der Riese war langsam und kein Problem für jemanden, der schon einmal ein Turnier durch Schnelligkeit gewonnen hatte. Die beiden jugendlichen Brüder waren auch da und drückten sich in der Nähe des Früh-

stückstisches herum, auf dem Brot, Weißgebäcke, Marmeladen, Wurst, Obst, verschiedenfarbige Quarkspeisen und Fruchtsäfte zur freien Bedienung ausgestellt waren. Der ältere der beiden hatte komische blaßrote Hände, als hätte er schon als Kind täglich voll in den Konfitürentopf gelangt. Weiter hinten saß der glatzköpfige Mönch mit dem Kampfstab auf einem Podest und schlummerte entweder oder murmelte monotone Gebete vor sich hin oder betrachtete verschlagen aus halb geöffneten Schlitzaugen die anderen. Der Rapierfechter, der gestern abend angekommen war, nutzte die Einrichtungen des Stahlgartens zur Körperertüchtigung. Für Balkwist wäre das nichts gewesen, sich so zu schinden. Schließlich brauchte er ja seine Kräfte für den morgigen Tag.
Von dem weibischen Großkotz DeVlame war nichts zu sehen. Wahrscheinlich schmiegte er sich gerade schnurrend um die Beine von Declan Gillett oder irgendeines anderen der hohen Herren. Oder er lutschte ihnen einen. Ja, dafür war er genau der Typ. Balkwist kratzte sich und stopfte sich mit leckerem Stachelbeergelee voll. Er hatte immer einen Heißhunger auf Süßes, wenn er keine Nadel hatte, und der hohe Zuckergehalt des Gelees half gegen das Frieren. Die Sonne war viel zu hell, kam ihm aber kein bißchen warm vor. Er plauderte ein bißchen mit den beiden Brüdern, aber die waren sprachschatzbeschränkte Hinterwäldler und betonten immer nur, daß sie die Söhne irgendeines Helden seien, von dem noch nie jemand gehört hatte.
Eine der am wenigsten häßlichen Mägde, die hier herumliefen, konnte Balkwist nicht abwimmeln und versorgte ihn mit ein paar Gerüchten über den Gefangenen, der gestern gebracht worden war und den sie kettenumwunden und von einer ganzen Patrouille abgeschirmt in eines der tiefstgelegenen Tierverliese verbracht hatten. Die Wachposten hatten sich erzählt, daß Türen von selbst zuschlugen und seltsame wispernde Stimmen in den Gängen zu hören waren, seit der Gefangene

in seiner Zelle hockte. Zwei tote Mäuse waren heute morgen in der Vorratskammer gefunden worden, steif wie Holz, aber ohne offensichtliche Todesursache. Der Gefangene war ein böser Zauberer oder ein Tierdämon, da waren sich alle Bediensteten einig, und alle fürchteten sich vor morgen, wo sie ihm die Ketten lösen sollten, um ihn in der Arena freizulassen. Balkwist verstand es, die ohnehin schon schreckgeweiteten Augen des Mädchens noch weiter zu vergrößern, als er ihr von dem Ding erzählte, das gestern Abend an der Leine hier hereingezerrt worden war. Ein Vergewaltiger und Menschenfresser mit furchtbaren Klauen und Reißzähnen, und auch diese Kreatur würde morgen hier losgelassen werden. Die Spiele des Bischofs würden selbst herkömmliche Kriege an Schrecklichkeit und Grauen übertreffen, aber sie sollte sich nicht fürchten, der Leutnant würde schon dafür Sorge tragen, daß keines

der Monster Schaden anrichten konnte. Vorausgesetzt natürlich, sie konnte ihm zu rein alchimistischen Zwecken ein Fäßchen Branntwein aus der Vorratskammer besorgen.

Im Laufe des Tages kamen noch drei weitere Teilnehmer an. Ein großer, mürrischer Schwarzer in metallbesetzter Lederrüstung, der aus seinem beachtlichen Arsenal an Stich-, Hieb-, Wurf- und Schußwaffen ein Langschwert mit gesägter Klinge auswählte, schrieb sich am Vormittag ein. Er musterte mit dunklen Augen alle seine möglichen Gegner, nahm aber mit niemandem näher Kontakt auf, sondern griff sich ein paar Trauben aus der Früchteschale, setzte sich an eine Hofpalisade gelehnt an einem schattigen Plätzchen auf den Boden und döste kauend vor sich hin.

Ein weiterer Schwertkämpfer tauchte auf, als die Sonne am höchsten stand. Zuerst nörgelte der Schreiber am Anmeldepult über die »Flut der Schwerter«, wie er es nannte, denn er war angewiesen worden, für eine möglichst buntgemischte Programmzusammenstellung Sorge zu tragen. Aber als der Neuankömmling – der übrigens kein einziges Wort sprach – ihm seine Klinge zeigte, verstummten die Einwände des Listenverwalters. Die Klinge war schmal und elegant und von einer einzigartigen dunkelroten Farbe. Auch der Bewerber selbst machte mit seiner dunklen Umhangkleidung, seinem verwegen halbverhüllten Gesicht und seinen ausdrucksvollen hellen Augen einen geheimnisvollen Eindruck. Er wurde ohne Test seiner Fähigkeiten zugelassen und zog sich lautlos in seine Gästezelle zurück.

Am frühen Nachmittag trug ein leibhaftiger Patrizier sich ein. Sein Name war Gortyn Terentius Crao, er hatte ein merkwürdiges Gesicht mit spitzem Kinn und hervorstehenden Augen, seine Waffen waren Stilett und Pariergabel, und er brachte je zwei stählerne Unterarm- und Beinschienen mit, die er als Rüstung anlegen wollte. Ansonsten trug er ein prunkvolles Togagewand mit echtem Goldbesatz und einen goldenen Stirnreif, wie ihn der Sieger des Turnieres erhalten würde. Mit ausladenden Schritten ging er im Haupthof auf den riesengroßen Kerl mit dem Zweihänder zu und sagte laut zu ihm: »Morgen abend wirst du tot sein!« Anschließend baute er sich vor dem Schwarzen auf und schrie ihn an: »Ich hoffe, dein Kackfarbenblut stinkt nicht allzusehr nach Pisse, denn morgen werde ich über und über damit bespritzt sein!«

»Womit, mit Pisse?« entgegnete der Schwarze gelassen. »Vielleicht solltest du dir besser Windeln anziehen, wenn du so ein Problem hast.« Crao ließ sich nicht von seinem Kurs abbringen, lachte verächtlich über den Mönch und den anderen jungen Mann mit den Mandelaugen, der sich am Brunnen wusch, und meinte: »Gibt es denn nur Tiere hier? Keine echten Menschen, die zu töten sich lohnt?« Als keiner lachte oder wenigstens gereizt reagierte, ging er schnaubend zum Stahlgarten und begann, trotz der jetzt unangenehmen Hitze derart wild an den Gerätschaften herumzutoben, daß der Rapierfechter sein dortiges Training abbrach und zu den anderen in den Haupthof zurückkam.

Es war Cyril Brécard DeVlame nicht gelungen, in den drei Tagen, die er jetzt hier auf den Arenenhäfen verbracht hatte, mehr über den waffenlosen Kämpfer, der sich Nanimonai oder Nichts nannte, herauszufinden. Nanimonai war noch sehr jung, fast noch ein Knabe, er hatte halblange Haare, ein Gesicht, das die Vorzüge von Weiblich und Männlich in sich vereinte, und er trug ein einfaches Leinengewand, das der Robe des Kampfstab-Mönchs nicht unähnlich war. Offenbar entstammte Nanimonai einer der Kampfschulen der Daimyo-Inseln, vielleicht war er ein Renegat, vielleicht ein frühvollendeter Meister auf Wanderschaft, vielleicht nur ein Schüler in den Lehrjahren, vielleicht auch ein Versprengter der dortigen Bürgerkriege. Jedenfalls war es DeVlame unangenehm, allzu auffällig hinter Nanimonai herzulaufen oder zum wiederholten Male erfolglos zu versuchen, mit ihm ins Gespräch zu kommen. Der junge Daimyote hatte genau die Art von Attraktivität, mit der in Zusammenhang gebracht zu werden nicht gut war für DeVlames Leumund bei der Armee. Manche Neider tuschelten ohnehin schon über ihn.

Den Gefallen, auf einem der Höfe irgendwelche Techniken und Schritte zu üben, tat Nanimonai DeVlame nicht. Er verließ seine Zelle, in der er meistens im Lotussitz meditierte, nur, um sich am Brunnen zu waschen oder zu trinken oder um sich eine Speise vom Tisch zu nehmen. Er redete mit niemandem, auch nicht mit dem kahlgeschorenen Mönch.

Ansonsten hatte DeVlame die drei Tage genossen. Der Dichter und Fechtlehrer Bato hatte den Kern der Sache gar nicht schlecht bezeichnet. Die Tage vor einem tödlichen Kampf im Stahl- und Blutgewitter waren süß und zart wie reife Aprikosen, und die Strahlen sommerlicher Sonne brachten jedes ein-

zelne Detail zum Tanzen. Schon lange nicht mehr hatte sich DeVlame so intensiv am Leben gefühlt wie hier und jetzt.
Er betrachtete auch mit Interesse seine Mitbewerber, die um einen so sehr viel geringeren Geldwert stritten als er selbst. Die meisten von ihnen waren so jung wie die Rekruten der Sechsunddreißigsten, denen er geduldig die Grundbegriffe des ehrenvollen Überlebens im Kampf zu vermitteln suchte. Außer Nanimonai und dem Kampfstab-Mönch war keiner unter ihnen, von dem DeVlame sich Überraschungen und dadurch etwas zum Dazulernen erhoffte. Gut, da waren noch der Gladiator und der gefangene Wilderer, aber von beiden hatte DeVlame sich noch kein Bild machen können, und es war gut denkbar, daß sie nicht hielten, was man sich von ihnen versprach. Wenn er sich das Teilnehmerfeld, wie es sich ihm bis jetzt darbot, so überschaute, dann überkam ihn große Gelassenheit. Die Teilnehmer der zwei anderen Leben-Tod-Turniere, die er gewonnen hatte, waren imposanter und gefährlicher gewesen. Declan Gillett hatte wohl nicht übertrieben, als er die Schwierigkeit schilderte, heutzutage noch sechzehn Männer aufzutreiben, die in der Kampfbahn etwas taugten. Vielleicht waren die diesmaligen Spiele des Bischofs tatsächlich schon Bestandteil einer ausklingenden Ära, und die Zukunft würde den würdelosen Vergnügungen gehören, die Gillett skizziert hatte.
DeVlame hatte sich gerade – es war jetzt Nachmittag – zum Speisentisch begeben, um sich etwas von dem kalten Braten zu nehmen, als der verwegen aussehende Rapierfechter, der bislang im Stahlgarten trainiert hatte, zu ihm trat und ihn ansprach. »Verzeiht bitte, Meister DeVlame, daß ich Euch behellige, aber ich muß gestehen, daß ich schon seit Jahren ein Bewunderer Eurer Kunst bin, und daß ich ... nun ja, ich werde wohl schlechte Karten haben, wenn ich morgen gegen Euch ausgelost werde, aber falls nicht, glaube ich, würde mir wiederum etwas entgehen.«

DeVlame lächelte. Er war es gewohnt, von Bewunderern erkannt und angesprochen zu werden. »Mir entgeht im Moment auch etwas, denn wir sind uns noch gar nicht vorgestellt worden.«
»Oh, natürlich, ja, entschuldigt, ich weiß natürlich, wer Ihr seid, und bin deshalb im Vorteil. Mein Name ist Brone Carper. Ich komme aus dem Norden. Dies ist mein erstes Turnier.«
»Aber Ihr seid nicht ganz unerfahren im Kämpfen auf Leben und Tod, oder irre ich mich?«
Du irrst nicht, Mann, dachte Schmetterling, *ich habe zehnmal mehr Leute gekillt als du.*
»Ab und zu ... ist es nicht zu vermeiden, in eine Notwehr zu geraten.«
»Das ist wahr. Also ich nehme Euer Kompliment dankend an. Falls Ihr morgen nicht gegen mich gelost werdet, könnt ihr meinen Stil ja vom Durchgangstunnel aus studieren. Es ist den Kämpfern durchaus gestattet, den anderen Begegnungen zuzuschauen.«
»Nun ja, eigentlich habe ich Euch nicht angesprochen, nur um Komplimente zu machen. Eigentlich wollte ich Euch fragen, ob Ihr an einem Übungskampf interessiert seid. Wie gesagt, vielleicht falle ich morgen gleich im allerersten Kampf, ohne daß ich den späteren Sieger so richtig in Aktion erlebt habe.«
»Ein Übungskampf gegen Euch?«
»Das wäre mir eine große Ehre.«
»Ihr versteht sicher, daß ich mich aus Gründen der Professionalität niemals vor einem wichtigen Kampf auf Übungsgefechte einlasse. Die Verletzungsgefahr bei so etwas ist einfach viel zu hoch. Außerdem muß jemand, der wie ich einen Favoritenstatus innehat, natürlich immer damit rechnen, daß ein Kontrahent es darauf anlegt, mich bei einer Übung zu verwunden, um mir später den eigentlichen Kampf zu erschweren.«
Was ist los? Bist du mißtrauisch und feige geworden mit den Jahren? Wird man so, wenn man ganz oben steht? Alles, was ich wollte, war, einmal mit dir die Klinge zu kreuzen.

Schmetterling verbarg seine Enttäuschung. »Ich verstehe. Ihr könnt meine Fähigkeiten nicht einschätzen und fürchtet, ich könnte Euch unabsichtlich verletzen. Schade.«

»Das hat gar nichts mit Euch zu tun. Ich lehne Übungsgefechte aus obengenannten Gründen grundsätzlich ab. Ich würde mich allerdings bereit erklären, für Euch einen Übungskampf als Schiedsrichter zu punkten. Darin bin ich ebenfalls ziemlich gut, ich verdiene mir mit solchem und ähnlichem nämlich mein Brot bei der Sechsunddreißigsten Armee.«

»Wirklich, das würdet Ihr tun?«

»Selbstverständlich. Falls Ihr Wert darauf legt, könnte ich Euch auch hinterher meine Eindrücke und gegebenenfalls ein paar Vorschläge bezüglich Eures Kampfstiles unterbreiten.«

Jungejunge, dir werde ich ein paar Hiebe zeigen, daß dir Hören und Sehen vergeht.

» Das wäre natürlich klasse. Dann muß ich mir nur noch einen Gegner suchen. Habt Ihr eine Idee?«

»Hmm. War mir nicht vorhin so, als wäre hier jemand in Goldtoga über den Hof stolziert und hätte förmlich um eine Lektion gebettelt?« DeVlame zwinkerte.

»Wird sofort erledigt«, grinste Schmetterling und ging in den Stahlgarten hinüber.

Gortyn Terentius Crao war gerade dabei, den entlang einer
Hochstange hängenden, mit Sand gefüllten Lederbirnen auszuweichen, die er selbst vorher in Schwingung versetzt hatte. Er bewegte sich flink und gewandt, und sein schweißglänzender Oberkörper – die Toga und den Stirnreif hatte er achtlos in eine Ecke geworfen – machte einen trainierten Eindruck.

Schmetterling stellte sich neben das Gestänge und stieß eine der Lederbirnen so an, daß sie Crao gegen den Rücken klatschte. »Interessiert an einem Übungskampf?«

»Übungskampf?« Wütend trat Crao aus der Schwunganordnung. »Was soll das sein – Übungskampf?«

»Mal sehen, was jeder so drauf hat. DeVlame macht den Punktrichter.«

»Mit Strohrüstung und stumpfen Holzwaffen und so, ja? Damit niemand sich weh tut?«

»Ein Übungskampf. Ist das so schwer zu verstehen?«

Crao trat ganz nahe an Schmetterling heran. Sie waren beide etwa gleich groß. Craos Schweiß roch sauer. »Ich bin nicht hier, um mit Holzschwertern Kinderspielchen zu spielen. Ich bin hier, um Blut zu vergießen. Ich werde morgen deine Eingeweide ficken, während sie dir aus dem Bauch quellen.«

Schmetterling spürte kochenden Haß in sich aufwallen. *Ich bin Schmetterling, verdammt, was hält mich eigentlich davon ab, diesen häßlichen Geldadelscheißer jetzt gleich hier umzulegen, jetzt gleich hier? DeVlame. DeVlame wartet im Nebenhof.*

»Wenn du Schiß hast, such ich mir eben jemand anderen.«

»Jaaaah, mein Hundchen, such. Such!«

Kopfschüttelnd verließ Schmetterling den Stahlgarten wieder, und Crao nahm sein Training an einer anderen Apparatur wieder auf.

»Nun?« fragte DeVlame mit hochgezogenen Augenbrauen.

»Keine Chance, der Typ ist einfach nur irre, mehr fällt mir dazu nicht ein.« Schmetterling trat in die Mitte des Hofes und erhob die Stimme. »Also gut, Leute, hört mir mal kurz zu. Wir ... haben ein tolles Angebot von Cyril Brécard DeVlame. Er hat sich bereit erklärt, bei einem Übungskampf den Punktrichter zu machen und hinterher ein paar Tips zum Kampfstil zu geben. Also: Hat jemand von euch Lust, gegen mich anzutreten? Ich kämpfe mit dem Rapier hier, aber wir werden es stumpfmachen. Wir wollen nur üben.«

Keiner der herumlungernden Turnierteilnehmer sprang freudig auf und rief Hier! Ich!, aber immerhin hob wenigstens sogar der Schwarze den Blick und schien sich die Sache durch den Kopf gehen zu lassen. Schmetterling schaute sich prüfend um. Schließlich blieb sein Blick auf dem Kampfstab-Mönch haften, der immer noch auf seinem Podest saß. »Wie wäre es mit Euch? Ein bißchen praktisches Training?«

Der Mönch nickte und lächelte. »Sehr freundlich, ich bedanke mich, daß Ihr mich wählen wollt, aber ich habe gerade die Gebete begonnen und darf nicht für längere Dauer unterbrechen.«

Verflucht, wenn mir hier alle einen Korb geben, stehe ich wie ein Bittsteller da, für den niemand einen Almosen übrig hat.

»Würdet Ihr gegen ... mich antreten?«

Der jüngere der beiden Brüder, die in der Nähe des Eßtisches im Schatten saßen, hatte sich erhoben. »Ich bin kein besonders erfahrener Kämpfer, aber genau darum wäre ein Übungskampf gut für mich.« Der ältere Bruder versuchte ihn wieder hinunterzuziehen, aber der jüngere wehrte ihn ab mit den Worten: »Ist doch nur Übung, wie bei uns beiden. Das kann doch nur nutzen.«

Schmetterling sah wenig begeistert drein. Damit, daß er einen halbwüchsigen Bauern schlug, würde er auf DeVlame wohl kaum Eindruck machen können. »Na gut, ich nehme euch beide. Greift mich zusammen an und schaut, was ihr ausrichten könnt.«

»Das ist keine gute Idee«, mischte sich DeVlame ein. »Wir werden morgen ausschließlich Duelle fechten, also hat es keinen Sinn, heute ein Dreieck zu simulieren. Nehmt sie beide, Meister Carper, aber nacheinander. Erst den Jüngeren, dann den Älteren. Vorausgesetzt natürlich, der Ältere ist überhaupt interessiert.«

Andreus ließ sich die Sache durch den Kopf gehen. »Wir haben nur das eine Schwert, und es ist sehr wertvoll. Ich möchte es nicht in einem Übungskampf in Gefahr bringen.«

»Die Hölzerne Arena ist überaus gut ausgerüstet«, erklärte De Vlame väterlich. »Wir finden sicherlich eine stumpfe Trainingswaffe, die Eurem Schwert in Handhabung und Gewicht ähnelt. Also: Sorgen wir gemeinsam ein wenig für Abwechslung?«

Andreus erhob sich jetzt auch. »Also gut. Aber ich werde als erster kämpfen.« Leiser, zu seinem Bruder, fügte er hinzu: »Du nimmst ihn dann, wenn ich ihn schon müde gemacht habe. Es ist wichtig, daß wir einen möglichst guten Eindruck machen.«
»Was soll denn das heißen?« zischte Eljatin zurück. »Unser Entscheidungskampf war voll unentschieden, erinnerst du dich nicht mehr? Vielleicht bist du ja derjenige, der einen Vorteil nötig hat!«
»Hör jetzt auf zu zanken.«
»Ich bin es langsam leid, immer wie ein kleiner Junge behandelt zu werden, nur weil du zwei lächerliche Jahre älter bist! Es war meine Idee mit dem Übungskampf!«
»Eljatin, morgen wirst du in der Arena ganz allein auf dich gestellt um dein Leben kämpfen müssen, und ich werde dir nicht helfen können. Morgen ist früh genug!«
»Alles klar?« machte sich Schmetterling Sorgen.
»Alles klar«, nickte Andreus. »Ich zuerst, danach mein Bruder.«

Seitlich des Stahlgartens gab es ein Gebäude mit einer Waffenkammer, zu der Cyril Brécard DeVlame als Ehrengast der morgigen Spiele und darüberhinaus persönlicher Freund Declan Gilletts uneingeschränkten Zutritt hatte. Dort verglichen sie mehrere Schwertvarianten mit *Cholectyr* und entschieden sich für eine stumpfe Bronzeklinge mit etwa entsprechenden Maßen. Für Brone Carpers Rapier fand sich eine stabile Lederscheide, die am Griff befestigt werden konnte und die die Spitze des Rapiers mit einer kleinen Kork-Halbkugel entschärfte. Außerdem zwei Brust-Rücken-Mattenpanzer aus Bast und Holz und zwei leichte Helme, die vor allem das Gesicht durch einen Drahtschleier schützten.
Andreus und Carper gingen zum Hauptplatz zurück, stellten sich dort in der Mitte fünf Schritt voneinander entfernt auf,

machten erstmal ein paar Probeschwünge mit ihren Waffen und versuchten, sich an das durch das Drahtnetz vor den Augen gerasterte Gesichtsfeld zu gewöhnen, während DeVlame die Regeln erläuterte. Als Zuschauer fanden sich außer dem Kampfstabmönch, dem Zweihänderriesen und dem gepanzerten Schwarzen noch der ›Leutnant‹ und der vornehme Kämpferbetreuer mit dem hohen Hut ein, darüber hinaus noch ein paar Bedienstete und Wachtposten sowie zwei Gladiatoren, die neugierig durch das ihren Hof abgrenzende Gatter lugten. Eljatin stellte sich gegenüber von DeVlame auf der anderen Seite der Kämpfenden auf, damit er sowohl das Gefecht als auch den Punktrichter im Blick hatte. Er hielt das wieder umwickelte *Cholectyr* fest.

»Gekämpft wird nach dem 21er-System, das wir in der Armee zu Ausbildungszwecken bevorzugen«, erklärte DeVlame. »Jeder der Kämpfer hat zu Beginn 21 Punkte. Jeder Treffer wird von mir je nach Trefferhärte und Trefferziel mit einem Punktwert zwischen Eins und Sechs bewertet und anschließend diese Punktzahl von der Grundpunktzahl des Getroffenen abgezogen. Wer als erster null Punkte hat, hat verloren. Gezählt werden nur Treffer auf Brust- und Rückenpanzer, Rückenpanzertreffer zählen doppelt. Treffer auf andere Körperpartien – auch auf den Kopf – werden als unsauberer Kampfstil bestraft und mit einem Punktwert von 8 von der Grundpunktzahl des Verursachers abgezogen. Entwaffnung kostet den Entwaffneten 5 Punkte, danach wird der Kampf von mir unterbrochen und wieder aufgenommen, nachdem der Entwaffnete seine Waffe wiedererhalten hat. Desgleichen bei zerbrochener Waffe. Desgleichen bei gestürztem Kämpfer. Den Kommandos des Punktrichters ist immer und sofort Folge zu leisten, sonst erteilt der Punktrichter bis zu 5 Strafpunkte. Darüberhinaus gibt es keine Beschränkungen auf irgendeinen der etablierten Fechtstile. Die Einbindung von

Fußtritten, Faustkontern oder Bodenmanövern bleibt ganz der Geschicklichkeit der Kämpfer überlassen. Aus Gründen der Sicherheit der Umstehenden behalte ich mir allerdings vor, den Kampf zu unterbrechen, falls der Kampfplatz sich allzuweit verlagern sollte. Gibt es noch Fragen?«

Niemand äußerte sich.

»Gut. Der Kampf beginnt auf mein Kommando ›Fecht‹ und wird auf mein Kommando ›Halt‹ sofort unterbrochen. Ist das verstanden worden?«

Die Kontrahenten nickten mit schwingenden Drahtgesichtern.

»Gut. Also: Obacht für die Zuschauer, nicht zu nahe ans Kampfgeschehen herantreten. Kombattant, dein Name ist ...?«

»Ähhh ... Brone Carper.«

»Kombattant, dein Name ist ...?«

»Andreus.«

»Auf denn, Brone und Andreus. Fecht!«

Carper stieß sofort vor, verfehlte den beinahe überrumpelten Andreus aber knapp. Der versuchte mit einem halbherzigen Schwertschwung sein Territorium zu verteidigen, aber ohne Erfolg. Blitzschnell und wild, begierig, einen eindrucksvollen, schnellen Sieg zu erringen, stieß Carper wieder nach dem Gegner, aber diesmal weit ins Leere. Andreus' Konterschlag kam zu spät, traf aber auch nicht.

Erneut standen sie sich in Ausgangsstellung gegenüber. Carper machte einen Schritt nach rechts, Andreus ebenfalls. Die Zuschauerformation paßte sich der neuen Kampfachse an.

Carper warf sich wieder nach vorne, führte das Rapier wie eine vorschnellende Giftschlange ins Feld, aber wieder war die Attacke unsauber gezielt. Andreus verzichtete auf eine Meidbewegung und schoß seinerseits einen gutgezielten Schlag auf Carpers Brustpanzer ab. Der riß geistesgegenwärtig sein Rapier hoch, schmetterte die Bronzeklinge aus ihrer Stoßrichtung – und wurde mit einem harschen Knacken belohnt. Eine Handbreit über dem Griff knickte die Lederhülle des Rapiers ein, und die Klingenspitze begann zu schlenkern. DeVlame unterbrach den Kampf mit einem lauten »Halt!«

»Mein Rapier!« ächzte Carper fassungslos. »Du hast mein Rapier kaputtgemacht, du blöder Hund!«

»Lektion Nummer Eins: Pariere mit einer Stichwaffe niemals eine viel massivere Hieb- und Stichwaffe breitseits«, meinte DeVlame lächelnd. »So kannst du Degen, Floretts und anderen Rapieren begegnen, aber niemals einem Schwert. Jetzt sehen wir nämlich auch, wozu diese am Griff verschnürte Lederscheide gut ist. Sonst wäre uns allen die Klinge um die Ohren geflogen. Das kann böse Unfälle geben.«

Carper packte sein zerbrochenes Rapier aus und starrte auf die beiden Teile in seinen Händen. »Verdammte Scheiße. Das war meine einzige Waffe. Wie soll ich denn jetzt an dem Turnier teilnehmen?«

»Ich denke, die Hölzerne Arena verfügt über genügend Rapiere, wahrscheinlich ein oder zwei Dutzend. Geh in die Waffenkammer und such dir eins aus. Wenn du morgen gewinnst, kriegst du es vielleicht geschenkt. Wenn du verlierst, bleibt es ohnehin hier.« Wieder loderte dieser jähzornige Haß in Carper hoch. Die begütigende, überhebliche Art DeVlames war einfach zum Kotzen. Und schlimmer noch: Er selbst hatte sich gerade mächtig blamiert. Wenn er unter seinem Gesichtsschutz den Blick schweifen ließ, konnte er den Stutzer mit dem hohen Hut lächeln sehen, den Schwarzen grinsen – und selbst der jüngere Bruder feixte sich eins und klopfte seinem Geschwisterlein stolz auf die Schulter. Carper fühlte sich wie Idiot. Sollte er überhaupt weiterkämpfen? Oder stimmte es vielleicht, was Puppe immer behauptet hatte: daß Schmetterling im fairen Nahkampf eigentlich gar nicht viel tauge? Er ärgerte sich, wie blindlings er dreimal ins Leere gestochen

hatte. Das dämliche Landei mit dem stumpfen Bronzeschwert kam doch tatsächlich erfahrener und abgeklärter rüber als er. Es gab nur eine einzige Möglichkeit, diesen Eindruck zu tilgen: durch eine vernichtende, völlige Niederlage. Abstechen mußte er den Bastard, bis er zu winseln anfing. Carper stapfte zum Waffenraum und bewaffnete sich neu. Wieder ein Rapier, wieder mit vertäutem Lederschutz samt Korkkappe. *Jetzt. Jetzt gilt's. Das bis jetzt war gar nichts, überhaupt nichts.*
»Ich bin soweit«, sagte er so ruhig wie möglich, als er wieder Aufstellung genommen hatte. Andreus' Gesichtsausdruck war unter dem Netzvorhang nicht zu erkennen, aber jedenfalls nahm auch er wieder Kampfhaltung ein.
»Wie ich vorhin erläuterte: fünf Strafpunkte für Brone Carper wegen Waffenhavarie«, erklärte DeVlame. »Es steht jetzt 21:16 für Andreus. Seid ihr bereit? Brone und Andreus: Fecht!«
Die Erwähnung des Punkterückstands brachte Carper zur Weißglut. Das hatte er gar nicht mitgekriegt: er hatte ja nicht nur seine Waffe, sondern auch fünf verdammte Punkte verloren! Mit einem Wutschrei sprang er vor und provozierte genau dieselbe Reaktion wie vorhin: Andreus ließ den Stich einfach ins Leere laufen und schlug gezielt zu. Diesmal parierte Carper jedoch nicht mehr voll mit der Klinge, sondern mit einer raschen Ausweichbewegung. Andreus jedoch ging nicht zurück, sondern schlug gleich nochmal zu. Diesmal konnte Carper nicht mehr weg, die stumpfe Schwertklinge ratschte über seinen Brustschutz. DeVlame punktete »Zwei!« Carper wich zurück, Andreus stieß jetzt vor, witterte seine Chance, und diesmal war er es, der vollkommen ins Leere lief. Geschmeidig tauchte Carper in Gegenrichtung an Andreus vorbei und gelangte in seinen Halbrücken. Ein gezielter Stich, den alle schon im Ziel sahen, doch Andreus ließ sich aus der Vorwärtsbewegung heraus fallen und entging dadurch dem sicheren Rückentreffer. Während Andreus über die Schulter nach

vorne rollte, setzte Carper nach, doch plötzlich änderte Andreus wieder die Richtung und kam schräg hinter Carper hoch. Tock – auf Carpers Rückenplatte. »Wieder zwei, aber doppelt, macht vier«, rief DeVlame, der um die Kämpfer herumtänzelte. Carper drehte sich hektisch, um den Gegner aus seinem Rücken zu kriegen, Andreus verstrauchelte seinen Nachsetzer, Carpers nächster Distanzhieb wischte ebenfalls ins Leere. Schon heftig atmend standen beide sich wieder in Lauerstellung gegenüber.

DeVlame nutzte den Moment der Ruhe für ein Zwischenergebnis: »Es steht 21:10 für Andreus.«

Carpers Gedanken bildeten ein irrwitziges Knäuel. *Das kann doch nicht wahr sein! Ich werde nach allen Regeln der Kunst vorgeführt von einem ... von einem Leibeigenen!*

Er faßte das Rapier mit beiden Händen und warf sich mit einem mächtigen waagerechten Rundumschwinger nach vorne. Diesmal konnte Andreus weder abwarten noch ausweichen, und als er dies begriff, war es zum Parieren schon zu spät. Carpers Treffer riß ihm fast den Brustschild weg. »Fünf!« schrie DeVlame. Rückwärtsstrauchelnd entwaffnete sich Andreus bei einem mißglückten Befreiungsschlag fast selbst. Wieder kam Carper durch. »Drei!« Carpers Nächster zischte zwischen Andreus' Oberkörper und Oberarm ins Leere, diesmal konnte Andreus gezielt kontern, aber Carper parierte mit einer Verbindung aus ablenkendem Klingenkontakt und Seitschritt. Immer noch setzte Carper nach, diesmal wieder ungezielter, wütender. Andreus stach mit dem Schwert nach vorne und schabte tatsächlich in einem unmöglichen Winkel über die Seite von Carpers wehendem Rückenpanzer. Danach tauschten beide zwei rauschende, fast gleichzeitige Lufthiebe aus und standen dann still. »Eins doppelt für Andreus macht zwei, es steht jetzt 13:8 für Andreus.« Der Kampfplatz hatte sich mittlerweile gut vier Schritte in Andreus' Richtung verlagert.

Zum ersten Mal übernahm nun Andreus die Initiative. Er sah seinen Vorsprung schwinden und wollte den Sieg jetzt schnell herbeiführen. Er kam sogar durch, weil Carper gar nicht reagierte, aber wieder war der Treffer kaum zu hören. »Eins!« Beide schlugen erneut aneinander vorbei, umlauerten sich, verschoben den Kampfort, und dann sprangen sie plötzlich gleichzeitig aufeinander zu. Ein mächtiger Schwerttreffer ließ Carpers Brustpanzer beinahe in Einzelteile auseinanderflattern, während Carper, dem alle Luft aus der Lunge gedroschen wurde, rudernd mit dem Rapier unter Andreus' Gesichtsnetz drang. DeVlame warf sich dazwischen, während Carper an ihm vorbei zu Boden stürzte. »Halt! Halt! Halt!« gellte der Punktrichter und riß dem benommen dastehenden Andreus den Helm vom Kopf. Andreus' Gesicht war unversehrt. »Nichts passiert«, sagte er heiser. »Irgendwas hat meine Backe gestreift, nichts passiert.«
»Gott sei Dank«, ächzte DeVlame, »so etwas kann im wahrsten Sinne des Wortes ins Auge gehen. Also es stand 13:7 für Andreus vor der letzten Attacke, der Brusttreffer zählt 6 und der unerlaubte Stich in Andreus' Gesicht zählt acht Strafpunkte. Das Endergebnis ist 13:0 oder mathematischer ausgedrückt 13:7 für Andreus. Du willst einen Tip von mir für dein weiteres Kampfverhalten, Carper? *Laß es sein*. Du bist ein Verlierer, und ein schlechter Verlierer noch dazu.«
Carper kam mühsam wieder auf die Beine. Er war nicht wirklich verwundet, hatte nur im Moment Schmerzen beim Atmen. »Hört doch auf zu flennen, ihr scheinheiligen Wichser. Das war keine Absicht mit dem Gesichtstreffer, und selbst wenn – morgen bringen wir uns alle um, was bedeutet da schon ein scheißkleiner Kratzer?«
»Es ist ja nichts passiert«, versuchte Andreus mit erhobenen roten Händen zu schlichten, doch Carper war nicht mehr zu beruhigen.

»Wißt ihr was? Der Typ da hinten im Stahlgarten, mit seiner Goldtoga und seinem Kopfschmuck – das ist wahrscheinlich der einzige hier, der wirklich den Durchblick hat. Vielleicht seid ihr im ehrenhaften und ritterlichen Trainingszweikampf ja wirklich alle besser als ich. Aber morgen wird's darum nicht gehen. Morgen geht's ums Krepieren, ums Verrecken und Verbluten. Und das ist mein Zuhause, darin bin ich unschlagbar. Keiner von euch hat schon so viele Leute geschlachtet wie ich. Also schlaft süß, ihr Träumer.« Er nahm sein neues Rapier, suchte seine Gastzelle auf und legte sich grinsend auf die Pritsche. Für einen winzig kleinen Moment hatte er heute das Bewußtsein seiner eigenen Sterblichkeit erlebt, aber dieser winzig kleine Moment war jetzt vorbei. Der Haß war jetzt wieder König in ihm, und dieser dunkle König war ein guter König, denn er gab Sicherheit und forderte nur fremdes Blut.

Wei Guan Zhou, Aloysius Bonero und DeVlame gratulierten Andreus zu seinem überzeugenden Sieg. Eljatin war zwar begeistert von der Vorstellung seines Bruders, aber dennoch enttäuscht darüber, um seinen eigenen Kampf gekommen zu sein. Er fragte DeVlame, ob er einen anderen Gegner suchen sollte und DeVlame dann trotzdem den Punktrichter machen würde, doch DeVlame winkte ab. »Wahrscheinlich war es ohnehin keine gute Idee. Männer, die bereit sein müssen, sich gegenseitig umzubringen, sollten vorher nicht so tun als ob. Wahrscheinlich muß so etwas zwangsläufig ungut enden.«

Nachdem die Sonne langsam versunken war und die Hitze des Tages mit sich fortgenommen hatte, wurde es still in der Hölzernen Arena. Die Gladiatoren und die meisten der Turnierkämpfer zogen sich in ihre Unterkünfte zurück. Gladiatoren waren es gewohnt, früh zu Bett zu gehen, und für die Turnier-

kämpfer würde morgen vormittag, etwa zehn Stunden nach der Nachtmitte, das Ringen um Leben und Tod beginnen.
Als es im Hof einigermaßen leer geworden war, wagte Avalon Jaynes sich nach draußen, um sich etwas zu trinken und ein paar portionierbare Weichspeisen mit nach unten zu nehmen. Aloysius Bonero war auch da und delektierte sich gerade an einer Schale Preiselbeercreme.
»Ist eure Garderobe für diese Jahreszeit nicht unangenehm warm? Ich meine, wenn man dann auch noch darin kämpft ...«
Jaynes verneinte durch langsames Kopfschütteln und bediente sich weiter.
»Ihr seid nicht besonders gesprächig, das ist mir nicht entgangen. Seht mir bitte meine Aufdringlichkeit nach.«
Jaynes nickte und hatte endlich alles, was er wollte. Ihm ging Bonero, der nicht einmal ein Kämpfer, sondern lediglich ein Geschäftsmann war, der mit dem Leben eines anderen sein Geld verdiente, gehörig auf die Nerven.
»Ich hoffe, mein Freund, daß Euch bewußt ist, daß, was immer es auch ist, was Euch von anderen Menschen unterscheidet, es immer einen Weg gibt, daraus Nutzen zu schlagen.«
Jetzt hielt Jaynes, der sich schon hatte abwenden und hinuntergehen wollen, doch inne. Bonero kam ein wenig näher an ihn heran.
»Wißt Ihr, die Menschen bringen dem Fremdartigen nicht nur Entsetzen entgegen, sondern auch Neugier. Das Fremde ist wie ein finsterer Spiegel, in dem man sich selbst entweder bestätigen oder verlieren kann. Um diese eitle Erfahrung machen zu dürfen, sind die Menschen bereit, so manchen Preis zu zahlen. Ich meine nur: Was immer es auch ist, das Euch dazu zwingt, zu allem zu schweigen und Euer Gesicht zu verbergen – falls Ihr es eines Tages überdrüssig wärt, als unbekannter Streuner durch die Länder zu ziehen, wendet Euch an mich, mit Namen Aloysius Bonero. Ich sehe Möglichkeiten

der fruchtbaren Zusammenarbeit, wo andere nur Ablehnung sehen.«

Ja sicher, dachte Jaynes. Du fürchtest, daß dein Goldstück morgen fallen könnte, und versuchst schon, dir den nächsten Zirkus-Krüppel zu sichern. Ein Boot mit vielen Auslegern, und der Kapitän bleibt immer trocken.

Die Tatsache, daß er Bonero seine Mißbilligung nicht mit Worten ins Gesicht speien konnte, machte Jaynes wütend, aber er wußte um die Sinnlosigkeit dieser Wut, und daß er versuchen mußte, sie für morgen zu nutzen. Er hoffte nur, daß ihn das Los nicht gegen Boneros bedauernswerte Kreatur ins Feld schicken würde.

Als Jaynes mit seinen Quarkschälchen zurückgehen wollte, kam ein Mann aus der Richtung des Anmeldungstores, der an einer Kette ein merkwürdiges Gestell hinter sich herzog, eine Mischung aus Egge und Pflug, mit vielen beweglichen eisernen und hölzernen Spitzen und Gabeln und Rollscheiben und Haken daran. Der Mann zog selbst im harten Sand des Innenhofes eine deutlich sichtbare Spur hinter sich her.

»Ho«, rief Aloysius Bonero aufgeräumt, »wer bist du denn? Bist du der arme Kerl, der morgen die Aufgabe hat, nach jedem Kampf die Spuren desselben zu tilgen?«

Der Angesprochene blieb stehen und machte ein Gesicht, als hätte er den komplizierten Satzbau Boneros nicht verstanden. »Ich bin Saul«, sagte er. »Ich kämpfe morgen. Dann ziehe ich weiter.« Tatsächlich setzte er sich wieder in Bewegung und verschwand mitsamt seinem eigenartigen Gerät im Eingang zu den Katakomben.

Jaynes und Bonero wechselten einen letzten Blick, dann folgte Jaynes dem ratternden Scharren des Pfluges bis zu den Unterkünften der Turnierteilnehmer.

Der kleine Mann hatte Orne zu sich rufen lassen, und Orne war geeilt.
Gillett saß hinter seinem ausladenden Schreibtisch und studierte mehrere sich überschneidende Pergamente. Als Orne mit ehrerbietig gesenktem Kopf an dem Diener vorbei eintrat, legte Gillett die Papiere ab und begann, sich eine Portion Schnupftabak in der Daumenmündung einzurichten.
»Orne, du bist jetzt wieviele Jahre als Gladiator der Hölzernen Arena fest angestellt?«
»Fünf Jahre, Veranstalter Gillett.«
»Und du hast in dieser Zeit wieviele Kämpfe bestritten?«
»Achtundzwanzig, Veranstalter Gillett. Davon einundzwanzig Zweikämpfe.«
»Und wieviele auf Leben und Tod?«
»Sieben.«
»Und immer gewonnen?«
»Leider nicht. Sechsmal gewonnen. Einmal begnadigt.«
»Ich erinnere mich natürlich. Der Kampf gegen Ceslard Oguin im Mai letzten Jahres. Dauerte fast eine halbe Stunde, dann hatte Oguin dich kampfunfähig am Boden. Wenn nur alle meine Gladiatoren mit soviel Biß und Stil verlieren würden wie du, dann besäße ich längst mehrere Arenen. Mein guter Orne, ich werde morgen einen zuverlässigen Ruhigsteller brauchen. Könntest du es mit dir und deiner Kämpferehre vereinbaren, eine derartige Tätigkeit für – sagen wir – fünfzig Taler pro Mission auszuführen?«
»Fünfzig Taler? Is 'ne Menge Geld, Veranstalter Gillett. Vielen Dank, da sag ich nicht nein.«
»Fünfzig Taler pro Mission sind wahrscheinlich mehr als fünfzig Taler.«
»Ja, da sag ich auch nicht nein.«
»Du hättest auch keine Probleme damit, deinen Freund Quenzais ruhigzustellen, wenn die Leute es verlangen würden?«

»Ich bin Gladiator, Veranstalter Gillett. Er is Gladiator. Wenn er daliegt und verloren hat, dann weiß er, daß es besser für ihn is, wenn einer Schluß macht.«
»Gut. Ich möchte nicht noch einmal so unerfreuliche Kick-und-Flenn-Szenarien durchdulden müssen wie letztes Mal, als ich diesen Tölpel aus Staintal als Ruhigsteller beschäftigte. Es ist wichtig, daß diese Sache schnell und sauber vonstatten geht.«
»Ich weiß, wie man sowas macht. Wir lernen sowas.«
»Und ganz wichtig, äußerst wichtig ist auch, daß du meinen Wink abwartest, bevor du zur Tat schreitest. Unternehmerischer Drang in allen Ehren, aber ich bilde mir ein, mittlerweile ein ausgezeichnetes Gespür dafür zu haben, was das Volk wirklich will. Es gibt kaum etwas Fataleres für eine Arena, als wenn ein Sympathieträger und damit künftiger Profiteinbringer unnötigerweise zu Tode kommt. Kannst du mir folgen?«
»Ich rühr mich nicht, bevor Ihr mir nicht ’nen Wink gebt, Veranstalter Gillett.«
»Du bist ein heller Kopf, Orne. Ich verlasse mich auf dich.«
»Das könnt Ihr.«
»Und ich habe noch ein Problem. Auch dabei kannst du mir helfen.«
»Ich will tun, was ich kann, Veranstalter Gillett.«
Gillett seufzte und lächelte ein wirklich herzliches Lächeln, mit dem er den Berufsgladiator als jemanden willkommen hieß, mit dem man offen reden konnte.
»Fünfzehn, Orne. Das sind alle. Die Zeiten sind noch erbärmlicher, als man gemeinhin annimmt. Eintausend neue Taler sind als Preis ausgeschrieben, und nur fünfzehn kümmerliche Gestalten bekunden ihr Interesse daran. Kann man sich so etwas vorstellen? Ich kriege nicht einmal mehr ein Sechzehnerturnier voll.«
»Euch fehlt noch ein Kämpfer, Veranstalter Gillett? Ja ... soll ich ...?«

»Nein, nein, nein, dich brauche ich ja als Ruhigsteller. Aber ich benötige noch einen sechzehnten Mann, und das über Nacht. Und es muß ein guter Mann sein, Orne, denn wir werden morgen eklatant hochkarätige Zuschauer haben. Nicht nur der Bischof, nein, auch General Tennico hat sich bereits eine Loge reservieren lassen.«
»Bren Tennico, der Bezwinger der Kauren?«
»Eben dieser. Herzog Locir wird anwesend sein, um seinen Gefangenen kämpfen zu sehen. Händlergildenvorstand Jost Gautan wird kommen, und seine bezaubernde Tochter Angrica – die beste Mitgift der Befestigten Stadt – bringt er mit. Ein paar Würdenträger der Chymischen Legion haben sich ebenfalls angekündigt. Ich könnte diese Liste noch fortsetzen, wenn die Oberen Zehntausend für Arenenherzen wie die unseren nicht so ermüdend wären, Orne. Jedenfalls ist es wichtig, daß morgen Spiele über die Bühne gehen, die alle Konkurrenzveranstalter zur Bedeutungslosigkeit verblassen lassen. Und ich habe einfach zuviele Schwertkämpfer! Der Riese mit dem Bihänder, die beiden Bauernjungs mit ihrem Familienschmuckstück, der lustige Leutnant mit seinem Säbel, DeVlame mit Degen, hier noch einer mit Rapier, der Schwarze wieder mit Schwert, dann noch ein Schwert, immerhin mit roter Klinge – trotzdem wird das entsetzlich eintönig. Die paar Ausnahmen, die waffenlos oder mit Dreizack oder mit einer vollkommen absurden Pflug-Egge antreten, verlieren sich ein wenig wie Wildrosen im Heckengestrüpp, findest du nicht auch? Ich habe dem Schreiber am Tor wieder und wieder eingeschärft, er solle auf Kontraste achten, aber offensichtlich war diesmal das Angebot so mager, daß er nicht einmal mit zugedrücktem Auge ein vollständiges Sechzehnerbündel schnüren konnte. Jetzt brauche ich unbedingt noch einen Kämpfer mit einer ungewöhnlichen Waffe. Und du sollst mir diesen Kämpfer auftreiben, Orne. Du bist der richtige Mann, einen Kämpfer zu erkennen.«

»Ich will tun, was ich kann, Veranstalter Gillett.«
»Sieh her. Du erhältst von mir dieses Säckel mit einhundert neuen Talern. Wenn du einen zusätzlichen Teilnehmer nur dadurch motivieren kannst, daß du ihm die hundert Taler aushändigst, dann soll es halt so sein. Wenn du deine Sache aber ausgezeichnet machst, und einen für weniger oder sogar umsonst an Land ziehst – dann soll das, was im Säckel verblieben ist, Lohn deiner Mühe sein. Verstanden?«
»Verstanden. Sehr großzügig, Veranstalter Gillett. Vielen Dank.«
»Und jetzt mach dich hurtig auf den Weg, die Nacht ist kurz. Hast du schon eine Idee, wo man noch Kämpfer auftreiben könnte?«
»Ja. Bei den ganzen Plakaten, die überall hängen, muß eigentlich jeder Kämpfer in der Stadt mitbekommen haben, daß hier morgen ein großes Turnier abgeht. Es sei denn, jemand spricht unsere Sprache nich. Solche Leute steigen meist in den Tavernen der Außenbezirke ab.«
»Wie ich schon sagte: ein heller Kopf. Bring mir jemanden, in den die Leute sich verlieben können.«

Die Schatten der Außenmauern kamen Orne immer wie riesige Fledermäuse vor, die ihre Schwingen von Dachfirst zu Dachfirst gebreitet hatten. Hier war es in der Sommernacht kühler als mitten auf den Stadtplätzen, und hierher flüchteten sich auch all jene, die in der Befestigten keine feste Bleibe besaßen.
Orne durchstreifte den ätzenden Brodem der billigen Schenken und lugte in die freudlosen Kammern der Bordelle. Man kannte ihn dort, er war ein freier Gladiator und durfte sich frei dort bewegen. Er erkundigte sich beim Personal einfacher Massengasthäuser nach herausragenden Gästen. Die Großherbergen waren fast alle überfüllt, denn wegen der morgigen

Spiele waren viele Schaulustige in der Stadt. Er mischte sich unter eine Hahnenkampfveranstaltung, wo ein knochiger, einäugiger Verrückter über ihn herfiel und ihn anschrie: »Einer der Sechzehn bringt eine Krankheit mit, die niemand lindern kann, und nach dem morgigen Tag ist das Reich des Eingötterglaubens dem Untergang geweiht!« Er lungerte in den Gassen herum und beschaute sich auch solche, die zu arm waren, sich ein Zimmer zu nehmen, und irgendwo auf Treppen schliefen. Ohne Erfolg. Der kleine Mann hatte recht gehabt: Es gab keine Kämpfer mehr. Vielleicht lag es in der Natur der Dinge. Abenteurer und Draufgänger starben aus und wurden von Geschäftemachern, Schmugglern, Stadtangestellten und Leibeigenen ersetzt.

Draußen begannen schon die ersten Vögel in den parzellierten Parks zu singen, als Orne doch noch fündig wurde. Die Taverne ›Stolz & Ehr‹ des Wirtes Sigriff Häygens war ein hochtrabendes kleines Gebäude. Lediglich vier Gastzimmer hatte Sigriff zu vergeben, aber statt die vier Zimmer einfach zu numerieren, hatte er die vier Türen in verschiedenen Farben angestrichen und so das rote, das blaue, das gelbe und das weiße Zimmer daraus gemacht. Obwohl diese Räume im Grunde nichts anderes waren als einfache Schlafkämmerchen für eine Person, machten sie ob ihrer Namen doch etwas mehr her. Orne hatte gerade beschlossen, sich mit einem kräftigen Schluck von Häygens' gerühmtem Selbstgebrannten auf die Sprünge zu helfen, als aus der Tür des Gelben Zimmers eine interessante Erscheinung trat. Der Mann war hochgewachsen, schmal, ausgesprochen gutaussehend, seine Haut hatte die Tönung matter Bronze, und da er ein ärmelloses Oberteil trug, konnte Orne sehen, daß die Unterarme und Hände des Mannes mit eingefärbten Schmucknarben verziert waren, dunkle Spiralmuster am linken, und helle, aufwärts strebende Blitze

am rechten Arm. An der rechten Seite trug er eine lange Dolchscheide, aus der ein weißer Elfenbein-Dolchgriff ragte, an der linken Seite dieselbe Waffenart, jedoch mit einem schwarzen Holzgriff. *Ein Dimachaerus*, durchfuhr es Orne, *Angehöriger einer klassischen Gladiatorengattung, die mangels Fachwissen nicht mehr gelehrt wird.* Oder vielleicht einfach ein Wilder, dessen rituelle Stammesbewaffnung zufällig der eines Dimachaerus entsprach.
Orne konnte das herausfinden. Der Schmuckvernarbte nahm an einem der Tische Platz, um sich Frühstück bringen zu lassen. Orne zog sich wieder zurück, ohne gesehen worden zu sein, und heuerte draußen in der Gasse für fünf Taler einen breitschultrigen Krawallmacher namens Bick an. Bick betrat breitbeinig das ›Stolz & Ehr‹ und spulte dort sein ganzes Programm ab. Er pöbelte den Fremden an, schubste ihn und kippte schließlich seinen Kuhmilchkrug um. Der Fremde blieb gleichmütig. Als Bick dann aber den Kopf des Frühstückenden in die Eßschale tunkte, hatte er plötzlich zwei Dolchklingen am Kehlkopf – eine gläsern transparent, die andere schwarz angelaufen. Im Zurückweichen produzierte Bick erstaunlich viel Mobiliarbruch und verdiente sich so nochmals fünf Taler extra von Orne, die er lachend im Davonrennen auffing. Der Fremde wurde jetzt von Wirt Häygens auf Schadensersatz bedrängt – und Auftritt Ornes. Menschenfang – noch eines der ältesten Gewerbe der Welt.
Schlichtend trat Orne zwischen Häygens und seinen Gast, beglich gut gelaunt die Mobiliarzeche von dreißig neuen Talern und warf dem Fremden ein Handtuch zu, damit dieser sich sein Frühstück aus dem Gesicht wischen konnte. Dann setzte er sich zu ihm, bestellte ein neues Frühstück für sie beide, zwei Taler pro Person, stellte sich vor und kam mit dem Zweidolchkämpfer ins Gespräch, so weit das möglich war, denn der beherrschte nur wenige Worte der Gläubigen Sprache.

Soviel konnte Orne über den Mann erfahren, daß sein Name Bucthoy lautete, und daß Bucthoy in der Stadt war, um einen Mann zu töten, der etwas sehr Böses getan hatte. Das trifft sich gut, meinte Orne, denn dann kannst du ja gleich noch ein paar Leute mehr töten, die sicher auch einiges auf dem Kerbholz haben, denn die Weißen sind alle Lügner, auch ich. Du schuldest mir jetzt dreißig Taler, aber wenn du heute in der Hölzernen Arena kämpfst, vergessen wir's, und du kannst volle tausend Taler verdienen, falls du gut bist. Mit Zeichen und ausdrucksvoller Mimik machte Orne das Bucthoy so einigermaßen verständlich. Wieviel töten, fragte Bucthoy. Vier oder weniger, zeigte Orne mit seinen Fingern. Wieviel Sonne/Tag? Nur einen Tag. Heute. Orne töten? Nein. Ich werde nicht kämpfen, aber ich werde auch da sein und mich um dich kümmern.

Bucthoy war einverstanden. Sie brachen auf und gingen durch die erwachende Steinstadt zur Hölzernen Arena, wo Bucthoy wie ein Ehrengast einquartiert wurde und Orne sich noch für vier Stunden aufs Ohr legte, bis sein anstrengender Tag als Veranstalter Gilletts rechte Hand begann.

Endlich der Achte des Achten.

Die Befestigten – wie man die Einwohner dieser Stadt nannte – kannten sich aus mit Turnieren, schließlich gab es nicht nur eine, sondern gleich drei konkurrierende Arenen innerhalb der weitläufigen und unregelmäßigen Stadtmauern. Wenn es auf den Plakaten hieß ›ab morgens um acht‹, dann bedeutete das, daß die Tore der Arena sich zu Beginn der achten Stunde nach der Nachtmitte öffneten, daß die eigentlichen Kämpfe aber frühestens in der zehnten Stunde beginnen würden. Zwei Stunden mußten den Bürgern eingeräumt werden, damit alle ohne großes Geschubse ihre Plätze finden und besetzen konnten.

Ein Leben-Tod-Turnier mit einem Sechzehner-Duellsystem bedeutete, daß insgesamt fünfzehn Kämpfe an diesem Tag stattfinden würden, acht in der ersten Runde, vier in der zweiten, zwei in der dritten und dann das Finale. Jeder Kampf dauerte in der Regel höchstens zehn Minuten, dennoch gab es immer nur bis zu drei Kämpfe pro Stunde, damit Spannung entstehen konnte und damit die Begegnungen sich nicht gegenseitig in ihrer Bedeutsamkeit behinderten. Mit den Auslosungsprozeduren vor den ersten drei Runden und dem gesamten Rahmenprogramm konnte also mit einer Gesamtspektakeldauer von sieben bis acht Stunden gerechnet werden, ein angemessener Gegenwert für fünf Taler Eintritt auf den einfachen Plätzen. Obwohl das Schauspiel erst in der zehnten Stunde des Tages wirklich begann, konnte jeder Besucher noch bei vollem Tageslicht die Arena wieder verlassen haben, was deswegen wichtig war, weil die Hölzerne Arena aufgrund ihrer Baumaterialen und der damit verbundenen Brandgefahr im Gegensatz zu konkurrierenden Schauplätzen ein Beleuchtungsproblem hatte. Dafür war das ›Insel-Schiff‹, wie die Hölzerne einst von dem Dichter Rilentius genannt worden war, die schönste und eindrucksvollste Kampfbahn des gesamten gläubigen Reiches.

Der Tag würde heiß werden, völlig ohne Wolken und staubig. Pünktlich um acht nach der Nachtmitte wurden die zehn Tore für das allgemeine und die zwei Aufgänge für das besondere Publikum geöffnet, und die bunte Masse begann zu strömen. Schon vor der Öffnung hatten etwa zweihundert, dreihundert Leute an den Toren gewartet, um die besten Plätze vorne an der Balustrade ergattern zu können. An den Toren 2 und 6 waren außerdem Kabinen für den Verkauf von Eintrittsplättchen eingerichtet, auch dort bildeten sich Schlangen. Die meisten Besucher hatten sich ihre Holzkarten allerdings schon in den Tagen und Wochen vor der Veranstaltung besorgt, Plättchen für die Ränge ohne Nummern, Stehplatzscheiben für den obersten Ring, numerierte Sitzplatzhölzer für die geordneten Abteilungen, oder sogar buntbemalte Stäbe für die – über die zwei gold-blauen Sonderaufgänge erreichbaren – reservierten Plätze in den Balkonlogen.

Unter den Zuschauern waren auch viele Kinder. Bischöfliche Kampfspiele hatten den Ruf, aufgrund ihres frommen Verzichtes auf die Zurschaustellung nackter Frauen ein unbedenkliches Vergnügen für die ganze Familie zu sein, und so nahmen tatsächlich viele bürgerliche Ehepaare ihren Nachwuchs mit. Schon vor den Toren verkauften Händler mit Bauchladen und Rollwagen süße Back- und Schaumwaren oder stark gesalzenes Laugengebäck und spielten damit den fahrenden Getränkehändlern in die Hände, die frische Kräuterlimonaden oder einfach nur einigermaßen kühles – da in bauchigen Rollfässern im Schatten gelagertes – Wasser anboten. Kandierte Nüsse und auf Holzstäbe gespießte und mit

Hagelzucker überzogene Früchte sowie mit Käse oder Eselswurst belegte Schwarzbrötchen wurden von einigen Händlern mit teuer erstandener Sonderlizenz auch während der Veranstaltung auf den Aufgangstreppen vertrieben, in direkter Konkurrenz zur arenaeigenen Braterei, die an den Veranstaltungstagen für die Versorgung des Publikums mit gebratenen Speckwürstchen, Krautfladen und Hackfleischbällchen zuständig war. Da die Spiele den ganzen Tag über dauerten, wurden Unmengen an Vorräten benötigt, um den Appetit der Menge zu stillen, aber die Braterei machte mit ihren Preisen beträchtlichen Gewinn.

Wachpersonal in den Aufgängen hatte bei den hineinströmenden Gästen ein Auge darauf, daß keine allzu offensichtlichen Waffen oder Lärminstrumente mitgeführt wurden. Im Gegensatz zu Mannschaftsturnieren war bei Leben-Tod-Duellspielen das Lärmen mit Pfeifen, Schalmeien, Trommeln, Glocken, Klappern oder Rasselschrammeln untersagt, da ein schriller Pfiff oder ein plötzlicher Knall einen Kämpfer dermaßen irritieren konnte, daß er deswegen sein Leben verlor. Der Genuß von alkoholischen Getränken war allerdings auch nach wiederholt beim Regenten eingereichten Gesuchen um einen sogenannten Trunkenbolderlaß nicht verboten worden, vorausgesetzt, das Publikum brachte sein Hochgeistiges selbst mit, und zwar in speziellen handlichen Holzfäßchen mit abgeschliffenen Kanten.

Auch während der Spiele würden ausgebildete Ordner einen wachsamen Blicke über die ihnen zugeteilten Ränge schweifen lassen, um etwaige Unruhe- oder Brandstifter, Betreiber öffentlicher Unzucht oder Jugendliche, die andere Gegenstände als die erlaubten Blumen, Tücher und Liebeszettel auf das Kampffeld warfen, mit soviel Gewalt wie eben nötig des Geländes zu verweisen. Da es in der Hölzernen Arena nicht wie in anderen Kampfstätten die vom Volksmund so bezeichneten

›Mach schnell!‹-Kammern gab, war das Problem der verdeckte oder offenen Prostitution hier einigermaßen unter Kontrolle. Das in den Heilkunden ausgebildete Personal, das für die Versorgung der Gladiatoren zwischen den Kämpfen zuständig war, war auf Abruf ständig bereit, auch im Publikum tätig zu werden, falls jemand einen Hitzschlag oder vor Aufregung einen Herzanfall erlitt oder falls – was bedauerlicherweise fast regelmäßig vorkam – der Mißbrauch teurer rauscherzeugender Substanzen in den Balkonlogen die Unbedenklichkeitsgrenze überschritt. Es gab Zuschauer, die sich nur für den Finalkampf interessierten und die, da sie den vollen Preis entrichteten, nicht davon abgehalten wurden, erst in der sechzehnten oder siebzehnten Stunde nach Nachtmitte den Ort des Geschehens zu betreten. Es gab auch Zuschauer, die im Laufe des Tages den Schauplatz verließen, etwa, um zwischendurch gut essen zu gehen, oder um den Vorwand des taglangen Arenenbesuchs für ein außereheliches Schäferstündchen zu nutzen. Aus all diesen Gründen blieb eines der allgemeinen Tore den ganzen Tag über offen, während die anderen, um den vornehmeren Eindruck einer geschlossenen Veranstaltung zu erwecken, verriegelt wurden – allerdings im Falle einer Massenpanik innerhalb weniger Augenblicke vom bereitstehendem Personal geöffnet werden konnten.

Sitz- und Stehplätze zusammengerechnet faßte die Hölzerne Arena fünfundzwanzigtausend Zuschauer. Aus den Einnahmen des Vorverkaufes und dem Andrang an den Kassen in der achten und neunten Stunde des Tages konnte Declan Gillett ersehen, daß die Arena heute etwa sechzehn- bis siebzehntausend Zuschauer haben würde. Eine sechsundsechzigprozentige Auslastung des Hauses konnte angesichts der durch andauernde Kriegsabgaben ausgepreßten Bevölkerung durchaus als Erfolg angesehen werden, ein Erfolg, den er, da war sich Gil-

lett sicher, ausschließlich dem Schachzug mit der Anwerbung DeVlames zu verdanken hatte.
Sechzehntausendfünfhundert zahlende Gäste, das bedeutete – bei Preisen zwischen fünf Talern für einen Stehplatz und bis zu einhundert Talern für eine der bischofnahen Logen –, daß am heutigen Tag rund 150.000 neue Taler umgesetzt wurden. Das Personal, das Gillett an diesem Tag benötigte, um einen reibungslosen Ablauf der Ereignisse sicherzustellen, umfaßte – vom koordinierenden Wundarzt über die kampftrainierten Aufseher und Bratereiköche und Fanfaren-Bläser und -Paukisten bis hin zum einfachen Tordiener und den für die Sauberkeit der Aborte zuständigen Reinigungskräften – volle dreihundert Personen, die insgesamt mit zehntausend Talern zu Buche schlugen. Die Braterei war mit einem Vorratsetat von achttausend Talern in die Schlacht gezogen, und würde voraussichtlich bis zum Abend das vierfache eingenommen haben. Fünfzigtausend Taler bekam der Bischof für die Veranstaltungserlaubnis, den offiziellen Veranstaltungssegen, den Veranstaltungsnamen und seine höchstwürdige bischöfliche Anwesenheit. Fünftausend hatte Gillett in ein ansprechendes Vor- und Rahmenprogramm aus Tanz-, Musik- und kleineren Schauspieldarbietungen investiert, wobei allein schon dreitausend Taler an den beliebten Volksmusiker Nalator Zeksten gingen, der die Aufgabe hatte, den rund zweistündigen Einmarsch des Publikums mit fröhlichen Mitklatschnummern aufzulockern. Das ergab alles in allem einen Reingewinn von 109.000 neuen Talern. Genug, um die Grundstückspacht, die Gelände-Instandhaltungskosten und die Personalrechnungen zur Aufrechterhaltung des Gladiatorenbestandes für die nächsten vier Monate abzudecken und noch etwa fünfundzwanzigtausend Taler in Gilletts Privattasche zu lenken. Minus zehntausend, falls DeVlame gewann, was Gillett unter ›persönliches Geschäftsrisiko‹ verbucht hatte.

Was Gillett immer wieder dazu veranlaßte, sich über die Dummheit der Menschen Gedanken zu machen, war die vernachlässigbare Rolle, die bei all diesen Summen das eigentliche Preisgeld spielte, für das heute bis zu fünfzehn Männer sterben würden.

Durch einen der schmalen, hohen und mit blaugoldenen Teppichen und Gobelins verkleideten Sonderaufgänge waren Herzog Locir, Forstwart Bertrand con Zelm und die acht Mann der herzöglichen Leibgarde in die Loge gelangt, die für diese Delegation reserviert worden war.

Keiner der zehn Männer in dieser Loge war entspannt genug, sich auf die ringsum herrschende Volksfeststimmung einzulassen.

Herzog Locir verzeichnete genau die zartbittere Melange aus Hohn und Respekt, mit der ihm die Blut- und Geldadelsrepräsentanten der anderen Logen begegneten. Es war nicht zu übersehen, wie diejenigen, die ihn bisher nicht gekannt hatten, über ihn tuschelten. *Das ist der Fürst, dessen Besitztümer von einem einzigen Mann verwüstet worden waren* Die Hälfte der städtischen Aristokraten schien froh, daß ihnen ein Schicksal wie das Locirs erspart geblieben war. Die andere Hälfte ließ ihn spüren, daß sie mit diesem Schicksal besser und härter umgegangen wäre. Den neben ihm sitzenden Forstwart betrachtete Herzog Locir mit Besorgnis und der Hoffnung, daß con Zelm nicht irgendwie aus der Rolle fallen würde, wenn der Mann, der ihn an Leib und Seele verstümmelt hatte, die Arena betrat und womöglich sogar noch Kämpfe gewann. Zwar hatte der Herzog dem Forstwart zugesichert, ihm seine Anstellung zu bewahren, jedoch hatte con Zelm in den vergangenen Wochen nicht mehr als Forstwart gearbeitet. Der junge Mann war bleich und schmal geworden, hatte tagelang mit Fieber im Bett gelegen, und seine Augen hatten einen eigentümlichen

Glanz angenommen. Seit dem Verlust seiner Hand schien Betrand con Zelm immer tiefer in ein eigenes, inneres Dämonenreich hinabzusteigen.

Die Leibgarde des Herzogs bestand nun zur Hälfte aus Männern, die eigenhändig gegen Alam gekämpft hatten und dabei den Tod von vier Kameraden miterleben mußten, und zur anderen Hälfte aus Frischlingen, die erst in den letzten Wochen aus dem einfachen Gardestand in die Leibwache aufgestiegen waren und denen man die jetzige Nervosität angesichts ihres ersten großen öffentlichen Schutzauftrages deutlich anmerkte.

Mit einem wehmütigen Lächeln dachte der Herzog an eine seiner Gartenanlagen, in der ein hölzerner, weißbemalter Pavillon eine Oase der Ruhe bildete, während ringsumher Wasser über in Mustern gelegte Kiesel brauste, seltene Schreitvögel durch bienendurchsummtes Blütgras stelzten, lautlose Fleckkatzen um Stutzbäume streunten und die Hofdamen in ihren wehenden, milchfarbenen Gewändern sich lachend geflochtene Bälle zuwarfen oder sich gegenseitig Gedichte vorlasen. Der Pavillon hatte die Jagdzeit des Wilderers überstanden, und mit der Zeit würden auch die Vögel und die Katzen zurückkehren, und die Hofdamen würden wieder lachen.

Heute war diese Loge hier sein Pavillon. Gleich diesem entrückt und anderen Schwingungen unterworfen als die Umgebung, aber weniger hell, und auf finsterem Grund.

General Bren Tennico hatte eine Woche Heimaturlaub abzusitzen. Er haßte dieses sinnlose Vertändeln kostbarer Zeit, aber seine Stabsbader hatten ihm diese Zwangspause verordnet, nachdem sein letzter blutiger Feldzug reiche Ernte an Sachwerten und Land eingefahren hatte.

So zeigte er sich denn auf Soiréen und festlichen Empfängen, ließ sich herumreichen und mit Geschwätz bewerfen, ließ andere sich in seinem Schatten sonnen und bestätigte dabei andauernd sein Urteil, daß Stadtmenschen alle entweder ein oder zwei Köpfe kleiner waren als er oder nur die Hälfte wogen, weil sie innerlich völlig hohl waren. Wenn er in seiner silbern beschlagenen, aber ansonsten zweckmäßigen Gala-Uniform irgendwo in Erscheinung trat – ohne peinliche Leibgarde selbstverständlich, denn welcher Attentäter sollte die Kraft haben, Tennico ernsthaft in Bedrängnis zu bringen –, konnte er das Seufzen der Dämchen und das Katzbuckeln und Gurren der Hofschranzen nur mit Mühe ertragen. Fast begann er, von einem Feldzug gegen diese Stadt zu träumen.

Glücklicherweise veranstaltete der Bischof während dieser Woche ein ernstzunehmendes Kampfturnier, das verhieß immerhin einen Tag, der nicht vollends vergeudet war. Von Kämpfern aller Herren Länder konnte man immer den einen oder anderen Kniff abschauen. Außerdem war Cyril Brécard DeVlame groß angekündigt worden, der als militärischer Berater und Ausbilder für die meist nutzlos als Repräsentationsregiment abkommandierte Sechsunddreißigste Armee arbeitete. Eine gute Gelegenheit, sich einmal ein Bild davon zu machen, aus welchem Holz jemand geschnitzt war, der bei Generälen, die vor lauter Schmuckorden kaum noch laufen konnten, in Brot und hohem Ansehen stand.

Aufgrund seiner hohen vaterländischen und glaubensverteidigenden Verdienste hatte General Tennico nicht ablehnen können, in der Hauptehrenloge unweit des kunstvoll geschnitzten Bischofssitzes Platz zu nehmen. Aber von hier aus hatte er wenigstens einen unverstellten Blick auf das Kampfgeschehen, und er war schon sehr gespannt darauf, welches Angebot an Fertigkeiten und Stilen ihm der Veranstalter heute unterbreiten würde.

Raupe setzte sich drei Reihen hinter Puppe. Es schien ihm zu gefährlich, daß man sie beide zusammen sah. Schließlich wimmelte es im weiten Arenenrund nur so von Uniformierten. Jeder Zuschauer von auch nur einiger Bedeutung hatte offensichtlich seine Privatarmee mitgebracht, um damit anzugeben, oder wozu auch immer, es war beängstigend. Außerdem mußte man immer mit Kopfgeldjägern rechnen, die eine solche Massenveranstaltung nutzten, um potentielle Beute auszuspähen. Raupe und Puppe hatten zwar genau wie Schmetterling ihr Äußeres so weit es ging verändert, aber Puppe blieb weiterhin ein auffälliger Koloß, und das blieb ein großes Risiko.

Sie hatten abgesprochen, sich in der Nähe eines der Ausgänge Sitzplätze zu suchen, denn sie wollten die Arena vor dem allgemeinen Aufbruch verlassen können, um dem Sieger irgendwo aufzulauern. Raupe hatte allerdings auch deshalb hinter Puppe Platz genommen, weil er ihn im Auge behalten wollte. Schon auf dem kurzen Weg vom ›Gutmunder‹ zur Arena hatte Puppe einem schmächtigen Zuschauer das geprägte Holzplättchen abnehmen wollen, um die sieben Taler Sitzplatzgeld zu sparen. Mit Mühe hatte Raupe ihn davon abhalten können. Dann in der Arena hatte sich Puppe natürlich ausgerechnet neben eine dralle Bürgerin hingepflanzt. Raupe konnte nur hoffen, daß Puppe ihr nicht irgendwann zwischen die Beine griff und dann ihren sich daraufhin einmischenden Gemahl zu Brei schlug. Puppe war immer ein wandelnder Flächenbrand, wenn sie nicht zu zweit auf ihn aufpaßten, und diesmal konnten sie nicht mehr zu zweit auf ihn aufpassen, denn einer von ihnen war dumm genug gewesen, sich heute der Arena zu stellen.

Mittelpunkt der Aufmerksamkeit von weit mehr als zehntausend Menschen. Schmetterling würde erkannt werden, oder er würde fallen, oder beides zusammen. Raupe konnte nur noch hoffen, das Ding mit dem Stirnreif so glatt wie möglich durchzuziehen, dann den gefährlichen Puppe irgendwie loszuwerden und ein neues Leben anzufangen, weit weg von hier, mit eintausend neuen Talern als Startkapital. Die Tage von *Raupe,*

Puppe, Schmetterling waren unwiederbringlich vorbei. Die Bänkelsänger und Moritatenschmiede der nördlichen Bergländer würden sich neue Bösewichter suchen müssen.

Angrica war gegen ihren Willen hier, aber ihr Vater Jost Gautan, Vorstand der Befestigten Händlergilde, hatte sie mitsamt ihrem Schmuck aus ihrer klösterlichen Landschule für höhere Töchter anreisen lassen, um sich heute mit ihr zu zeigen und sie – behängt mit funkelnden Familiengütern – den aristokratischen Galanen der Stadt als unwiderstehliches Heiratsangebot zu präsentieren. Was ihr auf der Reise Schreckliches widerfahren war, hatte den Gildemeister völlig ungerührt gelassen. Sie selbst und ihr Schmuck waren wohlbehalten geblieben, und die einzigen Opfer des Überfalls – ein Pferd, eine Kutsche und ein Kutscher – waren nicht sein Eigentum gewesen. Daß sie sich gesträubt hatte, sich vor so vielen Menschen mit ihrem Schmuck zu zeigen, daß sie sich fürchtete vor weiteren Angriffen, vor schmutzigen Männern, die langsam und höhnisch auf sie zukamen, hatte ihn höchstens ein klein wenig ärgerlich gemacht.
Er hatte ihr ein paar kandierte Trauben gekauft, damit sein Porzellanpüppchen etwas zu naschen hatte, und jetzt hatten sie in einer Loge voller Kaufleute und Geldverleiher Platz genommen, und ihr Vater schwatzte, beim Lachen sein Zahnfleisch zeigend, mit parfümierten Damen mit faltigen Hälsen. Sie rührte die Trauben nicht an. Das ganze Szenario war ihr zuwider, allein die Vorstellung, daß da unten im hellen Sand bald Männer stehen würden, die sich gegenseitig zur Freude der Zuschauer töteten, Männer, die Blut verlieren würden und vor Schmerzen schreien – allein diese Vorstellung ließ schon Übelkeit in ihr aufwallen. Und während sie fühlte, wie sie bleicher und bleicher wurde und die unbarmherzige Sonne ihr in ihrem schweren und teuren Gewand mehr und mehr Leid

zufügte, wie die Gerüche von Gebratenem und Gebackenem und verschwitzten Korsetten und staubigem Körperpuder ihr immer mehr zusetzten und die unerträglichen Gassenhauer dieses gräßlichen Sängers immer lauter und lauter mitgegröhlt wurden, spürte sie die ganze Zeit über die gierigen Blicke dümmlicher Höflinge auf ihrer Büste brennen und sah, wie sie anzüglich tuschelten und sich mit breitem Grinsen widerwärtige Dinge ausmalten. Sie schloß die Augen, und wie immer jetzt, wenn sie das tat, erleuchtete der helle Blick des schweigsamen Fremden ihr Dunkel, erfüllte sie mit einer Hoffnung, die gleichzeitig peinigend und lindernd war, und Angrica wußte, sie würde sich eine Ausrede einfallen lassen müssen, um spätestens zum Beginn des Gemetzels diesen schaurigen Ort hier verlassen zu können. Oder sie würde ohnmächtig werden oder sterben und vielleicht dadurch der Helligkeit in den Augen des Retters immer näher kommen.

Cedric Gateau hatte es sich mitten im einfachen Volk gemütlich gemacht.

Er saß in mittlerer Höhe in den dem Tunneltor gegenüberliegenden Rängen, hatte sich gerade mit einem Holzbecher Met und zwei dampfenden Krautfladen versorgt und sang jetzt, als Nalator Zeksten die alte Volksweise *Am Quell so still wart ich auf dich* anstimmte, mit vollem Munde mit. Der Hauptmann einer kleinen, unwichtigen Stadtgarde war in Zivil, hatte keinerlei Notwendigkeit gesehen, seine speckige Lederrüstung auch hier in der Befestigten herumzuschleppen. Immerhin hatte er zweihundert neue Taler dabei, Geld aus den Pfründen der Regionalskommandantur, und wenn der unverschämte Menschenjäger Calm Wintry heute, wie zu erwarten, draufging und es danach niemanden mehr gab, der dieses Geld einforderte, würde Gateau diese zweihundert Taler in der Befestigten auf den Kopf hauen, daß es nur so zischte. Hier in der

Großstadt sollte es Käufliche geben, die zu unglaublich ausgefallenen Handlungen bereit waren, und Gateau wurde schon ganz aufgeregt, wenn er daran dachte, wieviel Spaß er heute noch haben würde. Der heutige Tag war nichts anderes als ein Geschenk des geduldigen Gottes für einen hart arbeitenden Diener des Gesetzes.

Vedra saß weiter unten, dicht am Randaufbau der Kampfbahn. Sie hatte sich ihre Holzkarte schließlich schon vorgestern besorgt, um ganz sicher zu gehen, auch wirklich einen Platz mit gutem Blick zu bekommen.

Natürlich würde sie trotzdem ihrem Partner Wei Guan Zhou keine Ratschläge oder Anfeuerungen zurufen, denn wenn sie jemals einem Mann begegnet war, der im Kampf keinerlei Hilfe bedurfte, dann war es dieser junge Mönch.

Vedra hoffte, daß Guan Zhou mit seiner Schnelligkeit und seiner ausgeprägten Selbstbeherrschung vier Kämpfe nacheinander für sich entscheiden könnte, vielleicht sogar gegen den als unbesiegbar geltenden DeVlame. Sie hoffte dies nicht nur wegen des Geldes, obwohl fünfhundert Taler eine beachtliche Summe waren, sondern sie konnte den jungen Stabkämpfer wirklich gut leiden. Sie waren ein paar Tage lang zusammen unterwegs gewesen, auf dem Weg zur Befestigten Stadt, und sie war immer wieder aufs neue gerührt und erheitert gewesen über seine Schüchternheit, seine Unbeholfenheit in den natürlichsten Dingen und die stolze Ernsthaftigkeit, mit der er seine Vorstellung von Ehre und Treue vertrat. Vielleicht würde Vedra sich heute unter den vielen Zuschauern einen hübschen, muskulösen Dummkopf suchen, mit dem sie in der Nacht Spaß haben konnte, aber es würde ihr gefallen, zusammen mit Guan Zhou weiterzuziehen, von Kampfplatz zu Kampfplatz, ihn lehrend und gleichzeitig von ihm lernend. Sie konnte sich sogar vorstellen, tatsächlich einmal sein Kloster zu

besuchen, nur so aus Neugier, um die fechtenden Betschwestern zu sehen.
Je mehr sie darüber nachdachte, umso klarer wurde ihr, daß sie eigentlich nur hoffte, daß Guan Zhou überlebte, ganz egal, ob als strahlender Gewinner oder als verwundeter Verlierer. Wenn er starb, war es im Grunde genommen ihre Schuld. Er war so formbar gewesen in ihren Händen, so unschuldig und vertrauensvoll, er hatte eigentlich nie eine echte Chance ge-
habt, ihrer Idee zu widersprechen. Sie war sich sicher gewesen, daß ihr dies so gefiel, aber sie verlor diese Sicherheit, je mehr das Stadion sich füllte.

Hains van den Veldern und Jupiter Duddek hatten ein eigenes System.
Selbstverständlich war Wetten in den öffentlichen Arenen erlaubt, selbstverständlich gab es auch private Buchmacher, die während der Veranstaltung plündernd durch die Blöcke zogen oder sogar mit Bauchladen oben auf den Umgängen festplazierte ›Buden‹ betrieben, aber die beiden wohlhabenden Geschäftsmänner van den Veldern und Duddek wollten nicht gegen willkürliche Quoten und unpersönliche Publikumsmassen antreten, sondern gegeneinander, ganz wie die Gladiatoren da unten im Ring. Zu diesem Zweck ließen van den Veldern und Duddek keine derartige Veranstaltung in mehrtägiger Umgebung der Befestigten Stadt aus und bildeten sich bereits eine Menge auf ihren Sachverstand und ihr gutes Auge in Bezug auf Gladiatoren ein. Sie sprachen es nie offen aus – um die Geister des Mißgeschickes nicht herauszufordern –, aber wenn ihrer beider Geschäfte noch ein paar weitere Jahre so gut liefen wie jetzt, konnten sie sich vielleicht eines Tages mit einer eigenen Arena oder zumindest einem eigenen Kämpferstall ihre kühnsten Träume erfüllen.
Ihr Wettsystem sah folgendermaßen aus:

In den ›Finalisten-Topf‹ zahlte jeder von ihnen eintausend neue Taler ein. Nachdem die sechzehn Kombattanten einmarschiert und von Declan Gillett dem Publikum vorgestellt worden waren, gaben van den Veldern und Duddek einen Tip auf die entscheidende Paarung ab – welche zwei Kämpfer in der vierten und letzten Runde den Sieg unter sich ausmachen würden. Falls einer von ihnen mit dieser Voraussage richtig lag, konnte er die gesamte Summe von zweitausend Talern einstreichen, der Verlierer ging leer aus. Falls beide von ihnen mit ihrem Tip danebenlagen, wurde der Topf einfach wieder geleert und jeder erhielt seinen Einsatz zurück. Schließlich ging es um den Spaß an der Sache, sie wollten nicht allzu verbissen sein. Und beiden war natürlich auch völlig klar, daß der Finalisten-Tip ein reines Glücksspiel war. Schließlich konnte es aufgrund des Auslosens der Kampfpaarungen auch leicht geschehen, daß die beiden besten Streiter des gesamten Feldes schon in der ersten Runde gegeneinander antreten mußten und sich gegenseitig herauskürzten, während die höheren Runden dann nur noch von reinen Glückspilzen und Überlebenskünstlern bestritten wurden. Aber das machte ja auch den Reiz der vom Zufall bestimmten *Guzen*-Turniere aus, die die sogenannten *Liga*-Turniere in den letzten Jahrzehnten fast völlig verdrängt hatten. Um jeder einzelnen Kampfbegegnung Rechnung zu tragen, richteten van den Veldern und Duddek außer dem ›Finalisten-Topf‹ noch die ›Duell-Töpfe‹ ein.
Nachdem zu Beginn jeder Turnierrunde die Kampfpaarungen ausgelost worden waren, gaben van den Veldern und Duddek ihre Duellsiegertips ab, die sie beide sorgfältig notierten. Einsatz war 250 Taler pro Duell, der Sieger strich alles ein. Bei diesem System war es durchaus erlaubt, daß beide auf den selben Kämpfer setzten. Hatten sie beide richtig gelegen, zahlten sie beide ihre 250 Taler in die von ihnen so bezeichnete ›Realisierungskasse‹ ein – jenen Fonds, aus dem sie die Verwirklichung

ihrer Träume bestreiten wollten. Hatten sie aber beide danebengetippt, so spendete jeder von ihnen zur Strafe einhundert Taler für einen noch festzulegenden wohltätigen Zweck. Auf diese Weise steigerte sich selbst im Falle des Versagens ihr gesellschaftliches Ansehen und ebnete dadurch auch wieder das Wahrwerden ihrer ehrgeizigen Ziele.

Das war das Gute am Wirtschaftsleben. Es gab nicht nur ein unausweichliches Alles oder Nichts wie für die Männer da unten im Kampfstaub, sondern man konnte die Dinge immer so drehen und wenden, daß sie in irgendeinem Licht zu glänzen begannen. Und natürlich war dies auch der Grund, weshalb van den Veldern und Duddek vom Gladiatorentum so fasziniert waren. Weil es dort eben kaum Winkelzüge gab, und wenn doch, dann mit nur zwei auseinander hervorgehenden Ergebnissen: Zuspitzung und Endgültigkeit. Durch ihre Wetten hatten die beiden Geschäftsmänner das Gefühl, ein klein wenig in die Kämpfenden zu fahren, wie gute oder böse Geister in ein Kind. Teil von ihnen zu werden. Selbst dort unten zu streiten. Tapfer und umtost vom Gebrüll der Zehntausend, die dasselbe empfanden, so daß alles umschlossen wurde von einem einzigen Schrei, einem einzigen Sehnen, einer einzigen Hoffnung – auf Hoffnung, oder wenigstens auf eine Begreif- und vielleicht sogar Berechenbarkeit des vom Zufall bestimmten Daseins.

DAS PARADIES DER SCHWERTER 17

Der Übergang zwischen Vor- und Hauptprogramm kam so unvermittelt, daß Zuschauer, die sich gerade etwas zu Essen oder zu Trinken holen gegangen waren, ihn schlichtweg verpaßten. Gerade war der mattweiße Arenasand noch angefüllt gewesen von einer bunt kostümierten Kinderschar, die eine drollige Tanzdarbietung als Bienen und Schmetterlinge aufführte, und drei Jongleuren, die an den Randaufbauten rote Kegel durcheinanderwarfen, als durch das Durchgangstor, das zu den Höfen führte, zwei Gladiatoren in voller Montur rannten, fünf Meter lange Schleppnetze hinter sich her durch den aufstäubenden Sand zogen und in der Mitte des Rundes stehenblieben. Die Netze blieben achtlos und in zufälligen Mustern liegen, die Gladiatoren rührten sich nicht, sondern wandten lederbehelmte Blicke nach oben zum Himmel. Die Kinder und die Jongleure liefen unter Beifall aus der Arena. Weiter geschah nichts. Spannung breitete sich wispernd in den

Zuschauerrängen aus. Plötzlich schmetterten die an verschiedenen Stellen postierten Fanfaren los und wiederholten immer wieder eine aus vier Stößen bestehende Tonfolge. Die beiden Gladiatoren zogen Schwerter und reckten sie nach oben zur Sonne – keine gewöhnlichen Schwerter, sondern aus facettiertem Glas geschliffene Schmuckstangen, die das heiße Licht fingen und brachen und in abstrakten Mustern und Farben die Zuschauerränge hinaufschleuderten. Jubel und Applaus brachen sich Bahn, und die sechzehntausendfünfhundert Gäste stampften ausgelassen mit den Füßen auf die hölzernen Bänke. Mitten hinein in diesen Lärm betrat nun Declan Gillett die Arena, gekleidet in dunkle, förmliche Garderobe, flankiert von dem finster dreinblickenden Orne, der seinen Arbeitgeber um zwei Kopflängen überragte. Der Jubel kannte kein Halten mehr, denn der kleine Arenabesitzer gehörte zu den bekanntesten und unverwechselbarsten Persönlichkeiten der Befestigten Stadt und die Menge wußte auch ohne weitere Worte: Jetzt geht's los.

Gillett grüßte winkend die Zuschauer und drehte sich dabei auch mehrmals um sich selbst. Orne trug drei unterschiedliche Gegenstände auf seinen Händen – ein dunkles Kästchen, eine verzierte Holzschüssel mit Deckel und ein zusammengerolltes Pergament – und konnte deshalb nicht winken, obwohl auch er als vielgeprüfter Gladiator von vielen erkannt und sogar mit vereinzelten »Orne! Orne!«-Rufen begrüßt wurde. Im Herum- und Hinaufblicken konnte Gillett Herzog Locir und ein paar andere Adelige und Haus-Oberhäupter sowie den General Tennico und einige wichtige Gilde- und Magistratswürdenträger erkennen und sandte ihnen allen jeweils ein Kopfnicken oder ein angedeutetes militärisches Salut, das jedem von ihnen das Gefühl geben sollte, ganz besonders willkommen zu sein. Der Bischof saß noch nicht auf seinem Logensitz, aber einem so alten Mann konnte auch kaum zugemutet werden, daß er den ganzen Tag bei sengender Sonne unter freiem Himmel herumsaß; er würde wahrscheinlich wie meistens erst am Nachmittag hier eintreffen, um die letzten beiden Runden mitzuerleben.

Während Gillett und Orne sich dem Mittelpunkt der Sandbahn näherten, begannen die beiden Gladiatoren sich zu bewegen und in einen langsamen, gespielten Schwertkampf überzugehen, der die mehrfarbigen Lichtreflexe rundherum zum Tanzen brachte. Als Gillett und Orne fast bei ihnen waren, taten sie theatralisch übersteigert so, als würden sie sich gegenseitig mit ihren Glasschwertern durchbohren und brachen – jeder auf seinem Netz – herzergreifend zusammen. Jetzt stürmten vier kahlrasierte Bedienstete durch verschiedene Tore und zogen die beiden Netze mit den ›Toten‹ darauf unter dem neu und jetzt noch lauter auflodernden Jubel der Zuschauer durch das Haupttor davon.

Nachdem außer ihm und Orne jedermann den Kampfplatz verlassen hatte, hob Declan Gillett beide Hände und machte beschwichtigende Gesten, um das Geschrei zu dämpfen, was

auch gelang. Jetzt machte er seine Stimme so laut wie möglich und rief: »Mein Name ist Declan Gillett, und ich heiße jeden einzelnen von Ihnen bei den Kampfspielen des Bischofs in der Hölzernen Arena herzlich willkommen!« Natürlich überschwemmten Gejubel, Applaus, Pfeifen und Getrampel ihn jetzt aus allen Richtungen, und lächelnd wartete er erstmal eine Weile ab, bevor er mit neu erhobenen Armen dem Lärm Einhalt gebot. »Meine sehr verehrten Damen und Herren – um Folgendes wird es heute gehen.« Orne hielt ihm das Kästchen hin, Gillett öffnete es und holte einen golden schimmernden Schmuckreifen, im Durchmesser einem Hut vergleichbar, aus seiner blutroten Samtunterlage. Die Sechzehntausend raunten anerkennend, als Gillett den Reifen mit beiden Händen in die Höhe hielt und dabei »Wert: eintausend neue Taler!« gellte. »Doch nicht der materielle Wert alleine ist heute entscheidend, meine Damen und Herren. Lassen Sie sich nicht von der vermeintlichen Tatsache täuschen, daß dieser Reifen den Glanz und die Anmut der Sonne nur zu imitieren scheint: Dies ist eine Krone, und sie kann nicht ererbt oder erstanden werden, denn sie gebührt nur dem Tapfersten der Tapferen, und wer dieser Herausragende ist, das werden wir heute herausfinden!« Wieder Jubel. Gillett verstand es, auf diesem Jubel zu spielen wie andere auf einer Laute. Behutsam legte er den Stirnreif wieder in das Kästchen zurück, und Orne klappte es zu und arretierte die Verschlüsse.
»Hochverehrtes Publikum!« begann Gillett aufs neue. »Sechzehn furchtlose Männer werden heute um diese Krone streiten, doch nur ein einziger kann sie erringen. Die anderen fünfzehn werden heute hier vor unseren Augen ihr Leben lassen, weil sie es nicht wert gewesen sein werden, vor unseren Augen

zu bestehen. Oder aber Sie – das fachkundige Publikum – überzeugen mich und meine Assistenten davon, daß es lohnend wäre, dem einen oder anderen Unterlegenen sein Versagen zu verzeihen. Vieles liegt also heute in Ihrer Hand, vergessen Sie das nicht. Machen Sie mit, beteiligen Sie sich von den Rängen aus lautstark an den Kämpfen. Je mehr Sie den Kämpfern beistehen, desto unvergeßlicher wird sich der Achte des Achten dieses Jahres in unser aller Gedächtnis einbrennen!«
Jubel und Hurrageschrei, besonders die Zappeligen unter den Schaulustigen kriegten sich kaum noch ein. Gillett wartete lächelnd, winkte zwei herausgeputzten Hofdamen zu, die er gut kannte.
»Die Regeln eines *Guzen*-Turnieres – das bedeutet übersetzt: eines Turnieres, dessen Verlauf durch die Zufälligkeit des Loswurfs bestimmt wird – sind Ihnen sicherlich geläufig, hier aber noch einmal eine kurze Zusammenfassung. Gekämpft wird in Duellen, in der Bewaffnung und Rüstung und dem Kampfstil, den jeder einzelne der Streiter für sich selbst bevorzugt. Die Kämpfe enden entweder mit dem Tod oder dem Zusammenbruch eines der beiden Duellanten. Um aus einem sechzehnköpfigen Teilnehmerfeld einen einzigen Sieger herauszufiltern, findet das Turnier in vier Runden statt. In der ersten Runde gibt es acht Kämpfe, die acht Sieger kommen in die zweite Runde mit vier Kämpfen, die dritte Runde besteht nur noch aus zwei Kämpfen und Runde Vier ist gleichbedeutend mit dem Höhepunkt des heutigen Tages: dem Finalkampf zwischen den beiden besten Teilnehmern. Mit Ausnahme des Finalkampfes werden im Verlauf des Turnieres alle Kampfpaarungen vom Los bestimmt, und zwar jeweils zu Beginn einer der vier Runden. Ich werde also jetzt gleich die Auslosung der ersten Runde vornehmen, aber bevor ich irgendwelche Lose ziehe, sollen Sie, meine hochgeschätzten Damen und Herren, selbstverständlich erst einmal einen Überblick über

das Kämpferfeld erhalten, damit Sie anschließend Ihre Wetten umso fachkundiger plazieren können.« Gillett nahm aus Ornes Händen das Pergament entgegen und entrollte es.

»Hochverehrtes Publikum, ich werde Ihnen die sechzehn Gladiatoren in alphabetischer Reihenfolge vorstellen, denn ihre wirkliche Rangfolge – entsprechend ihrer Leistungen – werden wir ja erst heute im Verlauf dieses vom Bischof gesegneten Tages erfahren. Und wenn ich in alphabetischer Reihenfolge verfahre, dann muß ich Sie schon zu Beginn darum bitten, Ihre Wertgegenstände und Schutzbefohlenen gut festzuhalten, denn der erste Anwärter auf den goldenen Stirnreif ist ein Mann, der so gefährlich ist, daß wir ihn nur in Ketten in die Arena lassen können. Meine Damen und Herren! Der heimtückische Versehrer von Wäldern und Auen, der gnadenlose Ermorder unschätzbaren Wildguts! Von Herzog Locir eigenhändig eingefangen und dazu verurteilt, heute in den Farben des Hauses Locir hier anzutreten: *Alam der Wilderer*!« Gillett hatte diesen Effekt beim Publikum vorausberechnet und war besonders stolz darauf: Die ausgelassene Jubelstimmung samt Vorfreude wandelte sich plötzlich in Spannung und Besorgnis. Heiterkeit angereichert durch das Grauen. Umso stärker die Tiefenwirkung.

Die Hornisten bliesen eine kurze Fanfare, dann öffnete sich das Durchgangstor zu den Unterkunftshöfen und Alam wurde, mit Handschellen und Fußketten versehen und über einen breiten Halsring an den kommandierenden Offizier gekettet, von der sechsköpfigen Bewachungstruppe des Herzogtums Locir auf den hellen Sand geführt. Hinter ihnen schloß sich das Tor wieder wie von Geisterhand.

Das Publikum raunte und brodelte, der Wilderer hielt den Kopf gesenkt, so daß sein Gesicht von den teilweise grün gefärbten Zöpfen völlig verdeckt wurde. Man hatte ihm neue Gewänder in leuchtendem Gelb und Rot übergestreift, die

überhaupt nicht zur Dunkelheit seines Kopfes und seines Wesens paßten. Herzog Locir hatte den Eindruck, einen Harlekin vor sich zu haben, oder weniger noch als einen Harlekin: eine willenlose Puppe. Jedenfalls einen Abklatsch, der die Gefährlichkeit und Wildheit dieses Gegners keinesfalls mehr widerspiegelte. Besorgt blickte der Herzog sich um, ob jemand über ihn lachte, darüber, daß dieses bunte Häufchen Elend da unten mondelang seine Länder verwüstet hatte, aber außer dem leichenblassen Gesicht con Zelms fiel ihm nichts auf.
Die Wachsoldaten führten den Gefangenen in die Nähe von Gillett und Orne und blieben dort mit ihm stehen. Einer der sechs hielt Alams drei Speere in die Höhe, den fast doppelt mannslangen schwarzen, den mit der gegabelten Spitze und den mit Spitzen an beiden Enden. Gillett erklärte dazu: »Alam der Wilderer wird jeden Kampf nur mit einem seiner drei Speere bestreiten, allerdings kann er sich angesichts seines Gegners selbst aussuchen, welchen der drei Speere er nehmen will. Der Tatsache, daß Alam ein rechtmäßig verurteilter Sträfling ist, wird dadurch Rechnung getragen, daß er der einzige Teilnehmer des heutigen Turnieres sein wird, dem beim Zerbrechen oder sonstigen Verlust seiner Waffe kein Ersatz zur Verfügung gestellt wird. Bei allen anderen Teilnehmern – dies nur noch einmal für diejenigen unter Ihnen, die noch nie einem Turnier in der Hölzernen Arena beiwohnten – wird bei Waffenverlust der Kampf unterbrochen, und sie erhalten Gelegenheit, mit einem gewöhnlichen Normschwert weiterzukämpfen, das ihnen von der Arena zur Verfügung gestellt wird. Zerbricht allerdings auch dieses Schwert, muß waffenlos weitergekämpft werden, denn wer sind wir, dem Schicksal allzulange Einhalt gebieten zu wollen? Der nächste Teilnehmer!«
Regelerläuterungen waren immer für weite Teile des Publikums langweilig, deshalb mußte Gillett den Spannungsbogen jetzt wieder anspannen. »Er kämpft mit dem Schwert seines

Vaters um die Ehre und den Fortbestand seiner Familie. Noch ist sein Name unbekannt, und er hat sich noch keine Auszeichnungen erworben, weder im Guten noch im Bösen, aber mit dem heutigen Tage soll dies anders werden. Meine Damen und Herren, heißen Sie willkommen – den Sohn, auf den ein Vater stolz sein kann: *Andreus*.« Erneut schwang das Tunneltor auf. Andreus hatte versucht, sich für diesen Moment zu wappnen. Schon hinter dem Tor hatte das Trampeln der Zuschauer und das jubelnde Gebrüll einen unheimlichen, vibrierenden Eindruck vermittelt, wie ein lauerndes gigantisches Fabelwesen. Nun aber schlug der Lärm zu ihm herunter und erstickte ihn fast. Die steilen Ränge ringsum verschwammen zu bunten Kaskaden, und Andreus versuchte, den Blick starr auf die mitten in der Arena stehenden Leute zu richten und den Weg bis dahin so schnell und aufrecht wie möglich zurückzulegen. In der letzten Stunde hatte es im an das Durchgangstor angrenzenden Innenhof ein merkwürdiges Schauspiel gegeben, als mehrere hektische Arenamitarbeiter versucht hatten, den kaum zuhörenden Kämpfern ein Einmarsch- und Aufstellungsmuster einzutrichtern. In der Arena sollte ein großer Kreis gebildet werden, mit Gillett und Orne im Mittelpunkt, und nach der Auslosung sollten die jeweils Erstgenannten durch das linke, die jeweils Zweitgenannten durch das rechte Seitentor abmarschieren, und das Ganze in der Reihenfolge des Auslosens. Die Planung war also viel komplizierter, als Andreus sich so eine Turnierteilnahme vorgestellt hatte, und er beneidete den brummenden und schaukelnden Maliw, der überallhin an der Leine geführt wurde und sich deshalb nichts merken und sich um nichts Sorgen machen mußte.

Prompt stellte Andreus sich auch jetzt auf der falschen Seite von Alam und den Soldaten auf, wurde aber von Orne eingewiesen. Nachdem er die Mitte und die Gesellschaft der anderen erstmal unbeschadet erreicht hatte, perlten der Lärm und das schäumende Brimborium ringsherum von Andreus ab, als stünde er unter einer unsichtbaren Kuppel. Langsam beruhigte sich sein Herzschlag wieder, und er erwartete mit Spannung den Einmarsch seines jüngeren Bruders.

»Als nächstes«, drehte sich Gillett mit großer Geste, und die Sechzehntausend hängten sich wieder an seine Lippen, »stelle ich Ihnen einen Kämpfer vor, der lange Jahre als Leibgardist im Range eines Leutnants ein guter Botschafter unseres Glaubens auf den fernen Daimyo-Inseln gewesen ist. Seine praktische Erfahrung in Turnieren und Kriegen machen ihn zu einem äußerst unberechenbaren Gegner. Hochverehrtes Publikum: der ›Leutnant‹ – *Veldeon Balkwist*!« Gilletts Stimme gluckste bei den letzten Worten vor unterdrückter Heiterkeit, denn er fand seine Wortwahl äußerst angemessen. Balkwist war garantiert *unberechenbar*, nur *ernstzunehmen* war er nicht.

Tatsächlich kam Balkwist breitbeinig und breit grinsend mit unnatürlich geschwellter Uniformbrust und eingezogenem Bauch in die Arena gestapft, warf Kußhändchen ins Publikum, winkte und hob wie ein mildtätiger Fürst beide Hände über den Kopf. Sein Gang war nicht ganz gerade, und auch sein Kopf wackelte verdächtig auf dem Hals, und als Balkwist dann noch in der Nähe der Sandmitte seinen Säbel zog und mit bösem Gesicht ein paar Übungsschwünge in die Luft hieb, nahm sich Orne freundlich, aber bestimmt seiner an und führte ihn zu seiner Position neben Andreus. Die Menge klatschte und jubelte, ein paar Kenner schmunzelten zumindest. Balkwist war sicherlich so etwas wie ein Freilos für einen glücklichen Gegner, aber als Hofnarr war der Trunkenbold ein echtes Talent.

»Über den nächsten Teilnehmer kann auch ich Ihnen nur wenig verraten, denn er ist unserer Sprache nicht mächtig und kommt also von sehr weither. Sein Kampfstil jedoch dürfte den Kennern unter Ihnen das Wasser im Munde zusammenlaufen lassen, denn er ficht in der klassischen Bewaffnung eines *Dimachaerus* – mit zwei Dolchen, der eine schwarz wie die finsterste Nacht, der andere hell wie der lichteste Tag. Meine Damen und Herren: ein noch unbeschriebenes Blatt in den Arenen unserer Welt, aber sicherlich jemand, der gewohnt ist, sich durchzusetzen. Begrüßen Sie mit mir: *Bucthoy*!«

Der Jubel bei einem Fremden wie Bucthoy war deutlich leiser als bei einem Einheimischen wie Veldeon Balkwist, aber immer noch respektabel genug. Besonders die Wetteifrigen, Fachkundigen und die Damen lehnten sich vor, um einen genaueren Blick auf den gutaussehenden jungen Mann mit dem schattigen Hautton und den verzierten Armen zu erhaschen. Auch Bucthoy wurde von Orne in Empfang genommen und an seinen Platz geführt, wo Veldeon Balkwist ihm grinsend die Hand reichte und ihm auf die Schulter klopfte wie einem guten alten Kumpel.

»Meine Damen, meine Damen, darf ich Ihre Aufmerksamkeit wieder von Bucthoy lösen? Vielen Dank.« Geraunte Gelächter. »Meine Damen und Herren – ich möchte Ihr Augenmerk jetzt auf einen Kombattanten lenken, der durchaus der eleganten Degenfechtschule eines Cyril Brécard DeVlame entstammen könnte, wenn ein Degen ihm nicht viel zu harmlos wäre. Selbst sein stabileres Rapier führt er wuchtig mit beiden Händen, um seine Gegner schneller und gnadenloser vernichten zu können. Der jetzt folgende Mann hat schon gestern bei einem reinen Übungs-Duell gegen einen anderen Teilnehmer diesem beinahe ein Auge ausgehauen. Freuen Sie sich mit mir auf die gefährliche Unbezähmbarkeit von *Brone Carper*!«

Schmetterling stand in der Öffnung, als die Diener sich jetzt wieder am Tor abmühten, und war sich plötzlich ziemlich sicher, daß Raupe recht gehabt hatte, und das Ganze eine ziemlich beschissene Idee war. Die Aufmerksamkeit so vieler Leute würde sich jetzt auf ihn richten, noch dazu hatte dieser feiste Veranstalter ihn gerade als besonders skrupellosen Burschen ins Gerede gebracht – wie hoch standen da die Chancen, daß jemand ihn erkannte? *Kein Bart mehr und kürzere Haare*, versuchte er sich einzureden, immer wieder wie ein Gebet, aber dennoch zögerte er, ins Sonnenlicht hinauszutreten, bis einer der verschwitzten Bediensteten ihn keifend hinausscheuchte. Nach den Minuten im dunklen Durchgangstunnel kam ihm das Sonnenlicht unnatürlich heiß vor. Er hielt den Kopf gesenkt und versuchte das Unmögliche: im Mittelpunkt aller Aufmerksamkeit nicht allzusehr aufzufallen. Ein merkwürdiger Gedanke blitzte in ihm auf und überwucherte ihn geradezu mit Panik: Was, wenn Puppe, der hier sicherlich irgendwo auf den Rängen saß, auf die Idee kam, sich plötzlich eins seiner schrecklichen Späßchen zu erlauben, aufstand und brüllte: »Ist das nicht Schmetterling da unten? Das ist doch Schmetterling!« Schmetterling fühlte sich jetzt allem ausgeliefert, und er selbst hatte sich in die Hand des Schicksals begeben. So war das nicht geplant gewesen. Geplant gewesen war das Ganze als ein Ausbruch aus der Blutroutine, als eine offene Kampfansage gegenüber den bürgerlichen Fettbäuchen und den von ihnen als Schoßtierchen gehaltenen Virtuosen der Fechtkunst. Geplant gewesen war das alles als der erste Auftritt mit hocherhobenem Haupt und unverstellter Miene seit vielen Sommern und Wintern. Stattdessen war es ein Spießrutenlauf. Aber nichts passierte. Niemand rief seinen Banditennamen oder zeigte mit dem Finger auf ihn. Puppe und Raupe verhielten sich ruhig, beobachteten nur aufmerksam die Reaktion der Leute. Als Brone Carper unbehelligt den Viertelkreis der anderen Teilnehmer erreichte, hatte er das Gefühl, den Schmetterling abgestreift zu haben und in eine noch weiter entwickelte Daseinsform überzugehen. Er sah in das zufriedene Gesicht von Declan Gillett, in die aufreizend leere Visage

des ›Leutnants‹, in die mißtrauische Miene von Andreus, sah die nichtssagenden Befehlsempfängerblicke der sechs Soldaten, die um Alam herumstanden und gar nicht merkten, wie mächtig sie den Wilderer dadurch wirken ließen. Der alte Haß kehrte in Brone Carper zurück und gab ihm Sicherheit, Ruhe und ein augenloses Lächeln. »Unser nächster Teilnehmer ist der Erbe eines der angesehensten und wohlhabendsten Patrizierhäuser dieser Stadt! Er macht wahr, wovon viele von Ihnen vielleicht heimlich träumen: die Barriere niederzureißen zwischen dem behüteten Zuschauer und demjenigen, der in der Eindringlichkeit des Kampfes den Geschmack von Sand und Blut kostet. Hochverehrtes, vielgeschätztes Auditorium: einer der furchtlosesten Söhne unserer Stadt – *Gortyn Terentius Crao*!«
Diesmal brach nicht sofort Begeisterung los, sondern Raunen und Tuscheln lief durch die Bänke, denn das Haus Crao war selbstverständlich wohlgeläufig unter jenen, die Geld übrig hatten, um es für Turnierzerstreuungen auszugeben. Die Ankündigung, daß ein Patrizier sich unter die gemeinen Gladiatoren mischte, war eine Überraschung. Empörung wurde geäußert, Aufgeregtheit machte sich Luft, aber als der merkwürdig aussehende Crao – mit seinen Armschienen angetan, und beide Arme mit Stilett und Pariergabel in den Händen hocherhoben wie ein Sieger – in die Arena ging und provozierend in der Nähe des Tores stehenblieb, stiegen Applaus und Fußgetrappel neuen Höhen entgegen. Crao hatte seinen gut trainierten Körper, der abgesehen von den Schutzschienen nur mit einem Lederband bekleidet war, das vorne die Genitalien zur prallen Wölbung betonte und zwischen den Hinterbacken eng einschnitt, ausgiebig eingeölt und seine Muskulatur durch vormittägliches Training aufgeheizt, so daß seine Haare schon jetzt schweißverklebt waren. Er stand da, mit erhobenen Armen, und badete mit geschlossenen Augen im Höllenspek-

takel der Sechzehntausend. Dann holte er tief Luft und brüllte wie ein wahnsinniges Tier gegen den Lärm an, wodurch das Inferno nur noch höher wogte. Crao röhrte wie ein Hirsch, Zuschauer versuchten ihn niederzuschreien und sprangen dazu sogar auf die Bänke. Es war ein ohrenbetäubendes Spektakel. Übergangslos hörte Crao auf zu schreien und schlenderte lässig und mit halbgeschlossenen Augen in weitläufigen Serpentinenbahnen über den Sandplatz, sich dabei nur langsam der Versammlung im Sand annähernd. Dabei hielt er seine Waffen so, als wollte er Messer und Gabel verwenden, um die anderen aufzuessen. Bis er endlich an seinem Platz ankam, vergingen zwei Minuten, so anzüglich zelebrierte er jeden lauernden Schritt. Selbst Gillett war beeindruckt. Dieser Crao war ein ungewöhnlich unsympathischer Typ, wenn man ihn aus der Nähe sah, aber er verstand es offensichtlich, sich in Szene zu setzen. Mindestens die Hälfte der Zuschauer war jetzt gegen ihn aufgebracht und wollte ihn sterben sehen. So etwas war immer gut für Stimmung und Geschäft.

»Also gut. Kommen wir jetzt zu einer weiteren Besonderheit in unserem heutigen Aufgebot. Ich habe die nicht unbeträchtliche Ehre, Ihnen den Bruder eines anderen Teilnehmers vorzustellen, nämlich den jüngeren Bruder von Andreus, der gleich diesem aus dem Dorf Eckarn in unsere Stadt gekommen ist, um für das Ansehen seiner Familie zu streiten. Begrüßen Sie bitte mit mir: den tapferen *Eljatin*!«

Jetzt machte sich Irritation unter denjenigen Zuschauern breit, die das Alphabet beherrschten, aber Gillett hatte diesen Effekt wohl kalkuliert und benutzte den etwas leiseren Applaus während Eljatins Einmarsch, um unschuldig weiter über Eljatin zu plaudern. »Wie Sie sehen können, betritt der junge Eljatin die Arena ohne Waffe, was allerdings keinesfalls bedeutet, daß er waffenlos kämpfen will. Vielmehr wird er sich mit seinem Bruder Andreus das ungewöhnliche Schwert mit dem Namen *Cho-*

lectyr abwechselnd teilen. Welcher Konflikt sich also anbahnt, falls das Schicksal die beiden Brüder zu Gegnern bestimmt, überlasse ich Ihrer Phantasie, meine Damen und Herren.«
Eljatin machte beim Hereinkommen einen beherzteren Eindruck als Andreus, er lächelte sogar und betrachtete staunend die recht gut mit Menschen aufgefüllten Wände. Da er zügig ausschritt, hatte er seinen Platz schnell erreicht.

»Der nächste Teilnehmer spricht niemals, meine Damen und Herren, aber umso beredter ist die Zunge seiner blutroten Schwertklinge. Sein Name ist *Avalon Jaynes*!«
Immer noch waberten Irritationen, Spekulationen und auch Enttäuschung durchs hohe Rund, aber Gillett machte selbstbewußt einfach weiter. Er wußte, daß der Aufmarsch der Duellisten genügend Schauwerte bot, um sich dieses Reizspielchen leisten zu können.
Jaynes betrat die Arena, und Angrica glaubte ihren Augen nicht zu trauen. Der Name *Avalon Jaynes* hatte ihr überhaupt nichts gesagt, aber er trug immer noch dieselbe Kleidung wie vor ein paar Tagen, und seine Augen waren auch auf die Entfernung hell wie Diamanten unter der Oberfläche eines klaren Sees. »Um Himmels Willen ... Vater!« stieß sie hervor, »das ist er! Das ist der Mann!«
»Wer? Welcher?« fragte ihr Vater, und blickte in die Richtung der sich kämmenden Galane. »Da unten, der gerade in die Arena geht! Das ist der Mann, der mich gerettet hat! Mich und den Schmuck! Bei dem Kutschenüberfall! Das ist er!«
»Was denn? Dieser Kerl? Der sieht ja selber wie ein Brigant aus. Warum verhüllt er sein Gesicht wie ein Strauchdieb?«
»Vater, du mußt verhindern, daß er kämpft! Ich verdanke ihm mein Leben!«
»Wie soll ich denn das verhindern, Angrica? Wie stellst du dir das vor? Das hier ist ein Turnier des Bischofs, da kann ich nicht einfach hingehen und sagen: *Nehmt den Mann da aus dem*

Programm. Außerdem ist er offensichtlich kein Gefangener oder sowas. Er kämpft freiwillig hier. Er ist ein Abenteurer, der für Geld sein Leben in einer Schau-Arena riskiert. Findest du das nicht auch ein bißchen ... gering?«

»Vater, wir schulden ihm viel!«

»Ja, gut, ich bin ja bereit zuzugestehen, daß er uns einen großen Dienst erwiesen hat. Also was willst du von mir hören? Wenn er überlebt, werde ich ihn zu uns einladen, einverstanden? Vielleicht kann ich die Kosten seiner medizinischen Versorgung nach den Kämpfen übernehmen, um mich bei ihm zu revanchieren. Hm? Ist das nicht Ehre genug?« Angrica konnte das alles nicht glauben. Ihr Blick war wie festgebrannt auf dem geheimnisvollen Abenteurer, der unter dem freundlichen Begrüßungsbeifall der Zuschauer den ersten Halbkreis der Gladiatorenaufstellung vervollständigte. »Aber ... aber ... was, wenn er stirbt?«

»Das liegt in Gottes Hand allein, mein Töchterchen. Da können wir gar nichts machen. Wenn er aber wirklich mit einer ganzen Bande von Räubern fertiggeworden ist, wie du in so glühenden Farben wieder und wieder geschildert hast, dürften so ein paar Zweikämpfe ja wohl kaum ein ernstes Problem für ihn darstellen. Hm, vielleicht sollte ich auf ihn wetten. Immerhin besitze ich Informationen über seine Fertigkeiten, die andere nicht haben. So ein Glück soll man nutzen. Ich denke, ich schließe eine Wette auf ihn ab. Wie war noch gleich sein Name?«

»Avalon. Sein Name war Avalon.«

»Der Begriff *Ungeheuer* geht einem nicht leicht über die Lippen, wenn man einen Turnierteilnehmer vorstellt«, hallte jetzt die Stimme von Declan Gillett wieder durch den hölzernen Kessel. »Aber der nun folgende Kämpfer hat sich die Bezeichnung *Ungeheuer* redlich verdient – durch das Spitzfeilen seiner Zähne, das In-Eisen-Schlagen seiner Fäuste und durch die unglaubliche Wildheit, Kraft und Todesverachtung, die im Nahkampf seine Markenzeichen sind. Gefürchtet und geehrt auf diversen Turnierschauplätzen in den Steppen des Westens und den Wüsteneien des Südens, geführt und geleitet von seinem Betreuer Aloysius Bonero – hier kommt *Maliw, der Menschenfresser!*«

Diesmal raunte die Menge schon, während sich das Tor öffnete, hier bahnte sich ein echter Knüller an. Und tatsächlich war der Eindruck, den Maliw hinterließ, unheimlich genug, um Gilletts Versprechungen einzuhalten. Mit schaukelndem Gang, wie ein Tier auf zwei Beinen, ließ er sich von Bonero an einer kurzen Halsleine in die Arena führen. Erstmals konnten auch die anderen Teilnehmer Maliws Gesicht sehen, denn jetzt wollte Bonero ihn nicht mehr verstecken, jetzt sollten die Sechzehntausend ihn angaffen, und sie taten es auch.

Maliw war häßlich auf eine Bedauern erregende Weise. Die viel zu kleinen, eng beieinanderliegenden Augen und der gedrungene, kahle Schädel, der oberhalb des Augenbrauenwulstes kaum Platz ließ für ein Gehirn, ließen darauf schließen, daß Maliw schon von Geburt an geistig schwer behindert gewesen war. Sein Mund ließ sich nicht richtig schließen und sabberte andauernd, aber das lag nicht an den spitzgefeilten Zähnen, sondern daran, daß Bonero Maliws Gebiß entweder mit echten Raubtierzähnen überkront hatte, die viel zu groß waren für den Mund eines Menschen, oder vielleicht sogar ein gesamtes Tiergebiß mehr schlecht als recht eingepaßt hatte. Jaynes und der noch hinter dem Tor wartende Thruac, die am ehesten nachvollziehen konnte, was ein Maliw fühlte, falls er überhaupt etwas fühlte, empfanden peinigendes Mitleid mit dieser Kreatur. Gleichzeitig jedoch flößte Maliw auch Furcht ein. Die Furcht vor einem Wesen, das sein Leben lang zum Töten gedrillt worden war und dem jede Ehre und jede Moral, aber auch jeder gesunde Selbsterhaltungstrieb fremd waren. Bonero erstrahlte im Schatten des von ihm vermarkteten Geschöpfes, zog seinen Hut in alle Richtungen und verbeugte sich wie ein Zauberkünstler vor dem begeisterten Publikum. Auf einen Ruck am Halsband hin schwang Maliw die langen, kräftigen Arme nach oben und schüttelte grollend die mit fettigen Metallbändern umwundenen Fäuste. Thruac fühlte sich schmerzhaft an die Nummer erinnert, die er als großer böser Riese in *Brarens Wanderndem Ring* immer hatte abziehen müssen, in Tierfelle geschlungen und brüllend die Zähne bleckend. Für ihn war das immer ein Spiel gewesen, eine Darbietung, um einem begehrten Feindbild gerecht zu werden, aber Maliw spielte nicht. Maliw war der Menschenfresser. Er hatte nie etwas anderes kennengelernt.

Beide, Avalon Jaynes und Thruac, hofften aus Mitgefühl, daß das Los sie nicht gegen diesen Gegner hetzen würde. Bei Andreus, Eljatin und Balkwist war es eher Angst, die sie dasselbe hoffen ließ.

Das Publikum jedenfalls war begeistert. Nach dem Wilderer nun schon das zweite Monster unter all diesen tapferen Rekken. Das versprach ein unterhaltsamer Tag zu werden.

»Maliw wird ohne Schwert oder Keule antreten, seine Waffen werden seine metallischen Fäuste sein. Mutet Ihnen das gewagt an, meine Damen und Herren? Können Sie sich kaum vorstellen, wie jemand nur mit metallenen Händen einem geübten Schwertfechter gegenübertreten will? Lassen Sie mich Ihnen eröffnen: Wir können dies noch überbieten! Der jetzt folgende Kämpfer tritt nämlich mit vollständig bloßen Händen an, nicht einmal Faustkampfhandschuhe will er verwenden. Er kommt von weit her, von den bereits erwähnten Daimyo-Inseln, und Kenner der dortigen Kampfkünste werden schon ahnen, daß ein Adept von dort nicht nur mit bloßen Händen, sondern auch mit bloßen Füßen gefährlich ist. Sein wirklicher Name ist Shohiroaki, aber er nennt sich jetzt *Nanimonai* – was übersetzt *Nichts* bedeutet –, und er ist der letzte Überlebende der Kawara-Schule, die vor Jahren durch einen feigen Hinterhalt der Takasa-Schule vernichtet wurde. Heißen Sie mit mir willkommen – den Mann, der sich *Nichts* nennt, obwohl er *Alles* in seinen Händen hat: *Nanimonai*!«

Das Tor schwang wieder auf, und erstmal passierte gar nichts. Dann erschien Nanimonai in der Öffnung, und das Publikum war sofort enttäuscht. Nach Gilletts feurigen Worten hatten sie einen Krieger in einer dieser unglaublich prunkvollen Helmrüstungen erwartet, die als Gastgeschenke der Daimyo-Inseln auf der Rathausgalerie standen. Stattdessen trug Nanimonai ein simples, fast bodenlanges Gewand, das an Farblosigkeit noch mit dem Sand konkurrierte, sein hübsches Gesicht war leicht gesenkt und so zur Hälfte von seinen Haaren verdeckt, und da er nichts sonst bei sich hatte, sah er auch wirklich nach nichts aus. Die Zuschauer, die nur des Spektakels wegen hier waren, hatten ihn schon vergessen, als er seinen Platz im sich langsam rundenden Kämpferkreis einnahm. Einige erfahrenere Wetter jedoch – wie Hains van den Veldern und Jupiter Duddek – machten sich emsig Notizen.

»Als nächstes ist es mir eine besondere Ehre, einen meiner eigenen Schützlinge vorstellen zu dürfen. In den Geboten Gottes und den persönlichen Anliegen unseres Bischofs spielt die Barmherzigkeit eine große Rolle, und deshalb ist es uns bei diesen Veranstaltungen schon teure Tradition geworden, einem Angehörigen einer im Krieg unterlegenen Armee die Möglichkeit zu gewähren, sein Schicksal in das eines Siegers umzuwenden. Unser nächster Teilnehmer war nichts weiter als ein verwirrter, heilloser Heide, als ihn die glänzenden Garden unseres Glaubens gefangennahmen, aber Schule, Brot und Zucht der Hölzernen Arena haben einen Mann aus ihm geformt, der es als Gladiator mit den gerühmtesten Kämpfern aller Länder mühelos aufnehmen kann. Er kämpft heute mehr um seine Freiheit, als um einen Preis oder sein Leben. Hier ist – ausschließlich präsentiert von der Hölzernen Arena der Befestigten Stadt – *Quenzais*!« Quenzais' Auftreten war eindrucksvoll. Er stürmte in die Arena, so, wie professionelle Gladiatoren dies zu tun haben, und umrundete einmal den Teilnehmerzirkel, dabei seine Waffe, einen gefährlich aussehenden Dreizack, in der ausgestreckten Rechten ringsum den Tribünen präsentierend. Am linken Arm trug er einen kleinen runden Schild, und auch ansonsten war sein Körper gut durch sogenannte *Fasciae* – harte Lederbandagen – und metallische Brust-, Schulter-, Bauch- und Unterleibssegmentplatten geschützt. Sein Gesicht war nicht zu sehen, denn er trug einen silberfarbenen *Galea*, einen Gesichtshelm, der vorne wie ein Schiffsbug in einer spitzen Längskante zulief, mit Sehschlitzen links und rechts davon. Das Publikum jubelte wieder deutlich lauter als bei Nanimonai. Ein echter, gut ausgebildeter und fast wie ein fahrender Ritter gerüsteter Gladiator, noch dazu ehemaliger Soldat, stellte für viele einen sicheren Favoriten für die Endrunden dar. Verwalter von Wettlisten mühten sich damit, die richtige Schreibweise von Quenzais' Namen zu erraten, und kamen dabei auf viele unterschiedliche Ideen.

»Meine hochverehrten Gäste – Sie können mir glauben, ich habe schon vieles gesehen in meiner langjährigen Tätigkeit als Veranstalter von Schau- und Kampfspielen, sowie als Besitzer einer der angesehensten Arenen im Lande. Aber noch nie habe ich einen Kämpfer mit einer dermaßen wahnwitzigen Waffe antreten sehen, wie ich Sie Ihnen jetzt präsentieren werde. Der Teilnehmer selbst nennt das Ding *den Pflug*, und ich kann nur sagen, ich bin genauso gespannt darauf, wie er dieses Gerät eigentlich als Waffe einsetzen will, wie Sie, meine Damen und Herren. Staunen Sie mit mir über den unvergleichlichen *Saul*.«

Saul ging einfach rüber und nahm seinen Platz ein. Rasselnd und scharrend schürfte er seine dutzendfache Schleifspur durch den Sand bis hin zum Mittelpunkt der Kampfbahn. Das gaffen-

de Publikum nahm er kaum zur Kenntnis. Nach ein paar Momenten der Verdutztheit brach aber großer Jubel und teilweise auch Belustigung aus. Gillett konnte sehr zufrieden sein. An Ungewöhnlichkeiten herrschte heute wahrlich kein Mangel, das würde sich herumsprechen und weitere Veranstaltungen dieser Art fördern. »Der jetzt folgende Teilnehmer verfügt über eine fast so lange Erfahrungsspanne im Kampfgewerbe wie ich – nur daß er seine Erfahrungen im Gegensatz zu mir innerhalb des Ringes gesammelt hat. Kämpfe auf Leben und Tod waren bislang nicht seine Spezialität, aber mit seiner Körpergröße, seiner ungeheuren Kraft, seinem nicht minder ungeheuren Zweihänder und vor allem, wie gesagt, durch die reiche Routine, mit der er so ziemlich jeden Trick und Kniff des etablierten Zweikampfhandwerkes kennt und anwenden kann, wird er so manchem jungen Hüpfer heute ein böses Erwachen bescheren. Meine Damen und Herren, freuen Sie sich mit mir auf *Thruac*!«
Dies war ein unglaublicher Augenblick für Thruac. In achtzehn Jahren als Festplatzboxer war er noch nie so wohlwollend vorgestellt worden wie mit den Worten *Freuen Sie sich mit mir auf Thruac*. Und noch nie hatten sechzehntausendfünfhundert Leute daraufhin gejubelt, seinen Namen gerufen und applaudiert. Er hatte in diesen Momenten das Gefühl, alles richtig gemacht zu haben. Sein trauriges Leben schlüpfte durch das Nadelör des Tunneltores hinaus ins Licht.
Strahlend, den Bihänder lässig über eine Schulter gelegt, schlenderte er hinaus und winkte der feiernden Menge zu. Diesmal hatte er sich auch nicht in Felle hüllen müssen, um den bösen Tiermenschen zu mimen, sondern er trug ein ganz normales Hemd und eine weite Hose. Er konnte er selbst sein, der gute Riese, der die Kinder gern hatte, und die Leute freuten sich trotzdem. Als er seinen Platz einnahm neben Saul, mußte Thruac sich mit dem haarigen Handrücken über die Augen wischen, und der Handrücken fühlte sich feucht an hinterher.

»Über den folgenden Teilnehmer kann ich Ihnen leider genau so wenig Hintergrundwissen vermitteln wie über den Teilnehmer Bucthoy. Während Bucthoy jedoch in einer fremden Sprache spricht und es ihm deshalb schwerfällt, sich uns anders als durch Waffen mitzuteilen, liegt das Geheimnisvolle des jetzt auftretenden Kämpfers darin begründet, daß er sich beharrlich über sein Leben und seine Person ausschweigt und es offensichtlich seine Absicht ist, seine heutige Leistung in der Arena unmißverständlich für sich sprechen zu lassen. Seinen Namen hat er uns immerhin verraten, und jetzt verrate ich ihn Ihnen: *Calm Wintry.*«
Wintry hätte diesen Auftritt am liebsten umgangen, aber die aufgeregten Helferlein hinter den Kulissen hatten darauf bestanden. Er wollte das Turnier hinter sich bringen, die vier Pechvögel, die sie gegen ihn losen würden, kaltmachen und sich die Rechte an allen Kadavern sichern, um einen möglichst guten Schnitt zu machen. Das Spektakel drumherum war ihm ziemlich zuwider. Dementsprechend mürrisch schaute er auch drein, als er die Arena querte und sich wie ein Trottel in dieser Tanzformations-Ausgangsstellung einreihte. Wenn er so die Zuschauerränge hinaufschaute, konnte er ausschließlich blasse, bleiche, fahle Gesichter sehen.
»Lassen Sie mich Ihnen eine Frage stellen, meine Damen und Herren: Kann man mit einer Waffe, die keinerlei Schneide und keinerlei Spitze aufweist, vermeintlich besser bewaffnete Gegner regelrecht deklassieren? Man kann, lautet die Antwort, selbstverständlich. Allerdings bedarf es eines Meisters, eine solche Waffe virtuos zu beherrschen. Und wir haben einen solchen Meister heute hier. Seine Heimat liegt so weit entfernt, daß niemand hier auch nur ihre Lage auf den Karten kennt, seine Waffe ist ein hölzerner Kampfstab und sein Name ist *Wei Guan Zhou.*«
Auch der junge Mönch hatte Schwierigkeiten mit seinem Auftritt, aber nicht aufgrund einer Mißbilligung der Inszenierung,

sondern weil die schiere Lautstärke der Sechzehntausend ihn fast wieder in den Durchgangstunnel zurücktrieb. Das Publikum war wie ein Gewitter aus Gesichtern. Niemand konnte so viele Menschen unter Kontrolle halten, und da sie jetzt schon tobten, war es nur noch eine Frage der Zeit, bis sich alles hier in Chaos auflösen wurde. Geduckt hetzte Guan Zhou in die Mitte des Teilnehmerkreises, wie jemand, der sich möglichst schnell vor einem Unwetter unterstellen möchte. Das sorgte für Heiterkeit bei Teilen des Publikums und auch bei einigen Teilnehmern. Orne nahm sich schließlich des verschreckten Mönches an, redete beruhigend auf ihn ein und geleitete ihn zu seinem Platz im jetzt fast vollständigen Kreis. Einer fehlte noch.

Declan Gillett ließ Momente verstreichen, den gutgelaunten Applaus für den Kampfstab-Mönch verebben. Seelenruhig rollte er das Pergament mit den Teilnehmernamen wieder zusammen und reichte es an Orne weiter, der es in einer Gewandtasche verschwinden ließ. Dann zeigte Gillett auf die Lücke im Kreis, zwischen Wei Guan Zhou und dem Soldatentrupp um Alam den Wilderer. »Sechzehn Teilnehmer habe ich Ihnen für heute versprochen, und fünfzehn habe ich Ihnen bislang präsentiert, meine Damen und Herren. Einen bin ich ihnen noch schuldig. Einen ganz besonderen.« Er genoß es, wie die Spannung jetzt stieg, wie er die Sechzehntausendfünfhundert um den kleinen Finger wickeln konnte und die Lautstärke des Massenbrodelns langsam wieder anstieg. »Natürlich waren die meisten von Ihnen erstaunt, als in meiner alphabetischen Auflistung der Teilnehmer dem Buchstaben C der Buchstabe E folgte, ohne daß der Buchstabe D dazwischen erwähnt wurde.« Weiterer Anstieg des Gemurmels, viele begriffen jetzt und erzählten das aufgeregt ihren Sitznachbarn. »Nein, er hat nicht abgesagt. Er hat sich nicht anders entschieden, ist uns nicht abgeworben worden, ist auch nicht krank geworden, und Sie sind auch nicht Opfer einer betrügerischen Plakatwerbung, die Ihnen etwas versprochen hat, was nicht zu halten war, oh nein.« Die Menge schaukelte sich hoch, die ersten fingen an zu klatschen, vereinzelte Rufe waren zu hören. »Nein, der Grund, weshalb ich diesen Teilnehmer nicht der alphabetischen Reihenfolge untergeordnet habe, ist, daß für diesen Mann keine wie auch immer geartete Eingliederung angemessen ist.« Mehr Applaus, rhythmischer, immer mehr Leute schrien den Namen des sechzehnten Teilnehmers. »Dieser Mann steht immer außerhalb der Reihe, weit darüber nämlich, spätestens seit dem Tag, an dem er zum zweiten Mal ein Leben-Tod-Guzen-Turnier des Bischofs für sich entscheiden konnte.« Mittlerweile kapierte selbst der Dämlichste, das Tohuwabohu ringsum kochte immer weiter hoch, Gillet mußte trotz der guten Mittelpunktakustik schreien, um überhaupt noch gehört zu werden, aber er genoß jetzt jeden einzelnen Augenblick. Das waren die Momente, in denen der Besitz einer Arena sich wirklich lohnte. »Dieser Mann steht immer außerhalb der Reihe, denn heute will er zum dritten Mal gewinnen und damit leisten, was noch niemals einem Kämpfer unserer Zeit gelungen ist: die Trilogie des Siegens zu schreiben mit dem Blut der Besten.« Erste Tücher flogen durch die Luft, Wei Guan Zhou zog wieder den Kopf ein und schmiegte sich fast an die neben ihm stehende Soldatenpatrouille. Auch Maliw wurde unruhig, begann, den Oberkörper hin und her zu wiegen und zu schnaufen. »Meine Damen und Herren! Meine Herren, halten Sie die Damen gut fest! Hier ist er! Der Poet unter den Degenfechtern! Der Tänzer unter den Gladiatoren! Der Unbesiegte unter den Sterblichen! *Cyril … Brécard … DeVlaaaaaaaaaaaaaaaame!*«

Jetzt schmetterten die Fanfaren los, eine schöne, mehrstimmige Melodie mit dem Titel *Dem Sieger dies zum Kranze.* Gleichzeitig schwang das Durchgangstor weit auf, und DeVlame erschien, flankiert von zwei üppigen Mädchen, die man nur in weitester Auslegung des Wortes als bekleidet bezeichnen konnte. Die eine trug in den Händen einen Strauß roter und schwarzer Rosen, die andere trug DeVlames schwarzes Degengeschirr, umwickelt mit roten Seidentüchern. DeVlame selbst trug schwarze Schuhe, eine schwarze, enganliegende Hose, ein dunkelrotes Rüschenhemd mit einer schwarzen Samtweste darüber und einen schwarzen, breitkrempigen Hut mit dunkelrotem Band. Er hielt den Kopf unter dem Hut leicht gesenkt und ließ den auf ihn niederprasselnden Regen von Blumen, bunten Tüchern und versiegelten, parfümierten Briefen völlig ungerührt über sich ergehen, während er mit den beiden Schönheiten eine langsame Ehrenrunde entlang der Balustrade drehte, bevor er sich endlich zu den anderen Teilnehmern gesellte und den Kreis damit schloß. Das eine der beiden Mädchen händigte ihm seine Waffe aus, die er gelassen umgürtete, das andere Mädchen lief weiter den Randaufbau entlang und warf ihre Rosen ins kreischende Publikum. Declan Gillett schlotterte regelrecht vor Selbstbestätigung. Crao fixierte DeVlame mit bösem Blick, Wintry schüttelte nur verächtlich den Kopf. Balkwist lachte die ganze Zeit. Erst als die beiden Begleiterinnen DeVlames unter dem anerkennenden Gepfeife der männlichen Zuschauer die Kampfbahn verlassen hatten und auch die Blechbläser mit ihrem Lied zum Ende gekommen waren, kehrte langsam wieder etwas Ruhe in den Hexenkessel ein.

Während DeVlames Einmarsch verständigten sich Hains van den Veldern und Jupiter Duddek brüllend über ihren ›Finalisten-Topf‹.

»Also, die einzige Frage scheint mir doch zu sein: Wer wird am Ende Gegner von DeVlame?« schrie van den Veldern. »Und ich denke, der einzige, der da gegenhalten kann, ist wahrscheinlich dieser kleine Stabkämpfer. Gib mir Schnelligkeit jederzeit vor sturer Kraft. Die beiden werden das schaukeln.«

»Da bin ich ja nun ganz anderer Ansicht«, übertönte Duddek den umgebenden Lärm, zumindest ins Ohr seines Freundes hinein. »DeVlame hat seinen Zenit doch längst überschritten. Der Mann ist sechsunddreißig Jahre alt. Dieses Turnier ist das Turnier, das er nicht mehr hätte machen dürfen.«

»DeVlame ist noch nicht sechsunddreißig.«

»Und ob er das ist.«

»Er ist bei der Sechsunddreißigsten Armee angestellt, du bringst da was durcheinander.«

Duddek ließ sich nicht beirren. »Jedenfalls ist er über dreißig. Und viel zu lange raus aus der Turnierkämpferei. Wahrscheinlich ist sogar dieser alte Hüne Thruac besser in Form als DeVlame. Der DeVlame wird hier draufgehen oder schwer verstümmelt werden. Das ist traurig, aber ganz allein sein Fehler. Das Finale werden bestreiten ... der Gladiator, Quenzais – und natürlich dieser Wilderer. Hast du die Geschichten nicht gehört, wie der eine ganze Armee monatelang in Schach gehalten hat? Dieser Alam ist kein gewöhnlicher Kämpfer, das ist ein märchenhaftes Tier in Menschengestalt. Der wird hier eine Gewalt entfesseln, das hat die Befestigte noch nicht gesehen. Denk an meine Worte.«

»Hm. Über den Waffenlosen habe ich noch nachgedacht. Was traust du dem zu?«

»Ich weiß nicht. Wenn er der letzte Überlebende seiner Schule ist, kann es mit seiner Schule nicht allzuviel auf sich haben.«

»Ja, genau das hat mich auch gestört. Also gut, dann halten wir es fest. Ich sage DeVlame gegen Wei Guan Zhou, und du sagst Quenzais gegen Alam. Die Wette steht.«

»Und ob sie steht.«

Gillett räusperte sich. »Das ist es also, das Aufgebot des heutigen Tages, und Sie werden mir sicherlich zustimmen, daß die Hölzerne Arena unter der segnenden Hand des Bischofs eine Ansammlung von Kämpfern präsentiert, wie sie vielfältiger und aufregender gar nicht sein könnte. Jedoch das letzte Element fehlt noch, um all die hervorragenden Einzelteile zu einem ewig unvergessenen Ganzen zu verbinden, und dieses letzte Element ist die Hand Gottes, das ordnende Schicksal, das Glück und das Unglück, das Alles und das Nichts – oder schlicht Guzen, wie wir, die wir in diesem Gewerbe leben, das nennen. Deshalb werde ich jetzt die Auslosung der Kampfpaarungen der ersten Runde vornehmen. Bevor ich diese geheiligte Handlung vollführe, will ich aber mit Ihnen allen, und mit diesen sechzehn tapferen Männern, die sich heute bereit erklärt haben, ihr Leben für eine Sache zu riskieren, die größer ist als der einzelne, ein einfaches Ritual durchführen, das wir hier in der Hölzernen Arena zur Tradition erklärt haben vor jedem gefahrvollen Turnier. Für ein paar Momente, meine hochverehrten Damen und Herren, bitte ich Sie, sich von Ihren Plätzen zu erheben und sich gemeinsam mit mir und den Duellanten des heutigen Tages in Momenten des Schweigens zu sammeln, im stillen Andenken an all die Gladiatoren, die ihr Blut auf diesem Grund und Boden vergossen haben, und in respektvoller Achtung vor denen, die ihr Blut heute und an kommenden Tagen hier vergießen werden. Bitte, meine Damen und Herren.« Rauschend und murmelnd erhoben sich die etwa zwölftausend Sitzplatzgäste langsam von ihren Bänken und Logensitzen.

Natürlich wurde es nicht vollständig lautlos in der Arena. Irgend jemand mußte immer husten oder schwatzte munter weiter mit seinem ebenso frechen Kumpan, oder ein Kind quengelte oder jemand schneuzte sich die Nase oder ein Störenfried rief sogar »An-fang-gen!« Aber im großen und ganzen war der Effekt doch erstaunlich. Stille senkte sich über ein hölzernes Tal. Wei Guan Zhou war überrascht, und von der Vergeistigtheit des Augenblicks ergriffen. Ein paar andere Teilnehmer – Avalon Jaynes, Andreus, Thruac und Gortyn Terentius Crao – schlossen feierlich die Augen und ließen das Schweigen so vieler Menschen auf sich wirken. Maliw kriegte nichts mit, wiegte schielend den Kopf hin und her und summte sehr, sehr leise. Auch Nanimonais Lippen bewegten sich, vielleicht betete er. Quenzais atmete tief durch seinen Helm und rief sich, genau wie Orne, die Namen und Gesichter derer in Erinnerung, für die hier geschwiegen wurde. Alam der Wilderer hob den Kopf und hielt dem Blick der Sonne stand.

»Wir danken Ihnen«, sagte Gillett gelassen, und gab damit das Kommando, sich wieder zu setzen und wieder zu lärmen. »Ich beginne jetzt mit der Auslosung. Ich bitte jeweils nach einer Ziehung den erstgenannten Kämpfer, sich durch dieses Tor zurückzuziehen, und den zweitgenannten Kämpfer, durch jenes Tor dort zu gehen.« Er deutete auf zwei gegenüberliegende Türen. »Die als letzte gezogene Paarung verbleibt hier in der Arena und wird als erste Kampfpaarung des Tages ohne weitere große Worte das Turnier eröffnen.« Orne nahm nun die verzierte Holzschüssel in beide Hände und schüttelte sie. Das Klappern der Holzlose war deutlich zu hören, und Orne widmete sich mit Sorgfalt dem gründlichen Mischen der sechzehn Lose. Gleichzeitig huschte eine Handvoll Bediensteter durch verschiedene Öffnungen auf die Kampfbahn, um den Sand von den Blumen und den anderen Gegenständen, die während DeVlames Einmarsch hinabgeworfen worden waren, zu säubern, indem sie den ganzen Krempel in große Bastkörbe sammelten.

Orne löste den Deckel von der Losschüssel und hielt sie dem Veranstalter hin. Den Blick abgewandt, griff dieser hinein und zog zwei Holzplättchen mit darauf eingebrannten Namen heraus. Seine Stimme wurde wieder lauter.

»Turnierrunde Eins besteht aus acht Begegnungen, und die achte Kampfpaarung lautet: Calm Wintry gegen Cyril Brécard DeVlame.«

Mit großer Geste warf Gillett die beiden Plättchen ins laut raunende Publikum, damit sich das Volk davon überzeugen konnte, daß alles mit rechten Dingen zuging. DeVlame schon in der ersten Ziehung – das war ziemlich spektakulär, und Gillett gratulierte sich selbst zu seinem Glück, denn da dieser Kampf erst als letzter der ersten Runde stattfinden würde, war eine ansteigende Spannungskurve bereits garantiert. Ungerührt von der Gegnerzuweisung gingen Wintry und DeVlame durch die beiden entgegengesetzten Tore davon, DeVlame wurde wieder mit Namensrufen und lautem Applaus verabschiedet. Durch einige der übrigen Teilnehmer ging ein Aufatmen, denn der haushohe Favorit DeVlame würde ihnen zumindest in der ersten Runde erspart bleiben. Mit vor Zufriedenheit glänzendem Gesicht setzte der Veranstalter die Ziehung fort.

»Die siebte Kampfpaarung des Tages: Avalon Jaynes gegen Saul.«

Wieder blieben beide Genannten unbeeindruckt, Saul zog seine Spur durch das rechte Seitentor. Höflicher Applaus für beide, und immer noch staunende und kopfschüttelnde Konversation über den Pflug. Gillett warf die Losplättchen in die Ränge, wo man sich um die begehrten Andenken balgte, und machte weiter.

»Die sechste Kampfpaarung: Veldeon Balkwist gegen Brone Carper.«

Carper war also der Glückspilz mit dem Freilos. Frech grinsend stiefelte er davon. Diesen komischen ›Leutnant‹ würde er in goldlamierte Fetzen hauen. Balkwist mußte erst von Orne darauf hingewiesen werden, daß er jetzt die Arena fürs erste verlassen sollte, und durch welches der vielen Tore. Orne war

die Geduld selbst, er wurde gut bezahlt für diesen Tag. Balkwist verstand schließlich und schlenkerte winkend zum Tor. »Mach sie fertig!« rief ein Spaßvogel zu Balkwist hinunter. »Aber klar!« lachte dieser zurück und salutierte wacklig.
»Die fünfte Kampfpaarung: Thruac gegen Wei Guan Zhou.«
Guan Zhou hatte sich nicht alle diese fremden Namen merken können, aber als er sah, daß es der Riese war, der sich jetzt aus dem zersplitternden Kreis löste, verneigte er sich in dessen Richtung, sagte »Ich danke für dieses Los, denn du bist ein guter Gegner«, verneigte sich dann auch vor Gillett und Orne und ging dann durch sein Tor. Thruac nickte dem Mönch zu und kratzte sich am Kinn. Kopfschüttelnd verließ er die Arena, äußerst unzufrieden mit dieser Auslosung. Ausgerechnet ein schneller, wendiger Gegner. Schlimmer hätte es kaum kommen können. Wie sollte er treffen mit einem Schwert, das größer war als der Gegner selbst?
»Die vierte Kampfpaarung: Andreus gegen Nanimonai.« Andreus atmete aus. Für einen entsetzlichen Moment hatte er gefürchtet, der Veranstalter würde als zweiten den Namen seines Bruders nennen, der ja noch im Topf war. Aber der Waffenlose. Das war doch zu packen. Eljatin ballte aufmunternd eine Faust und nickte Andreus zu. *Geh nur, ich komm schon alleine klar*. Andreus gab seinem jüngeren Bruder das Schwert, denn der würde zuerst kämpfen müssen. *Viel Glück. Viel Glück.* Wortlos gingen Andreus und Nanimonai in verschiedene Richtungen. »Die dritte Kampfpaarung: Maliw gegen Eljatin.« Eljatin wurde bleich. Der Menschenfresser! Ausgerechnet er mußte gegen den Menschenfresser kämpfen! Und er war als zweiter gezogen worden und sein Bruder als erster, also mußten sie durch verschiedene Tore gehen und würden sich vor dem Kampf nicht mehr wiedersehen. Eljatin wollte plötzlich tausend Dinge gleichzeitig tun. Er wollte seinem Bruder hinterherlaufen und ihm noch so viel sagen, ihn Dinge fragen

über *Cholectyr*, das jetzt als kalte Bürde in seinen Händen lag; er wollte die Gräber seiner Eltern noch einmal sehen, seine Geschwister, die kleine Lilin; ihm wurde klar, daß er sich aus purem Leichtsinn nicht von dem Mädchen namens Ceromi verabschiedet hatte und wie sehr ihn dieses Versäumnis schmerzte, und daß er nun nie erfahren würde, ob sie an ihn dachte oder nicht; er wollte Dinge lernen und erfahren, auch über die Staunen machende Befestigte Stadt, durch die Andreus ihn geführt hatte, ohne daß Zeit gewesen war für ein Links und Rechts; er wollte auch die Holzplättchen sehen und sich davon überzeugen, daß es wirklich seiner und Maliws Namen waren, die dort draufstanden, aber die Plättchen segelten schon in den gnadenlos blauen Himmel davon, und mit ihnen alle Hoffnung. Mit hängendem Kopf ging Eljatin durch das rechte Tor ins Dunkel, während Maliw von seinem Betreuer, der beruhigend auf ihn einredete wie auf ein Pferd, durchs linke Tor davongeführt wurde.

Nur vier Teilnehmer standen jetzt noch herum. Von der Ordnung eines Kreises war nichts mehr geblieben.

»Die zweite Kampfpaarung des heutigen Tages: Bucthoy gegen Quenzais.«

Quenzais senkte den Dreizack und zeigte mit den Spitzen auf seinen Gegner, dann rannte er genau so schnell von der Kampfbahn, wie er sie betreten hatte. Orne deutete für Bucthoy auf das linke Tor und nickte ihm zu, und der folgte dem Hinweis.

»Und die erste Kampfpaarung das heutigen Tages steht eigentlich schon fest, ich werde aber dennoch die Lose ziehen, um zu sehen, daß mit den Losen auch alles in Ordnung war. Und hier steht es schwarzgebrannt im Holz: Alam der Wilderer auf der linken und Gortyn Terentius Crao auf der rechten Seite. Diese beiden Teilnehmer verbleiben gleich in der Arena. Der Kampf beginnt nach einer kurzen Fanfare. Jetzt bitte ich den heute erfreulicherweise hier anwesenden Herzog Locir um die Erlaubnis, daß dem Gefangenen die Ketten gelöst werden und sich die Wachsoldaten vom Kampfschauplatz zurückziehen. Von jetzt an ist Alam der Wilderer wie auch Gortyn Terentius Crao, wie auch alle anderen Teilnehmer des Turnieres einzig und allein den unendlichen Gesetzen des Allmächtigen unterstellt.« Der Offizier unter den Soldaten blickte fragend hoch, Herzog Locir winkte mit angespanntem Gesicht sein Einverständnis hinab, und dem Wilderer wurden unter dem Gemurmel des Publikums die verketteten Eisenringe von den Gelenken genommen. Dies war der heikelste Moment für Herzog Locir und seine Loge, drei Leibgardisten lauerten jetzt mit auf der Balustrade aufgestützten Armbrüsten auf jegliche falsche Bewegung des Wilderers, um ihn sofort mit drei Stahlbolzen zu durchbohren, falls er auch nur Anstalten machte, den Speer in Richtung Publikum zu schleudern. Bertrand con Zelm sah aus, als müßte er sich jeden Moment übergeben oder ohnmächtig umkippen.

Aber der Wilderer blieb ruhig. Er rieb sich die wunden Handgelenke und tänzelte ein wenig auf der Stelle, um die Füße wieder besser zu durchbluten. Dann wählte er aus den drei Speeren den langen, schlanken, schwarzen aus, und die Soldaten gingen langsam und rückwärts Richtung Tunneltor. Der langsamste der Blumeneinsammler war jetzt auch fertig und huschte noch vor den Uniformierten in den Durchgang. Nur noch Gillett, Orne, der Wilderer und Crao standen im Sandring.

»Von jetzt ab bis zur Vollendung der ersten Runde gehört die Arena den tapferen Streitern – und Ihnen, meine Damen und Herren, die Sie mit Ihrem Jubel und Ihrer Empörung den Himmel selbst vertreten: ein Chor aus zwanzigtausend Stimmen. Ich erkläre die Kampfspiele des Bischofs für eröffnet!«

Ganz so viele Stimmen hatte der Chor zwar nicht, aber er schallte doch kräftig genug herab, als Gillett, beidhändig win-

kend und gefolgt von Orne unter Beifall und Getrappel die Kampfbahn verließ. Der Wilderer sah seinen Gegner direkt an.
»Versuch nicht zu fliehen«, war Craos Entgegnung. »Ich würde dich finden.«
Die Fanfare ertönte und befahl der Zeit, kurz stillzustehen, und sich dann beschleunigt zu verausgaben, bis keine Zeit mehr übrig war.

Während dem Wilderer die Ketten gelöst worden waren, hatten Hains van den Veldern und Jupiter Duddek ihre Duellwetten abgesprochen.
»Also mit Alam hast du mich so'n bißchen überzeugt, beim ersten Kampf sage ich auch Alam«, räsonierte van den Veldern. »Dann Quenzais, dann Maliw, dann ... naja, hier sage ich mal doch Nanimonai, dann Wei Guan Zhou, ist klar, dann Carper, dann ... das ist schwer einzuschätzen ... Jaynes, und am Ende DeVlame.«
»Und da steckst du schon tief in der Tinte, mein Bester. Denn DeVlame wird schon in der ersten Runde auseinandergenommen. Hast du gesehen, wie völlig unbeeindruckt der Neger

davon war, gegen den Favoriten gelost worden zu sein? Der ist deshalb so gelassen, weil er weiß, daß er DeVlame schlagen kann. Da wird dem DeVlame alles Degengefuchtel nichts helfen, wenn der große schwarze Mann einfach der Härtere ist.«
»DeVlame ist auch hart, sonst hätte er nicht schon zwei Turniere gewonnen.«
»Na und? Der Neger trägt 'ne *Lederrüstung*, Hains! Das ist DeVlames Ende! Selbst wenn er doppelt so schnell wäre wie der Schwarze – wohlgemerkt: wäre –, richtet ein Degen gegen eine Lederrüstung doch überhaupt nichts aus. Lospech, würde ich sagen. Es gibt wahrscheinlich keinen übleren Gegner für DeVlame im ganzen Teilnehmerfeld als Calm Wintry.«

»Wir werden ja sehen. Also wie sieht deine Liste aus?«

»Alam, Quenzais, Maliw, Andreus – einfach weil er eine Waffe hat und der andere nicht –, Thruac – denn wenn er auch nur ein einziges Mal trifft, sind Kampfstab und Stabkämpfer futsch –, Carper, Saul – wer sich mit so einem Ackergerät in eine Arena stellt, muß wissen, wie man damit Schaden anrichten kann – und Wintry.«

»Hm. Wenn du sagst, Saul gewinnt, nur weil er den Mut hat, mit so einem Unfug als Waffe anzutreten, müßtest du eigentlich auch sagen, Nanimonai gewinnt, weil er den Mut hat, ganz ohne Waffe anzutreten.«

»Es gibt immer noch einen Unterschied zwischen einem Unfug als Waffe und gar keiner Waffe. Dieser Nanimonai ist nicht mutig, der ist blöde.«

»Wir werden ja sehen.« Van den Veldern überprüfte seine Notizen. »Also einig sind wir uns bei 1, 2, 3 und 6, und richtige Wetten kommen zustande bei 4, 5, 7 und 8. Das sieht doch gut aus. Diesmal habe ich ein gutes Gefühl. Diesmal werde ich dich schlagen.«

»Davon träumst du schon seit Jahren.«

»Aber diesmal verzettelst du dich, weil du DeVlame unterschätzt.«

»Du machst jedesmal denselben Fehler, mein Bester: Du läßt dich viel zu sehr von Äußerlichkeiten beeindrucken. Wer gut aussieht, ist für dich immer der Held. Aber die Welt funktioniert nicht so einfach.«

»Die Welt vielleicht nicht, aber eine Arena manchmal schon. Du wirst schon sehen.«

»Wir werden beide sehen, und deswegen sind wir ja auch hier.«

Die Fanfare durchtrennte ihr Gespräch und lenkte all ihre Aufmerksamkeit abwärts.

Crao hatte keine Chance, an seinen Gegner überhaupt heranzukommen. Das schien für jeden offensichtlich. Alams Speer war drei Schritte lang, und gut zwei dieser drei Schritte konnte der Wilderer den Patrizier eigentlich immer auf Distanz halten. Aber Crao war schnell - schneller, als irgend jemand es ihm zugetraut hätte, und als der Wilderer den Kampf mit einem nur halbherzig gezielten Stoß eröffnen und beenden wollte, sprang Crao längs der schwarzen Stange nach vorne und zog ihm die Stilettklinge quer über die Brust, zerfetzte die gelbroten Wappentücher und beschwor das erste Blut dieses Turnieres herauf. Alam und das Publikum staunten.

Craos Nachsetzer wurde von Alam ausgetanzt, Alams Konterversuch ging aber ebenfalls daneben. Beide waren jetzt hellwach, und die Gelangweiltesten unter den Zuschauern ebenfalls.

Die Gegner belauerten sich, Alam den Speer nach vorne haltend, Crao das Stilett in der Rechten, die Parierklinge in der Linken abwehrend erhoben. »Du blutest, wilder Mann«, höhnte Crao, »du bist doch nicht etwa in Wirklichkeit ein Mädchen?«

Diesmal griff Crao als erster an, Alam parierte mit einer Seitwärtsbewegung des Speeres. Craos nächste Attacke war so ungestüm, daß sie ihn fast selber von den Beinen riß, aber er fing sich, und Alam konnte die Gelegenheit nicht verwandeln. Die Reichweite war zwar der Vorteil des Speeres, aber eine gewisse Sperrigkeit der Nachteil.

Sie versuchten sich gegenseitig auszurechnen, dann stürmten plötzlich beide vorwärts. Alams Stich, sauber mit der Pariergabel weggeschlagen, Alams seitlicher Reißzug schwirrte ins Leere, Crao stach zu, doch Alam veränderte blitzschnell seine Position, wirbelte einmal um seine Achse und stieß den Speer über dem

Kopf ausgeholt auf Crao herunter. Die Speerspitze schlug lärmende Funken gegen beide Ausläufer der Pariergabel. Zitternd zuckte der Speer zurück und stieß wieder vor wie eine Giftschlange. Wieder pariert. Alams nächster Stich verfehlte den ebenfalls dauernd in Bewegung begriffenen Crao, Craos Konter hätte getroffen, wenn Alams Meidbewegung nicht so behende gewesen wäre. Erneut parierte Crao einen guten Vorstoß des Wilderers. Erneut riß der Wilderer die Metallspitze waagerecht nach vorne - und diesmal fing Crao das aggressive Reptil in seiner Gabel. Jetzt rangen beide Männer um die ineinander verbissenen Waffen. Alam konnte zwar seinen Speer wieder freizerren, hatte aber Craos zweiter Hand nichts mehr entgegenzusetzen. Überrumpelt nach hinten wegspringend wurde er am rechten Schienbein getroffen, ein tiefer Schnitt, der über den Knochen schabte. Crao setzte nach, rotierte jetzt mit beiden Waffen hinter dem Wilderer her und erwischte ihn ein drittes Mal mit dem Stilett, diesmal seitlich am Bauch.

Zuschauer sprangen auf. Der Kampf schien entschieden, der Wilderer kam gar nicht mehr zum Zug. Doch Crao war irritiert von seiner Möglichkeit, jetzt auch mit der Pariergabel zuzustechen, und zögerte einen Augenblick zu lange. Alam nutzte diesen Moment. Er zog den jetzt hinter beiden Kämpfern aus dem Geschehen herausragenden Speer zu sich heran und riß dadurch eine tiefe Wunde in Craos völlig ungeschützten Rükken. Crao schrie auf, behielt aber die Geistesgegenwart, Alams jetzt wieder von vorne kommenden Stoß mit einem wuchtigen Stilettschlag abzuwehren. Blut und Speichel sprühten durch die Luft, als beide sich jetzt mit gleichzeitigen Halbrundschlägen verfehlten. Erst dann faßte Crao sich an die Rückenwunde und schrie seine Wut laut heraus. Alam nutzte die Momente zum Atmen.

Applaus brandete jetzt auf, kaum einen - zumindest der jüngeren - Zuschauer hielt es jetzt noch auf seinem Sitzkissen, denn dies war ein wirklich guter Kampf, sehr schnell und sehr wild, aber geprägt durch viele geschickte und gelungene Aktionen, und nicht durch ein sinnloses Herumgestocher, wie man es in Arenen viel zu häufig zu sehen bekam. Beide Kontrahenten bluteten jetzt, und jeder von ihnen wirkte in jedem Augenblick gefährlich genug, den Kampf für sich entscheiden zu können.

»Du willst mich wohl von hinten nehmen«, ächzte Crao, »du stupides Vieh. Was glaubst du, mit wem du's hier zu tun hast? Ich bin kein ... Pilzesammler, der sich im Wald für dich bückt.«

Wortlos ließ Alam den Speer über seine gesamte Länge ausgreifen und traf Crao am Bauch. Wieder schrie der Patrizier auf, aber erneut geriet er nicht genügend aus der Fassung, um Alams nächsten Stich hinzunehmen. Diesmal faßte die Gabel den Speer einen halben Schritt hinter der Spitze. Zähneknirschend versuchte Crao, dem Wilderer den Speer aus den Händen zu hebeln, aber zum zweiten Mal war dieser kräftig genug standzuhalten und den Speer durch einen Aufwärtszug zu befreien. Die Ereignisse schienen sich zu wiederholen, als Crao nun erneut seine Beidhändigkeit ausnutzte und das Stilett vorstieß. Doch der Wilderer war einmal davon überrumpelt worden und hatte seine Lektion in zwei pochenden Wunden gelernt. Er wich aus, ließ den silbernen Schmerz knapp an seiner Brust vorüberziehen und schlug dann mit dem Speerschaft zu. Crao hielt mit der Pariergabel gegen. Alam wechselte den Griff, um wieder zustoßen zu können, doch der Patrizier war schneller und attackierte. Abgewehrt. Crao ließ nicht locker. Wieder pariert. Crao ließ immer noch nicht locker. Alam stand seitlich vor ihm, und diesmal ratschte Craos Klinge über Alams Rücken, zerriß Gewand und Fleisch. Dadurch kam Crao allerdings aus dem Takt des Nachsetzens. Alam konterte und brachte die Speerspitze nach vorne, um den Rasenden endlich aufzuspießen. Klappernd verfing sich der Holzspeeer knapp hinter der Spitze zwischen den kalten Zwillingsfingern der Gabel. Crao verkantete sofort, und diesmal konnte Alam – geblendet von Craos unbändiger Kraft und der peinigenden Helligkeit seiner eigenen goldfarbenen Gewänder – die Waffe nicht mehr halten. Wie von einer Bogensehne abgeschossen knallte der Speer flach auf den Sand. Craos Mundwinkel verbreiterten sich zu einem unmenschlichen Grinsen. Mit einem wuchtigen Halbkreishieb wollte er den Wilderer jetzt von dem Speer wegscheuchen, das Areal sichern, doch Alam unterlief diesen Hieb und rammte Kopf und Unterarme in Craos Leib. Beide stürzten zu Boden, wobei Alam schier einen Handstandüberschlag über den keuchenden Gegner vollführte. Bei der Landung knickte Alams verletztes rechtes Bein weg, aber auf allen Vieren kam er dennoch schneller an den Speer als der fluchende Crao und stellte sich – wiederbewaffnet – ein paar Meter entfernt dem weiteren Kampf. Auch Crao kam schnell wieder hoch, sein blutiger Rücken war jetzt mit weißem Sand verklebt.

»Du hast nur Glück«, keuchte Crao und spie aus. »Dich mach ich tot.«

Mittlerweile drängten sich im Tunneldurchgang neben Orne, Gillett und Herzog Locirs Wachpatrouille auch die Wundärzte, vom Veranstalter rasch herbeordert. Dies war ein spektakulärer Kampf, und es war gut möglich, daß das Publikum auch dem Verlierer dieser Begegnung genügend Respekt zollte, um sein Überleben zu fordern. In einem solchen Falle mußte schnell gehandelt werden, denn beide Kontrahenten zogen bereits blutige Schlieren durch den Sand und schienen dadurch eher noch wilder zu werden.

Jetzt stürmten sie wieder aufeinander los. Crao schrie dabei wie ein Besessener und benutzte die Linke als Führhand, um erst parieren und dann durch eine Oberkörperwendung mit Rechts zustechen zu können, während Alam den Speer fast

wie in einem berittenen Lanzengang seitlich neben dem Körper vorgestreckt hielt.
Alam zielte gut, doch Crao schlug den Speer beiseite. Crao zielte gut, doch Alam riß den Speer beidhändig hoch und parierte mit dem Griff. Direkt vor der Brust stach Alam nun zu, aber Crao fing den Speer schon wieder mit der Gabel. Mittlerweile verfolgte er fast nur noch die Spitze von Alams Waffe mit den Augen und empfand regelrecht Spaß dabei, die Schlange zu greifen. Mehrere Augenblicke lang verkeilten sich beide in einem durch ihre Waffen verlängerten Armdrücken. Oberarm-, Hals- und Schläfenadern traten bei Crao deutlich hervor, von Alams Gesicht war außer zusammengebissenen Zähnen wegen der tanzenden Zöpfe kaum etwas zu sehen. Alam verlor. Der Speer entglitt seinen weißknöcheligen Händen und bohrte sich schräg in den Sand. Diesmal wollte Crao nicht den Fehler machen, sich nach einem mißlungenen Distanzierungsschlag wieder rammen zu lassen, und bückte sich gleich nach der Waffe, doch Alam war schneller, hatte ja auch beide Hände frei und mußte nicht erst umgreifen, um sich den Speer nehmen zu können. Noch aus der Bückbewegung heraus wollte Crao das Stilett gegen Alams Beine dreschen, doch der sprang einfach über die Klinge hinüber und kam jetzt wie ein Speerfischer mit über dem Kopf gehaltenem Schaft von oben herab. Knirschend fraß sich die Stahlspitze durch Craos linken Oberarm. Alam landete, durch seine Beinverletzung bis in den aufstäubenden Sand einknickend, und rupfte den Speer aus dem völlig aus der Balance geratenen Gegner. Crao sagte irgend etwas, ein spuckesprühender Fluch oder etwas in der Art, aber er konnte auch der nächsten Attacke Alams nicht mehr entgehen. Der schlanke Speerstahl durchbrach Craos lederne Armschiene und wühlte sich in seinen zur Abwehr erhobenen rechten Unterarm. Diesmal war Crao es selbst, der sich vom Speer losriß und mit beiden Armen schlenkernd

nach hinten strauchelte. Dadurch entging er Alams drittem Vorstoß knapp, der auf die Brust gezielt war.
Über Gortyn Terentius Craos Kopf detonierte die Sonne und überschüttete das trichterförmige Universum mit hochbeschleunigten Magmanadeln.
Er schmiß sich nach vorne, mit dem Körper auf den Speer, und entriß dem Wilderer mit blutigen Metallklauen zum dritten Mal die Waffe. Dann rammte er ihm die Pariergabel zwischen die Beine. Ein fremdes Tier schrie. Zuckend warf sich der Wilderer seinem davongleitenden Speer hinterher, kam mit den Fingerspitzen daran und bastelte ihn sich in die Hände zurück, doch der sandige Mann mit den verkrüppelten Armen warf sich über ihn und riß ihn auf den Rücken. Wieder und wieder stieß Crao nun dem liegenden Wilderer das Stilett durch die Eingeweide, und mit jedem der Stöße kam er tiefer rein, wurde alles besser, bis er anfing, durch den Körper des Wilderers hindurch den Arenaboden zu erstechen.
»Jahhhhh ... jaahhh ... jaahhhhh ... jaaahhhhh ... jaaaaaaaaaahhhhhhhhhh!«
Die Menge jubelte und klatschte und ließ sich kandierte Backwaren schmecken, und Sprechchöre bildeten sich, die rhythmisch »Craaaa-o! Craaaa-o!« riefen, während der Patrizier unten sich aufbäumte und mit den Heilern rang, die ihn von dem Leichnam wegzerren wollten, um sich um seine verwüsteten Arme zu kümmern.

Bertrand con Zelm war aufgesprungen und deutete mit seinem Handstumpf auf die Kampfbahn hinab. »Das kann nicht sein!« schrie er. »Er kann nicht tot sein! Er kann nicht von einem einzelnen Mann getötet worden sein!«
»Bertrand!« Herzog Locir war ebenfalls aufgestanden und legte dem Mann, dem er früher so vieles anvertraut hatte, die Hände auf die Schultern. »Bertrand, hör mir zu! Dieser Crao

hätte ihn niemals töten können, wenn wir ihn nicht vorher gefangengenommen hätten. Denk doch nur einmal über die Umstände nach. Dieser glatte Arenenboden hier, ohne Bäume, ohne Dickicht, ohne Versteckmöglichkeiten – dies ist nicht das Gelände, auf dem der Wilderer zuhause war. Dann die Tatsache, daß er nur einen Speer benutzen durfte. In freier Wildbahn hätte er dem Gegner erst zwei Speere in den Leib geworfen und ihn dann mit dem dritten abgestochen. Und die Kleidung, Bertrand. Wir haben ihn gezwungen, mein strahlendes Wappen zu tragen, anstatt seiner eigenen Tarnfarben. Dies war eine Demütigung, von uns inszeniert. Es mußte für den Wilderer so enden. Es konnte gar nicht anders kommen. Und jetzt ist es vorbei. Der Alptraum, der Spuk ist vorüber, und wir können wieder zurückgehen auf unser schönes Land und mit dem Wiederaufbau der Gärten und Parks fortfahren.«

Der ehemalige Forstwart reagierte nicht. Er stand da und starrte hinab, und dem Herzog wurde klar, daß der Mensch con Zelm für alle Zeiten zerbrochen war.

Herzog Locir setzte sich wieder hin und betrachtete den Tumult und den Jubel ringsum, während unten der rasende Crao und der tote Wilderer aus der Arena geschafft wurden und sich mehrere Sandpfleger mit Rechen und Beuteln voller Neusand an die Reinigung des Kampfschauplatzes machten.

Alam der Wilderer hatte gut gekämpft und den Leuten ein ansprechendes Einstiegsspektakel geboten. Dennoch war er gefallen, gleich im ersten Kampf des Tages, gefallen in den blutverschmierten und zerfetzten Farben des Hauses Locir. Der Herzog konnte den Gedanken nicht loswerden, daß der Wilderer ihn schon wieder verspottet hatte.

Locirs Kopf schmerzte. Er stützte die Stirn in die rechte Hand und wünschte sich, daß das Turnier schon vorbei wäre, und er endlich gehen könnte, um nachzudenken, in welchem der unzähligen Momente seines Lebens er eine Sünde begangen hatte, die so entsetzlich war, daß sie nur durch diesen Wilderer gesühnt werden konnte.

Einige Zuschauer diskutierten ganz aufgeregt über etwas, das sie entdeckt zu haben glaubten: Es gab ein System in der Art und Weise, wie die Lose das Programm bestimmten.
Kampf Nummer Eins: ein beidhändig aktiver Kurzstichwaffenträger gegen einen, der seine Waffe entweder werfen oder die deutlich größere Reichweite als Distanzvorteil verwenden konnte.
Kampf Nummer Zwei: genau dasselbe Muster.

Kampf Nummer Drei: einer der beiden Brüder gegen einen Waffenlosen.
Kampf Nummer Vier: der andere Bruder – mit derselben Waffe – gegen den anderen Waffenlosen.
Also wieder zweimal hintereinander dasselbe Muster.
Erst ab dem fünften Kampf begann das Turnier seine Bänder zu lösen, wurden die Begegnungen unvorhersehbar und seltsam.
Die Diskutierenden zankten darüber, ob Gillett beim Losen gemogelt hatte, ob diese Dramaturgie nicht zu elegant war, um echt zu sein, oder ob sie nicht sogar langweilig war, weil sie der Vielfalt des Teilnehmerfeldes nicht gerecht wurde. War Gillett ein Glückspilz oder ein Pechvogel? War er ein Gauner, ein vom Schicksal Bestrafter oder ein von Gott Befugter? War alles, was man hier sehen konnte, neu und frei, oder standen die Regeln und Verläufe längst fest? Würde jetzt der mit der Wurfwaffe über den Beidhändigen triumphieren, zumal der Gladiator die bessere Rüstung trug, oder würde sich dasselbe wie im ersten Kampf wieder ereignen? Und was bedeutete das eine oder andere, in den Augen Gottes oder der Menschen?

Quenzais kam wieder im Dauerlauf in die Arena gerannt, kaum daß die Spuren von Alams und Craos Blut von der gleißenden Fläche getilgt waren. Wie es ihm als Mündel der Hölzernen auferlegt war, verneigte er sich vor der leeren Loge des Bischofs, und dann einmal in jeder der Hauptrichtungen, in denen die Ränge vom Mittelpunkt aus anwuchsen. Währenddessen betrat auch Bucthoy die Kampfbahn, dem Orne nochmals eingeschärft hatte, zwar auf die Fanfare zu warten, aber danach bis zum Tode zu kämpfen. Ein paar Damen der Gesellschaft, denen DeVlame nicht zusagte, warfen Tücher und künstlich gefärbte Blumen hinab, um Bucthoy zu ihrem Favoriten zu erklären, aber der war mit diesem Brauch nicht vertraut und konzentrierte sich nur auf den Gegner. Mit seinem gesichtverdeckenden Helm und den Metallplatten an Brust und Beinen sah Quenzais äußerst ehrfurchtgebietend aus. Der Dreizack war mit einer längeren Schnur an sein Handgelenk geknotet, damit er ihn auch nach einem Fehlwurf schnell wieder einholen konnte.

Die Musiker hoben die schimmernden Instrumente und bliesen die kurze Fanfare.

Es wurde still im weiten, hohen Rund.

Bucthoy und Quenzais bewegten sich lauernd aufeinander zu, aber Bucthoy ging überraschend schnell zum Angriff über. Er attackierte mit beiden Dolchen in beiden Händen, schwang sie versetzt, in sich kreuzenden Bahnen und wechselnden Höhen und verwandelte seine kreisenden Arme in rastlose Sensen. Quenzais wich zurück, ließ den Ansturm über sich hinwegprasseln, wurde zweimal leicht an den Armen getroffen, ließ den weißen Dolch gegen den Schild picken und den schwarzen an seiner metallischen Brust kratzen. Bucthoys Vorstoß war makellos und bot keinerlei Chance auf einen Konter, denn in jedem Moment zog mindestens eine seiner irritierenden Klingen ihre tödliche Bahn, aber Quenzais war erfahren und ruhig genug, zu vermeiden und abzuwarten. Er ging rückwärts, in gerader Linie, und er wehrte sich nicht, und so verfiel Bucthoy ganz unwillkürlich in einen Takt, und Quenzais konnte diesen

Takt berechnen und eine Lücke vorhersehen, die es noch gar nicht gab. Der Dreizack stieß vor und verletzte Bucthoy am Bauch, dann ließ Quenzais seine Waffe einfach vorne abkippen und rammte zwei ihrer drei Spitzen durch Bucthoys linke Wade. Mit verzerrtem Gesicht wich Bucthoy zurück. Das erste Aufeinandertreffen war entschieden. Bucthoy hatte diesen Tanz geführt, er hatte nichts falsch gemacht, und dennoch blutete er aus zwei bösen Wunden.

Quenzais atmete kaum, so ruhig war er.

Sie standen sich gegenüber. Bucthoy wirkte jetzt unsicher, Quenzais konnte ihm ansehen, daß er nicht noch einmal auf diese Art die Initiative ergreifen würde. Diese Lektion war abgehakt.

Quenzais senkte den Oberkörper nach vorne ab und begann zu pendeln. Mit Wurf- und Schildarm machte er fließende Bewegungen, wie bei einer Beschwörung, einem Ritual. In Wirklichkeit jedoch suchte er einen Riß im wirbelnden, zweifarbigen Nadelarmgeflecht seines Gegenübers, und als er gefunden hatte, was er suchte, stieß er den Dreizack in Bucthoys rechte Hüfte. Gleichzeitig stach Bucthoy zu und verfehlte Quenzais' Hals unterhalb der Helmlinie nur knapp. Quenzais ließ sich für einen Moment von der Unbeeindrucktheit des Gegners überrumpeln und fing sich noch einen schmerzhaften Stich in die Schulter, aber so richtig gefährlich konnten diese Dolche zwischen all den Bronze- und Eisensegmenten, die Quenzais' wichtigste Organe schützten, nicht werden. Der Gladiator wand sich behende aus den Dolchbahnen heraus und warf den Dreizack. Bucthoy drehte sich noch halb weg, aber die mörderische Gabel blieb knirschend in seinem rechten Oberarm stecken. An der Leine riß Quenzais seine Waffe zurück, Bucthoy folgte ihr schlenkernd ein Stück und spritzte tiefes Rot gegen eine der Balustraden, als Knochen, Muskeln und Stahl sich wieder voneinander lösten.

Bucthoy stürzte nicht, er brachte es sogar fertig, den weißen Dolch in der rechten Hand zu behalten. Die hellen, nach oben zuckenden Blitze, die in seinen Unterarm genarbt waren, vereinigten sich mit einem Verästeln roter Blutfäden, das sich von oben herabsenkte. Kalter Donner wallte tief durch seinen Leib. Das hier durfte nicht passieren. Er war zu einem bestimmten Zweck in diese Stadt gekommen, ein Ziel, die einzige Spur. Der Ruß und der Staubwind. Die Dornenhecke, Schritt um Schritt entlang des Rauches, bis zu der Stelle, wo die kleinen weißen Füße hängen. Der Mann auf dem Pferd, der Mann lächelt, und das Lächeln ist bunt. Grün und Gelb und Rot und Blau und ein leuchtendes Gold und ein feuchtes Schwarz. Und das Pferd hat ein Brandzeichen, und er folgt diesem Zeichen bis in diese Stadt. Doch das hier durfte nicht passieren. Dieser Holzkreis war nur ein kurzer Aufenthalt, mehr als nur ein paar Handvoll Münzen auf einmal verdient, um die weitere Suche zu bezahlen. Bucthoy hatte schon gegen Männer aus diesem Land gekämpft. Das war nie ein Problem gewesen. Männer aus diesem Land hatten nie lange durchgehalten gegen einen vom Stamm der zwei Farben.
Aber Quenzais war kein Mann aus diesem Land. Er war ein Kriegsgefangener, und er hatte nicht die Absicht, sich bei seiner Freiwerdung von jemandem verlangsamen zu lassen.

Das Publikum hielt den Atem an, als beide Gegner erstarrten, sich zu etwas kälterem als Stein verfestigten, um dann, in abertausende von Bewegungen zerhackt, gleichzeitig aufeinander loszustürmen.
Die Dolchklingen und der Dreizack sprühten Funken aus lebendigem Rot. Näher und näher kamen beide Leiber und paßten sich dann ineinander ein wie Teile eines filigranen Geduldsspiels. Beide Dolche rammten knirschend von beiden Seiten in die schweren Oberarmbeschläge des Gladiators, wäh-

rend das dreifach aufgespaltene Eisen durch Bucthoys Rippenkasten brach.
Ganz nahe war die kantige Metallmaske vor dem Gesicht Bucthoys. Da war nichts an diesem Helm, was einer menschlichen Regung ähnlich sah, selbst Quenzais' Augen waren jetzt zu verschattet, um sichtbar zu sein.
Der Gladiator riß den Dreizack aus Bucthoys Brust und rammte ihn wieder hinein.
Bucthoys Mund öffnete sich langsam, weil das Gewicht der Zunge den Unterkiefer hinabdrückte. Er hielt sich immer noch fest, an den Dolchgriffen, die in Quenzais' Schultern steckten. Sein Köper wurde schwerer und schwerer, die Dolche fraßen sich abwärts durch Metall, gehärtetes Leder und Fleisch. Ein Traum stieg in ihm auf wie ein warmer Sommerwind, das helle Lachen eines kleinen Mädchens. Ihr nackten und kleinen Füßchen patschten in einer Pfütze. Dann schaute sie zu ihm auf, voller Vertrauen. Er rutschte an Brust und Schenkeln des Gladiators nach unten, zog dabei blutige Schnitte über dessen Arme bis über die Handrücken, Narben, seinen eigenen nicht unähnlich. Als er im Sand zu liegen kam, war Bucthoy tot.
Quenzais nahm sich seinen Dreizack wieder, indem er den Fuß auf Bucthoys Leichnam setzte. Die Befestigten jubelten jetzt und klatschten und warfen vielfarbige Dinge, aber Quenzais nahm das kaum wahr. Er hob auch nicht die Waffe in den Himmel und widmete den Sieg irgendeinem der reichen Monster dort oben oder nahm den Helm ab und zeigte sein stolzes Antlitz oder schnitt dem Besiegten ein Ohr als Trophäe ab oder drehte im Dauerlauf eine Ehrenrunde durch die Arena oder veranstaltete irgendeines der anderen Mätzchen, die man im allgemeinen von einem Gladiator erwartete.
Er ging durch das Tor davon, durch das er gekommen war, und bereitete sich vor auf den nächsten Mord.

Eljatin erlebte die Furcht in ihrer ganzen erschreckenden Vielfalt.
Sie zog an seinen Oberschenkeln, strich über seine Kniescheiben, wühlte in seinem Atmen und durch die Verschlingungen in seinem Bauch, machte ihn müde und schwer und ließ ihn trotz der Hitze frieren. Seinen Kopf spürte er überhaupt nicht mehr, im Gegensatz zum Rest des Köpers war der Kopf leer und leicht geworden und vielleicht schon längst davongeflogen. Mit kalten Fingern, die beim Bewegen schmerzten wie die Gelenke eines Greises, umklammerte er den ebenso kalten Griff von *Cholectyr*. Andreus, der ihm Ratschläge hätte geben können, war so weit weg, genau so weit wie seine anderen Geschwister und Ceromi. Aber sie hatten ihn nicht im Stich gelassen. Er hatte sie im Stich gelassen, war selbst schuld an seinem Schicksal, hatte ja nicht hören wollen.
Und jetzt? Der Menschenfresser mit den spitzen Zähnen und den metallumwundenen Klauen lauerte auf ihn am Grunde dieser hohen Holzgrube, die vom schlierigen Gebrüll Zehntausender trügerisch bedeckt war.
Eljatin war kein Feigling, er war sich sicher, daß er kein Feigling war. Er hätte gerne gegen den Rapierfechter gekämpft, den auch sein Bruder schon besiegt hatte, oder gegen den Waffenlosen, den sein Bruder jetzt zum Gegner hatte. Aber der Menschenfresser mit den spitzen Zähnen und den metallumwundenen Klauen, der von einem Hirten an der Leine geführt werden mußte, damit er nicht durchdrehte, war aus einem Alptraum gesprengt und machte sich sabbernd und schmatzend über Eljatins Seele her.
Als das Tor sich öffnete und das Licht von draußen hereinschwemmte, hatte Eljatin so dringend das Gefühl, austreten zu

müssen, daß er gar nicht wagte, sich zu rühren. »Du bist dran«, knarrte die rauhe Trinkerstimme eines Wachpostens. Cyril Brécard DeVlame löste sich aus dem Halbdunkel, in dem auch die vier anderen noch saßen – die beiden Mandeläugigen, der Rapierfechter und der Mann mit dem Ackerbaugerät –, und kam zu Eljatin hinüber. »Bis jetzt haben die, die zur rechten Seite gelost worden sind, jeden Kampf gewonnen, das ist doch ein gutes Vorzeichen«, meinte DeVlame lächelnd. »Denk daran: Du hat ein Schwert, und er hat keins. Was immer er für eine Stärke hat, wenn du das Schwert zwischen dir und ihm hältst, wird seine Stärke ihn verwunden.«

Eljatin wich dem Blick des berühmten Mannes aus. Immerhin half ihm die Nähe des anderen, sich aufzuraffen, um fortzukommen. Seitlich taumelte er durch das Tor davon und versuchte, im gleißenden Licht draußen etwas zu erkennen. Dort hinten war das andere, das linke Tor, Andreus preßte sich dort vielleicht an die Sichtluke, aber er war nicht zu erkennen. Weiter links standen zwei Gestalten im Sand, die eine trug einen hohen Hut, redete mit der anderen und löste sich dann von ihr, Leinen und Kleidungsstücke mit sich nehmend. Maliws Oberkörper schaukelte mit baumelnden Armen hin und her. Eljatin hob *Cholectyr* an, das einzigartige Schwert seines berühmten Vaters, einziger wertvoller Besitz seiner Familie. ... *das Schwert zwischen dir und ihm* ... Erst jetzt erreichten ihn DeVlames Worte. Er wandte sich um, zurück zu seinem Tor, um sich noch zu bedanken, um nicht ganz so unhöflich fortzugehen, aber das Tor wurde gerade geschlossen. Jetzt war er mit Maliw allein, und die Menschen über ihren Köpfen raunten ein seltsames Lied dazu.

Eljatin zuckte zusammen, als die Fanfaren durch die Sonne schmetterten. Das Lied der Menge änderte schlagartig die Tonlage. Fieber bohrte sich durch Eljatins Eingeweide. Jetzt war es so weit. Jetzt. Jetzt.

Das Ungeheuer sprang nach vorne, seine Arme schienen noch länger zu werden, Eljatin kam nicht mehr weg. Eisenhände packten ihn, rissen und rüttelten ihn und schleuderten ihn dann in den Sand, wie um ihn mit dem Gewicht des Bodens totzuwerfen. Die kreisrunde Holzwelt rollte wie von Sinnen um Eljatin herum, der nur versuchte, *Cholectyr* festzuhalten, den wertvollen Besitz, das Erbe. Mit schlenkernden Ramm-Widdern als Armen setzte das Ungeheuer ihm nach, hieb in den sich aufbäumenden Sand und brüllte dabei wie ein wildes Tier. Irgendwie brachte Eljatin seine Klinge zwischen sich und den Schlag des Monstrums, und Maliw zuckte zurück, als hätte er in eine Flamme gefaßt.

Eljatin kam wieder auf die Beine. Ihm war schwindlig und etwas schmerzte in seiner linken Schulter, aber er konnte seine Angst jetzt nicht mehr spüren. Er hatte sie auf dem Boden verloren. Aber das Schwert hatte er nicht verloren. Seinen Vater. Den Helden.

Eljatin griff an, und jetzt war Maliw es, der ins Straucheln geriet. An den Oberkörper wagte Eljatin sich nicht heran, weil die Eisenhände dort wie Morgensterne durch die Luft zischten, aber Eljatin attackierte die schwerfälligen Beine des Ungeheuers, er schuftete und rackerte wie ein Holzfäller, der einen Baumriesen schlagen will, dicht über dem Grund. Er hackte in Maliws linkes Bein, dann in sein rechtes, dann nochmal in sein rechtes und dann wieder in sein linkes, immer den Tod vor Augen in Gestalt der beiden rasenden Fäuste, jedoch einen Takt findend, in dem er dem Tod geschickt entgehen konnte. Es war kinderleicht. DeVlame hatte recht gehabt. Maliw konnte sich gar nicht mehr wehren, denn er hatte ja keine Waffe, und er war viel zu langsam, um Eljatins wütender Klinge zu entgehen. Maliws Beine bluteten, als hätte er kuriose rote Strumpfhosen an, es war fast zum Kreischen. Nur noch eine Frage der Zeit, bis der Baum-

riese auf einer Seite einknickte und dann ganz langsam zu fallen begann.
Dann sah Eljatin beim neuerlichen Vorstoß Maliws Gesicht und das höhnische Grinsen um seinen Mund, und er schlug daneben. Er schaute noch einmal hin, diesmal genauer, und es stimmte, daß Maliw zu lächeln schien, aber das war wahrscheinlich gar kein natürliches Lächeln, sondern eine durch die viel zu großen Tierzähne verursachte Verzerrung der Lippen. Maliws Augen waren völlig leer, glanzlos wie matter Stein. Wieder schlug Eljatin daneben, vertat seinen wertvollen Takt, denn die Furcht kam zurück, war nie wirklich weggewesen, hatte sich nur maskiert und sich eingenistet als pochender Schmerz in der Schulter und entfaltete jetzt von dort aus lähmende, lederne Schwingen. Eljatin schlug wieder daneben, Maliw boxte ihm vor die Brust, Eljatin spürte nichts mehr. Bewegte Maliw sich jetzt schneller als vorher, war er durch den Verlust von all dem Blut jetzt leichter und behender geworden, oder wurde er selbst langsamer? Alterte er, wie sein Vater? War dies das Schicksal aller Helden, die *Cholectyr* führten? Wieder schlug er daneben.
Maliw grinste vor Pein und traf Eljatin voll. Der Brustkorb des Jungen dröhnte wie ein Gong. Eljatin legte alle Kraft, alle Schnelligkeit, alle Jugend, an die er sich jetzt noch erinnern konnte, in zwei großartige, bogenförmige, beidhändig geführte Hiebe, aber Maliw schlurfte um den ersten herum und schlug dann den zweiten dermaßen unwillig mit der Metallhand beiseite, daß die Struktur *Cholectyrs* verwundet aufknirschte. Eljatin hatte das Gefühl, beide Hände würden ihm wegplatzen wie brüchige Säcke voller Reis. Maliw packte ihn, riß ihn zu sich, stieß ihn von sich, hob ihn dann hoch über seinen Kopf und schmetterte ihn wieder zu Boden, wie einen Heuballen, eine Getreidegarbe. Sofort richtete sich Eljatin wieder auf, stützte sich hoch mit der beklemmenden Aura von jemandem, der

etwas viel zu schnell tut. Maliw schlug speichelspritzend zu, und Eljatin parierte den Schlag mit *Cholectyr*. Wieder stöhnte das Schwert auf, schien die Erlösung des Zerbrechens zu erwägen. Maliws Stahlfaust trug nichts als einen Kratzer davon.

Der nächste Schlag traf Eljatin voll ins Gesicht. Das Schwert klapperte lachhaft in den Sand, und Eljatin brach nach hinten weg und blieb liegen. Die Form seines Gesichtes hatte sich auf erschreckend uneindeutige Weise verändert, sein Brustkorb hob und senkte sich, seine Füße vibrierten, als wären sie mit Insekten gefüllt, und um seinen Schritt herum breitete sich ein dunkler Fleck Feuchtigkeit im Sand aus. Ansonsten rührte er sich nicht mehr.

Maliw ragte seitlich versetzt neben ihm auf und schaukelte hin und her. Er summte und hatte den Kopf so weit in den Nacken zurückgelegt, daß es fast aussah, als sei sein Genick gebrochen. Die sechzehntausend Zuschauer hielten fasziniert den Atem an. Das Schaukeln von Maliws Oberkörper schien sie wie ein Pendel zu hypnotisieren. Maliws Silberblick schwang hin und zurück durch das bunte Sichauftürmen von Leibern und Gesichtern, das ihn umgab, bis er den einen vertrauten Umriß gefunden hatte, der zu ihm sprechen konnte. »Töte ihn, Maliw!« zischte Aloysius Bonero eindringlich. Er lehnte sich unten direkt am Arenenrand über die Balustrade, die Oberlippe leuchtend vor Schweiß. »Er hat dich verwundet! Du mußt den Leuten *beweisen*, daß du der Sieger bist! Friß ihn, Maliw! *Friß ihn*!«

Hinter dem unscheinbaren linken Tor verfiel Andreus in eine Art Anfall. Durch die Sichtluke hatte er mit pochendem Herzen und stockendem Atem alles mitangesehen und nun Boneros Worte gehört. Seine Hände griffen nach dem Türring, seine Füße scharrten auf den Holzplanken, sein Körper spannte sich wie eine Bogensehne, aber gleich drei Wachhabende der Arena hatten ihn geistesgegenwärtig gepackt und hielten ihn zurück.

Einer hatte von hinten seine Armbeuge um Andreus' Hals gelegt und drückte fest zu. Der Kampf war vollkommen lautlos, nur die Muskeln quietschten vor Beanspruchung. »Nein!« keuchte Andreus. »Neeeeeeiiiiiiiiiiiiiinnnnnnnnnnnnn!« Orne wurde hastig verständigt und eilte durch die holzwurmartigen Gänge hinzu. Als Andreus ihn sah, schöpfte er zwar Hoffnung, jedoch nicht genügend Vertrauen, um aufzuhören sich zu bäumen. »Laßt das nicht zu!« preßte er hervor, die Stimme verzerrt wie die eines Kindes. »Er hat verloren, es ist vorbei!«

»Der Kampf ist erst vorbei, wenn der Sieger ihn beendet«, erklärte Orne geduldig.

»Aber er ist raus ... es ist nicht nötig ... ich kämpfe als nächster ... ihr werdet genug Blut bekommen!«

»Stell dich nicht so an. Ihr habt doch gewußt, worauf ihr euch einlaßt. Menschenskind, das ist ein Turnier auf Leben und Tod! Was hast du denn erwartet?«

»Aber er lebt doch ... er hat übeerleeeeeeeeeeebt! Das ist ... nicht ... gerecht!« Jetzt fingen die Wächter an zu kichern. »Gerechtigkeit?« gluckste einer von ihnen. »Und die suchst du ausgerechnet hier, du armes Schwein?«

Verzweifelt, den Tränen nahe, verlagerte Andreus seine Anstrengungen jetzt dahin, das Gesicht wieder an die Sichtluke zu kriegen. Feixend gaben die Wächter nach, behielten ihn aber nach wie vor im Würgegriff.

Gurgelnd und mit verdrehten Gliedmaßen konnte Andreus mitansehen, wie Maliw sich über den liegenden Eljatin beugte, den Mund dem Mund näherte wie zu einem zärtlichen Kuß, dann abwärts schwenkte und ihm mit seinem Raubtiergebiß den Kehlkopf sowie die gesamte vordere Hälfte des Halses herausriß. Das Bild wurde verschwommen und salzig, und nichts war mehr zu erkennen, aber das schrille Entsetzensgekreisch einiger Damen und das unbezähmbare Jubelgeheul der breiten Masse füllten Andreus' Ohren mit Wahnsinn und

Glas.
»Mörrrr ... drrrrrrr ... ihr ... vrrrrrdmmm ... tnnnnnnn ... Mörrrrr ... drrrrrrrrr«, röchelte Andreus fast von Sinnen, bevor ihn ein paar schallende Ohrfeigen so hell durchrüttelten, daß er verrenkt zurückfand in die Gegenwart.
»Jetzt reiß dich zusammen, du erbärmlicher Bauernlümmel!« schrie Declan Gillett ihn an. Andreus hatte seine Ankunft gar nicht bemerkt. War Zeit vergangen? Und wenn ja, wieviel?
»Die Leute wollen sehen, wie ein Bruder seinen Bruder rächt. Wir verzichten deshalb auf die übliche Pause und schicken
dich gleich in den Ring. Also geh raus, schnapp dir dein Schwert und vergiß nicht: Wenn du den Menschenfresser töten willst, führt dich dein Weg durch den Gegner, der jetzt dort draußen auf dich wartet. Nur wenn du den besiegst, kriegst du eine Chance zur Vergeltung. Du bist Herr deines eigenen Schicksals, also verschwende deine Zeit nicht mit sinnloser Trauer!«
Andreus blieb keine Zeit mehr, sich zu orientieren. Die Tür schwang auf, und sechs oder mehr Hände stießen ihn hinaus, wo er hinfiel und liegenblieb auf einer hellen Insel aus heißer Asche, und zehntausend Menschen applaudierten seinem Auftritt und lachten.

Als der Tölpel durch das linke Tor geworfen wurde, in den Sand klatschte und liegenblieb, freuten sich die Leute und applaudierten, denn nach dem schockierenden Anblick des Menschenfressers, der den Hals des Jungen durchbiß, kam ihnen ein Spaßmacher zur Ablenkung gerade recht. Veranstalter Gillett war hochgerühmt für seine Fähigkeit, heikle Momente durch amüsante Zerstreuungen zu entschärfen.
Ulkig war es, wie der Tölpel schließlich auf allen Vieren zum liegengebliebenen Schwert hinzappelte und die beiden Arenendiener, die die verschiedenfarbenen Spuren des letzten Kampfes unterharkten, zu scheuchen und zu jagen begann. Mit Müh und Not konnten sich die beiden durch eines der Tore retten, das rechtzeitig geschlossen wurde, bevor der Tölpel sich dagegenschmiß. Als er jetzt so da unten stand, sich um sich selber drehte und komische Laute von sich gab, erkannten die meisten der Zuschauer schließlich den älteren Bruder des gerade Getöteten, erkannten ihn aber nicht am Gesicht, sondern nur an seinen lilafarbenen Händen. Die Stimmung schwang jetzt um, Schadenfreude mischte sich unter die Heiterkeit, auch herablassendes Mitleid, und auch ein paar schneidend anfeuernde Rufe der Sorte »Zeig's ihnen! Räche deinen Bruder, Bursche!«
Andreus fühlte sich so weit entfernt von sich selbst und allem, was ihm geläufig war, wie noch nie zuvor in seinem Leben. Er verstand nicht, wo Eljatin hingegangen war, wie sie den Leichnam so schnell hatten wegschaffen können und auch den Mörder, und wer die beiden Kerle mit den Harken gewesen waren, die er für Aasfresser und Fledderer gehalten hatte. Er spürte den Griff von *Cholectyr* in seiner Hand, und der Griff war noch warm von der Hand seines Bruders. Wenn diese Wärme alles war, was von Eljatin geblieben war, warum sah *Cholectyr*

dann so verhärmt aus, so verwundet, zerbrechlich? Wenn Andreus jetzt hinaufschaute in das bunte, wogende Volk, das ihn umgab wie ein rauschender Zaun, konnte er in der Summe all dieser Gesichter die schielende Fratze mit den Reißzähnen sehen, die seinen Bruder zerfetzt hatte. Mußte er sich mit *Cholectyr* einen Weg bahnen durch zehntausend Menschen, um diese Fratze zu zerstören? Würde das Schwert dies noch aushalten können, Jahrzehnte der Überbeanspruchung, bis eines fernen Tages Lilin als alte Frau zu ihm treten würde und sagen: Andreus, es ist gut, Eljatin kann jetzt endlich schlafen.

Die Kampf-Fanfare schepperte los, und Andreus schloß die Augen. Ein Moment der Klarheit erreichte ihn. Er konnte nicht mehr nach Hause zurück. Das Turnier war seine Idee gewesen, und die Blicke der anderen – »Warum hast du Eljatin mitgenommen?« – würden ihn verheeren. Und: Er mußte nach Hause zurück. Ohne ihn und Eljatin waren die anderen verloren.

Es gab keinen Ausweg. Leben und Tod verloren an Bedeutung.

Nanimonai betrat die Arena durch das rechte Tor. Die Menge beachtete ihn jetzt mit Hunger, denn der Tölpel stand nur noch herum und hatte an Reiz verloren.

Nanimonai streifte mit langsamen, gleichmäßigen Bewegungen sein farbloses Gewand von den Schultern, so daß das Oberteil von der Hüfte herabhing und nur seine Beine noch von einem weiten Hosenstoff bekleidet waren. Die Zuschauer hinter seinem Rücken gerieten in staunende Bewegung, denn sie konnten seine Tätowierung sehen, ein unglaubliches, filigranes Kunstwerk, das zwischen seinen Schulterblättern begann und am unteren Rücken verblaßte, denn es war unvollendet, die Künstlerin ermordet, bevor sie das Bild hatte vollenden können, so wie alle anderen der Kawara-Schule auch. Das Bild zeigte zwei Götter, den männlichen Izanagi no mikoto und die weibliche Izanami no mikoto, in prächtigster Kleidung und prunkvoller Maske, die auf einer regenbogenartigen Schwebebrücke im Himmel standen und zwischen sich den Himmlischen Juwelenspeer – Nanimonais Wirbelsäule – nach unten ins blaue Meeresgefilde tauchten, wo das Salzwasser an der Spitze des Speeres gerann und die Insel Onogoro bildete, den Hehren Pfeiler der Land-Mitte. Die Insel Onogoro wie auch der untere Bereich des Speeres wirkten durchscheinend und trügerisch, hier waren die Umrisse noch nicht mit den kostbaren Farben gefüllt, die dem oberen Teil des Bildes Leben gaben.

Nanimonai ging langsam auf Andreus zu und blieb ein paar Meter von ihm entfernt stehen. Seine Arme hingen locker herab, die leeren Hände wirkten entspannt. Andreus hatte noch immer die Augen geschlossen, sein Schwert umklammert, und hatte sein Gegenüber noch gar nicht bemerkt.

»Was ist das Gegenteil von Nichts?«

Andreus öffnete die Augen. Es dauerte ein paar Momente, bis er seinen Blick auf sein Gegenüber scharfgestellt hatte.

»Was ist das Gegenteil von Nichts?« wiederholte Nanimonai geduldig. Er sprach beinahe akzentfrei, sehr leise und sehr deutlich.

»Verschwinde«, sagte Andreus müde, »oder ich muß dich umbringen. Ich hab nichts gegen dich, und ich will auch nicht mehr nach Gilletts Regeln spielen, das hat doch alles keinen Sinn mehr, aber wenn du mich nicht in Ruhe läßt, wirst du der erste sein, das schwöre ich dir.«

»Was ist das Gegenteil von Nichts?«

»Laß mich in Frieden, tu mir den Gefallen. Ich muß doch nachdenken. Ich muß eine Möglichkeit finden. Ich muß ... alles zurücknehmen, alles zurück.«

Jetzt fing das Publikum entlang der Balustrade an zu gellen und zu pfeifen. »Kämpft schon endlich, ihr faulen Hunde!« »Ramm ihm dein Schwert rein, Andresias!«

»Was ist los? Fangt ihr jetzt gleich an zu schmusen?«
»Dein Bruder war besser, der hat sich wenigstens gewehrt!«
»Buh, seid ihr feige!«
»Beide töten! Beide töten!«
»Ja, gute Idee: Orne! Orne!«
»Oder Maliw! Laßt Maliw kommen und sie beide fressen! In seinem Bauch ist bestimmt noch Platz!«
Das schallende Gelächter fiel wie ein Netz über Andreus und zog sich um ihn zusammen. Er war der älteste Sohn des Helden Teriadon, und die Leute lachten über ihn. Er hielt das legendenumwobene *Cholectyr* in seiner Hand, und die Leute lachten über ihn. Das war fast noch schlimmer, noch weniger hinnehmbar als der Tod Eljatins, der immerhin im Kampf gefallen war. *Dein Bruder war besser.* Teriadon hätte den Kopf geschüttelt und sich abgewendet, wenn er seinen Ältesten jetzt so noch hätte sehen können.
Nein, das durfte nicht sein. Er durfte nicht aufgeben, sich nicht einfach so fallenlassen und ergeben. Es gab noch fünf lebende Geschwister, um die er sich kümmern mußte. Er mußte die Verantwortung aufnehmen und sie schultern, ganz so, wie sein Vater es getan hätte. Und das bedeutete: Er mußte das Turnier überleben und nach Eckarn zurückkehren, um jeden Preis. Aber wie?
Konnte er sich nach dem, was mit Eljatin geschehen war, wirklich noch Chancen ausrechnen, vier Kämpfe hintereinander gegen diese zum Teil vollkommen unerklärlichen Gegner zu gewinnen? Wohl kaum. Wenn er sich aber von Nanimonai besiegen ließ und sich dann totstellte oder so tat, als hätte er sich ein Bein gebrochen, um aus dem Turnier genommen zu werden, lief er Gefahr, daß der brutalgesichtige ›Ruhigsteller‹ den Wink erhielt, ihn einfach abzustechen.
Er sah nur eine einzige Möglichkeit: Er mußte Nanimonai besiegen, ihn töten, den Eindruck erwecken, das blutige Spiel

voll und ganz anzunehmen und Teil des allgegenwärtigen Schreckens zu werden. Dann würde sich eines der Tore wieder für ihn öffnen. Wenn er erstmal aus dem Kampfkreis heraus war, würde ihm schon etwas einfallen, um zu entkommen. Man würde ihm wohl kaum verwehren können, zwischen den Kämpfen den Leichnam seines Bruders zu sehen. Eljatin würde wahrscheinlich auf einem der hinteren Höfe aufgebahrt sein. Von dort aus war Flucht möglich. Flucht.

Etwas traf ihn am Kopf. Eine Traube rollte feucht durch den klebenden Sand. Nur ein kleiner Stups hinten an den Haaren. Andere, pfeifende Gegenstände segelten an ihm vorbei. Brachial setzten sich Arenenwächter in Bewegung, denn es war doch verboten, die Kämpfer zu bewerfen. Andreus sprang nach vorne und legte all seine Kraft und Geschicklichkeit in sein Schwert. *Cholectyr* rauschte durch die aufkreischende Luft. Nanimonai glitt einfach seitwärts, ohne die Fußstellung zu verändern. Von einem Augenblick zu anderen hatte der Kampf begonnen.

Wild schlug Andreus nach. *Cholectyr* war ein zischendes Todesversprechen zwischen ihren beiden Körpern. Nanimonai bewegte jetzt die Füße, begann zu tänzeln und hielt den linken Arm vor in einer seltsam fließenden Gebärde, so als dirigiere er Andreus an unsichtbaren Fäden. Andreus zerschnitt den Sand, die wegstrebenden Ränge und selbst den Himmel in ungleiche Teile, die um Nanimonais Körper herumstürzten, ihn jedoch niemals trafen. Schließlich berührten sich Klinge und Haut, und aus Nanimonais linker Handfläche quoll dunkler Wein. Andreus setzte nach, schwang das Schwert mit aller Kraft, hieb ungezielt um sich in ineinander übergehenden Stadien der Raserei – und flog plötzlich eine volle Mannslänge weit rückwärts durch die Luft. Hart schlug er auf den Rücken und blieb gurgelnd liegen, das Schwert entglitt seinen Fingern. Sand stieg auf und flimmerte. Nanimonai entspannte sich wieder aus einer Schlußstellung heraus und schüttelte die Beine aus.

In der Ehrenloge rund um General Tennicos Sitzplatz herum waren Leute aufgesprungen, wie überall sonst im Arenenrund auch. »Was war das?«
»Er ist von einem Speer getroffen worden, jemand muß einen Speer geworfen haben!«
»Du spinnst doch, da ist kein Speer zu sehen!«
»Dann ein Armbrustbolzen! Irgendwas ist da passiert!«
Bren Tennico lehnte den Oberkörper vor und kniff die Augen zusammen. *Unglaublich*! Einen dermaßen schnellen Schlag hatte er noch niemals zuvor gesehen, und er hatte schon viel gesehen in seinem Leben, mehr als andere Offiziere sich überhaupt zu sehen getrauten. Er hatte auch viele Wunderdinge gehört von den Fähigkeiten der Kämpfer von den Daimyo-Inseln, aber er war bislang immer enttäuscht worden, wenn er einen Daimyoji tatsächlich in Aktion gesehen hatte.
Aber das hier ... *war das möglich*? Was hatte der Veranstalter erzählt? Kawara-Schule? Das hieß: Schule der Ziegel. Ein einziger Schlag. Jeden beliebigen Gegner. Mit einem einzigen Schlag. Oder war das nur ein Zufallstreffer gewesen?
Jedenfalls begann der Besuch dieses Turnieres sich zu rentieren.

Andreus würgte und keuchte und schwitzte vor Mühsal, um einfach nur atmen zu können. Irgend etwas in ihm schien zerbrochen zu sein, er hatte das Gefühl, daß zwischen seinem Kopf und seinen Füßen nichts mehr Bestand hatte außer richtungslosem Schmerz.
Barfuß kam der Gegner näher an Andreus heran und spendete kostbaren Schatten.
»Was ist das Gegenteil von Nichts?«
Andreus hätte fast angefangen zu lachen, wenn er sich noch daran hätte erinnern können, wie man das machte. Das war einfach zu irrsinnig, dieser halbnackte Verrückte mit den Mandelaugen paßte zu nichts, was sein Vater ihn jemals gelehrt hatte.

»*Alles*«, würgte Andreus hervor, während er sich abmühte, wieder auf die zitternden Beine zu kommen. »*Alles* ist das Gegenteil von Nichts. Das weiß doch jedes Kind.«
»Ist das wirklich wahr? Ist *Alles* dem *Nichts* nicht zu ähnlich, wie *Liebe* dem *Haß*?«
»Dann frag mich nicht. Kämpf lieber weiter.« Endlich hatte Andreus das Schwert wieder zwischen den Fingern und hieb nach dem Gegner. Er war sich sicher gewesen, gewußt zu haben, wo der Schatten herkam, aber der Schlag fuhr ins Leere, während Nanimonai um ihn herumglitt. Wieder stürzte Andreus, diesmal nach vorne, diesmal auf Knie und Handballen, aber das Stechen des Sandes gab ihm seine Mitte wieder. Er riß sich zusammen, sog mit schmerzverzerrtem Gesicht die Luft ein, richtete sich auf, orientierte sich und griff wieder an.
Griff wieder an.
Griff nochmal an.

Strauchelte mit verdrehten Augen gegen die Randbalustrade und hielt sich nur mühsam daran fest. Er hätte treffen müssen, jedesmal. Die Schläge waren schnell und enthielten all seine Kraft, rissen ihn mit sich und gaben ihm Schwung. Jeder wäre davon beeindruckt gewesen. Jeder in Eckarn hatte sich davon gefürchtet. *Cholectyr* durchstreifte sein Revier wie ein Berglöwe. *Cholectyr* herrschte. Doch der Tätowierte tanzte seinen erhabenen Tanz, und kein einzelner Mann konnte ihn erreichen.
Nach einer Zeit des Wütenlassens begann Nanimonai damit, Andreus zu berühren.
Er berührte ihn am Rücken, und am Kopf, und an den Schultern, und unten am Bauchnabel, und manchmal sah es auf furchtbare Weise zärtlich aus, fast als würde er ihn streicheln oder segnen. Aber Andreus wurde immer schwächer. Immer mehr Buchstaben seines Namens bröckelten hinweg, wurden

unermüdlich abgetragen von den verzehrenden Händen des Kawara-Schülers, bis nur noch ein kleines r in der Arena stand, flach und blind – und durchlässig wie eine Reispapierwand nach einem Hagelsturm.
Andreus hatte *Cholectyr* verloren, und den Namen seines Vaters und seiner Mutter und mit ihnen auch die Erinnerung an das entsetzliche Sterben seines Bruders. In diesen letzten Momenten fühlte er fast Frieden, und lächelte beinahe.
Dann kam der Daimyoji an ihn heran, setzte die Hände auf den Sand, schwang sich kopfüber hoch, brachte einen Fußballen unter das Kinn des schwankenden Gegners, schnellte ihn aufwärts und nach hinten und kam nach einem makellos beschriebenen Überschlag wieder auf die Füße. Andreus' Leichnam landete später, und außerhalb des Sichtkreises der allgemeinen Begeisterung.

Cholectyr wurde aufgehoben und aus der Arena getragen, wo der Verwalter Talzis die Waffe mit sachlichem Gesicht entgegennahm. Talzis war ein Mann, der die ihm anvertrauten Aufgaben ernst nahm, und er begann sofort damit, die für die Beauftragung eines Transportboten nach Eckarn benötigten Schriftstücke aufzusetzen.

Der Tätowierte war schon längst wieder durch sein Tor zurückgegangen. Den Leichnam des Tölpels hatten dienstbare Geister zur Entsorgung geschleift.
Viele der Zuschauer standen noch immer und applaudierten dem Tätowierten und dem Veranstalter, der diesen Mann zu ihrer Kurzweil entdeckt hatte. Die Wettannehmer mit ihren Bauchläden bekamen alle Hände voll zu tun, denn Nanimonai hatte als einziger der bisherigen Sieger seinen Kampf fast vollständig unbeschadet hinter sich gebracht und galt nun plötzlich als sicherer Tip für ein Finale gegen DeVlame.

Der General Tennico hatte sich weder erhoben noch geklatscht.

262 Er hatte eine Vision gehabt von der Zukunft der Kampfkunst und dem Ende aller bisher überlieferten Lehren, und der Tumult ringsum bestätigte ihm, daß er diese Vision mit sechzehntausend anderen Menschen zu teilen hatte.

Ein wenig ärgerte sich Thruac über sich selbst.

Seine Stimmung schwankte wie ein Söldnerschiff auf hoher See. Anzeichen einer Aufgeregtheit, wie sie eigentlich nur Unerfahreneren zu Gesicht stand.

Als er darüber nachsann, fand er eine mögliche Erklärung.

Weil er mehr Vergangenheit in sich angereichert hatte als die anderen, verlor er mehr Leben als sie, falls jetzt alles endete.

Andererseits konnte er deutlicher als die anderen spüren, daß es besser als hier nirgendwo war. Daß dies die Zuspitzung war, der Höhepunkt eines Daseins, das vielleicht schon zu lange dem Kämpfen verschrieben war.

In *Brarens Wanderndem Ring* war es für ihn nie wirklich um etwas gegangen. Jugendliche Gockel hatten sich vor ihm zum Mann aufblasen wollen, und er hatte ihnen aufs Grinsen gegeben, bis sie Bescheidenheit lernten. Nichts weiter als ein Alltag, nicht farbenfroher oder erwähnenswerter als das Tagwerk eines Markthändlers auch.

Aber hier in der Befestigten gingen Leben verloren, und Legenden begannen. Das Holz dieser Arena war ein riesiger Bottich, in dem Gewalten kreisten und tosten und Unvorstellbares, Bedeutsames geschaffen wurde.

Natürlich hatte Thruac die ersten vier Kämpfe aufmerksam verfolgt.

Der erste war mitreißend gewesen, ein wechselseitiges Sich-Geben und Sich-Nehmen zweier Hochbegabter. Der zweite war eindeutiger gewesen, war gleich einem Fluß nur in einer einzigen Richtung geflossen, und hatte dennoch die Zuschauer durch Schönheit und geschicktes Gebaren begeistert. Der dritte war abscheulich, ein Gemetzel ohne Sinn und Verstand, in dem zwei bedauernswerten Kreaturen nichts anderes einfiel, als den Körper des anderen möglichst nachhaltig zu zerstören. Der vierte jedoch hatte den Übelkeit erregenden Nachgeschmack des dritten wieder getilgt. Kampffertigkeit in höchster Vollendung, repräsentiert durch einen unbewaffneten, ungerüsteten Künstler, der sein Gegenüber zum Bestandteil seines Bühnenbildes reduzierte. Beinahe überhaupt kein Blut, lediglich ein harmloser Schnitt in einer Handinnenfläche, wonach dann drei der vier Hände im Ring von roter Farbe gewesen waren. Das Publikum hatte gefeiert, und Thruac hatte gespürt, wie die gesamte Veranstaltung sich der Würde und dem Himmel um eine ganze Stufe angenähert hatte.

Als die Lose gezogen worden waren, war er noch enttäuscht gewesen über sein Pech, einen kleinen und flinken Gegner zu bekommen. Aber der Kampf zwischen Nanimonai und Andreus hatte Thruacs Meinung geändert. Sein Kampf würde ein guter Kampf werden. Der Größte gegen den Kleinsten. Der Älteste gegen einen der ganz jungen. Mächtiges Schwert gegen wendigen Stab. Stahl gegen Holz. Rundauge gegen Mandelauge. Der nach Süßgebackenem duftende Lärm eines Gauklerplatzes gegen die morgenklare Abgeschiedenheit eines Klosters.

Ein guter Kampf.

Thruac wünschte sich nur einen Bruchteil von der unglaublichen Ruhe, die der Schwarzhäutige in ihrer Wartekammer hinter dem linken Tor ausstrahlte. Dieser Schwarze wirkte, als müßte er heute überhaupt nicht kämpfen, oder als hätte er bereits gekämpft. Dabei war gerade er gegen den Favoriten gelost worden. Unheimlich. Aber auch der mit dem halbverhüllten Gesicht und den eisfarbenen Augen war eigenartig, und der Schwachsinnige mit den Tierzähnen, der bisher als einziger wieder hinter das linke Tor zurückgekehrt war und der von einer ganzen Traube von Wundärzten versorgt und verbunden wurde, während sein Besitzer mitleidlose Anweisungen erteilte. Die Teilnehmer an diesem Turnier waren sehr viel machtvoller als die Prahler in *Brarens Wanderndem Ring*, die immer alle denselben Gesichtsausdruck hatten, wenn sie mit offener Deckung auf Thruac zukamen. Doch welcher selbst von denen hier konnte sich ernstlich Hoffnungen machen, den silbernen Stirnreif nicht lediglich als Grabbeigabe zu erhalten?

Der Bedienstete am Tor gab Thruac das Zeichen.

Der Riese stand auf, schulterte sein fast mannsgroßes Schwert und ging hinaus.

Der Himmel war makellos blau wie ein mit Indigo gefärbtes Tuch. Kein Wind. Durch das Tor gegenüber trat der kleine fremdländische Mönch , seinen Stab ebenfalls über der Schulter. Ernst gingen sie beide auf die Mitte des Kampfkreises zu, dessen Sandfläche schon nicht mehr gleichmäßig, sondern an mehreren Stellen gewendet und ausgetauscht aussah. Erst als sie fünf Meter voreinander stehenblieben, bemerkte Thruac den Beifall, der den gesamten Trichter erfüllte wie ein trockener Regen. »Die Menschen klatschen, um böse Geister zu verscheuchen«, hatte Braren einmal während eines schlechtgehenden Jahres gesagt. »Doch mit diesem Geräusch machen sie die bösen Geister nur neugierig und locken sie an.«

Der Mönch mit dem Kampfstab verneigte sich vor Thruac, tiefer diesmal als nach der Auslosung, und sagte: »Ich bin Wei Guan Zhou aus dem Tsen-Dau-Feng-Kloster des Muy-Dong-Jo-Ordens in Shan Tien Lai. Ich weiß die Ehre und Bedeutung dieses Kampfes zu schätzen.«

»Mein Name ist einfach nur Thruac«, entgegnete Thruac lächelnd, »aber auch ich kämpfe für die Ehre.«

Ein Leuchten huschte durch die Augen des Mönches, und Thruac nahm sich vor, diesen freundlichen Jungen am Leben zu lassen – vorausgesetzt natürlich, dieser freundliche Junge war überhaupt besiegbar. Thruac dachte sogar darüber nach, dem Mönch zuzuraunen, daß er ein paar Kunststücke mit dem Stab zeigen sollte, um die Zuschauer für sich einzunehmen, aber da ertönte schon die Fanfare und der Kampf begann.

Es zeigte sich schnell, daß Guan Zhou keinerlei Ratschläge bedurfte. Er legte sofort los und stach Thruac ein Stabende in den Bauch, als dieser noch gerade daran dachte, einen Schritt rückwärts zu machen, um Platz für das Schwingen des Zweihänders zu schaffen. Nur den Bruchteil eines Momentes später traf der Stab Thruacs Knöchel so heftig, daß Thruacs Füße gegeneinanderschlugen und er in der Rückwärtsbewegung rudernd zu Boden stürzte. Guan Zhou setzte dem Herumrollenden das Holz auf den Rücken und sprang wie ein Stabhochspringer über ihn hinweg. Dann winkte er ihm lächelnd aufzustehen, während er, die Waffe wieder lässig über der Schulter, um ihn herumging. Eine unglaubliche Vorstellung hatte begonnen.

In den folgenden Minuten wurde Thruac von dem jungen Mönch nach allen Regeln der Kunst durchgeprügelt. Dabei blieb das Geschehen vollkommen unblutig, weil der Kampfstab eine stumpfe Waffe war, aber Thruac spürte das Holz wie eine Keule gegen seinen Nacken dreschen und wie eine Faust gegen seine Rippen rammen und wieder und wieder wie ein Rohrstock seitlich gegen seine Beine und Arme und Hände peitschen. Thruac kam überhaupt nicht dazu, mit seinem Schwert einen Gegenangriff zu starten. Wie ein ins riesenhafte verzerrter Kreisel unter dem Spielstock eines geschickten kleinen Jungen wurde er bald hierhin, bald dorthin gelenkt und hatte die ganze Zeit über sichtliche Schwierigkeiten, das Schwert in den schmerzenden Fingern zu halten und nicht erneut zu Boden zu gehen.

Was das Publikum zum Jubeln brachte, war jedoch nicht die Tatsache, daß der Mönch den Kampf dominierte, sondern die Art und Weise, wie er das tat.

Wei Guan Zhou tanzte mit dem Stab wie ein Ballkönig mit seiner Königin. Er ließ das Holz in der linken Hand rotieren, kreiselte ihn sich dann hinter dem Rücken vorbei, warf ihn hoch und fing ihn mit rechts auf, ohne ihn zu greifen, sondern indem er ein Stabende auf der Kuppe des ausgestreckten Zeigefingers balancierte. Anschließend umfaßte er das Ende mit rechts und stach wie mit einer Harpune nach Thruac, wonach der Stab wie eine Krone aus vielen Ästen über Guan Zhous Kopf rotierte, um dann innegehalten zu werden, damit der Mönch einen eleganten Schlußschritt mit angezogenem Bein machen konnte. Einmal traf er Thruac so hart, daß dieser zwei Schritte rückwärts taumelte, sprang über den mit beiden Händen unter den Füßen durchgezogenen Stab hinweg und ließ das Holz dann wieder von oben auf Thruacs sich lichtenden Haarschopf krachen.
Der Riese hatte nicht den Bruchteil einer Chance. Sein Schwert war ein nutzloses Stück Metall, das lediglich Thruacs Bewegungen beim Ausweichen und Abwehren verlangsamte. Der Stab dagegen war ein Zepter. Thruacs Leib lediglich Getreide, das gedroschen wurde.
Dennoch war Thruac nicht Andreus oder Eljatin. Er war nicht dermaßen überzeugt davon, daß ein Schwert die Achse der Welt darstellte, daß er sich nicht die Mühe machte, das Vorgehen seines Gegners genau zu beobachten. Der Stab tanzte nicht von alleine. Hände und wirbelnde Füße lenkten ihn. Und das konzentrierte Mönchsgesicht mit den geschürzten Lippen, die sich ab und zu bewegten, als würden sie leise zählen. Thruac entrichtete einen hohen Zoll für seine Beobachtungen. Jeder Schlag reduzierte seine Kräfte mehr und ersetzte Beweglichkeiten durch dunkel wabernden Schmerz. Aber seine Beobachtungen blieben nicht ohne Ergebnisse.
Thruac stellte fest, daß der Mönch nicht einfach so drauflos-kämpfte. Wenn er einmal einen Körperteil Thruacs verfehlte

– was leider selten genug vorkam –, wiederholte er diesen Angriff entweder genau oder aus einer anderen Richtung, Ziel jedoch blieb dieselbe Stelle von Thruacs mächtigem Leib, so lange, bis Thruac nicht mehr ausweichen konnte und diese Stelle getroffen wurde. Das bedeutete, das Guan Zhou nach sogenannten *Figuren* arbeitete, die wahrscheinlich klangvolle Namen trugen und die unbedingt vollendet werden mußten, weil sonst die Geister der Ahnen beleidigt wurden. Thruac war lange genug in der Welt herumgekommen, um von solchen Techniken schon gehört zu haben.
Also versuchte er im Folgenden, diese Figuren zu stören, indem er ein einmal verfehltes Ziel dem Mönch unbedingt entzog, und sei es durch Körperdrehungen oder sogar Fluchtbewegungen. Aber es funktionierte nicht. Er war einfach zu schwerfällig, und Guan Zhou zu vielfältig in seinen Bewegungsmustern. Thruac hätte seinen rechten Unterarm im Sand eingraben müssen, um ihn vor dem tanzenden Stab in Sicherheit zu bringen. Es ging nicht, konnte niemals gehen, nutzte alles nichts.
Thruac war dicht davor, in Panik zu geraten, weil ihm nicht einmal eine Möglichkeit einfiel, Zeit zu gewinnen, um sich eine Gegentaktik ausdenken zu können, als der Mönch ihm wenigstens diese zusätzliche Zeit verschaffte. Ein harter Seitschlag gegen das rechte Knie hebelte den Riesen aus dem Gleichgewicht und ließ ihn zu Boden stürzen, wo er sich ächzend zusammenkrümmte, um dem spottenden Prügelhagel des Gegners nicht allzuviel Fläche zu bieten. Guan Zhou jedoch drosch nicht auf ihn ein, sondern ging wie um einen zur Strecke gebrachten Bären um ihn herum und ließ unter den Ovationen des Publikums seinen Stab tolldreiste Kunststücke machen.
Thruacs Gedanken rasten noch schneller als sein Herz und sein Atem. Er war zu langsam und zu schwer, viel zu langsam

und zu schwer, und zu groß, das Schwert machte ihn noch langsamer und schwerer und größer, der kleine Mönch konnte ihn niemals verfehlen, ihn niemals verfehlen, wie eine Zielscheibe von der Größe eines Scheunentores, und der Mönch nur einen Schritt davor, und er kämpfte nach Figuren, er vollendete diese Figuren, er wählte ein Ziel und traf es früher oder später, er wählte es vorher, er wählte die Figur, bevor er sie begann, er zählte mit, seine Lippen bewegten sich, er kannte die Figuren auswendig, hatte eine umfangreiche Liste davon in seinem sauber rasierten Schädel gespeichert, er vollendete, was er begann, er war immer in der Offensive, für einen Gegenangriff war Thruac zu langsam und zu schwer, wenn er nur ein einziges Mal, ein einziges Mal durchkommen würde mit dem Schwert, würde er den Mönch verlangsamen, mindestens eine Figur zerbrechen, aber um ihn so verlangsamen zu können, mußte er ihn schon vorher verlangsamen, nämlich um überhaupt zum Schlag zu finden, er mußte die Figur zerbrechen, bevor er den Mönch berührte, wonach wählte der Mönch seine Figuren aus, nach dem Gegner, nach dem Tag, der Jahreszeit, dem Mondstand, Ebbe oder Flut, nein, das ist Unsinn, nach dem Gegner, nach der Anzahl der Gegner, ja, der Bewaffnung der Gegner, ja, der Herkunft und voraussichtlichen Kampftechnik der Gegner, ja, der Größe und Schwere und Langsamkeit der Gegner, ja, der Art und Weise, wie der Gegner sich bewegte, ja, ja, ja, er sah, daß der Gegner einen Zweihänder schwang und sagte sich: linker Oberarm rechter Oberarm Bauch Herzbrust Kinn, und hatte einen schönen Namen dafür, und er brachte das zuende, er brachte das in jedem Fall zuende, es sei denn, es sei denn der Gegner bewegt sich plötzlich anders, aber nicht plötzlich anders in einer neu zu berechnenden Weise, Waffe fallenlassen, sich ducken, auf die Knie gehen, alles Unsinn, alles neu berechenbar, neue Figuren, neue Treffer, ein baldiges Ende, denn viele Treffer kann ich nicht mehr verkraften, also mich neu bewegen, mich neu bewegen auf eine Weise, die niemand vorhersehen kann, die Figuren dadurch verzögern und ins Leere laufen lassen, einmal selbst zum Schlag kommen, einmal nur, meine Bewegungen müssen so neu und unberechenbar werden, daß ich mich selber überraschen würde, wenn ich selbst mein Gegner wäre, also zähle ich jetzt auch, ich lasse den Kampf über nüchterne Zahlen laufen und vergesse alles, was ich weiß über das Kämpfen, denn das nutzt hier alles nichts mehr, bei einer bestimmten Zahl mache ich einen Schritt nach links, egal wie der Kampf aussieht, auch wenn ich dadurch mitten hineinlaufe in seinen Schlag, wenn es keinen Sinn ergibt, gerade dann, oder nicht gerade dann, sondern auf jeden Fall, nach der Zahl der reinen Zahl, einen Schritt nach links, aber die Abstände zwischen den Zahlen müssen ungleich sein, sonst kann er berechnen und voraussagen, also gut, ich fange an zu zählen, bei zehn, bei fünfzehn, bei siebzehn, bei zwanzig, bei fünfundzwanzig, bei siebenundzwanzig, bei dreißig, und so weiter, null, fünf, sieben und wieder die Null, ein Schritt nach links, ein schneller Schritt nach links.

Als er sich wieder erhob, fragte eine höhnische Stimme in Thruacs Innerem, wie weit er denn hoffe, zählen zu können, bevor ein Treffer des Mönchs ihn endgültig ums Bewußtsein brachte.

Thruac antwortete der Stimme lautlos mit: »Weit genug, um einmal zuschlagen zu können.«

Der Kampf ging weiter.

Thruac wurde zweimal leicht getroffen bis *Vier*, machte bei *Fünf* seinen Schritt nach links, kriegte bei *Sechs* das Stabende vor die Brust, ging bei *Sieben* nach links, lief bei *Zehn* genau in den nächsten Schlag, kriegte dann bis *Fünfzehn* nichts mehr, Schritt nach links, Treffer bei *Siebzehn* mitten im Seitschritt, Seitschritt bei *Zwanzig*, der Mönch schlug daneben, Warten bis *Fünfundzwanzig*, Treffer im Seitschritt, bei *Siebenundzwanzig* schlug der Mönch wieder daneben, bei *Neunundzwanzig* noch einmal, bei *Dreißig* bekam Thruac auch durch den Seitschritt genügend Raum für das Schwert, um es seitlich hochzukriegen, bei *Zweiunddreißig* schlug er zu, beide Gegner kamen aneinander vorbei, die Attacke des Mönches traf, Thruacs zweiter Schlag bei *Vierunddreißig*, gleich danach trotzdem Seitschritt, dadurch Stabstich ins Leere, und Thruac konnte zum ersten Mal den Bihänder voll durchziehen. Er spürte, wie die Klinge durch den Körper des Gegners gelenkt wurde. Volk kreischte.

Thruac wandte sich um, dem Gegner zu. Guan Zhou griff erneut an, härter jetzt, mit unverhohlenerer Gewalt. Er sah eigenartig aus, älter und irgendwie hagerer als vorher. Die mächtige Zweihänderklinge hatte nun genügend Bewegungsenergie, um ihren eigenen Tanz zu fordern. Thruac riß sie herum wie ein Reiter, der ein Pferd an Zügeln herumreißt, und schleuderte ihre geschmiedete Masse wieder gegen den Mönch. Die Wucht des Aufpralls war vernichtend. Der Kampf war entschieden. Das Blut des Mönches flutete an Thruacs Schulter vorbei als weites Muster in den Sand. Thruac ließ den Zweihänder sinken, denn er hatte nicht die Absicht, Guan Zhou zu töten. Es war vorbei, er hatte gewonnen, ein unnötiges Abschlachten würden auch die Leute nicht fordern, dazu war die Vorstellung des Mönches viel zu begeisternd gewesen.

Thruac konnte sich gerade noch unter dem waagerecht rauschenden Stab wegducken. Was sollte das? Der Mönch griff wieder an! Er war schwer verletzt, verlor viel Blut, weshalb ließ er es dabei nicht bewenden?

Aus purer Notwehr schlug Thruac nochmal zu. Wieder knirschte die breite Klinge durch Guan Zhous Körper. Und noch einmal stürmte der kleine Mönch gegen den Riesen an. Den Stab hatte er längst verloren. Thruac wußte nicht mehr, was er tun sollte. Voller Entsetzen registrierte er, wie sein ausgezeichneter Gegner förmlich aus eigenem Antrieb ins Schwert rannte. »Um Himmels Willen, was machst du nur – bist du denn verrückt geworden ...?« entfuhr es dem erfahrenen Kämpen, als er versuchte, den stürzenden Körper des Mönches aufzufangen, während das Schwert in den roten Sand klatschte.

Krämpfe rollten durch Guan Zhous Körper, als Thruac ihn fast wie ein Kind in den Armen hielt. »Mensch, Junge!« klagte Thruac hilflos. »Es war doch vorbei! Du hättest weiterleben können! Du hast toll gekämpft und ... es ist überhaupt keine Schande, bei einem solchen Turnier zu verlieren.«

»Ich ... weiß«, würgte Guan Zhou fast unverständlich hervor. Dann lächelte er entschuldigend, während dunkles Blut aus seinen Mundwinkeln lief. »Aber ... ich hätte ... die große ... Glocke ... nicht mehr ... schlagen können.«

»Was? Wovon redest du, Mann?« Thruac hielt den Toten weiterhin fest und kämpfte gegen Wut und Verzweiflung an, als er schließlich erkannte, was der Mönch gemeint hatte. Dort hinten, mehrere Schritte entfernt, neben dem gestorbenen Stab, lag ein menschlicher Unterarm. Unsauber, Fetzen bildend, abgetrennt dicht unterhalb des Ellbogens.

Der erste richtige Treffer. Als die Menge geschrien hatte.

Thruac war Soldat und Söldner gewesen, bevor er Abenteurer und Jahrmarktsboxer wurde. Er hatte in seinem Leben schon viele abgehackte Gliedmaßen gesehen. Aber jetzt kroch er auf allen Vieren von der Leiche weg, um sich nicht übergeben zu müssen. Im Schatten des Geklatsches und Gebrülls blieb er an der Balustrade sitzen, bis Bedienstete den Leichnam forttrugen und Orne neben ihn trat.

»Das war ein guter Kampf«, meinte Orne.

»Ich wollte ihn nicht verstümmeln. Das war ein Unfall. Er war doch noch ein Kind.«

»Ich hab selbst schon Menschen getötet, hier in dieser Arena. Ich weiß, wie du dich fühlst. Aber es war ein guter Kampf, und du bist ein guter Kämpfer. Vielleicht kommen heute noch drei Runden auf dich zu.«

Vedra bekam schon nicht mehr mit, wie die beiden Gladiatoren miteinander sprachen.
Sie rannte aus der Sitzreihe, dem Treppenrang und der Arena, und jedes Gesicht, das sich ihr dabei zuwandte, gab ihr die Schuld.

Daß der Leutnant nicht mehr nüchtern war, konnte jeder sehen. Er kam in die Arena gerannt, winkte, warf lachend Kußhändchen in die Menge und fiel beinahe hin, als er versuchte stehenzubleiben. Die fleckige helle Uniformweste saß so schlecht, daß einige laut den Verdacht äußerten, er hätte sie geraubt.

Der andere war unauffälliger, wirkte verstohlen, uneinheitlich, als konkurrierte er mit seinem eigenen Schatten in Farblosigkeit.

Beide hatten allgemeingebräuchliche Hieb- und Stichwaffen,
274 der Leutnant einen polierten Säbel, der andere ein schmuckloses Rapier. Damit war dies die erste Begegnung bei diesem Turnier mit völlig normaler Duellbewaffnung.

Der Kampf hatte einen einzigen vielversprechenden Augenblick: Gleich nach dem Ende der Fanfare schlug der Leutnant zu, doch der andere parierte flink und trug einen Gegenangriff vor, der wiederum vom Säbel des Leutnants gekontert wurde. Danach jedoch begann ein wildes Herumgefuchtel mit nutzlosen Klingen.

Der Leutnant stach und rührte mit heraushängender Zunge in der heißen Luft herum und konnte dabei mehr als einmal nur mit Mühe das Gleichgewicht halten. Der andere schickte mit verkniffenem Gesicht und gebleckten Zähnen wuchtige beidhändige Schwinger am Gegner vorbei.

So mühten sie sich und bewegten sich endlos hin und her. Schweiß und Speichel zischten im Sand. Zuschauer standen nörgelig auf, um sich etwas zu Trinken zu holen. Schließlich erwischte der Beidhändige den Leutnant hart am Bein. Der Leutnant brach jammernd in die Knie und kam nie wieder hoch. Der Beidhändige sprang um ihn herum und stach ihm immer wieder die Rapierklinge in die ungeschützten Körper-

stellen. Dennoch floß erstaunlich wenig Blut, so als wäre der Leutnant innen bereits seit Jahren vollständig verschorft.
Irgendwann fing der Leutnant an zu schreien. Er kniete im Sand, wurde wieder und wieder durchbohrt und plärrte mit verzerrter Stimme Laute, die ein Wort bildeten, das so gut wie niemand im hölzernen Becken kannte. Wieder und wieder schrie er dieses Wort, kreischte es laut und in verschiedenen Tonhöhen, während Schmetterling lachend um ihn herumflatterte, auf ihn zeigte, ihn bloßstellte und ihn auseinanderschnitt.
»Rakuen!
Rakuuuuuuuuuuuuuen!
Rakuuuuuuuuuuuuuuuuuuuuueeeeeeeeeeeeeeeennnnnnnnnn!«

Nanimonai runzelte die Stirn, erhob sich und ging zur Torluke, um den Festländer zu sehen, der im Sterben eines der geheimnisvollsten Worte der Daimyo-Sprache lernte. Den tragischen Kampfruf einer Gruppe von Rebellen, die vor beinahe einer Generation durch eine nicht enden wollende Abfolge von Herausforderungen zu Asche wurde, dann zu Wind. Nanimonai versuchte in den beiden da draußen zu lesen, in dem herumspringenden Sieger und dem knienden Verlierer mit dem magischen Wort. Aber vor dem Tor war Wüste, und die beiden Verdurstenden waren nicht das Gegenteil von Nichts, sie waren nichts, genau wie er. Nanimonai setzte sich wieder neben den Mann mit dem Ackerbaugerät, der zu schlafen schien.

Declan Gillett und Orne sahen sich kurz an. Das, was der Rapierfechter da draußen veranstaltete, war nicht gut fürs Geschäft. Orne mußte schnell handeln. Er schlüpfte durchs Tor, überquerte zügig die sandige Fläche, zog dabei den Krummdolch aus seinem Gurt, stellte sich hinter den krähenden Leutnant und schnitt ihm rasch den Hals durch, während er den Rapierfechter mit einem langen, mißbilligenden Blick bedachte.

Brone Carper hielt dem Blick stand und grinste wie ein Hund. »Er hat mich nicht ein einziges Mal treffen können«, sagte er triumphierend. »Ich kann gewinnen. Ich nehm's mit jedem auf hier, auch mit dir, Kehlenkapper, auch mit dir.« Dann schrie er »Ich kann gewinnen!« mehrmals mit hoch erhobenen Armen in verschiedenen Richtungen die Ränge hinauf, denn er suchte Raupe und Puppe, konnte sie aber unter den Abertausenden von Gesichtern, von denen viele aufgrund des aus der Arena aufsteigenden Geruches Taschentücher vor Nase und Mund hielten, nicht finden.

Danach war das Gebrüll endlich vorüber, und die Bürger konnten anfangen zu verdrängen, zu plappern und auf die nächste Attraktion zu warten.

Schon seit dem furchtbaren Moment, als der Menschenfresser es getan hatte, es tatsächlich getan hatte, war Angrica nicht mehr auf ihrem Sitzplatz gewesen. Taumelig, kaum ihrer Sinne mächtig, war sie zum vornehm holzgetäfelten Logenabtritt gerannt und hatte dort versucht sich zu übergeben, aber sie konnte nicht. Ihre Seele wollte speien, aber ihr Körper brachte nicht mehr als ein klägliches Zittern zustande.

Anschließend war sie in den hochragenden Arkaden und Vestibülen der Arena herumgeirrt und hatte sich wie in einem Käfig gefühlt, umgeben von winkligem Holz und schubsendem Volk.

Sie haßte ihren Vater jetzt so sehr, daß diese Empfindung ihr schier die Kehle zuschnürte. Wie er ihr so etwas hatte antun können: Sie aus den Gärten und Kemenaten der Schule hatte bringen lassen, um sie hier in diesem kreischenden Schlachthaus als zusammengeschnürtes Fleisch feilzubieten. Angrica hätte darüber nachgedacht, ihren Vater aus Zorn und Verachtung zu ermorden, aber ihre Erziehung legte ihr den Gedanken an Selbstmord näher.

Unten waren mittlerweile die blutigen Dramen fortgesetzt worden. Ein Kampf war ganz still gewesen, beinahe beschwörend, und Angricas rastlose Wanderungen hatten wieder näher zum Zentrum hingeführt. Dann hatte ein menschlicher Arm abgehackt im Sand gelegen, und ihr war wieder übel geworden. Die Summe der Gerüche von Krautfladen, gerösteten Zuckermandeln und fettriefenden Speckwürstchen entsprach dem Gestank von Blut und zerschnittenen Körpern. Am schlimmsten jedoch war das entsetzliche Geheul des sogenannten Leutnants gewesen, der dort unten von einem gefühllosen Scheusal zu Tode gefoltert wurde. Angrica würde die gellenden Schreie des harmlosen Verlierers niemals vergessen

können, dessen war sie sich sicher. Sie saß ganz oben auf einer der Treppen und wiegte wie frierend ihren Oberkörper vor und zurück. In den Gesichtern der Zuschauer suchte sie nach irgendwelchen Spuren von Mitleid oder Anteilnahme, aber da war nichts dergleichen zu finden. Wenn wenigstens überhaupt kein Gefühl in den Mienen der Schaulustigen gewesen wäre, wäre das Ganze vielleicht leichter zu verstehen oder zu verzeihen gewesen. Aber da waren viele unterschiedliche Gefühle zu beobachten. Leute begeisterten sich und feuerten an. Leute wurden wütend und schimpften und feuerten an. Leute waren traurig, weil sie beim Wetten Geld verloren hatten. Leute lachten, weil sie gewonnen hatten oder weil sie lebten, während die armen Teufel dort unten sterben mußten. Leute sahen auch nachdenklich aus, versuchten wahrscheinlich, Kampfstrategien durchzurechnen. Leute sahen säuerlich aus, denn ihnen war unwohl vom vielen Essen. Leute diskutierten angeregt unter Einsatz von Gesten und Körperbewegungen. Leute kämpften mit und siegten mit. Niemand verlor mit.
Die Pausen zwischen den Kämpfen waren ebenfalls schrecklich. Unerbittlich lang zogen sie sich hin, erfüllt vom heiteren Summen Zehntausender. Und die Hitze, die immer noch anstieg, das blendende Blau, das immer noch tiefer wurde.
Mittlerweile würde ihr Vater schon toben, sie war schon viel zu lange weg, um ohne Predigt und ohne Bestrafung zu bleiben. Vielleicht hatte er auch schon ein paar der ungeschickten Junggesellen losgescheucht, um sie zu suchen. Oder dem Personal der Arena Bescheid gesagt. Kinder gingen verloren an einem Tag wie diesem, das war jedermann bekannt.
Sie konnte nicht mehr zurück. Nicht, nachdem ihr Vater ihr all dies hier angetan hatte. Doch wohin konnte sie sich wenden? Konnte sie vielleicht ganz am Ende selbst über die Balustrade in die Kampfbahn hinabklettern, um von der Sonne selbst erdrosselt zu werden?

Als sie das nächste Mal hinabblickte auf den glühenden Sand, sah sie Avalon Jaynes dort stehen, mit seinem Umhang, seinen zusammengebundenen langen braunen Haaren und dem dunkelroten Schwert, das er jetzt langsam zog.
Avalon.
Sie hatte ihn schon fast vergessen. Oder nicht. Vielmehr war er der Grund, daß sie nicht schon längst aus der Hölzernen Arena, aus der Befestigten Stadt geflohen war, nur war ihr das natürlich nicht bewußt gewesen.
Wer war noch gleich sein Gegner? Da kam er ja. Der Verrückte, der eine Egge hinter sich herzog, als sei er ein Ochse. Der mehrspurige Furchen malte durch das hitzewabernde Weiß, das manchmal fast wie Schnee aussah. Ein guter Gedanke von Avalon, das Schwert gezogen zu halten und keine der Bewegungen des Gegners schon beim Einmarsch außer acht zu lassen. Ein Verrückter war immer unberechenbar. Und was wollte er mit dieser Egge erreichen, wie wollte er sie einsetzen?
Obwohl ihr klar war, daß sie zum Zuschauen, zum teilnahmslosen Gaffen verdammt war wie all die anderen verlorenen Geister rings um sie her auch, hatte Angrica doch das deutliche Bedürfnis, dem jetzt folgenden Kampf näher zu kommen. Sie war Avalon Jaynes schon einmal so nahe gewesen, daß sie sich in seinen Augen hatte sehen können. Zu diesem Moment mußte sie zurückfinden.
Sie erhob sich und suchte sich einen Weg über die steilen Sitzstufen hinab, von einer Lücke zwischen den Sitzenden zur nächsten. Als sie sich das nächste Mal einen Blick auf die Kampfbahn leisten konnte, hatte der Verrückte sich die Egge angezogen.
Zumindest sah es fast so aus. Er hatte das vielgliedrige Gerät angehoben und hielt es nun vor sich wie einen Schild, nur daß dieser Schild mit Dutzenden von Klingen, Rollmessern, Widerhaken, Ketten und Holzwirbeln versehen war. Die

Arme des Verrückten verschwanden völlig in der stacheligen Konstruktion, waren gleichsam in sie hineingeschlüpft und schienen dort sensenähnliche Stahlblätter und scharfzackige Zahnräder bewegen zu können. Der Verrückte wirkte plötzlich gar nicht mehr verrückt, sondern im Gegenteil über das Machbare hinaus bewaffnet und gleichzeitig gepanzert. Wie sollte Avalon einen Gegner besiegen, der so ungerecht viel besser ausgerüstet war? Der Kampf begann, und Angrica bahnte sich immer noch durch die oberen Ränge, mußte Obacht geben, niemanden zu treten, und sich dennoch das Gemaule knapp Verfehlter gefallen lassen.

Von dem Kampf bekam sie nur Bruchstücke mit. Was sie aber sah, machte einen hoffnungsvollen Eindruck auf sie. Avalon zeigte sich unbeeindruckt von der stahlstarrenden Kriegsmaschinerie seines Gegners, und spielte einfach seine ungehindertere Beweglichkeit aus. Er sprang vor und zurück, zur einen Seite, dann zur anderen, und wagte immer wieder Ausfälle und beherzt vorgetragene Stiche in die Flanke oder sogar den Rückenbereich des nur frontal uneinnehmbaren Gegenübers. Saul kam gar nicht dazu, einen echten Gegenangriff zu starten. Viel zu sehr mußte er sich vor der dunkelroten Schwertklinge hüten, die mit irrwitziger Geschwindigkeit allen Raum zwischen den Kontrahenten als Eigentum beanspruchte.

Angrica war mittlerweile auf der Halbebene angelangt und mußte nun fünfzig Schritt auf einem breiten Umlauf nach rechts, um eine weiter nach unten führende Treppe zu erreichen. Sie mußte dabei an einem länglichen, mit gemusterten Zeltplanen verkleideten Verkaufsstand vorbei, an dem man frische, mit roter Marmelade gefüllte Weißteigbrötchen erstehen konnte. Für mehrere Meter war ihr die Sicht auf den Kampfplatz vollkommen verstellt, und genau in diese buntfarbene Blindheit hinein gellte ein Aufschrei, der von allen Zuschauern gleichzeitig kam. Angrica fing an zu rennen, und als sie endlich um den Brötchenstand herum war und die Treppe vor und unter ihr lag und ihren Blick zum Zentrum lenkte, sah sie Avalon am Boden liegen und die Egge über ihm kreisen wie einen metallischen Aasvogel.

Der Anblick ergab in einem solchen Ausmaß überhaupt keinen Sinn, daß Angrica stehenblieb und vom Gefühl übermannt wurde, die Richtung verloren zu haben.

Saul stand breitbeinig in der Mitte der Arena und wirbelte das unhandliche Ackergerät an seiner Kette wieder und wieder um sich herum wie einer von diesen Hammerwerfern, die auf Jahrmärkten gegeneinander antraten. Er mußte über unglaubliche Körperkräfte verfügen, um den Schwung des massiven Klingengerüstes überhaupt stehen zu können. Die Egge selbst – *der Pflug*, wie der Veranstalter es genannt hatte – hatte infolge der Fliehkraft eine neue Form angenommen, winkte und glitzerte mit wie zum Sprung angelegten Stahlflügeln und Holzblättern wie eine riesenhafte Distel oder eine zweidutzendbeinige Spinne mit mahlenden Kieferklauen. Avalon lag einfach nur herum wie ein zerbrochenes und weggeworfenes Spielzeug.

Dann erhob sich Avalon wieder. Die Klingenspinne ließ ihn gewähren, und ein raunendes Wispern raschelte durch die Zuschauerränge. Avalons Umhang war zerfetzt, seine Kleidung hatte gelitten und schimmerte an mehreren Stellen schwer und feucht, aber er erhob sich wieder, und Angrica kam es vor, als erhob er sich in ihr, bis seine klaren Augen hinter ihren eigenen einrasteten und ruhig dem Blick des kreisenden Pfluges begegneten.

Sie setzte sich wieder in Bewegung und näherte sich über die abwärts führende Treppe dem Kampfgeschehen, während Avalon Jaynes sich nach seinem verlorenen Schwert bückte und es wegsteckte. Der Pflug kreiste und rauschte bei jeder Umdrehung und wartete ab. Saul schien gar nicht mehr vor-

handen zu sein, war nichts als ein Anker, um den herum der Pflug seine strahlende Bahn zog.
Den Pflug nicht aus den Augen lassend, nestelte Avalon an den Schnallen, bis sein Umhang neben ihm in den Sand glitt. Anschließend zog er ein schwarzes Tuch aus seiner Rocktasche und band es sich über seine untere Gesichtshälfte, bevor er auch den Überrock mit dem Schalkragen ablegte, alles, was irgendwie hinderlich sein und sich in fliegenden Klingen verfangen konnte. Er trug nun außer Hose, Schuhen und Gesichtstuch nur noch ein ärmelloses, frisch zerschnittenes und blutiges Hemd. Der Pflug kreiste und rauschte bei jeder Umdrehung und wartete ab. Avalon zog sein dunkelrotes Schwert erneut und nickte dem Pflug fast unmerklich zu. Sofort schoß der Pflug aus seiner Kreisbahn, rotierte wie ein zustoßender Schlangenschädel auf den elegant hochspringenden Menschen zu und drehte dann, vom Eigenschwung gerissen, wieder ab. Avalon tauchte ins Kielwasser, in die Ackerfurche ein und folgte der Kreisbahn bis zu Saul. Der Rest des

Kampfes war nur noch Formsache. Die Rahmenbedingungen waren ausformuliert, und die Akteure entsprachen den Erfordernissen der Vorbestimmtheit. Saul hatte einfach zu lange gewartet. Er hätte Jaynes zerschmettern müssen, während dieser sich vorbereitete. Jetzt konnte er ihn nicht mehr treffen, der Pflug war zu langsam, zu vorhersagbar, und Avalon zu behende und in seinen Bewegungsmustern zu vielfältig. Immer wieder unterlief oder übersprang oder umging oder irrführte Avalon die furchtbare Waffe seines Gegners, drang dann in den schutzlosen Dreiviertelkreis vor, trug einen Schwerthieb vor und zog sich dann rechtzeitig wieder aus der sich schließenden Falle zurück. Schließlich mußte Saul den Pflug wie ein Fischernetz einholen, wollte er nicht selbst, immer leichter werdend, von dem Stahlkranz davongerissen werden. Den Pflug jetzt wieder wie einen rostborstigen Schild

vor sich haltend, versuchte Saul noch ein paar Angriffe Avalons abzuwehren, bevor dieser ihn mit einem letzten wuchtigen Hieb unter seinem eigenen Karussell begrub. Helfer schleiften Saul davon, andere den Pflug, wieder andere verfegten die roten Zeugnisse, die beide hinter sich herzogen.
Avalon sammelte seine Sachen zusammen und mußte sich beim Aufheben des Umhangs im Sand abstützen, damit er nicht das Gleichgewicht verlor.
Angrica, die jetzt am untersten Kreis angekommen war und hinter einer schiebenden Mauer krakeelender Jungen stand, rief seinen Vornamen.
Er reagierte eher unbewußt. Im Wiederaufrichten ließ er seinen hellen Blick über die Randaufbauten schweifen und erblickte zwischen nichtssagenden und lauten Gesichtern das Mädchen aus der Kutsche. Sie rief etwas und winkte und faßte sich hinten an ihr Haar, knotete ein blaues Tuch los und warf es in seine Richtung nach unten. Scharf umrissen blieb es auf dem weißen Sand liegen. Er schaute noch einmal zu ihr hoch und sah, wie ihre Lippen etwas sagten, aber ganz leise, so leise, daß vielleicht nicht einmal sie selbst es hören konnte.
Er schloß die Augen und wandte sich ab. Mühsam fand er seinen Weg zurück durch das linke Tor.
Angrica mußte mitansehen, wie ihr Tuch zusammen mit anderem auf den Kampfplatz geworfenen Jubelkram von einem schütterhaarigen Bediensteten in einen großen Weidenkorb gesammelt und dann nach draußen getragen wurde, um dort auf den Abfall geschmissen zu werden. Sie setzte sich langsam, um nicht in tausend Stücke zu zerbrechen, auf eine der harten unteren Bänke und krümmte sich wieder zusammen, den Blick in ein Nichts gerichtet, das neu war und vollkommen trostlos.

Ein Diener mit schütterem Haar, der in einem der unzugänglicheren und schattigeren Höfe einen Weidenkorb auf einen

Abfallhaufen entleeren wollte, spürte plötzlich die Schneide eines Schwertes an seinem Kehlkopf. Er erstarrte, und beobachtete, wie eine schlanke Männerhand den Korb durchwühlte und sich dann mit einem blauen Tuch zwischen den Fingern wieder daraus zurückzog. Die Schwertschneide huschte vor seinen Augen davon, und für einen Moment fragte sich der Diener, ob sie ihn geschnitten hatte, denn die Klinge war von blutroter Farbe, doch war alles in Ordnung.

Cyril Brécard DeVlame gegen einen völlig unbekannten, aber mit Lederrüstung und Schwert gut bewaffneten Schwarzhäutigen namens Calm Wintry – der Höhepunkt und Abschluß der ersten Runde stand unmittelbar bevor.

Man konnte es spüren im dampfenden Holzbottich. Die Menge lief nicht mehr hierhin und dorthin, sondern hatte sich mit Naschwerk und Getränken versorgt und wartete gebannt und geradezu atemlos auf den Auftritt des Hauptdarstellers, des zweimaligen Turniersiegers und heutigen Rekordankündigers.

Declan Gillett wußte, was er seinem Publikum schuldig war. Er ließ eine Fanfare ertönen, obwohl noch kein Kämpfer unten im Sand stand. Dann öffnete sich langsam das linke Tor und Calm Wintry kam heraus. Langsam, wie gehabt mürrisch, die breite Klinge mit den gesägten Rändern bereits in der Hand. Die meisten Zuschauer schwitzten alleine schon, als sie ihn in seinem massiven Lederbrustpanzer dort stehen sahen, aber ihm selbst schien die Hitze nichts auszumachen. Seine Vorfahren kamen aus Ländern, in denen der heutige Tag als milder Herbst durchgegangen wäre. »Wintry« war zuerst ein Spott-, später ein Ehrenname seines Großvaters gewesen.

Er stellte sich hin und wartete darauf, daß es endlich losging. Die reichen Arschlöcher in den Sitzreihen gafften ihn an wie ein exotisches Tier in einem Käfig. Pech, daß Schmetterling dieses Freilos bekommen hatte und eine Runde weiter war. Um an seinen Kopf zu kommen, mußte er ebenfalls dabeibleiben.

Eine zweite Fanfare ertönte, doppelt so lang wie Wintrys und deutlich melodiöser. Cyril Brécard DeVlame kam aus dem rechten Tor, und augenblicklich ging der Tumult los. Die Menge kreischte und applaudierte, Blumen, Unterwäsche und

handgearbeitete Tierchen wirbelten durcheinander und verwandelten den Sand, auf dem heute schon so viele ihr Leben gelassen hatten, in eine bunte, kindische Spielwiese.
DeVlame trug immer noch seine schwarz-rote Kombination und den eleganten Hut, der ihm gegen die hochstehende Sonne von Nutzen sein konnte. Sein Gesichtsausdruck war ernst und konzentriert, er war zu sehr Profi, wußte zu genau, was jetzt alles auf dem Spiel stand, um seinen Anhängern den strahlenden und winkenden Lokalmeister vorzuspielen. Die Ungerührtheit in der Miene seines Gegners beunruhigte ihn. Kam der Schwarze von so weit her, daß er noch nie von Cyril Brécard DeVlame gehört hatte? Oder war er ein so guter Kämpfer, daß er sogar den militärstrategischen Berater und Fechtausbilder der Sechsunddreißigsten Armee nicht zu fürchten brauchte?
Sie standen sich gegenüber und starrten sich in die Augen.
Dann das Hornsignal.
Beide bewegten sich. Wintry griff sofort an, während DeVlame gewohnheitsmäßig zwei Schritte nach hinten machte, um die kreisrunde Sandfläche zu einer Planche zu verengen. Die gesägte Schwertklinge fintierte zu offensichtlich, außerdem hatte es sowieso keinen Zweck, ein Schwert mit einem Degen parieren zu wollen, also wich DeVlame in eine dritte Ebene aus. Dennoch war der Schwarze viel schneller, als er mit der schweren Rüstung und bei der Hitze eigentlich hätte sein dürfen. Er rückte so dicht an DeVlame heran, daß zwischen ihnen beiden für Waffen gar kein Platz mehr war. Mit seiner breiteren Masse schob er den schmalgebauten Degenfechter förmlich vor sich her, bis dieser seitwärts rotieren mußte, um nicht mit dem Rücken gegen den Randaufbau gedrückt zu werden. Wintry schaute nach unten, sprang vor und begrub DeVlames andauernd in Bewegung begriffenen linken Fuß unter seinem rechten Stiefelabsatz. Das Knacken war bis in die Ränge hin-

auf zu hören. Kaum verzögert schlug der Schwarze zu. DeVlame wich aus, während Schmerzen wie Blitze sein linkes Bein aufwärts zuckten, und konterte mit einer Gegenattacke. Wintry schlug die Degenklinge mit dem Schwert zur Seite und zog voll durch. Das Schwert sägte sich durch DeVlames Gürtel und Hosenstoff. Wintrys nächster Schlag brauste ins Leere. DeVlame brachte flimmernden Abstand zwischen sie.

So eine Taktik hatte er noch nie erlebt, noch nie. Er spürte deutlich, daß er den linken Fuß nur noch auf der Ferse belasten konnte, wahrscheinlich waren ein paar Zehen gebrochen. Das war unglaublich, wie hatte der Schwarze überhaupt seinen Fuß treffen können? DeVlames Füße waren die schnellsten weit und breit. Er durfte sich auf keinen Fall anmerken lassen, daß er behindert war. Der Schwarze marschierte schon wieder, versuchte, ihn unter Druck zu halten.

DeVlame reagierte mit einer Flèche. Damit hatte Wintry nicht gerechnet. Der Degen überwand den Widerstand des gehärteten Leders und stach Wintry wie eine Wespe in die Seite. Das war es. DeVlame fintierte einen zweiten Schlag, und Wintrys Antwort sauste wieder nur durch die Luft.

So konnte er ihn kriegen. Ihn einfach nur kommen lassen und die größere Geschwindigkeit ausspielen. Der Schwarze war mutig, aber leicht zu durchschauen.

Der Treffer schien Wintry nicht viel auszumachen, aber er achtete jetzt aufmerksamer auf die Klinge seines Gegners. Die nächste Attacke trugen beide gleichzeitig vor, DeVlame unterschätzte Wintrys Meidbewegung und stach vorbei, während Wintry eine klaffende Kerbe in DeVlames zur Balance angewinkelt erhobenen linken Unterarm schlug. Die Drehung brachte DeVlame genau auf dem Schmerz zu stehen, aber er entging Wintrys sorgfältig gezieltem Längshieb dennoch. Für Wintrys nächsten Vorstoß jedoch war DeVlames linkes Bein bereits zu langsam. Diesmal wurde ihn der linke Unterschenkel aufgerissen, die Sägeklinge war scharf wie ein Obstmesser. DeVlames gesamte linke Körperhälfte gab nach. Er knickte ein und schaffte es dank all seiner Routine und Gewandtheit, den Sturz in eine Rolle vorwärts über die rechte Schulter zu verwandeln. Als sein Oberkörper wieder hochkam, das linke Knie noch am Boden, sah DeVlame die Schwertklinge mit fast weißglühender Wucht auf sein Gesicht zurasen. Es gab keinen anderen Ausweg mehr. Er hielt den Degen voll dazwischen und hatte reines Glück, daß die nadelspitzen Bruchstücke seiner Klinge seine Augen verfehlten.

Waffenlos kniete DeVlame halb auf dem Boden. Wintry drehte sich weiter, wurde von der Wucht seines eigenen Hiebes einmal um sich selbst herumgezogen, blieb dann stehen, blinzelte und hob das Schwert, um den Fangschlag durchzuziehen. Orne sprang vor und schrie: »Halt! Neue Waffe!« Schon während des bisherigen Kampfverlaufes hatten er und der Veranstalter sich besorgt angeblickt, aber für den Moment des Handelns hatte er keinen Wink seines Geldgebers abgewartet. Orne rannte bis zu Wintry hin, um ihm nötigenfalls in den Arm zu fallen. »Wir haben die Regeln doch vorher erklärt, hast du nicht zugehört?« herrschte er den Schwarzen an. »Geht eine Waffe kaputt, wird unterbrochen, und zwar sofort!« Wintry ließ das Schwert sinken und atmete durch. »Ist ja gut. Keine Panik, Mann.«

DeVlame hatte sich mittlerweile auf die Füße zurückgekämpft und humpelte zu Gilletts mittlerem Tor, um sich das nach den Regeln vorgeschriebene Normschwert abzuholen, mit dem er jetzt weiterkämpfen mußte. Daß mehr als sechzehntausend Kehlen seinen Nachnamen skandierten, um ihren Favoriten anzufeuern, nahm er überhaupt nicht wahr.

Gillett herrschte bereitstehende Heiler an, als DeVlame das Tor erreichte. Sie reichten einen Becher mit schäumender Flüssigkeit durch und Gillett hielt ihn DeVlame hin.

»Trinkt dies, Meister DeVlame. Das ist nichts, was außerhalb der Ehre steht.«
DeVlame war durstig genug, den Becher zu ergreifen und zu leeren. Der Trunk hatte einen bekannten Nachgeschmack, die Armee verwendete entsprechende Heilkräuter, um Blutungen schneller zum Stillstand zu bringen und neue Kräfte zu mobilisieren. Es war gut gemeint, aber zu wenig, um von Belang zu sein.
»Was habt Ihr für ein Schwert für mich? Ach, ich sehe schon. Es ist lange her, daß ich mit einer solch klobigen Klinge umzugehen verstand.«
»Meister DeVlame, Ihr seid verwundet, das kann jeder sehen. Es wäre wirklich keine Unannehmlichkeit für uns, den Kampf jetzt abzubrechen.«
DeVlame lächelte ein sehr feines Lächeln. »Diese Option steht nicht wirklich zur Verfügung, nicht wahr, Meister Gillett? Ich würde meinen Namen, meinen Posten und mein Gesicht einbüßen, wenn ich aufgebe. Nein, ich ziehe es vor, jetzt auch den Rest meines Falles auszukosten. Ich kann nur hoffen, daß dieser schwarze Mann im Turnier noch weiterkommen wird als nur bis zur zweiten Runde, damit man sich hinterher nicht erzählt, DeVlame sei von einem Versager getötet worden.«
In Declan Gilletts Gesicht zeichnete sich echte Trauer ab. »Ihr macht mir meinen Beruf sehr schwer, Meister DeVlame.«
»Oh, ich Euch den Euren? Darauf muß man erst einmal kommen.« Wieder das Lächeln. »Macht nicht so ein Gesicht. Ihr habt heute neuntausend Taler gespart, das ist doch ein Gelächter wert.«
»Aber die gläubige Welt verliert heute einen ihrer Edelsten. Dies ist ein Trauertag. Seid versichert, daß ich eine Messingtafel mit Eurem Namen in der Arena anbringen lassen werde, vielleicht sogar neben dem Tor.«

»Vielleicht sogar neben dem Tor. Meine Empfehlung an den Bischof, Meister Gillett.« DeVlame humpelte zurück zur Arenenmitte, wo Calm Wintry auf ihn wartete. Orne hatte die Degenbruchstücke und einige der größeren Zuneigungsbeweise eingesammelt und verließ den Kampfplatz jetzt wieder.
»Laß uns auf die neue Fanfare warten«, schlug DeVlame seinem Gegner vor.
»Von mir aus.« Wintry rollte die Schultern. »Wie kommt es eigentlich, daß du für die Leute hier so ein Held bist? So richtig begnadet kommst du mir nicht vor.«
DeVlame versuchte die Schmähung zu übersehen, obwohl sie ihn traf, tief drinnen. »Ich bin ab dem heutigen Tag nicht mehr von Belang. Aber wer bist du? Was tust du, wenn du gerade nicht in einer Arena stehst und Legenden beendest?«
»Ich bin Kopfgeldjäger. Ich töte für Geld. Auf dem Kopf eines der Teilnehmer dieses Turnieres steht mein Name.«
»Welcher Teilnehmer? Der Waffenlose?«
»Carper.«
»Carper.« DeVlame konnte seine Enttäuschung nicht verbergen.
Die Fanfare erklang. Sie schlugen beide daneben. Dann traf DeVlame, aber Wintry parierte. Hell klangen ihre Schwerter gegeneinander. Wintry attackierte, DeVlame wagte mit seiner jetzt widerstandsfähigeren Waffe eine Klingenbindung und ripostierte. Nutzlos, Wintry war schon weg. Das Schwert zu schwer. DeVlame hüpfte jetzt auf dem rechten Fuß, weil er den linken nicht mehr spüren konnte. Wintrys letzter Schlag war zu schnell für einen Menschen. DeVlame fiel, und sein Kopf löste sich vom Rumpf und rollte durch die Liebesbriefe und die bunten Tücher, bis fast ganz an den Rand.
Der Menge stockte der Atem.
Dann schrie die Menge oder weinte oder sank in Ohnmacht. Schließlich beschimpfte sie den Schwarzen und warf alles mög-

liche nach ihm. Wintry mußte im linken Tor in Deckung gehen. Aus dem Tollhaus stieg das Geheul der Menschen wie eine Säule aus staubendem Sturm, und das Holz der gesamten Arena begann zu ächzen.

Mit Besorgnis verfolgte der Veranstalter, wie die Zuschauerränge sich lichteten.

Normalerweise hätte es ihm egal sein können, wann die Zuschauer die Arena verließen. Schließlich hatten sie für den vollen Tag bezahlt, und wenn sie weniger geboten bekommen wollten, als sie eigentlich erstanden hatten, war das ganz allein ihr Problem. Außerdem gab es immer einen gewissen Zuschauerschwund. Leute, denen der Hintern oder der Rükken wehtat vom langen Sitzen, oder einfach welche, die zum ersten Mal einem Kampfturnier beiwohnten und die Gewalttätigkeit des Geschehens unter- und ihre Robustheit überschätzt hatten. Das war normal. *Minus zwei Prozent* lautete die Faustregel für den Schwund nach der ersten Runde. Das wären heute etwa dreihundert bis vierhundert Leute gewesen. Aber es waren viel mehr. Gillett schaute die Ränge entlang und schätzte einen Schwund von über zehn Prozent. Rund zweitausend Zuschauer, die in der Pause zwischen der ersten und der zweiten Runde die Hölzerne Arena verließen, um sich anderswo zu ergötzen. Die meisten von ihnen hatten wahrscheinlich mühsam zusammengespartes Geld auf DeVlame gesetzt und waren nun erbost, verloren zu haben. Außerdem waren mit DeVlame, dem Wilderer, dem Pflugkämpfer Saul und dem gutaussehenden Bucthoy vier der eindrucksvollsten Kämpfer nicht mehr im Feld, dazu noch die Hitze – viele zogen es wohl einfach vor, sich einen schönen Tag in einer der schattigen Parkanlagen oder an einem der Badekanäle zu machen, an Orten, wo keine abgetrennten Köpfe und Arme durch den Sand rollten, die einem den Appetit und das gute Gespräch verderben konnten.

Gilletts große Sorge bestand darin, daß der Bischof noch immer nicht da war. Der alte Mann ließ sich aufgrund der unbarmherzigen Sommerhitze heute besonders viel Zeit, um in Erscheinung zu treten. Und wenn der Bischof hier ankam und registrierte, daß die für fünfundzwanzigtausend Zuschauer gebaute Hölzerne Arena lediglich zur Hälfte gefüllt war, konnte er leicht auf den Gedanken kommen, daß Gillett als Geschäftspartner nicht mehr zukunftsträchtig war und daß man den Angeboten der beiden Konkurrenzarenen vielleicht doch sein gesalbtes Ohr leihen sollte. Und falls der Bischof seinen Namen, seinen Segen und seine Präsenz von Gilletts zukünftigen Guzen-Turnieren zurückzog, mußte mit noch weniger Besuchern, also noch weniger Einnahmen bei gleichbleibenden Kosten gerechnet werden. Unterschritt die Gewinnspanne einen gewissen Faktor, mußte Gillett darüber nachdenken, die Hölzerne Arena zu veräußern. Wahrscheinlich würden dann in diesen legendengebärenden Brettern die peinlichen Nackedeiveranstaltungen stattfinden, die neuerdings überall im Land wie Pilze aus dem Boden schossen. Viele Bürger hatten genug von Krieg und Kampf in seinen mannigfaltigen Formen. Sie wollten lieber etwas Leichtes und Glattes sehen.

In Rage gebracht durch diese Gedanken, entschloß Gillett sich zu einer Rede.

Er betrat das Sandrund, in dem noch umfangreiche Aufräumarbeiten im Gange waren, und hob die Arme. Unterstützt von einem dreifachen Signal der aufmerksamen Hornisten wirkte Gilletts kleine Person noch immer viel größer.

»Meine lieben Mitbürger, hochverehrtes Publikum! Es fällt mir nicht leicht, Worte zu finden nach dem Ereignis, dessen Zeugen wir gerade wurden. Meine Damen und Herren – ich darf wohl ohne Übertreibung behaupten, wir alle wohnten soeben dem Tod eines großen und einzigartigen Helden bei. Aber so wahr und so schmerzlich diese Tatsache auch ist, möchte ich Ihr Augenmerk auf eine Tatsache lenken, die

Ihnen vielleicht bisher noch nicht zu Bewußtsein gekommen ist: Wußten wir eigentlich genug über die anderen Toten dieses Tages? Woher wollen wir mit Sicherheit wissen, daß sie nicht ebenfalls, jeder einzelne von ihnen, große Helden waren, deren letzten Kämpfen beizuwohnen wir das Privileg teilten? War nicht vielleicht jeder dieser Männer in seiner Heimat ein DeVlame, daß er den Mut aufbrachte, hierher zu kommen in diese fremde Stadt und sich fremdem Vergehen zu stellen? Was ich damit sagen möchte, meine lieben und hochgeschätzten Freunde, ist: Wenn der heroische Tod von Cyril Brécard DeVlame schon ein Ereignis war, das dereinst in den Schriften der Historiker nachhallen wird – wo sonst als in der Hölzernen Arena von Declan Gillett gibt es an einem Tage das vielfache, das fünfzehnfache, um genau zu sein, dieses Ereignisses zu erleben? Wo sonst als in der Hölzernen Arena könnte dies, was Sie eben geboten bekamen, noch nicht der Höhepunkt gewesen sein? Wo sonst als in der Hölzernen Arena an diesem denkwürdigen Tag werden die Geschichten der Männer, die heute Helden töteten, noch fortgeschrieben, und wahrscheinlich sogar fortgeschrieben bis zu ihrem Ende? Wo sonst als hier, und mit Ihnen allen, wird heute in dieser Welt Unsterbliches geschehen?«

Jetzt hatte er sie wieder. Die Leute jubelten und tosten fast wie zu Beginn der Veranstaltung. Declan Gillett riß die kurzen Arme hoch und drehte sich im Kreis, als hätte er selbst gerade den goldenen Stirnreif gewonnen.

Zehn verdammte Prozent, aber der Rest gehört mir.

Gutgelaunt wertete Hains van den Veldern die Wettzettel aus. »Also der Finalisten-Topf ist wieder Essig. Ob wir das jemals hinkriegen?«

»Mein Quenzais ist noch dabei«, knurrte Jupiter Duddek. »Nur du liegst wieder voll daneben.«

»Einer alleine nutzt dir aber auch nichts. Der Einsatz geht zurück. Schauen wir uns mal die Duell-Töpfe an. Bei Alam dem Wilderer haben wir uns beide ja wohl mächtig vertan. Das macht zweimal einhundert Taler für einen wohltätigen Zweck.«
»Ein Veteranenlazarett. Mir ist nach einem Veteranenlazarett.«
»Warten wir mal ab, was insgesamt zusammenkommt.«
»Der Wilderer war wirklich eine Enttäuschung. Der springende Punkt ist, daß er in jedem Fall zum Tode verurteilt war, selbst wenn er das Turnier gewonnen hätte. Sowas muß jeden lähmen. Und dieser Crao dagegen – auf den Punkt fit. Wenn Alam ihn nicht so übel zugerichtet hätte, wäre da jetzt noch mehr drin.«
»Im zweiten und dritten Kampf lagen wir beide richtig. Das macht tausend Talerchen in unsere Realisierungskasse.«
»Gut so.«
»Finde ich auch. Und mit dem Waffenlosen habe ich dich drangekriegt.«
»Na und? Durch Thruac hole ich mir den Einsatz wieder zurück.«
»Da hast du nur Glück gehabt, Jup. Der Kampf sah gar nicht gut aus für den alten Mann.«
»Ach was, reine Taktik. Unterschätze nie einen Kämpen mit mehreren Jahrzehnten Erfahrung. Das stabwirbelnde Jüngelchen ist ihm genauso auf den Leim gegangen wie du.«
»Kampf Sechs. Balkwist gegen Carper. Wieder beide richtig.«
»Kein Kunststück.«
»Und dann Saul, ja? Wie war das? ›Wer sich mit einem Ackergerät in eine Arena stellt, muß wissen, wie man damit Schaden anrichten kann?‹«
»Hätte er Jaynes noch einmal erwischt, wäre es aus gewesen.«
»Um jemanden zu erwischen, muß dieser sich erwischen lassen. 250 für mich !«

»Na und? Durch Calm Wintry hole ich mir den Einsatz wieder zurück.«
Van den Veldern strich sich die Haare zurück. »Das stimmt, verdammte Axt. Es steht genau unentschieden zwischen uns!«
»Habe ich doch gleich gesagt, daß DeVlame auseinandergenommen wird. Habe ich's nicht gesagt?«
»Ja, du hast es gesagt. Du hättest ein Vermögen machen können, wenn du außerhalb unserer Töpfe darauf gesetzt hättest.«
»Geschenkt! Ich mache jeden Monat ein Vermögen, ich muß hier keinem von diesen windigen Wettanbietern hinterherrennen. Stell dir mal vor: dieser Wintry gegen Quenzais. Da würde die Erde beben.«

»Meinst du, die beiden machen's, falls sie nicht schon vorher gegeneinander gelost werden?«
»Möglich. Oder der Waffenlose, der ist jetzt ein ganz heißes Eisen. Warten wir's ab, Hains. Die Lose sind die Würfel Gottes.«

Gillett winkte zwei Leibwächter zu sich in die Arena und gab Orne Zeichen, sich mit der Losschüssel bereit zu halten. Dann atmete er tief durch und legte wieder mit seiner lauten Stimme los, so daß sein ganzer Leib bebte.
»Bevor ich nun zur Auslosung der zweiten Turnierrunde schreite, will ich Ihnen noch einmal die Kämpfer präsentieren, deren Lose sich jetzt noch im Topf befinden. Prägen Sie sie sich gut ein, meine hochverehrten Damen und Herren, und plazieren Sie dann Ihre Wetteinsätze auf die Vielversprechendsten oder die Geheimtips. Begrüßen Sie mit mir zum zweiten Mal den Bezwinger von Alam dem Wilderer: Gortyn Terentius Crao!«
Crao kam aus dem rechten Tor, Stilett und Pariergabel wieder in den Händen. Sein Oberkörper und seine beiden Arme waren dick bandagiert, der rechte Arm unterhalb, der linke

oberhalb des Ellenbogens. Das machte einen merkwürdigen, hilfsbedürftigen Eindruck, und die Zuschauer, deren Respekt sich Crao durch seinen spektakulären Kampf verdient hatte, applaudierten nur verhalten. Auch hatte Crao diesmal nicht die Arme erhoben oder peitschte durch Geschrei die Menge auf, so daß er kaum wiederzuerkennen gewesen wäre, wäre da nicht sein langsamer Schritt gewesen, mit dem er erneut seine Annäherung an den Mittelpunkt bis ins Dreiste zerdehnte. Als er die Hälfte der Strecke bis zu Gillett zurückgelegt hatte, begann er, mit dem Stilett seine Verbände aufzuschneiden und sie achtlos hinter sich fallen zu lassen. Obwohl die Wunden, die darunter auf Armen, Bauch und Rücken sichtbar wurden, ekelerregend und erschreckend waren, nässend, zum Teil noch klaffend, zum Teil geklammert und ohne Betäubung genäht, verschmiert mit fettigen Salben und fransig verklebt vom rostrot verfärbten Stoff der Verbände, war dies genau das, was die Menge sehen wollte. Ein geborener Patrizier überwand die Barrieren von Schwäche und Schmerz, trug Wunden stolz wie Auszeichnungen und stemmte sich furchtlos dem nächsten Feind entgegen. Jubel wurde aufgewirbelt, die »Craaaa-o! Craaaa-o!«-Rufe pflanzten sich wieder fort, und Declan Gillett nickte Crao anerkennend und hochzufrieden zu. Jetzt hatte der Mann, der den Wilderer getötet hatte, die Sandmitte erreicht, riß beide Arme hoch, zeigte die Verwüstungen her ohne Scham, schloß die Augen und ließ sich mit Geklatsche und Getrampel übergießen, bis ihm der Schweiß vom Kinn tropfte.

Gillett fing das Nachlassen des Jubels ab und riß es herum. »Hier kommt die Rückkehr des Bezwingers von Bucthoy: *Kwennzaiss*!«

Quenzais kam mit Helm und voller Rüstung aus dem rechten Tor gerannt, umrundete wieder einmal den gesamten Kampfkreis und präsentierte den begeisterten Zuschauern seinen gereinigten Dreizack. Die Schnitte an seinen Armen waren frisch gereinigt und mit Salben versorgt worden, Quenzais machte einen ausgeruhten, unbeeinträchtigten Eindruck. Er stand schneller bei Gillett und den Leibwächtern als Crao, deshalb ebbte der Applaus auch schneller ab.

»Der Bezwinger von Eljatin – und ist er seinem Beinamen *Menschenfresser* heute gerecht geworden oder nicht, meine Damen und Herren?! Hier ist Maliw!«

Bonero schien zuerst ein paar Schwierigkeiten zu haben, Maliw an der Halsleine unter dem linken Tor hervorzuzerren, aber zwei scharfe Kommandos wirkten Wunder.

Maliws Beine waren nicht nur verbandsumwickelt, sondern stellenweise sogar mit einer hart werdenden und somit stützenden Paste bestrichen, so zerschnitten und zerhackt waren sie gewesen. »Ihr solltet erstmal den Verlierer sehen!« rief ein Scherzbold nach unten und erntete helles Gelächter. Maliw wirkte gereizt und unruhig, speicheltriefend bleckte er die unnatürlichen Zähne, während Bonero sich hutlupfend in alle Richtungen verbeugte.

»Der Bezwinger von Eljatins älterem Bruder Andreus: Nanimonai!«

Bei seinem ersten Auftritt in dieser Arena war Nanimonai noch ein unbeschriebenes Blatt gewesen und wurde deshalb nur mit Höflichkeitsapplaus willkommen geheißen. Mittlerweile hatten sich die Zuschauer jedoch davon überzeugen können, daß dieses Blatt nicht nur nicht unbeschrieben, sondern sogar kunstvoll bemalt war, und jetzt jubelten sie ihm zu. Hochherrschaftliche und bürgerlichere Damen, die sich nach dem Ausscheiden von DeVlame und Bucthoy neu orientieren mußten, erkannten Nanimonai als neuen Spitzenreiter in der Kategorie ›gutaussehend‹ und erwählten ihn zu ihrem Favoriten. Der Junge, der durch Streicheln tötet – diese Bezeichnung bahnte sich einen Ruf durch die Ränge.

Nanimonai selbst hatte seinen tätowierten Oberkörper wieder mit seiner farblosen Kluft verhüllt und nahm mit bescheiden gesenktem Kopf schnell seinen Platz im gelichteten Kämpferkreis ein.

»Der Bezwinger von Wei Guan Zhou: Thruac!«

Weniger Beifall für den Veteranen im Feld; die taktische Leistung, die seinem Kampf eine Gestalt verliehen hatte, war lediglich von den kundigsten unter den Zuschauern erkannt worden.

Thruac selbst wirkte grauer und verhärmter als bei seinem ersten Auftritt. Auch er hielt den Kopf gesenkt. Seine Knochen und Gliedmaßen schmerzten noch von der Prügel, die Guan Zhou ihm verabreicht hatte, wenngleich der Kampfstab als stumpfe Waffe weniger langanhaltenden Schaden verursachte als die scharfe Klinge einer Hiebwaffe. Die Bezeichnung *›Der Bezwinger von Wei Guan Zhou‹* hallte wie Hohn in Thruacs Ohren, schließlich hatte er nur das Schwert gehalten, an dem der kleine Mönch sich selbst getötet hatte. Thruacs Vision von einem glorreichen, umjubelten Untergang in dieser weitberühmten Kampfstätte war einer tristen Ernüchterung gewichen. Sein Untergang dauerte schon lange, schon Jahrzehnte, und dies hier war lediglich das letzte, bittere Kapitel.

»Der Bezwinger von Veldeon Balkwist: Brone Carper!«

Kaum Applaus für den ›Folterer‹, wie die Menge ihn jetzt nannte. Stattdessen tatsächlich einige Buhrufe und Schmähreden wie: »Versuch's doch mal mit einem richtigen Gegner!« Schmetterling verstand nicht, warum die Leute ihn anfeindeten, schließlich hatte er ihnen doch genau das gegeben, wofür sie bezahlt hatten: das Blut und den Schmerz und den Tod anderer. Aber ihre heuchlerische Reaktion machte ihm deutlich, weshalb er das Volk schon immer gehaßt hatte. Die Verlogenheit und Feigheit der Bürger rechtfertigte noch im nachhinein den nimmermüden Vernichtungsfeldzug, den *Raupe,*

Puppe, Schmetterling gegen die Bastionen der Ordnung geführt hatten. Er würde ihnen noch drei weitere Runden lang beweisen, daß er ein richtiger Mann war, dann würde er dem Bischof ins Gesicht spucken und damit fortfahren, die Frauen und Töchter von hart arbeitenden Versagern zu vergewaltigen.
Gilletts Stimme stieg auf wie ein Starenschwarm. »An dieser Stelle eine Neuigkeit für all jene unter Ihnen, die vielleicht beruflich hier sind oder sich zumindest mit dem Gedanken befassen, ins Kämpfervermittlungsgeschäft einzutreten: Der beeindruckende Athlet mit dem unbeschreiblichen *Pflug* als Waffe, Saul, ist noch am Leben und wehrt sich gerade in diesen Momenten in einem der Hofgebäude gegen die Zudringlichkeiten der Wundärzte, die seine Verletzungen zu versorgen trachten. Falls also einer oder einige von Ihnen Interesse daran haben, den sehenswerten Saul für andere Kampfveranstaltungen zu verpflichten, setzen Sie sich nach der Auslosung umgehend mit mir in Verbindung, bevor der störrische Kämpfer auf Nimmerwiedersehen verschwindet. Dies aber nur nebenbei, und nur für wenige von Ihnen von Interesse. Hier ist jedoch – keinesfalls nur nebenbei und garantiert für Sie alle von Interesse – der Bezwinger von Saul: Avalon Jaynes!«
›Der Maskierte mit den hellen Augen‹ ordnete sich jetzt gleich hinter Nanimonai in der Gunst der Damen ein. Nelken und Tulpenkelche fielen aus großer Höhe vor seinen Füßen in den Sand. Jaynes' Kleidung hatte gelitten beim Zusammenprall mit dem Pflug, der Halbmaskierte sah jetzt ein wenig zerfleddert aus, noch mehr wie ein Straßenräuber, noch mehr nach romantischer Verzweiflung. Seine eisfarbenen Augen jedoch waren nur auf den Kreis der Kämpfer gerichtet. Er spürte, daß das Mädchen aus der Kutsche in der Nähe war, und er wollte ihren Blick nicht erleiden. Seine Welt war rund und flach und gleißend, und endete für diesen Tag am dunklen Holz der Balustrade.

»Und ich bitte Sie, meine hochgeschätzten Damen und Herren, den nun folgenden Moment gebührend zu würdigen. Hier kommt der Mann, der heute vor unseren Augen das abschließende Kapitel einer Legende schrieb. Hier kommt Caaaaaaalm Wintry!«

Gilletts Versuch, das Publikum zur Begeisterung für den Kopfgeldjäger einzuschwören, war gut gemeint, scheiterte aber dennoch. Schon Wintrys in diesen Breitengraden seltene Hautfarbe machte ihn nicht gerade zum Liebling des Publikums, aber daß er ihnen ihren DeVlame genommen hatte – schlimmer noch: daß er es gewagt hatte, unverletzt und unbeeindruckt zu bleiben, während DeVlames zur schauerlichen Grimasse verzerrtes Gesicht fern vom Körper durch den Sand rollte –, das würden sie ihm niemals verzeihen können.

Die Arenawächter hatten alle Hände voll zu tun, um wütende Bürger davon abzubringen, Wintry mit Essensresten und Holzspießchen – auf denen vorher kandierte Früchte gesteckt hatten – zu bewerfen. Andere spuckten und schimpften auf die *Negerlippe*, die *Kackfresse* und *Rußfratze* und wünschten ihm den Menschenfresser oder den Folterer als nächsten Gegner. Hauptmann Cedric Gateau lachte mit vollem Mund. Er hatte schon geprustet, als Wintry gegen DeVlame gelost worden war, hatte dann kurz gestutzt, als Wintry DeVlame enthauptete, aber jetzt fand er den Spaß an der Sache wieder. Der hochmütige schwarze Mann würde heute auf jeden Fall Demut lernen und sterben. Falls seine Gegner das nicht fertigbrachten, würde eben das Volk ihn zerfet-zen.

Wintry selbst ignorierte den Aufruhr der Vierzehntausend. Sein Blick heftete sich auf Brone Carper alias Schmetterling, der ärgerlicherweise völlig unbeschadet durch die erste Runde gekommen war. So lange dieses Kopfgeld noch umherlief, so lange mußte Wintry dieses lästige Spektakel mitmachen.

Declan Gillett winkte hektisch Orne heran, der mit der Losschüssel antrabte. Gleichzeitig setzten sich auch wieder die emsigen Sandreiniger in Bewegung. Die Unruhe, die der Schwarze beim Publikum hervorrief, schmeckte dem Veranstalter überhaupt nicht. Schließlich war seine wertvolle Arena nur aus Holz.

»Ich schreite nun zur Auslosung der vier Kämpfe der zweiten Runde«, brüllte Gillett. »Genau wie vorhin werde ich jetzt wieder die Kämpfe in umgekehrter Reihenfolge ziehen, das heißt, den vierten zuerst und den ersten zuletzt. Bis auf die beiden Teilnehmer des ersten Kampfes bitte ich die Kombattanten wieder darum, sich durch die beiden Tore zurückzuziehen, den zuerst gezogenen durch das linke, den als zweiten gezogenen durch das rechte Tor.« Erneut ging Gilletts Rechnung auf: Die Prozedur des Auslosens war spannend genug, um den schwarzgesichtigen Bösewicht auf nur einen von acht zu verkleinern. Die Menge hörte auf zu rumoren.

Orne schüttelte und rührte die Holzschüssel, in der die acht neuen Losplättchen nun schon deutlich heller umherklappern als noch zur ersten Runde.

Gillett hob die rechte Hand zur Sonne wie ein Hohepriester oder ein Geisterbeschwörer und senkte sie dann in die Schüssel, als würde er dort die Hand in kühles Wasser oder Balsam tauchen.

»Turnierrunde Zwei besteht aus vier Begegnungen, und die vierte Kampfpaarung lautet: Maliw gegen Avalon Jaynes.«

Die Menge raunte anerkennend, Jaynes schloß kurz die Augen. Er hatte gehofft, nicht gegen diese bedauernswerte Kreatur antreten zu müssen, aber ein unbarmherziger Gott hatte anderes mit ihm vor. Als er die Augen wieder öffnete, begegnete er Aloysius Boneros triumphierendem Blick. Scheusale unter sich. Falls Jaynes gewann, würde Bonero ihm anbieten, fortan *ihn* an einer Leine durchs Land zu zerren und zur

Schau zu stellen. Leichtfertig flogen die Lose davon und wurden von Menschen mit intakten Gesichtern gefangen.
Nachdem der Menschenfresser und der zerzauste Schwertkämpfer in ihren Toren verschwunden waren, fuhr Gillett mit der Auslosung fort. Sein Gesicht glühte vor Eifer. »Die dritte Kampfpaarung der zweiten Runde: Thruac gegen Quenzais.«
Thruac nickte. Das war es. Sein mächtiger Bihänder gegen den massiven Stahl von Quenzais' Dreizack, Helm und Rüstung. Ein funkensprühendes Ende, beschmutzt zwar durch das Blut des kleinen Mönches, aber immerhin ein Ende. Thruac lächelte. Sein Gegner senkte den Dreizack, zeigte mit den Spitzen auf ihn, wandte sich dann um und rannte durch das rechte Tor davon ins Dunkel, wie um einen sehr langen Anlauf zu nehmen.

»Die zweite Kampfpaarung der zweiten Runde: Calm Wintry gegen Brone Carper.«
Für einen Moment wurde Schmetterling regelrecht schwindlig. Die Teilnahme von Cyril Brécard DeVlame war eigentlich sein Hauptgrund gewesen, sich auf dieses Turnier einzulassen. DeVlame war getötet worden, und jetzt mußte er – Schmetterling – gegen DeVlames Mörder antreten und DeVlame rächen. Das Leben ist eine Leiter, in der einige Sprossen fehlen.
Der Schwarze lächelte zum ersten Mal und summte eine Melodie, als er an Schmetterling vorbei auf das linke Tor zuging. Erst als er selbst schon hinter der Dunkelheit des anderen Tores verborgen war, fiel Schmetterling der Text ein, der zu der Melodie gehörte. Einer dieser schwachsinnigen Gassenhauer vom Schlage eines Nalator Zeksten, mit dem Titel ›*Ich bin ein Glückskind heute nacht*.‹ Schmetterling schauderte, als streife ihn ein kalter Hauch. Er wußte nicht, ob das Todesfurcht war oder etwas Schlimmeres.
»Und die erste Kampfpaarung der zweiten Runde: Gortyn Terentius Crao gegen Nanimonai. Dieser Kampf beginnt,

sobald die Fanfare ertönt. Die Hölzerne Arena wünscht Ihnen auch in der zweiten Runde ein aufregendes Schau-Erlebnis!«

Declan Gillett warf die letzten beiden Holzlose in die danach haschende Menge und verließ dann winkend und bejubelt den Sandkreis.

Gortyn Terentius Crao und Nanimonai blieben einfach stehen und sahen den Bediensteten zu, die mitten auf diesem unfruchtbaren Sand Blumen pflückten.

Hains van den Veldern machte ein enttäuschtes Gesicht.

»Das ist ja eine blöde Auslosung. Da ist ja überhaupt keine Spannung drin. Den ersten Kampf gewinnt Nanimonai, den zweiten Wintry, den dritten Quenzais, und den vierten ... – gut, der vierte ist ein wenig knackig.«

»Jaynes.«

»Bist du sicher? Jaynes?«

»Todsicher. Der Menschenfresser ist ein unbeweglicher Koloß, und dieser Jaynes hat vorhin sogar den Pflug durch Beweglichkeit entschärft.«

»Hm. Und ansonsten sagst du auch Nanimonai-Wintry-Quenzais?«

»Da gibt's nichts dran zu rütteln.«

»Na gut, dann tippe ich im letzten Kampf auf Maliw, sonst stehen wir ja nach der zweiten Runde immer noch unentschieden.«

»Bitte, wenn du dich unbedingt blamieren willst.«

»Ich blamiere mich schon nicht. Freuen wir uns schon auf die dritte Runde. Wenn Nanimonai, Wintry, Quenzais und Maliw oder Jaynes das Halbfinale unter sich ausmachen, werden das verdammt hochklassige Begegnungen.«

»Jawoll, und mein Quenzais wird's schaukeln.«

»Wir werden sehen. Ich hole mir noch einen Krug Met. Willst du auch noch einen?«

»Kommst du dir nicht blöd vor, waffenlos gegen einen, der in jeder Hand das Eisen trägt?«

Nanimonai und Crao warteten auf die Fanfare, und Crao puhlte sich plaudernd an den schauerlich anzusehenden Armwunden.

»Ich kann mit meiner Pariergabel gegen dich nichts anfangen, also werde ich wie ein Dimachaerus kämpfen. Weißt du, was das ist? Hast du den Spaßvogel vorhin sterben sehen, den mit den zwei Dolchen? Das war ein Dimachaerus. Ich werde die Pariergabel wie ein zweites Stilett benutzen, das ist auch dem Wilderer schon übel aufgestoßen. Hörst du mir eigentlich zu, Schlitzauge? Ich versuche hier, dich an deinem Ende teilhaben zu lassen, du könntest wenigstens ein bißchen Interesse zeigen.« Nanimonai legte seinen bebilderten Rücken frei und machte ein paar Lockerungsbewegungen, indem er tänzelte und den Kopf auf dem Hals herumrollte.

Die Fanfare trieb beide nach vorne. Der Kampf begann mit ungeheurer Geschwindigkeit.

Nanimonais Hände zuckten um Craos Körper herum, und Craos zwei Klingen wirbelten dazwischen. Die beiden Kontrahenten drehten und umsponnen sich in beinahe anmutig wirkenden Mustern, aber keiner konnte den anderen berühren. Nanimonai mußte zu sehr auf die unregelmäßigen Ellipsenbahnen der Klingen achtgeben, und für Craos zerstörte Arme war Nanimonai einfach zu schnell. Aber beider Aktionen waren mitreißend, und von den Balustraden erschollen schon bald »Craaaa-o! Craaaa-o!« und »Nanimonaiiiii!«-Anfeuerungsrufe.

Nach der ersten Minute lösten sich die beiden ein paar Schritte voneinander und belauerten sich, ständig die Körperhaltungen und Fußstellungen wechselnd. Beide Arme des Patriziers begannen in dünnflüssigen, schmalen Bahnen zu bluten.

»Was ist das Gegenteil von Nichts?« fragte Nanimonai.

Craos Gesicht verzerrte sich zu einer zähnefletschenden Fratze, die gut und gerne auch ein Grinsen sein konnte. »Das Gegenteil von Nichts ist *Schmerz*. Komm her, und ich bringe es dir bei.«

Crao attackierte, doch Nanimonai wich ihm aus. Sand wirbelte auf. Ein um den Körper herumgezogener Fußtritt Nanimonais fauchte ins Leere. Crao griff jetzt mit beiden Klingen gleichzeitig an. An der einen schlüpfte Nanimonai vorbei, die andere jedoch schnitt ihm durch die rechte Schulter. Crao schrie auf, als wäre er selbst getroffen worden, und setzte nach. Nanimonai verschwand hinter einer Kaskade aus Sand in einer Art waagerechtem Radschlag. Crao schüttelte sich Sand aus den Haaren, rieb sich mit den Handballen die Augen. Nanimonai sprang mit gestrecktem Bein an ihm vorbei und berührte ihn mit beiden Händen, doch nichts passierte. Der beiderseitige Tanz wurde jetzt so schnell und wild, daß selbst der General Tennico dem Geschehen nicht mehr folgen konnte.

Für einen Moment dann kamen beide zum Stillstand, und Crao riß speichelsprühend sein Stilett aus Nanimonais rechtem Oberarm. Der Daimyoji taumelte den Bruchteil einer Sekunde hinterher. Dann verschwanden beide wieder in einem Mahlstrom aus viel zu schnellen Bewegungen und umhergischtender Sandglut.

Jetzt hielt es niemanden mehr auf den Sitzen. Das war ein unglaubliches Gefecht! Der häßliche Patrizier, der schon durch seinem Sieg gegen den Wilderer die Wettquoten ab absurdum geführt hatte, bot dem von vielen nach seinem ersten Kampf als unbesiegbar eingestuften Waffenlosen erfolgreich die Stirn. Beide berührten sich jetzt häufiger, und es schien, als würde Crao von dem Tätowierten mit Handkanten- und Handballenschlägen geprügelt, aber keiner der Treffer konnte den Rasenden stoppen, dessen vom Speer des

Wilderers durchbohrten Arme wider alles Menschenmögliche in Bewegung blieben.
Erneut traf Crao. Erneut traf Nanimonai. Erneut entging Nanimonai der zustechenden Pariergabel Craos nur um Haaresbreite. Kurz darauf waren beide Klingen Craos gleichzeitig erfolgreich und verunzierten den Brustkorb des Gegners mit Schnitten. Crao griff jetzt mehrmals hintereinander beidhändig an und trieb den waffenlosen Nanimonai dadurch mehr und mehr in die Defensive.
Beide bewegten sich an der Balustrade entlang, die keinen Schatten bot, da die Sonne immer noch zu hoch stand. Crao hielt seine beiden Waffen wie eine Schere zusammen. Seine Schultern hoben und senkten sich unter fast ekstatischen Atemzügen. Nanimonai glitt zwischen den Schneiden der Schere hindurch und kam hinter dem Gegner wieder zum Vorschein, seine Brust jetzt die krakelige, von einem Irren geschnitzte Parodie seines kunstvollen Rückens. Crao schüttelte Blut von beiden Klingen und fing an zu singen. »Schmerz, Schmerz, Schmerz. Schmerz, Schmerz, Schmerz.« Die Hitze brannte ihnen beiden die Augen aus. Atem ging wie Rauch. Füße in Bewegung.
Nanimonai stieß sich aus dem Sand. Sprang mit rauschend flatternden Beinkleidern an Crao vorbei, kam nur mit einem Straucheln wieder in den Stand zurück. Für einen Moment hatte Crao Nanimonais ungeschützten Rücken vor sich, doch geblendet von den Farben und der Nebligkeit der Insel Onogoro verpaßte er den entscheidenden Augenblick. Nanimonai wandte sich ihm zu. Mit gebleckten Zähnen stach Crao sein Stilett nach vorne. Mit der Linken wehrte Nanimonai die Klinge ab, ein feiner Schnitt, derselbe vielleicht, der sein einziges Zeugnis aus dem Kampf gegen Andreus gewesen war. Dann stieß die Rechte vor, der Arm gebogen wie der Hals eines Kranichs, aber die Hand ein Diamant aus Ballen und Knöcheln.

Der Schlag traf Craos Kinn, so daß die Zähne laut zusammenschlugen, wie durch ein Wunder ohne Zunge dazwischen.
Nanimonai bewegte sich nicht mehr, blieb in der Schlußstellung stehen. Der Kampf war zuende.
Crao machte zwei schleifende Schritte nach hinten. Nacheinander tropften ihm beide Klingen aus den Händen, so daß jetzt beide Kontrahenten ohne Waffen dastanden. »Abends esse ich nie. Warum bringt ihr nicht endlich die Pferde rein?«
Mit diesen Worten brach Crao zusammen, seine sämtlichen Glieder fielen in- und übereinander, bis da nur noch ein Haufen aus Fleisch und Knochen zu liegen schien.
Nanimonai entspannte sich. Sein ganzer Leib war voller Schnitte. Er mußte dem Gegner Respekt zollen. »Schmerz ist nicht das Gegenteil von Nichts, denn Schmerz bedeutet nichts. Du selbst hast das bewiesen, und ich habe es bestätigt. Ich danke dir jedoch für deinen Versuch, mir eine Antwort zu geben.«
Das Publikum hatte immer noch nicht begriffen, daß Crao nicht mehr aufstehen würde. Den ganzen Kampf über hatte nur der Daimyoji Wunden davongetragen, da war es schwer zu glauben, daß ein einziger Schlag die Ebenmäßigkeit des Geschehens so nachhaltig zersprengen konnte.
Erst als Orne und ein paar Wundärzte in die Arena gelaufen kamen, brachen der Jubel und das hektische Austauschen von Wettzetteln und Münzen aus. Einer der Wundärzte legte sofort Baumwolle auf Nanimonais frische Schnittwunden, ein anderer stellte fest, daß Crao noch lebte, aber so schnell wohl nicht mehr zu Bewußtsein kommen würde.
»Soll Crao leben oder sterben?« fragte Orne laut in die Ränge hinauf. »Er ist ein Sohn dieser Stadt, und er hat heute zwei schwere Gegner bekommen.«
Das Votum der Zuschauer fiel eindeutig zu Craos Gunsten aus. Der eigenartige Patrizier hatte sich heute ein paar Anhän-

ger erstritten, die auch jetzt noch »Craaaa-o! Craaaa-o!« brüllten.

Er selbst wurde auf einer Trage durchs mittlere Tor abtransportiert, während Nanimonai, von mehreren Helfern gestützt, durchs rechte Tor zurückgeführt wurde. Erst jetzt, als der Kampf zuende war, wurde deutlich, wie sehr Craos Klingen dem Daimyoji zugesetzt hatten.

Declan Gillett legte Orne anerkennend die Hand an den Ellenbogen, als der Ruhigsteller zu ihm zurückkehrte. »Gut gemacht, mein Lieber. Mit Crao haben wir endlich einmal jemanden behalten, der beim nächsten Mal bestimmt schon ein paar Neugierige mitzieht. Ansonsten ist die Ausbeute heute ja ziemlich niederschmetternd. Sieben Tote in neun Kämpfen, da bleibt wenig übrig, worauf man in Zukunft bauen kann. Manchmal frage ich mich wirklich, ob man nicht Kämpfe ohne Todesfolge veranstalten sollte.«

»Aber wer würde bezahlen, um sowas zu sehen?«

»Niemand, Orne, das ist es ja eben. Wir sind nur Diener, bescheiden und gut.«

DAS PARADIES DER SCHWERTER 28

Das Publikum buhte und schmähte, als die beiden nächsten Kämpfer die Arena betraten. ›DeVlames Mörder‹ und ›der Folterer‹ waren die beiden unbeliebtesten Teilnehmer im Gesamtfeld, und wenn es nach dem Willen der Zuschauermehrheit gegangen wäre, hätten die beiden sich gegenseitig zerhacken können, bis ihre Überreste keinen Gedanken mehr wert waren. Carper schwitzte wie noch nie, der Schwarze hatte den großen DeVlame besiegt, ohne sich sonderlich anzustrengen – dies war der gefährlichste Gegner in Schmetterlings nicht allzu ruhigem Leben, das war ihm klar, und sein Hemd klebte ihm naß am Leib. Wintry dagegen war bester Laune. Die Lose hatten es ihm tatsächlich ermöglicht, das Kopfgeld persönlich zu verdienen, und nicht jemand anderem dabei zusehen zu müssen. Da sollte noch einer bestreiten, daß das Glück dem Tüchtigen hold war. Ein Problem blieb jedoch noch: Wie konnte der mit allen Wassern gewaschene Veranstalter davon abgebracht werden, Rechte auf Schmetterlings Körper zu erheben und das Kopfgeld in seine eigenen Taschen wandern zu lassen? Dieses Problem bedurfte noch einiger Überlegung während des Kampfes.

Die Fanfare erklang, und Carper drosch ungestüm los. Wintry entging den beidhändigen Schwingern ohne große Mühe und brachte seinerseits den ersten Treffer an. Carper schrie auf und setzte sich zur Wehr, wich jetzt ebenfalls aus, sprang hin und her, der Kampf wurde hektisch, unübersichtlich, und diesmal durchdrang das Rapier die rauhe Lederrüstung des Kopfgeldjägers und bewies, daß auch das Blut schwarzer Menschen einfach nur rot war.

Sie lösten sich wieder voneinander und umgingen sich. »Mach ihn kalt!« brüllte einer von der Balustrade, und niemand wußte, wer gemeint war.

Wintry schätzte sein Gegenüber ab. Auf eine gewisse Weise war Carper ein gefährlicherer Gegner als DeVlame, weil er nicht so selbstverliebt agierte, seine Bewegungen keiner Etikette folgten und deshalb schwerer vorauszusehen waren und weil mehr Wucht in seinen Hieben lag als bei DeVlames lächerlichem Degen. Andererseits war dieser Gegner hier viel leichter zu foppen als DeVlame. Er hatte keine wirkliche Erfahrung. *Raupe, Puppe, Schmetterling* hatten sich zwar als Plünderer und Brandschatzer einen Ruf erworben, aber sie hatten nie ehrlich, nie Auge in Auge echten Gegnern gegenübergestanden.

Wintry ließ ihn kommen, wich zurück. Carper fiel drauf rein. Sein gutgezielter Schlag ging ins Leere, weil Wintrys Ausweichbewegung noch geschickter war. Jetzt stand Carper offen da, und Wintry sah keine Veranlassung, das Unvermeidliche noch länger herauszuzögern. Ein, zwei, drei mächtige Querhiebe schlugen durch Carpers immer nur um Nuancen zu unpräzise Deckung und nahmen den Rapierfechter regelrecht auseinander. Dem letzten, dem tödlichen Hieb jedoch konnte Carper durch eine Mischung aus glücklichem Straucheln und Reflex entgehen und seinerseits noch einmal das Rapier durchbringen. Carper setzte sogar nach, doch Wintry wehrte nur noch ab und brachte Abstand zwischen sich und den Schwerverwundeten, der beinahe nach vorne hin umfiel, als da niemand mehr war, auf den er sich hätte stützen können.

Die Menge schwieg jetzt. Wenn sie genügend Blut bekam, hörte sie immer auf zu kreischen, und sie bekam wieder genügend. Carpers Hemd hing in rotgetränkten Fetzen bis auf den Boden hinab, der Folterer war jetzt selbst ein Opfer, und es erstaunte und befriedigte vielleicht einige, daß er nicht schrie oder verzweifelte.

Es war seltsam und anders. Sein Blut verließ seinen Körper, und an Blutes Statt hielt etwas anderes Einzug, etwas, was Brone Carper in dieser Art noch nie zuvor erlebt hatte: Ruhe.

Ihm schien, als würde ein ewig schmerzhafter Zickzackkurs endlich in einen Hafen münden, als hätte das trotzige ›Kommt und fangt uns doch!‹-Spiel, das in den Spuren von *Raupe, Puppe, Schmetterling* nie etwas anderes als Schutt und Asche hatte gedeihen lassen, nach all den Jahren doch noch ein richtiges Ende angesetzt. Zeit verging und nichts passierte. Carper stürzte nicht, er blieb schwankend stehen und hing fernen Erinnerungen nach.

Wintry kam von der Seite heran und trug einen Hieb vor, der alles hätte klarmachen müssen. Carper parierte mit schleifender Klinge und stach seinerseits zu. Wieder wurde Wintry getroffen, zum dritten Mal schon. Es war ganz erstaunlich.

Wintry entschied, daß dieser Gegner genügend Wertschätzung verdiente, um zu erfahren, woran er war. Draußen, außerhalb dieses morbiden Holzkäfigs, drückte Wintry seinen Opfern *Sparrow'n'Dagger* in die Hand, um ihnen eine Chance zu geben, aber dies war hier drinnen nicht erlaubt.

»Sieh an, sieh an«, brummte er und wischte sich Blut von der Rüstung, »dieser Schmetterling hat einen Stachel.«

Carper jedoch war schon zu weit weg, um wahrzunehmen, daß sein Gegner wußte, wer er war. Er machte einen unsicheren Schritt und schlug nach Wintry, wurde aber ohne Mühe abgewehrt. Seine Augen fingen an zu schielen, dann wurden sie wieder klar, und er schaute in die Zuschauerränge hinauf, ob er nicht Puppe und Raupe doch noch finden könnte, und Zeuge werden, wie sie ihn anstaunten, denn jetzt, wo er vom selben Mann getötet wurde, der auch DeVlame getötet hatte, war er seinem verhaßten Idol so ähnlich wie nie zuvor, war er vollkommen verwechselbar mit dem Helden des Volkes und nahe daran, unsterblich zu werden. Er fiel hin und atmete röchelnd in den Staub.

Wintry wartete kein Votum der Zuschauer ab. Der Steckbrief lautete ›Tot oder lebendig‹, und er haßte die Komplikationen

unnötiger Überführungen. Er setzte das Schwert zwischen Carpers Schulterblätter, rammte es durch den auszitternden Körper und zog es dann, einen Fuß aufstellend, wieder heraus. »Ist ein Offizier der städtischen Garde anwesend?« fragte er mit lauter Stimme die Ränge hinauf. Als niemand reagierte, wiederholte er nochmal: »Ist ein Offizier der Befestigten Stadtgarde hier anwesend?«
Ein kleines Männchen in einer Ausgehuniform erhob sich in der vierten Reihe von unten. »Ja, hier.«
»Gut. Mein Name ist Calm Wintry. Ich habe diesen Mann, der sich Brone Carper nennt, soeben in ehrlichem Zweikampf getötet, und ich mache hiermit meinen rechtmäßigen Anspruch geltend auf jegliches Kopfgeld, das auf diese Person ausgesetzt ist.«
»Brone Carper«, sinnierte der Unteroffizier, »der Name sagt mir nichts. Seid Ihr sicher, daß es einen Steckbrief gibt?«
»Nicht unter diesem Namen.« Für einen Moment überlegte Wintry, ob er nicht einfach das Stichwort ›Schmetterling‹ nennen sollte, um alles klarzustellen, aber andererseits – vielleicht waren ja Raupe und Puppe tatsächlich in der Nähe und die Ernte für heute noch gar nicht beendet. »Ich erkläre Ihnen das später, Herr Offizier. Warten Sie bitte am Ausgang auf mich.«
Das Männchen nickte, setzte zum Salutieren an, vergegenwärtigte sich dann aber, daß er ja nur mit einem Zivilisten sprach, und setzte sich wieder.
Wintry ließ sich Carpers Leichnam nicht von den hereinhuschenden Dienern abnehmen, sondern schleifte ihn selbst durch den Sand hinter sich her. Immerhin hatte die rätselhafte Episode mit dem Offizier das Publikum so verwirrt, daß es ganz vergaß, Wintry nach seinem zweiten klaren Sieg aufs neue zu beschimpfen.

Der Kopfgeldjäger kehrte nicht ins linke Tor zurück, sondern schlüpfte mit dem Leichnam im Schlepptau durch den Verbindungstunnel, durch den die Diener geströmt waren.
Am Ausgang des Tunnels warteten jedoch der zwergenhafte Veranstalter, der flachnasige Ruhigsteller und eine ganze Handvoll entschlossen dreinblickender Wachposten auf ihn.
»Wohin des Weges, Meister Wintry?« fragte Gillett freundlichst. »Ihr wollt das Theater des Daseins doch nicht etwa verlassen, bevor der letzte Vorhang gefallen ist?«
»Ich habe keine Lust mehr weiterzukämpfen. Diese ganze Amüsiervorstellung für dekadente Weiße kotzt mich an.«
»Oh, das tut mir aufrichtig leid. Leider habt Ihr aber Euer Einverständnis gegeben, an diesem Turnier teilzunehmen. Und *teilzunehmen* bedeutet leider, vier Kämpfe zu gewinnen, oder aber zu verlieren. Ihr habt jetzt zwei Kämpfe gewonnen, also ist keine der beiden Möglichkeiten bewältigt.«
»Was wollt Ihr? Daß ich meinen nächsten Kampf absichtlich verliere, um hier rauszukommen? Wollt Ihr das sehen? Würde das Euch glücklich machen?«
»Ihr unterschätzt mich, Meister Wintry, so wie ich auch glaube, daß Ihr Euch selbst unterschätzt. Meiner Meinung nach habt Ihr hervorragende Aussichten auf den Gesamtsieg. Ihr habt jetzt zwei Kämpfe hinter Euch und seid noch in ausgezeichneter Verfassung, was man von Nanimonai nun nicht mehr behaupten kann. Und die anderen vier Streiter, deren zweite Runde noch bevorsteht, sind größtenteils jetzt schon verwundet, und das wird durch weiteres Kämpfen nicht besser. Wenn Ihr nicht dumm seid, Meister Wintry – und ich glaube nicht, daß Ihr das seid –, spaziert Ihr heute abend als reicher Mann hier hinaus. Mit einem goldenen Stirnreif im Wert von eintausend neuen Talern, und dem Kopfgeld auf diesen bemitleidenswerten Burschen hier, das ich Euch nun nicht mehr streitig machen kann, denn der Schachzug mit dem Offizier war wirklich bemerkenswert.«

»Und wenn ich es vorziehe, jetzt schon hier rauszuspazieren?«
»In diesem Falle würdet Ihr mir gegenüber vertragsbrüchig. Und angesichts des hervorragenden Status, den ich und mein Haus bei der Stadtgarde genießen, weiterhin berücksichtigend die nicht gerade überschäumende Zuneigung, die Euch als Mörder von Cyril Brécard DeVlame entgegengebracht wird, scheint es mir kaum wahrscheinlich, daß die Regionalskommandantur mir einen angemessenen Schadensersatz verweigern würde.«
»Das Kopfgeld.«
»Zum Beispiel. Oder Euren Kopf. Oder irgend etwas anderes, das Ihr dringender benötigt als ich. Also begeht keinen Fehler, Meister Wintry. Ihr habt die Chance, heute nicht nur Reichtum, sondern sogar Ruhm zu erwerben. Ihr werdet nicht allen Ernstes auf beides verzichten wollen.«
Wintry dachte ein paar Momente nach. Bislang hatte er tatsächlich erst eines gewonnen: seine Wette mit dem fetten Schwächling Gateau. Der schäbige Monatssold eines unbedeutenden Provinzhauptmannes plus 300 Taler, die ihm ohnehin gehörten. »Also gut«, knurrte er schließlich. »Haltet ihn für mich warm.«
Er schleuderte Schmetterlings Leiche nach vorne, so daß sie gegen Gilletts Beine klatschte und den kleinen Veranstalter mit kaltem Blut beschmierte. Die Konfusion der überforderten Wächter genügte Wintry, um unbehelligt in den Raum hinter dem linken Tor zurückkehren zu können.
Sofort waren ein paar Diener zur Stelle und versuchten gemeinsam mit den Wachposten, Gilletts Beinkleider sauberzuwischen, was diesen aber erst recht aufbrachte. »Laßt den Unsinn, ihr Tolpatsche! Das darf doch wohl nicht wahr sein! Dieser ... dieser ...« – er deutete mit zitterndem Finger auf die Tür, hinter der Wintry verschwunden war – »dieser impertinente, widerliche Mensch erhält keinerlei medizinische Ver-

sorgung zwischen den Kämpfen, habt ihr mich verstanden? Keinerlei!« Ein in der Nähe befindlicher Wundarzt glitt heran und fragte eifrig: »Sollen wir ihm etwas ins Wasser mischen, Veranstalter?«

»Auf keinen Fall! In meiner Arena wird nicht betrogen und vergiftet wie in anderen Kampfstätten! Aber niemand kann mir übelnehmen, einem unverschämten Störenfried Unterstützung zu verwehren.«

»Was ist, wenn er tatsächlich gewinnt?« gab Orne zu Bedenken.

»Das wird er nicht. Er hat keine Chance gegen Quenzais. Und Quenzais ist mein Mann. Am Ende dieses unglückseligen Tages werde ich mir selbst den goldenen Stirnreif aufsetzen, und weiß Gott, ich habe ihn mir redlich verdient.«

Der Veranstalter eilte davon, um sich umzuziehen.

Brone Carper kam auf einen der Tische in der unterirdischen Leichenkammer, wo alle gefallenen Turnierteilnehmer bis fünf Stunden nach Turnierende gelagert wurden, für den Fall, daß ein Angehöriger oder Betreuer Anspruch auf einen Körper geltend machte. Dort lagen sie alle unter fleckigen Tüchern, die beiden Brüder, der Wilderer, der Leutnant, der Mönch, Bucthoy, DeVlame und jetzt auch der Schmetterling, umschwärmt nur noch von Fliegen.

Thruac schlug daneben. Quenzais stach zu und traf.
Als es beinahe vorbei war
Quenzais stach zu und traf.
Hatte Thruac diesen Gedanken
Quenzais stach zu und Thruac parierte.
Jemand müßte es den Leuten erzählen
Quenzais stach zu und Thruac parierte.
Jemand müßte hinausgehen und es besonders denen beibringen, die davon träumen, an einem solchen Turnier teilzunehmen
Quenzais stach zu und traf.
Daß es hier nichts zu gewinnen gab, daß es die Hölle war, daß der Gestank des Sterbens diesen Holzbottich bis zum Überschäumen mit Ekelhaftigkeit erfüllte
Quenzais stach daneben.
Aber wer sollte das machen? Wer sollte hinausgehen und die Wahrheit verkünden?
Thruac schlug zu und Quenzais parierte.
Diejenigen, die gewannen, erlagen dem flüchtigen Rausch, daß sie unsterblich waren und daß es richtig und edel war, was sie hier taten
Thruac schlug daneben. Quenzais stach zu und traf.
Diejenigen, die nur zuschauten, würden nie erfahren, wie es sich anfühlte
Quenzais stach zu und Thruac parierte.
Diejenigen, die all dies nur vom Hörensagen kannten, glaubten begierig jede Lüge, die ein wenig mehr Glanz versprach als ihr eigenes Leben
Quenzais stach zu und Thruac stürzte.
Und diejenigen, die verloren, konnten nichts mehr erzählen, denn es war zu spät, viel zu spät, vergib mir, kleiner Mönch, ich hatte ja keine Ahnung

Quenzais stach zu und stach zu und stach zu.

Ohne Wunden.

Ohne Gesicht.

Die Menge entfremdet seinen Namen. Er empfindet sie brennen, atmet ihren Rauch.

Maliw wurde von Bonero an der Halsleine durchs Tor gezerrt. Nicht nur Maliws bandagierte Beine versagten den Dienst, irgend etwas in dem Zurückgebliebenen schien sich dagegen zu sträuben, noch einmal hinaus zu müssen in die Helligkeit und das unverminderte Starren der mehr als Zehntausend.
Avalon Jaynes stand bereits im Sand und wartete. Kein Windhauch bauschte seinen Umhang, der löcherig und ramponiert war vom Ansturm des *Pfluges*. Dies war ein grausames Los. Ihm ging durch den Kopf, daß es ihm bedeutend leichter fallen würde, Aloysius Bonero umzubringen. Da war leicht ein Motiv abbildbar. Gegen Maliw jedoch versagten alle Haltungen.
Schnell, dachte Jaynes sich nur, *laß es schnell gehen.*
Bonero löste die Leine, gab dem winselnden Menschenfresser noch ein paar abgehackte Kommandos und zog sich dann ins linke Tor zurück. Die Fanfare ertönte. Angrica war mittlerweile von ein paar Galanen gefunden worden, die ihr zürnender Vater nach ihr auf die Suche geschickt hatte. Mit hängenden Schultern und ohne das Geschehen in der Arena weiter zu beachten, ließ sie sich von den schale Witzchen reißenden und anzügliche Anspielungen hervorglucksenden Patrizierjünglingen nach oben zurückführen, dorthin, wo die Reichen und Gutbehüteten saßen.
Maliw drehte sich im Kreis, versuchte, die Töne des Hörnersignals mit seinen Eisenhänden zu vertreiben. Jaynes kam näher. *Laß es schnell gehen.*
Als der Halbmaskierte in seiner Reichweite war, schlug Maliw nach ihm, aber viel zu weit ausholend, um überraschen zu können. Jaynes entging dem Schwinger und zog sein Schwert voll durch. Maliw, ohnehin schon eher langsam, jetzt zusätzlich noch durch die von Eljatin beigebrachten Beinverletzungen fast zur Bewegungsunfähigkeit verdammt, konnte nichts wei-

ter mehr tun, als zu versuchen, die dunkelrote Klinge mit pendelndem Oberkörper und rudernden Armen abzuwehren, aber Jaynes war viel zu behende, um Maliw eine Chance zu lassen. Maliw suchte den ihn zerstörenden Gegner überall, drohte und zürnte selbst der Sonne und seinem eigenen Schatten und wurde nach dem vierten Treffer plötzlich ganz still. Er legte sich die metallbeschlagenen Hände über die Augen wie ein kleiner Junge, der denkt, daß man ihn nicht sehen kann, wenn er nichts sieht. Er stand so da, den Kopf ein wenig in den Händen wiegend, leise summend, ein ganz fernes Lied, das vielleicht seine Mutter für ihn gesummt hatte, falls es ihm je vergönnt gewesen war, seine Mutter kennenzulernen. Er wehrte sich nicht mehr. Er war damit einverstanden, etwas Besseres als dies hier kennenzulernen.

Jaynes zögerte. Er konnte den tödlichen Schlag anbringen. Das war nicht das Problem. Solange Maliw nicht fiel, würde dieses Blutturnierpublikum wahrscheinlich nicht anerkennen, daß der Kampf zuende war. Saul hatte er nicht töten müssen, es hatte ausgereicht, ihn unter seinem *Pflug* zu begraben, aber Maliw würde wahrscheinlich auch als Toter noch auf seinen zerhackten Beinen stehen.

Er holte aus. Die dunkelrote Klinge zitterte.

»Tu es nicht!« schrie Bonero und kam aus dem Tor gelaufen. »Er ist doch alles, was ich habe! Du brauchst ihn nicht zu töten! Der Kampf ist vorbei!« Maliws Besitzer wandte sich an das murmelnde Publikum. »Ich erkläre, daß Maliw den Kampf verloren hat. Avalon Jaynes ist der Sieger. Es besteht kein Anlaß, Maliw auszulöschen. Der Menschenfresser ist eine Zierde für jedes Turnieraufgebot und wird den Menschen der Befestigten Stadt auch in Zukunft noch mit Freuden für Spannung und Nervenkitzel zur Verfügung stehen!«

Jaynes schlug zu. Die Spitze des Schwertes kerbte quer durch Boneros Stutzergesicht. Der hohe Hut rollte in den Sand, und Bonero wollte sich markerschütternd schreiend zu Boden fallen lassen, aber Jaynes packte ihn vorne an den Kleidern und schmetterte den beinahe die Sinne Verlierenden dröhnend gegen die Holzbalustrade. Dort hielt er den Wehrlosen fest und kam ihm mit seinem Gesicht ganz nahe. *Ich mache ein Monster aus dir, wie auch wir welche sind. Du wirst niemals mehr umherziehen können und aus der Theorie heraus verkünden, wie furchtbar es sein muß, anders zu sein. Ein Gezeichneter. Ein Schmerzempfindender. Ein lebendiges menschliches Wesen.* Nicht ein einziges dieser Worte klang nach etwas anderem als einem unartikulierten Blöken, weil ein namenloser Felswüstenbarbar ihm vor fünf Jahren mit einem zugespitzten Kriegshammer Zunge und Kiefer geraubt hatte. Aber wäre Boneros Blick nicht von seinem eigenen Blut verklebt gewesen, hätte Bonero dies alles in Jaynes' Augen lesen können.

Wachposten stürmten heran und rissen Jaynes von Bonero fort. Ein Turnierkämpfer hatte einen Nichtteilnehmer verwundet, das war ein schwerwiegendes Vergehen. Hölzerne Knüppel prasselten auf Jaynes ein, er verlor sein Schwert und wurde von fünf Mann in den Tunneleingang gezerrt, obwohl er sich überhaupt nicht mehr wehrte.

Bonero war zusammengebrochen, wurde auf eine Trage geladen und zu den Wundärzten gebracht, die - sich gegenseitig anschreiend - versuchten, die beiden auseinanderklaffenden Hälften seines Gesichtes zusammenzuhalten.

In all dem Tumult - auch einige der Zuschauer gebärdeten sich wie rasend, schrien und pfiffen und warfen mit allerlei Gegenständen und mußten von anderen schlagstockbewehrten Ordnern gebändigt werden - wurde beinahe übersehen, daß der Menschenfresser noch immer mitten auf der Kampfbahn stand, blutüberströmt, die Hände vorm Gesicht und leise vor sich hinsummend.

Mehrere Minuten lang wagte sich niemand an ihn heran. Ohne seinen Bändiger Bonero war Maliw ein unkalkulierbares Risiko. Schließlich faßte sich Orne ein Herz und ging zu ihm hin, hinter sich ein paar der medizinischen Versorger, die sich auch nach Maliws erstem Kampf schon um seine Beine gekümmert hatten. Zu viert redeten sie beruhigend auf den Menschenfresser ein, bis dieser schließlich eine der Hände vom Gesicht nahm. Orne ergriff die Metallpranke behutsam und führte das Ungeheuer langsam vom Schauplatz weg.

Die zweite Runde war beendet.

Das Spektakel begann, außer Kontrolle zu geraten.

Veranstalter Gillett hatte sich gerade umgezogen, nachdem der Schwarze ihn mit Leichenblut besudelt hatte, als ein mönchischer Abgesandter des Bischofs einen tiefen Diener vor ihm machte und ihm verkündete, daß der Bischof aufgrund eines hitzebedingten Unwohlseins bedauerlicherweise der heutigen Veranstaltung fernbleiben müsse.

Das war wirklich eine unerfreuliche Neuigkeit. Daß die Spiele zu Ehren des Bischofs ohne die segnende Hand des Bischofs stattfanden, würde von vielen in der Stadt als düsteres Omen für die Zukunft der Hölzernen Arena gedeutet werden. Vielleicht führte der greise Fuchs sogar derartiges im Schilde: der Hölzernen langsam die Gunst zu entziehen und die Konkurrenzarenen dadurch ins Bestreben zu setzen, dem Klerus zu gefallen, um selbst den Vorzug des Segens erringen zu können. Vielleicht waren die Tage des ehrenhaften Kampfturnieres ja tatsächlich bereits gezählt. Angesichts dessen mutete der viel zu schnelle Tod des hohen Favoriten DeVlame wie willkürliche Verschwendungssucht an.

Der mönchische Abgesandte war gerade lautlos aus dem Raum geglitten, als ein aufgeregter Wachposten hereinstürmte und dem Veranstalter Meldung machte, daß soeben ein Turnierteilnehmer einen Nichtteilnehmer schwer verletzt habe und es deshalb auf den Rängen zu von Angetrunkenen vorgetragenen Unruhen gekommen sei, die von den Ordnern nur unter Einsatz von Schlagstöcken wieder unter Kontrolle zu bringen gewesen waren.

Gillett wurde nicht blaß oder schlug fluchend mit der Faust auf einen Tisch. Die Sache mit dem Bischof lag nicht in seiner Hand. Aber gladiatorisches Fehlverhalten und Aufruhr in den Zuschauerrängen – das waren Probleme, die er selbst anpacken konnte, und er war beinahe froh darüber. Seine kurzen

Beinchen trugen ihn so schnell die Treppen hinab, daß der Wachposten ihm kaum folgen konnte.
Als er über die Innenhöfe eilte, dirigierte er bereits mit wirbelnden Armen. Er zog Informationen in Menschengestalt zu sich heran und bildete eine Art Leibwächtertraube um sich, die ihn wie ein Bollwerk umgab. Der Kämpfer, der die geheiligten Regeln mißachtet hatte, war Avalon Jaynes, der Halbmaskierte mit der weinroten Schwertklinge. Er war im Moment in einer Gladiatorenzelle in Gewahrsam. Das Opfer seines Übergriffes war Aloysius Bonero, der Betreuer von Maliw dem Menschenfresser. Die Attacke war nicht außerhalb, sondern innerhalb der Kampfbahn erfolgt. Der Kampf war noch nicht vollständig beendet gewesen. Bonero würde die Verletzung höchstwahrscheinlich überleben. Der Publikumsaufruhr war unter Kontrolle, sechs zahlende Zuschauer waren wegen Entblößens von Zierwaffen der Arena verwiesen und mit Hausverbot belegt worden. Um Maliw, der den Kampf zwar überlebt, aber eindeutig genug verloren hatte, daß die zweite Turnierrunde als abgeschlossen betrachtet werden konnte, hatte sich Orne gekümmert und das verstörte Ungeheuer zu den Wundärzten gebracht. Soweit liefen die Rädchen von Gilletts Arena wunderbar ineinander. Kompetente Mitarbeiter hatten die scharfkantigsten Elemente der Beunruhigung bereits umwickelt und geborgen.
Auf dem Haupttorhof wurde Gillett im Vorbeieilen Zeuge eines eigenartigen Schauspiels und änderte sofort seinen Kurs. Der Turnierteilnehmer mit dem Ackerfurchgerät, Saul, hatte sich bereits wieder vor seinen Pflug gespannt und machte Anstalten, die Arena zu verlassen, während ein freundlicher Posten ihm gerade das Tor öffnete. Saul bot ein Bild des Jammers. Sein Kampfgegner – wiederum dieser Jaynes – hatte ihn so schwer verwundet, daß Saul vor einer Stunde noch bewußtlos auf einer Trage gelegen hatte, und jetzt schleppte er schon wieder diese Apparatur aus Holz und Eisen hinter sich her.

Die Wundärzte hatten verbunden, Blutungen gestoppt, mit Salben und Pasten bestrichen und sogar genäht, was möglich gewesen war, aber es war offensichtlich, daß Saul noch eine Woche Bettruhe brauchte, bevor er wieder laufen, geschweige denn eine solche Last wie den Pflug bewältigen konnte.

»Meister Saul!« rief Declan Gillett ihn schon von ferne an. »Es ist Euch vielleicht nicht deutlich genug hinterbracht worden, aber als Turnierteilnehmer, der einen ehrlichen und mutigen Zweikampf hinter sich hat, habt Ihr selbstverständlich Anspruch auf ein paar Tage Kost und Logis auf Kosten meines Hauses, zumindest so lange, bis Eure Gesundheit vollständig wiederhergestellt ist.«

Mit der Bewegung eines Todmüden wandte Saul sich ihm zu, übersah den kleinen Mann zuerst und senkte den Blick dann weit genug ab, um den Veranstalter erkennen zu können.

»Ich muß weiter.«

»Wohin wollt Ihr gehen?«

»Der Pflug wird es mir sagen.«

»Aha. Ähhh, ich hätte mich gerne mit Euch unterhalten, Meister Saul, was eine weitergehende Zusammenarbeit mit meiner bescheidenen Arena angeht. Euer Kampfstil und vor allem Eure einzigartige Waffe sind beim Publikum gut angekommen. Ich bin mir sicher, daß Ihr Euren Kampf nur unglücklich verloren habt und daß Ihr in der Lage wärt, viele andere Teilnehmer mühelos aus dem Feld zu schlagen. Ich könnte Euch ein wirklich lukratives Angebot unterbreiten.«

»Ich war hier. Ich habe teilgenommen. Ich muß weiter.«

Gillett hatte in seinem Leben schon Tausende von Verhandlungsgesprächen geführt. Er erkannte genau, wann etwas keinen Zweck hatte.

»Also gut. Dann wünsche ich Euch viel Losglück auf Eurem weiteren Weg, Meister Saul. Die Tore der Hölzernen Arena stehen Euch jederzeit offen.«

Wortlos wandte Saul sich wieder dem Ausgang zu. Ein Anspannen der Muskeln, ein Verkanten von Nacken und Rückgrat, und dann setzte sich knirschend und rasselnd das massive Pfluggestell in Bewegung und hinterließ weiter nichts als frische Kratzer auf dem schon tausendfach vernarbten Plankenboden der Arena.

Gillett und sein Trupp eilten weiter, durch den Tunnel Richtung Sandbahn. Kurz vor Erreichen der Helligkeit blieb Gillett stehen und wandte sich an einen der Posten, die ihn umgaben.

»Ist Orne immer noch mit dem Menschenfresser beschäftigt?«

»Soviel ich weiß, ja.«

»Dann besorg du mir die Losschüssel mit den letzten vier Losen. Frag Talzis, der weiß Bescheid, wo die Lose sind. Bring mir die Schüssel auf den Sandplatz. Und beeil dich!« Mit einem knappen »Jawohl!« rannte der Posten davon.

Gillett bedeutete den anderen, hier im Durchgang zu warten, aber sich zum Eingreifen bereit zu halten. Er wollte allein hinaustreten vor die aus dem Gleichgewicht geratene Menge.

Flink eilte er auf den Sandplatz, gab den Hornisten ein Zeichen und ließ das Rumoren, Brummen und Wispern ringsum von ein paar schneidenden Hornstößen niederhauen.

»Mein hochverehrtes Publikum, meine lieben Mitbürger«, begann Gillett mit hervortretenden Halsadern zu schreien, »ich verstehe die Aufgebrachtheit, die uns diesen glorreichen Tag mit einem Stirnrunzeln überschatten möchte, durchaus, jedoch kann ich Ihnen versichern, daß die Lage voll und ganz unter Kontrolle ist! Es besteht keinerlei Grund für irgendeine Art von Besorgnis. Die Spiele werden weitergehen, die Buden und Stände bleiben geöffnet, der Segen des allgegenwärtigen Bischofs umfaßt uns alle und unsere Nachkommen.« *Wenn der alte Bastard mich schon hier hängen läßt, kann er immerhin nichts dagegen haben, wenn ich seinen Einfluß in meinem Sinne auslege.*

»Wie Sie alle sehen konnten, hat der bedauernswerte Betreuer des tapferen Kämpfers Maliw einen unverzeihlichen Fehler begangen, indem er die Kampfbahn betrat, ohne daß der Kampf vorher von offizieller Seite aus für beendet erklärt wurde. Dem Turnierteilnehmer Jaynes ist im Feuereifer des Kampfgeschehens ein Mißgeschick unterlaufen, und er hat den falschen Mann geschlagen. Aber denken Sie bitte nicht, meine wertgeschätzten Damen und Herren, daß ich das Verhalten des Turnierteilnehmers Jaynes dadurch in Schutz nehmen möchte, nein, im Gegenteil - ich verurteile es auf das schärfste, denn für mich sowie auch für jeden einzelnen meiner zahlreichen Mitarbeiter gibt es nur ein einziges Interesse: die körperliche Unversehrtheit und das ungetrübte Festvergnügen all meiner Gäste und Freunde.« Er machte eine weitumfassende Geste mit den Armen und erntete dafür zuerst spärlichen, dann sich fortpflanzenden Applaus. *Jetzt gib ihnen neues Futter, damit sie nicht anfangen können, darüber nachzudenken, warum die Loge des Bischofs noch immer verwaist ist.* »Die Lösung für das Problem, wie das Vergehen von Avalon Jaynes nun zu ahnden ist, ist ebenso einfach wie gerecht. Dieser Mann steht immer noch mitten in einem Leben-Tod-Turnier und ist damit unmittelbar dem Urteil des höchsten aller Richter unterworfen. Zu klein bin ich, um mir auch nur anmaßen zu können, dem unfehlbaren Ratschluß des allwissenden Gottes eine wie auch immer geartete Bestrafung entgegensetzen zu können. Nein, ich werde lediglich das Schicksal seinem eigenen Lauf überlassen. Avalon Jaynes wird weiterhin an dem Turnier teilnehmen. Verliert er, wird er entweder von seinem unmittelbaren Kampfgegner oder von unserem erfahrenen Gladiator Orne getötet. Gewinnt er allerdings die beiden Kämpfe, die noch zwischen ihm und dem Gewinn des Gesamtturnieres stehen, dann hat er sich damit auch das Recht erstritten, als freier Mann die Stadt verlassen zu dürfen, wenngleich ich ihm allerdings schon jetzt jeden Anspruch auf den goldenen Stirnreif aberkenne.« *Den kann ich dann, einer ganz spontanen Eingebung folgend, einem wohltätigen Zweck spenden und dadurch auch die letzten Skeptiker wieder mit der Hölzernen versöhnen.* »Sie sehen also, daß die Hölzerne Arena sich selbst treu bleibt. Der Regelbrecher Jaynes wird derselben Gerechtigkeit unterworfen wie der Gesetzesbrecher Alam zu Beginn dieses Turnieres. Nur ein Sieg bedeutet Gnade, alles andere heißt Verderben.«

Das Publikum war jetzt wieder ruhig und lauschte gebannt seinen Worten, aber Gillett spürte deutlich, daß nicht allzu viel Zeit verstreichen durfte, bevor er den Leuten wieder etwas bieten mußte. Gewalt, die sich nicht gegen die Bürger wandte, sondern gegen jene, deren ererbte oder selbstauferlegte Aufgabe es war, Gewalt zu empfangen.

»An dieser Stelle halte ich es für angebracht, den traditionellen Ablauf eines Guzen-Turnieres ein wenig abzumildern. Der Turnierteilnehmer Nanimonai ist immer noch sehr schwach auf den Beinen, deshalb möchte ich es ihm gerne ersparen, eigens für eine neuerliche Zwischenpräsentation seine medizinische Behandlung unterbrechen zu müssen. Außerdem sind wir uns sicherlich alle einig, daß man dem unberechenbaren Avalon Jaynes nicht mehr Gelegenheiten zur Selbstdarstellung einräumen sollte als wirklich unbedingt vonnöten.« *Und dem schwarzen Mistkerl erst recht nicht!* »Deshalb möchte ich nun ohne weiteres Säumen mit der Auslosung der Halbfinalkämpfe beginnen ...« – ein Blick zum Tunneleingang zeigte ihm, daß der Posten mit der Losschüssel noch nicht zur Verfügung stand, *auf niemanden kann man sich mehr wirklich verlassen, selbst Orne legt seine Freiheiten ziemlich frech aus, er sollte hier bei mir sein und nicht bei diesem Schwachsinnigen* – »nachdem ich meiner Pflicht als Veranstalter nachgekommen bin und all jenen gedankt habe, deren unermüdliches Wirken hinter den Kulissen dazu beiträgt, daß ein Tag wie dieser sich so unauslöschlich ins Bewußtsein der Befestigten und ihrer Bewohner

einprägt.« Jetzt ließ Gillett eine Liste von Namen samt Berufsbezeichnungen und kurzen, scherzhaften Danksagungen folgen, die er mühelos auf etwa fünfzig Personen auszudehnen imstande war. Die Zuschauer applaudierten brav nach jedem
Namen und lachten auch bei einigen der Witzchen mit, aber glücklicherweise erschien der abgekämpft wirkende Posten beim zwanzigsten Namen, so daß Gillett die freigiebige Lobhudelei abbrechen konnte, bevor sie allzu ermüdend wurde. Herrisch winkte er den Posten, der zu dämlich war, von selbst auf die Idee zu kommen, ihm die Losschüssel sogleich hereinzureichen, heran und begann mit der Gestik eines Zauberkünstlers mit den letzten beiden Auslosungen des Tages.

Während seine kurzfingrige Hand die Holzplättchen in der Schüssel herumrührte, fiel ihm auf, daß er eine echte Traumlosung herbeisehnte: Quenzais gegen den von Crao schwer auseinandergenommenen Nanimonai, und im zweiten Kampf sollten sich Jaynes und Wintry gegenseitig das Leben zur Hölle machen, damit Quenzais im abschließenden Finalgefecht leichtes Spiel hatte. Aber Gillett war viel zu sehr ein Verfechter des auf Glück, Fügung und Schicksal basierenden Guzen-Prinzips, um den Gedanken an eine Manipulation länger als nur einen halben Augenblick zu denken. Daß Calm Wintry durch sein unverschämtes Verhalten und jetzt auch Avalon Jaynes durch seinen nicht hinnehmbaren Übergriff sich selbst um das Recht auf wundärztliche Versorgung gebracht hatten, mußte dem Schicksal als Hilfestellung genügen.

»Turnierrunde Drei besteht aus zwei Begegnungen, und in der zweiten dieser Begegnungen treffen aufeinander ... der Bezwinger von Cyril Brécard DeVlame und Brone Carper, *Calm Wintry*, und ... der Bezwinger von Andreus und Gortyn Terentius Crao, *Nanimonai.*« *Verdammt, verdammt, verdammt. Dadurch wird es Wintry leicht gemacht, und mein Quenzais bekommt es mit diesem schwer auszurechnenden Jaynes zu tun.* Gillett warf

beide Plättchen ins Publikum und brachte ein stolzes Veranstalterlächeln zustande.
»Die erste Kampfpaarung der dritten Runde steht somit ebenfalls fest, aber ich will die Teilnehmer selbstverständlich noch hervorheben: Der Bezwinger von Saul und Maliw, Avalon Jaynes, wird gegen den Bezwinger von Bucthoy und Thruac antreten, gegen Kwennzaiss. Möge jeweils der beste Mann gewinnen, meine hochverehrten Damen und Herren, auf daß uns allen das bestmögliche Finale zuteil wird. Die Kämpfe werden unverzüglich beginnen.« Die beiden letzten Plättchen in die Logen werfend und an die Leerausgegangenen Kußhändchen verteilend, verließ Veranstalter Gillett unter tosendem Beifall den Kampfplatz.

»Jetzt geht's los!« freute sich Hains van den Veldern. »Und diesmal sind die Auslosungen auch richtig knackig.«
»Ich führe jetzt mit 250«, stellte Jupiter Duddek ungerührt klar.
»Richtig. Weil du auf Jaynes gesetzt hast, das war schlau. Ansonsten haben wir beide jedesmal richtig gelegen. Das war zwar nicht besonders schwer, aber es bringt immerhin 1500 Taler auf unser Guthaben. Das ist das Gute an den langweiligen Losen: Für uns beide lohnt sich diese Veranstaltung.«
»Wäre noch besser, wenn wir das Geld jemand anderem abgeknöpft hätten als nur uns selbst, aber ich verstehe, was du meinst.«
»Nun, die dritte Runde ist wirklich ein Hammer. Jaynes oder Quenzais? Beide haben ihren letzten Kampf ohne einen einzigen Kratzer überstanden, alle Achtung. Du wirst natürlich auf deinen Quenzais setzen, aber Jaynes kämpft ja jetzt um sein nacktes Überleben. Jemand wie Quenzais findet wahrscheinlich Gnade, wenn er verliert, aber Gillett hat für Jaynes jegliche Gnade ausgeschlossen. Das macht Jaynes zum motiviertesten

Kämpfer im Restfeld. Ich tippe deshalb auf ihn. Und Wintry gegen Nanimonai scheint eine sichere Sache zu sein, Nanimonai ist ziemlich schwer verwundet worden von diesem erstaunlichen Crao-Erben. Aber ich habe es genau gesehen: Eigentlich hat Nanimonai diesen Crao nur ein einziges Mal richtig getroffen, und das hat ausgereicht, den Patrizier völlig auszuschalten. Ein Treffer, nur ein einziger Treffer genügt ihm! Und Wintry ist mit seiner schweren Lederrüstung kein schneller Ausweicher. Ich sage, daß Nanimonai ihn schafft. Ich tippe auf Jaynes und Nanimonai.« Jupiter Duddek schüttelte mit einem säuerlichen Lächeln den Kopf. »Deine Begabung danebenzuhauen ist einmalig, das macht dir so schnell keiner nach. Also erstens hat Jaynes keine Chance gegen ein voll austrainiertes Mordinstrument wie Quenzais, ob er nun motiviert ist oder nicht, das nützt ihm alles nichts. Und zweitens hat Calm Wintry Cyril Brécard DeVlame den Kopf abgeschlagen – meinst du denn allen Ernstes, so jemand läßt sich von einem Waffenlosen foppen, der sich kaum noch auf den Beinen halten kann?«
»Na, ist doch klasse: Dann haben wir zwei Wetten gegeneinander. Spannender kann's gar nicht sein!«
Wieder schüttelte Duddek den Kopf. »Ich werde dir jetzt mal eine Lektion in Taktik erteilen. Du rennst immer nur deinem Gefühl hinterher, aber was wir in diesem Gewerbe brauchen werden – und wir sind uns doch einig, daß wir zusammen eine Arena aufziehen wollen – ist *taktischer Intellekt*. Das ist das, was uns zu jenen macht, die hier oben sitzen und die nicht dort unten Staub fressen müssen und ihr Blut vergießen: unser Gehirn! Deshalb tippe ich auf dieselben beiden Kämpfer wie du. Jaynes und Nanimonai.«
»Aber du hast doch gerade eben gesagt, daß meine Voraussagen schlecht waren.«
»Na und? Spielt doch keine Rolle! Ich führe in unserer Tageswertung mit einem Kampf Vorsprung. Wenn ich von jetzt ab

immer auf denselben tippe wie du, kannst du keinen Punkt mehr aufholen. Ich habe gewonnen. Wie jedesmal. Das ist Taktik, mein Lieber.«

»Das ist doch Blödsinn. Statt zweimal 250 Taler zu verlieren, indem du auf die Falschen setzt, könntest du mir zweimal 250 Taler abknöpfen, wenn du auf Sieg setzt!«

»Na und? Das Geld, das ich verliere, landet doch ohnehin wieder bei uns. Spielt doch keine Rolle. Ich habe gewonnen. Schon jetzt. Egal, wie die armen Teufel sich da unten abrackern.«

»Das finde ich jetzt richtig blöd von dir. Das macht ja überhaupt keinen Spaß mehr. *Gewinnen, gewinnen, gewinnen.* Ich dachte, wir lieben den Sport. Wir lieben das Wetten. Das Risiko. Und nicht nur das Gewinnen.«

»Wenn du in dieses Geschäft einsteigen willst, Hains, mußt du anfangen, das Gewinnen zu lieben. Du bewunderst doch jemanden wie Jaynes, der jetzt sterben wird, falls er verliert. Für so jemanden gibt es nur den Sieg, nichts anderes mehr. So müssen wir auch denken, sonst werden wir uns bei dem heutigen Angebot von Arenen und Kampfveranstaltungen niemals durchsetzen können.«

Hains van den Veldern brummelte ein Weile vor sich hin und notierte ihrer beider Namen unterhalb der Worte ›Jaynes‹ und ›Nanimonai‹ auf seinen Wettlisten. Plötzlich machte er große Augen. Ihm war etwas aufgefallen. »Na, hör mal, wer sagt denn eigentlich, daß ich immer als Erster ansagen muß, worauf ich tippe? Du kannst nur dann immer dasselbe tun wie ich, wenn du weißt, was ich vorhabe. Bisher habe ich in jeder Runde den Fehler gemacht, als erster auszuplappern, auf wen ich setzen werde. Aber nicht im Finale! Da sagst dann du zuerst an, und ich tippe auf den anderen. So kann ich unser Gesamtergebnis noch ausgleichen!«

»Indem du aus Trotz auf den Verlierer tippst, nachdem ich auf den wahrscheinlichen Sieger gesetzt habe?« Jupiter Duddek lachte aus voller Kehle. »Mensch, Hains, du fängst zwar langsam an zu denken, aber am Gewinner in dir steht uns noch viel Arbeit bevor.«

Quenzais war bisher in jeder Runde hinter das rechte Tor gelost worden, war also zwischen den Kämpfen immer am selben Ort zu finden. Hier drinnen im Dunkeln hatte er seinen Helm abgesetzt. Seine Haare waren schweißnaß, aber sein Brustkorb hob und senkte sich gleichmäßig und ruhig.

»Egal, wie der Kampf endet, ich will, daß du ihn tötest«, schärfte ihm Veranstalter Gillett ein. »Ich will keine Diskussionen im Publikum darüber, ob er gut gekämpft hat oder nicht, und ich will auch nicht, daß Orne dir zur Hand gehen muß, um das Urteil zu vollstrecken. Du bringst Jaynes um, und das Thema ist erledigt.«

Der Gladiator sah dem Veranstalter direkt in die Augen. »Ich habe bisher jeden getötet«, sagte er leise mit der eigenartigen Lautbetonung seiner fernen Heimat, »und ich werde auch alle anderen töten.«

Der Veranstalter nickte zufrieden. Um die unheilvolle Doppeldeutigkeit von Quenzais' Worten wahrzunehmen, war er viel zu sehr in Eile.

Avalon Jaynes wurde in einer vergitterten Arrestzelle festgehalten. Glücklicherweise hatte niemand versucht, ihn zu demaskieren, und sein Schwert war ihm auch hineingereicht worden. Er würde gleich wieder damit kämpfen müssen, hatte ihm ein feixender Wächter gesagt.

Als Declan Gillett mit einem Grüppchen Getreuer vor die Gittertür trat, hob Jaynes den hellen Blick.

»Es liegt mir daran, daß Ihr versteht, in welcher Situation Ihr Euch befindet, Jaynes«, begann der Veranstalter nicht ohne Freundlichkeit. »Ihr habt einen Gast meiner Arena verwundet, der nicht zum Kämpferfeld gehörte. Das ist nicht nur ein schwerwiegendes Fehlverhalten, sondern es schadet natürlich auch mir selbst und dem bislang untadeligen Ruf der Hölzernen Arena. Obwohl ich also allen Grund hätte, Euch mit mehr als nur gerechtem Zorn zu verfolgen, will ich Euch die Gnade erweisen, Euer weiteres Schicksal Eurem eigenen Schwertarm anzuvertrauen. Eure Gegner im jetzt folgenden und dem eventuell danach noch anstehenden Finalkampf werden von mir angewiesen, Euch nicht einfach nur zu besiegen, sondern Euch zu töten. Des weiteren wird Euch keine medizinische Versorgung zwischen den Kämpfen mehr zuteil. Sollte es Euch allerdings gelingen, trotz dieser Erschwernisse am Leben zu bleiben – mit anderen Worten: das Turnier zu gewinnen –, dann dürft Ihr als freier Mann, allerdings ohne die Siegprämie, die Befestigte Stadt für immer verlassen. Und kommt bitte nicht auf die abwegige Idee, Euch dem Kämpfen durch Widerstand oder sogar Flucht entziehen zu wollen. Ihr habt erheblich größere Chancen gegen jeweils einen Gegner auf der Sandbahn als gegen eine Meute von Arenawächtern und Stadtgardisten, die Euch unbarmherzig jagen und zur Strecke bringen wird. Versteht Ihr eigentlich überhaupt, was ich sage?«

Jaynes nickte. *Ich höre, was du sagst. Verstehen könnte ich jemanden wie dich niemals.*

»Akzeptiert Ihr demnach die Bedingungen?«

Wieder ein Nicken. *Ich habe ja wohl keine Wahl.*

Gillett runzelte die Stirn. »Könnt Ihr nicht sprechen oder wollt Ihr nur nicht?«

Jaynes machte die allgemeinverständliche Geste der durchschnittenen Kehle.

»Das tut mir aufrichtig leid«, meinte Gillett. »Wenn Ihr nicht diesen unnötigen Keil zwischen Euch und die Arena getrieben hättet, hätten sich meine Wundärzte ja einmal ansehen können, ob da noch etwas zu beheben gewesen wäre. Ich lasse sehr gute Leute für mich arbeiten, müßt Ihr wissen. Die haben schon so manches Wunder vollbracht.«

Das einzige Wunder, das hier geschieht, ist die Verwandlung von etwas Lebendigem in etwas Totes.

Nachdem Gillett mit seinem Troß abgezogen war, holte Jaynes das blaue Tuch des Mädchens hervor und legte es sich über die Augen, so daß die Farbe des Himmels ihm Dunkelheit schenkte.

DAS PARADIES DER SCHWERTER 32

Als Avalon Jaynes, flankiert von mehreren Wachtposten, die die Aufgabe hatten, jeglichen Fluchtgedanken bereits im Keim zu ersticken, auf die Kampffläche zurückgeführt wurde, erlitt der ehemalige Forstwart con Zelm in Herzog Locirs Loge einen Zusammenbruch. Er schrie Dinge wie »Da ist er wieder! Er lebt, kann nicht sterben, wird niemals besiegt!« und machte Anstalten, sich über die Balustrade zu stürzen. Locirs Leibgarde und der Herzog selbst hielten ihn zurück und redeten mit ihm, versuchten, dem Verwirrten klar zu machen, daß dies dort nicht der Wilderer war, sondern ein anderer, völlig bedeutungsloser Mann. Doch in con Zelm konnte keine Ruhe mehr kommen.

Der Herzog, ohnehin schon längst angewidert von diesem zerstörerischen und sinnlosen Spektakel, gab den Befehl zum Aufbruch. Er hatte die Loge nur deshalb so lange besetzt gehalten, weil ein hämisches Los ihn gezwungen hatte, heute seine Farben zu präsentieren, aber jetzt war es genug. Dieses Turnier war ein Schlag ins Gesicht für jeden Menschen, der Schönheit liebte und Kunst, Gärten, Parks, Wildwiesen, Wälder, Flüsse und das Leben selbst. Mit con Zelm in der Mitte rückte Locirs Delegation ab und ließ eine weitere leere Loge zurück.

»Bist du dir sicher, Kindchen, daß du die Situation beim Überfall richtig verstanden hast? Sieh ihn dir doch einmal an, deinen großartigen Helden. Wahrscheinlich gehörte er genauso zur Bande der Strauchdiebe wie die anderen auch und hat sich nur gegen sie gewendet, um die Beute mit niemandem teilen zu müssen.«

Angrica hätte ihrem Vater entgegenhalten können, daß Jaynes ihr das Schmuckkästchen zurückgegeben hatte, ohne etwas daraus zu entwenden, daß er ihr ein Pferd eingefangen hatte, auf daß er sie setzen konnte, und daß er auch sie selbst nicht bedrängt

oder bedroht hatte. Aber Worte flohen vor ihr und versteckten sich im Schilf ihrer Zweifel. Er hatte ihr Tuch nicht genommen.
Er hatte sie wahrscheinlich nicht einmal wiedererkannt.
Er hatte einen Nichtteilnehmer geschlagen.
Er würde jetzt vor ihren Augen sterben, denn niemand konnte bestehen gegen den Metallmann mit dem Dreizack.
Was würde sie tun?
Was mußte sie tun?

Halbgesicht und Keingesicht.
Die Fanfare hetzt sie aufeinander.

Jaynes wich Quenzais' stürmischem Eröffnungsangriff durch eine Seitdrehung aus und ließ dabei sein Schwert auf den Brustpanzer des Gladiators aufschlagen. Quenzais wirbelte herum, wie zu erwarten, und wie zu erwarten machte ihn seine Rüstung langsam genug und war sein Dreizack sperrig genug, um Jaynes' echtem Vorstoß keinen Widerstand mehr bieten zu können. Mit der Breitseite schmetterte Jaynes sein dunkelrotes Schwert so kraftvoll beidhändig gegen Quenzais' Helm, daß das Läuten einer Glocke mit sprühenden Funken verziert wurde. Für einen einzigen Moment war der hünenhafte Gladiator benommen. Wieder drosch Jaynes ihm eine zweihändige Breitseite gegen den Helm. Und nochmal. Der Helm verformte sich scheppernd, wurde zu einer vielleicht nie wieder lösbaren, verbeulten Fratze. Quenzais stürzte seitlich zu Boden, der Dreizack entglitt ihm. Aus seinen Ohrmuscheln quoll Blut durch verdrehte Sehschlitze in den Sand. Sein Körper wand sich wie durchbohrt.
Jaynes rammte das Schwert in den Boden, griff sich den Dreizack, ging um den zuckenden Quenzais herum, bis zu dessen Kopfende, und hieb ihm dann noch dreimal den Dreizack mit der flachen Gabelseite aufs metallische Gesicht, jedesmal lau-

ter und kreischender dröhnend, bis der Gladiator sich nicht mehr bewegte. Danach rammte Jaynes auch den Dreizack in den Sand und hob langsam beide Hände, damit die Wachtposten nicht wieder auf die Idee kamen, auf ihn einzuprügeln, während sie ihn in seine Zelle zurückführten.

Das Publikum war so still und regungslos, als wären die Ränge vollständig leer.

Dann brach der Orkan los.

Kein Jubel, kein Applaus.

Buhrufe, Schmähungen und Beschimpfungen.

»Schiebung!« »Schiiiiiiiiieeeeebung!«

»Die wollen uns wohl für dumm verkaufen!?«

»Der kann doch nicht so einfach zu besiegen sein !«

»Der hat sich hingelegt!«

»Das ist doch alles Lug und Trug!«

»Wir werden hier verarscht!«

»Was bildet dieser Jaynes sich ein?«

»Man sollte ihn hängen, diesen Mistkerl!«

»Warum darf der überhaupt noch kämpfen?«

»Wo ist der Veranstalter?«

»Wo ist der Bischof?«

Declan Gillett mußte sich an der Gangwand abstützen, damit

seine Kniekehlen nicht nachgaben. »Das darf doch alles nicht wahr sein«, ächzte er. »Was für ein Alptraum.«

Orne tauchte neben ihm auf, kaum zu glauben, der Gladiator war rechtzeitig zur Stelle, um seines Amtes zu walten.

»Geh rein und töte ihn«, befahl Gillett mit matter Stimme.

Orne, der sich eben noch um den völlig hilflosen Maliw gekümmert hatte, starrte seinen Veranstalter verständnislos an.

»Wen soll ich töten?«

»Na, den Verlierer natürlich. Du kannst ja wohl kaum den Gewinner umbringen.«

»Aber ... aber Veranstalter Gillett ... der Verlierer is doch unser Mann! Das is Quenzais, der is morgen wieder auf den Beinen ...«

»Orne?«

»Ja?«

»Erinnerst du dich an unser Gespräch, als ich dich als Ruhigsteller angeheuert habe? Ich habe dich nach Quenzais gefragt, und du hast gesagt, du würdest keine Probleme damit haben, ihn zu töten. Erinnerst du dich?«

»Aber er is bis ins Halbfinale gekommen! Er is ein wirklich guter Mann!«

»Die Leute lachen über uns. Wir müssen unser Gesicht wahren.« Übergangslos fing Gillett an zu schreien. »Und überhaupt: Was soll diese Diskutiererei? Ich bezahle dich! Du gehörst mir! Also geh jetzt endlich da raus und mach deine verdammte Arbeit! Was ist denn heute nur los mit euch Scheißpack? Ist denn auf überhaupt niemanden mehr Verlaß hier? Raus mit dir, raus!«

Orne stolperte auf die Kampffläche hinaus. Die Zuschauer pfiffen und schrien und warfen wieder mit allerlei Zeug. Avalon Jaynes stand immer noch mit erhobenen Händen da und hielt dem Bewurf mit Essensresten regungslos stand. Oben in den Rängen tummelten sich Ordner und mahnten zu Ruhe und Ordnung. Orne zog seinen Krummdolch aus dem Gurt. Er fror jetzt trotz der Backofenhitze.

Quenzais rührte sich nicht mehr, aber sein Brustkorb hob und senkte sich noch, er lebte, obwohl er mit seinem verformten Helm wie eine umgekippte Götzenstatue aussah. Die hellen Augen von Avalon Jaynes spiegelten die im unendlich langsamen Sinkflug begriffene Sonne wider.

»Warum tötest du ihn nicht?« herrschte Orne ihn an. »Du hast Saul am Leben gelassen, du hast Maliw am Leben gelassen, was zum Teufel is denn los mit dir? Das hier is ein Leben-Tod-Turnier, hat dir das niemand erklärt? Deine Gegner haben

Order, dich umzubringen. Keiner kennt hier Gnade. Also tu es selbst.«

Jaynes schüttelte langsam den Kopf.

Orne widerstand der Anwandlung, diesem Halbmaskierten ins Gesicht zu schlagen. Er winkte die Wachtposten heran, die Jaynes in die Arrestzelle zurückbringen sollten, aber keiner von ihnen bewegte sich. Sie warteten auf ein Zeichen von Veranstalter Gillett, und die Situation war immer noch nicht klar. Ein Mürbekeks traf Orne am Kopf und rieselte als Krümel über seine Schultern. »Orne, mach sie beide alle!« rief einer über die Balustrade. »Bring Leben in die Bude!« johlte ein anderer.

Der altgediente Gladiator setzte sich neben Quenzais' Kopf in den heißen Sand und zog sich Kopf und Schultern des gefällten Kriegsgefangenen auf den Schoß. Mit der einen Hand hielt er den deformierten Gesichtshelm, mit der anderen legte er den Krummdolch an Quenzais' Hals. Das Wüten und Zappeln der tobenden Menge wurde fern, wurde etwas, das man nicht mehr richtig wahrnimmt, wie die Bewegung von Baumkronen im Wind.

»Mein armer Junge«, sagte Orne leise, »warum hast du dich von diesem Anfänger übertölpeln lassen? Du warst doch viel besser als er, und besser bewaffnet und gerüstet noch dazu. Du hättest das Turnier gewinnen können, dann wärst du heute abend frei gewesen und hättest nach Hause gehen können, endlich nach Hause. Warum tust du mir das an, hm? Willst du ein weiteres von unseren unsichtbaren Gräbern sein? Hier, nur eine Armeslänge neben dir, is Plijew gestorben. Erinnerst du dich noch an Plijew? Wie wir ihn immer aufgezogen haben, weil er das Essen hier so gut fand. Wie wir ihm immer was abgegeben haben von dem Fraß, und er trotzdem nie dicker wurde, weil er sich im Training abgerackert hat wie ein Tier. Soll diese Stelle hier jetzt deinen Namen tragen, ja? Wer is hier gestorben? Quenzais war sein Name, auch wenn der Veranstalter ihn immer nur Kwennzaiss genannt hat. Und wer hat ihn getötet? War's der verfluchte Avalon Jaynes? Nein, der hätte sowas niemals getan. Orne war's. Orne hat Quenzais getötet.« Mit einem wütenden Aufschrei rammte Orne den Krummdolch neben Quenzais' Hals in den Sand. Dann rappelte er sich wieder auf.

»Quenzais hat nicht verdient zu sterben«, schrie er trotzig den Zehntausend in die sich überschneidenden Gesichter. »Er hat gut gekämpft und zweimal gewonnen, gegen einen *Dimachaerus*, den ich selbst ausgesucht habe, und gegen einen Riesen. Wenn ihr Quenzais tot haben wollt, dann kommt runter und tötet ihn doch selbst.«

»Orne, du Schlappschwanz!« antworteten ihm die Zehntausend, und »Was ist denn das für ein beschissener Ruhigsteller?!« und »Weiterkämpfen! Weiterkämpfen!«, doch Orne ignorierte das alles und ging waffenlos zum Durchgang zurück, wo der Veranstalter auf ihn wartete.

»Und was jetzt?« fragte Orne seinen Auftraggeber. »Gibt es jetzt nach dem Finalkampf als besonderen Nachschlag noch Orne gegen Quenzais auf Leben und Tod?«

»Nein.« Declan Gillett wirkte abgespannt und noch kleiner als sonst. »Ich glaube, du hast recht. Lebend ist Quenzais mir mehr wert als tot. Du hast ihn zum verdienten Kämpfer erklärt, das war eine bessere Idee als meine. Ich bin dir nicht böse, Orne. Heute ist der dunkelste Tag meiner Karriere. Wir sind ohne Segen. Der Bischof wird nicht kommen. Wir haben das größte Zugpferd umgebracht, das wir je hatten, wir haben ihn wegen nichts und wieder nichts sterben lassen, und sein Mörder wird wahrscheinlich das Turnier gewinnen, jetzt, wo Quenzais ihn nicht mehr aufhalten kann. Mein Genick bricht heute wie das Holz dieser Arena. Ich treffe falsche Entscheidungen und muß dankbar sein, wenn es außer mir noch

jemanden gibt, der Verantwortung übernimmt. Aber ich fürchte, das Publikum hält dich jetzt für einen Feigling. Für deine Zukunft in dieser Arena ist das nicht gut.«
»Ich werde die Stadt verlassen, Veranstalter Gillett. Ich werde Maliw zu ein paar Leuten bringen, die ich auf dem Land kenne, die ihn von seinem Eisen und seinen Tierzähnen befreien können. Dort will ich bleiben und nur noch kämpfen, wenn die Plünderer kommen.«
»Vergiß nicht, daß Maliw diesem Bonero gehört.«
»Bonero wird lange brauchen, bis er wieder auf den Beinen is. Das is der Vorsprung, den wir brauchen.«
»Also gut, dann geh. Geh sofort und nimm den Menschenfresser mit. Ich werde heute keinen Ruhigsteller mehr brauchen. Vierzehntausend aufgebrachte Bürger kann man sowieso nicht ruhigstellen.«
Endlich wurde Avalon Jaynes von den Wachtposten umringt und zurückgebracht.
Das rote Schwert, der Dreizack und der Krummdolch wurden aus dem Sand gezogen, das Schwert zu Jaynes in die Zelle geworfen, Dreizack und Krummdolch in die Waffenkammer gehängt.
Feger und Sammler schwärmten aus.
Ordner hatten oben immer noch alle Hände voll zu tun.
Quenzais wurde auf einer Trage in die Wundarztstube gebracht, wo man mit Meißeln und zangenartigen Scheren das Gesicht unter dem Helm freilegte. Danach wurde der immer noch Bewußtlose in seine karge Gladiatorenzelle zurückgeschleppt, wo er von jetzt an wieder unter Aufsicht der Ausbilder ein Gefangener unter Toten war, und alle Aussicht auf Rache ihm entfallen.

Der Unbewaffnete bot ein Bild des Gebrechens, als er durch das rechte Tor trat. Zwar hielt er sich aufrecht und sein Gesichtsausdruck war ruhig, aber jeder seiner Schritte war vorsichtig und tastend und zeugte von den tiefen Wunden, die der verrückte Patrizier ihm zugefügt hatte. Die Heilkundigen hatten ihm davon abgeraten, in seinem nächsten Kampf das Kleidungsoberteil abzustreifen, zu bandagiert und mit orangeroten Pasten bestrichen war sein Oberkörper. Nanimonai befolgte diesen Rat und ersparte dem Publikum zusätzliches Mitleid.

Calm Wintry kam durchs linke Tor hinaus, musterte seinen dritten Gegner und schüttelte mißbilligend den Kopf. »Das ist doch Wahnsinn, Junge.« Er umrundete den Daimyoji einmal und stellte sich dann drei Meter vor ihm hin. Die Fanfare war noch nicht ertönt. »Jedem steckbrieflich gesuchten Abschaum gebe ich eine größere Chance. Ich drücke ihnen Sparrow'n'-Dagger in die Hand und laß sie versuchen, was draus zu machen. Aber das hier ist doch sinnlos. Sei kein Idiot. Gib auf. Leg dich einfach hin, und ich laß dich am Leben. Für deinen Kopf gibt's für mich ohnehin nichts zu holen, also lassen wir den Scheiß doch einfach.«

Nanimonai brachte ein dünnes Lächeln zustande. »Deine Sorge ehrt dich, aber sie ist unbegründet.«

»Tssss. Dann zieh ich wenigstens meine Lederrüstung aus. Ich komme mir ja wie ein Feigling vor, mit Rüstung und Schwert gegen einen, der gar nichts hat.«

»Du kannst deine Rüstung anbehalten. Es wird keinen Unterschied machen.«

Wintry kniff die Augen zusammen. »Du bist vor lauter Schmerzen wohl nicht mehr ganz klar. Ich hab' DeVlame umgelegt, und der war noch kerngesund. Du hast überhaupt keine Chance gegen mich.«

Nanimonai sammelte sich einen Moment, dann hob er seinen Blick vom Boden auf und sah seinem Gegenüber direkt in die Augen. »Was ist das Gegenteil von Nichts?«

Der Schwarze nahm den Griff des gesägten Schwertes in beide Hände. »Keine Ahnung. Ist mir auch scheißegal. Ich werd nicht drüber nachdenken. Ich werd dich einfach umlegen und Schluß.«

Die Fanfare.

Wintry stürzte sich schwertschwingend auf seinen Gegner, Nanimonai wich seitlich aus und trat dem Vorbeipreschenden vor das rechte Schienbein. Obwohl wie beiläufig ausgeführt, war der Tritt dermaßen hart, daß Wintry auf der rechten Körperseite allen Halt verlor und schwer in den Sand stürzte, gerade noch verhindern, mit dem Gesicht ins eigene Schwert zu fallen. Die Schmerzen unterhalb des rechten Knies verwandelten Knochen und Fleisch in etwas, das nicht mehr zu ihm gehörte. *Bei allen Teufeln*, durchfuhr es den Kopfgeldjäger, *genau so habe ich DeVlame kleingekriegt.* Wiederholten sich jetzt die Ereignisse? Rächte jetzt der Waffenlose den Degenvirtuosen? War dies jetzt das Ende? Was, wenn er nicht mehr hochkam?

Er warf sich herum, darauf bedacht, keine weiteren Tritte zu erhalten, während er wehrlos am Boden lag. Aber der Daimyoji war gar nicht mehr in der Nähe. Er ging mehrere Meter entfernt langsam um den Liegenden herum und betrachtete ihn aufmerksam.

»Was ist das Gegenteil von Nichts?«

Wintry bleckte die Zähne. Das war jetzt doch zu absurd. »Woher soll ich das wissen?« ächzte er und kämpfte sich langsam, auf sein massives Schwert gestützt, wieder hoch. Nanimonai ließ ihn gewähren. Vorsichtig belastete Wintry sein fremdes Bein. Es funktionierte, er konnte stehen, es war wenigstens nichts durchgebrochen.

»Das war ein Fehler«, keuchte der Schwarze, auch, um Zeit zu gewinnen, um wieder zu Atem zu kommen. »Du hättest mich erledigen sollen, als ich unten war. Nochmal falle ich nicht auf dich rein.«

Nanimonai änderte die Laufrichtung und kam ganz langsam auf seinen Gegner zu, beide Arme wie entspannt hängenlassend.

Schmerzerfüllt wich Wintry zurück und versuchte, nicht darüber nachzudenken, wann er das letzte Mal in seinem Leben aus reiner Ratlosigkeit vor einem Gegner zurückgewichen war. Dieser Waffenlose war völlig unberechenbar. Attackierte er jetzt nur noch mit Tritten? Waren seine Arme bereits unbrauchbar? Oder war das alles nur eine Finte, um irgendwann einen blitzschnellen Handkantenhieb vortragen zu können?

Nanimonai machte eine seltsame Bewegung, die ihn für einen Moment aussehen ließ, als hätte er vier Beine. Dann berührte etwas Wintrys linkes Schienbein, aber ganz leise, wie ein Hauch. Wintry schlug zu. Daneben. Zwei leere Hände rauschten von der Seite auf ihn zu, und er hielt irgendwie das Schwert dazwischen, aber die Hände drückten das Schwert kurz zwischen sich fest und lösten sich dann wieder wie auseinanderstiebende Tauben. Wieder schlug Wintry ächzend nach seinem Gegner, aber da war nichts mehr. Die Berührung an seinem linken Schienbein war wieder da, diesmal aber so schmerzhaft, daß der linke Fuß den Boden verlor. Auf rechts alleine konnte er nicht mehr stehen, also ließ Wintry sich einfach nach vorne fallen und begann zu reden mit der knurrenden, grollenden Stimme eines großen Hundes. »Kannst du nicht ...« Verwundbarkeit und Empfindlichkeit mußten jetzt ohne jede Bedeutung sein. Wintry rollte herum und sprang auf. »... zur Abwechslung mal ...« Er setzte dem sich entfernenden Gegner nach und sprang, als dieser sich halb abwandte. »... richtig *fest* zutreten?« Das gesägte Schwert durchschnitt den Rock und die Tätowierung Nanimonais von den Nieren bis zwischen die Schultern. Beide Körper prallten gegeneinander und stürzten zusammen nach vorne. Nanimonais Leib schien auf diese eine entscheidende Wunde nur gewartet zu haben und gab vollkommen nach. Wintrys Beine konnten die Landung nicht mehr abfedern. Immer noch knurrend kam er auf dem Daimyoji zu liegen und rollte sich herunter. Ohne Unterstützung durch Gilletts Quacksalber würde er den Finalkampf wohl kriechend bestreiten müssen.

Das Publikum war seltsam leise. Niemand jubelte über den Sturz des Waffenlosen. Niemand jubelte darüber, daß der Mörder von DeVlame schon wieder gewonnen hatte und daß das Finale also von den beiden Teilnehmern bestritten würde, die das zahlende Volk am nachhaltigsten gegen sich aufgebracht hatten. Es gab keinen Ruhigsteller mehr, der dem Kampf ein erkennbares Ende verliehen hätte.

So blieb Calm Wintry eine Weile neben dem nur noch schwach atmenden Nanimonai sitzen, bis wieder etwas Gefühl und Kontrolle in seine Beine zurückgekehrt waren. Schließlich rappelte er sich mühsam auf, das Schwert wieder als Krückstock gebrauchend. »Das Gegenteil von Nichts ... ist Etwas. Entweder es ist etwas da, egal, wie wenig es ist ...« – Wintry blickte auf den regungslosen Körper Nanimonais herunter – »... oder da ist nichts mehr.« Er legte die Schwertspitze zwischen Nanimonais Schulterblätter und stützte sich dann mit seinem Gewicht auf die Waffe, bis der Daimyoji nicht mehr atmete. »So einfach ist die Welt aufgebaut. Etwas oder nichts. Und meistens ist da nichts. Einfach. Absolut. Überhaupt. Nichts.«

Er zog das Schwert aus dem toten Körper und humpelte zum linken Tor zurück, während das Publikum langsam anfing, zischende Geräusche zu machen. »Nichts, was der Mühe wert wäre.« In der Finsternis der Kämpferkammer ließ Wintry sich

auf eine Pritsche fallen und versuchte zu schlafen, bis man ihn zum Finale wieder hinausrief. Es war still in dieser Kammer.
Alle anderen Kämpfer waren mittlerweile tot – oder zerstört genug, um abgehakt werden zu können. Selbst die Wundärzte waren vom Veranstalter abberufen worden, wegen ein paar dunkler Flecke auf einem hellen und kostbaren Gewand.
Abgesehen von einem anderen, der mehrere Dutzend Meter entfernt in einer Arrestzelle saß, war Calm Wintry allein, und ihm schien, daß das richtig war.

Orne war gegangen.
Er hatte sich Maliws Arm über die Schultern gelegt und half diesem so, die kaputten Beine weniger zu belasten, als sie Sauls Spur folgten, um einen Weg aus dem Labyrinth dieser Stadt zu finden.

Der General Bren Tennico war gegangen.
Wütend darüber, daß der Schwarze den Daimyoji noch getötet hatte, nachdem der Kampf eigentlich schon deutlich beendet gewesen war. Was für eine Verschwendung. Tennico hätte den Waffenlosen gerne als Militärausbilder angeheuert, aber jetzt existierte die Kawara-Schule nicht mehr, und niemand konnte mehr von ihren Lehren profitieren.

Der Sänger Zeksten war gegangen.
Veranstalter Gillett hatte ihn gebeten, noch einmal aufzutreten, um die Pause vor dem Finale mit guter Laune zu füllen, aber empört über die Ausschreitungen und Ungereimtheiten während des gesamten Turniertages hatte Nalator Zeksten dies abgelehnt und seine Geschäftsbeziehungen mit der Hölzernen Arena aufgekündigt.

Hauptmann Cedric Gateau war noch geblieben.
Er machte sich ernsthafte Sorgen, und das schlug ihm langsam richtig auf den Magen. Gut, dieser verdammte Wintry konnte kaum noch laufen und würde das Finale wahrscheinlich verlieren, aber sein Gegner war ausgerechnet dieser gefühlsduselige Halbmaskierte, der sich dauernd weigerte, die Verlierer abzutöten. Wenn Wintry dieses Turnier hier tatsächlich überlebte, würde er irgendwann bei Gateau auftauchen, seine dreihundert Taler einfordern und Gateaus letzten Monatssold noch dazu. Der Hauptmann schabte sich am unrasierten Hals und dachte

darüber nach, ob sich nicht für deutlich weniger als dreihundert Taler jemand finden ließ, der mit einer Armbrust oder einem vergifteten Dolch in einer der vielen winkeligen Gassen der Befestigten einen kleinen Unfall verursachte, der ein gewisses dunkelfarbenes Problem ein für allemal aus der Welt schaffte.

Veranstalter Gillett konnte nicht fort, obwohl er jetzt liebend gerne einen ausgedehnten Urlaub angetreten hätte.
Der schlimmstdenkbare Fall war eingetreten: Das Finale würde bestritten werden von zwei Kämpfern, die vom Publikum verachtet wurden. Der Mörder von DeVlame gegen den Mann, der einen Nichtteilnehmer angegriffen hatte. Die feierliche Überreichung des goldenen Stirnreifes würde entweder überhaupt nicht stattfinden – falls Jaynes gewann, was jetzt sehr wahrscheinlich aussah – oder würde von den Unmutsäußerungen des Publikums übertönt werden.
Falls überhaupt noch Publikum dableiben würde, denn die Ränge leerten sich jetzt fast so schnell, als wäre das Spektakel bereits zuende. Die meisten Zuschauer hatten kein Interesse mehr am Schlußkampf zwischen einem, der kaum noch laufen konnte, und einem anderen, dem es zuzutrauen war, daß er sich an Zuschauern vergriff. Außerdem hatten die vielen Tumulte und Ordnereinsätze die bürgerlichen Familien zermürbt. Man fürchtete um Leib und Leben und wollte nach Hause, bevor das große Massendrängeln einsetzte. Ergebnis war, daß das Massendrängeln bereits jetzt einsetzte.
Eigentlich hätte der Veranstalter noch einmal hinausgehen müssen, um das Finale mit großen Worten anzukündigen, um die bisherigen Leistungen der Endkämpfer herauszustellen und noch einmal richtig Stimmung und Spannung zu erzeugen, aber er hatte überhaupt keine Lust darauf, dem Schwarzen und dem Halbmaskierten auch noch Kränze zu flechten. Die beiden hatten ihn nach und nach DeVlame, Orne, Nala-

tor Zeksten, den Sieg von Quenzais, die Verpflichtung von Saul, den Großteil des Publikums, wahrscheinlich die Gunst des Bischofs und überhaupt womöglich auch den guten Ruf der Arena gekostet.

Voller Zuneigung dachte der Veranstalter an seine Löwen. Das Dutzend wilder Tiere war in einem den Kämpfern und dem Publikum nicht zugänglichen unterirdischen Teil der Arenaanlage untergebracht und wurde ab und zu für besonders blutrünstige Schauspiele eingesetzt, zum Beispiel wenn es der Armee darum ging, sich der Unterhaltskosten für kriegsgefangene Zivilisten zu entledigen. Gillett haßte diese sinnlosen Gemetzel an Wehrlosen und stellte seine Arena nur deshalb für Heidenvertilgungen zur Verfügung, weil ihm der Bischof sonst die Konzession entziehen würde. Aber die Löwen an sich waren Gillett lieb und teuer. Er dachte darüber nach, die herrlichen Bestien während des Finalkampfes einfach in die Arena stürmen zu lassen und sich der Probleme Wintry und Jaynes auf einen Schlag zu entledigen, aber erstens würden diese beiden Mistkerle wahrscheinlich noch mindestens die Hälfte seiner kostbaren Tiere mit in den Tod nehmen, und zweitens verboten die eisernen Regeln eines Guzen-Turnieres jede Beteiligung von Lebendmaterial, das nicht alle vorhergehenden Runden durchlaufen hatte.

Gillett schaute tatenlos zu, wie seine Arena sich leerte. Jetzt noch irgendwelche Tanzdarbietungen rauszuschicken wäre nicht nur sinnlos, sondern sogar gefährlich gewesen, weil es unter den nach draußen Drängelnden dann doch wieder welche geben würde, die stehenblieben, um zu schauen, was sich tat, und das würde dann wiederum zu Schubsereien und eventuellen Tumulten führen. Nein, der Veranstalter konnte nur abwarten, bis die Abwanderung abgeschlossen war.

Etwa siebentausend Zuschauer blieben ihm treu. Siebentausend von sechzehntausend, die ursprünglich heute gekommen waren. Gillett war fast froh, daß der Bischof nicht hier war, um die jetzt nur noch zu nicht einmal einem Drittel gefüllte Hölzerne Arena zu begutachten.

»Hab ich also Recht gehabt mit Jaynes!« frohlockte Hains van den Veldern. »Ich hab Recht gehabt mit Jaynes, und du hättest niemals auf ihn gesetzt, wenn du nicht fieserweise beschlossen hättest, mich nachzuäffen, nur um mich zu ärgern!«

»Na und?« hielt ihm Jupiter Duddek ungerührt entgegen. »Dafür hast du mit Nanimonai wieder voll in den Nachttopf gelangt, und ich hätte richtig getippt. Also selbst wenn ich dir keine Lektion in Taktik hätte erteilen wollen, wäre ein Kampf an dich und der andere an mich gegangen, und ich wäre immer noch mit 250 vorne. Gehupft wie gesprungen, Hains, krieg dich wieder ein.«

»Jetzt sagst du, wer im Finale gewinnt, und ich setze dann auf den anderen.«

»Na, viel Spaß. Wintry ist fertig, der hat zwei angebrochene Schienbeinknochen, wenn du mich fragst, der kommt auf Händen und Knien zum Sterben gekrochen. Avalon Jaynes heißt der Sieger des heutigen Tages, und Declan Gillett wird Zweiter, weil er den goldenen Stirnreif einspart und sich wahrscheinlich noch das Kopfgeld unter den Nagel reißt, das Wintry vorhin angemeldet hat. Mensch, Hains – so raffiniert wie dieser Gillett müssen wir werden, dann verdienen wir uns nicht nur goldene Nasen.«

»Ich tippe auf Wintry«, sagte van den Veldern trotzig. »Der hat DeVlame getötet, und er will dieses Kopfgeld selbst kassieren. Der gibt nicht so schnell auf.«

»Es sind deine 250. Wenn du lieber mit 500 verlierst, tu dir halt den Gefallen. Und hol uns noch ein Met, mein Lieber, das geht auf mich.«

Der letzte Kampf.

Avalon Jaynes gegen Calm Wintry.
Schwert gegen Schwert.
Seitdem Cyril Brécard DeVlame die Kunst des Degenfechtens nicht mehr auf Turnieren praktiziert hatte, lautete der letzte Kampf meistens Schwert gegen Schwert, und heute, wo De Vlame gefallen war, war es genauso.

Die Sonne begann endlich zu sinken, als die Fanfare ertönte, die die beiden Finalisten herausrief. Der Veranstalter wollte keine Rede mehr halten. Er ließ sich stattdessen den goldenen Stirnreif bringen, für den Fall, daß der Schwarze gewann.
Avalon Jaynes wurde aus seiner Zelle gezerrt und im Zickzack zum Sandkreis geführt.
Calm Wintry erwachte aus einem Traum, in dem riesige unförmige Vögel sich im Himmel um ihre Beute stritten, so daß zerrissene Leichenteile auf die Erde hinabregneten. Er war nicht unglücklich darüber, von der Fanfare geweckt zu werden. Als er von der Pritsche aufstand, gaben seine Beine nach. Er fiel auf den Boden und krümmte sich vor Schmerzen, aber dann zog er sich an der Pritsche und einer Fackelhalterung nach oben und redete sich selbst ein, daß er nicht nur stehen, sondern auch gehen und kämpfen konnte. Jetzt war er nur noch einen einzigen Kampf von dem Stirnreif, dem Kopfgeld und der Summe, die Hauptmann Gateau ihm noch schuldete, entfernt. Ein einziger Kampf war nichts. Ein Fingerschnippen. Er hatte Cyril Brécard DeVlame geschlagen, einfach so. Mit einem Fingerschnippen. Jetzt nur noch einmal. Das war besser als Träumen.

Die aufgespeicherte Hitze waberte noch immer über dem Sand, als tanzten die Geister der zehn Männer, die heute hier den Tod gefunden hatten, um einen elften Kameraden zu fordern. Fast drei Viertel aller Sitzbänke waren mittlerweile leer. Der Bischof war nicht gekommen. Die hellen Augen von Avalon Jaynes bildeten einen nicht zu überbietenden Kontrast zur dunklen Färbung seiner unverhüllten Klinge.
Wintry kam näher, jeder Schritt ein Balancieren, ein Sich-Erinnern, wie das früher gewesen war, das aufrechte Laufen. Er hatte jetzt wieder, wie vor dem Kampf gegen den Waffenlosen, das Bedürfnis, diesen erdrückend schweren Lederpanzer abzulegen, der seinen Leib umschloß wie eine verdorrte Faust, aber er hätte beide Hände gebraucht, um sich auszuziehen, und er brauchte jetzt immer eine Hand, um sich auf sein Schwert zu stützen.

Niemand kam zu ihnen, um irgendetwas zu sagen.
Jaynes hatte sowieso noch nie gesprochen, also wozu hätte Wintry reden sollen?
Sie waren die Letzten, die Überlebenden. Man erwartete jetzt, daß sie sich töteten, und sie würden es tun.
Was hätte ihnen denn sonst einfallen sollen? Schließlich waren sie deswegen hier.

Noch eine Fanfare. Jaynes griff an.
Wintry parierte klirrend, schlug seinerseits daneben, wankte, fand Gleichgewicht innerhalb seines eigenen Schattens.
Jaynes umkreiste ihn langsam, Wintry stand, spürte sein Gewicht, begriff sich einer Weisheit zufolge, die er irgendwo mal aufgeschnappt hatte, als eine Achse, die den Boden und den Himmel miteinander verband. Der Himmel war so fehlerfrei.
Er schlug zu und traf Jaynes am Bauch. Stoffe und Haut zerrissen, aber der Schnitt war nicht tief genug, um Erlösung zu

bringen. Beide wuchteten ihre Waffen aneinander vorbei in den freien Raum und kamen dort zur Ruhe.
Keiner bewegte sich mehr.
Der Kampf stand still.
Zuschauer begannen zu protestieren.
Der Sand das Innere einer Sanduhr. In den Wunden jedes Toten blieb Sand hängen. Erst, wenn genügend gestorben waren, war aller Sand abgetragen und die Zeit zuende.

Wintry oder jemand, der ihm ähnlich sah, traf Jaynes am Arm.
Attacke und Parade, von einem der beiden oder beiden.
Schläge daneben, als gälten sie Dritten, oder den immer noch fordernden Geistern.
Schwertklingen, die eine mit gesägter Schneide, die andere von der Farbe guten Weines, beschrieben Muster, die überhaupt keinen Sinn mehr ergaben.

Warten und Atmen.
Sand durcheilte die Sicht.
Jaynes schnell. Wintry schneller. Wintry schnell. Jaynes schneller.
Wintry steigerte sich in seine eigenen Schmerzen hinein, legte sie sich um wie eine Rüstung innerhalb der Rüstung. Wieder traf er den Gegner, diesmal am Bein. Die Zuschauer staunten. Der schwarze Mann gewinnt. Vielleicht ist DeVlame doch nicht umsonst gestorben. Vielleicht hat DeVlames Tod einen Nachfolger hervorgebracht, eine neue Legende. Der humpelnde Mann drehte sich um sich selbst und sprang.
Knirschend brach das Schwert durch Jaynes' Brust. Die Augen des Halbmaskierten gleißten so hell auf, daß Wintry geblendet das weiß wirkende Gesicht abwenden mußte. Dann sanken beide langsam umschlungen zu Boden, während die Menge sich erhob und kehliger Jubel aufstieg.

Avalon Jaynes lebte noch, aber er lag im Sterben. Das letzte Opfer war gefunden. Die Geister forderten ihn.

Angrica fand jetzt endlich die Kraft. Sie riß sich los von allem, stürmte die unzählbaren Stufen nach unten, kletterte über die Balustrade, hängte sich daran, ließ los und landete im sandigen Grab. Der Tanz der Geister brachte ihr Haar zum Wehen.

Der schwarze Mann kroch weg von dem Sterbenden. Sein Gesicht war entstellt von Leid und Erschöpfung. Die letzten Blumen regneten auf ihn herab, welke und fleischige Tropfen. Er wollte sich einfach nur in Sicherheit bringen.

Angrica ging hin zu Jaynes, dessen schmale Hände sich bewegten, und kniete sich neben ihm hin, berührte ihn sanft. Seine zitternden Finger nestelten den Schal vom Hals, legten den hölzernen Unterkiefer frei. Dann nahm er den Kiefer ab, seine Augen suchten die ihren und leuchteten in Tränen.

Er unterschätzte sie jetzt, so, wie Männer meistens Frauen unterschätzen, denn er gab auf und starb, bevor er sehen konnte, wie gefaßt sie blieb, und wie liebevoll ihr Blick.

Es war vorbei.
Schemenhaft das unmittelbare Danach.
Das Publikum kehrte zurück in den Alltag.

Wintry vermied es, irgend jemandem ins Gesicht zu sehen, so, wie er es vermieden hatte, den demaskierten Anblick von Avalon Jaynes zu begreifen. Einige Zuschauer, besonders Kinder und Jugendliche, drängten sich um ihn, sobald er das wundgerötete Sandrund verlassen hatte, und baten ihn, einmal die Schneide seines Schwertes berühren zu dürfen. Er nutzte ihre Schultern, um sich aufzustützen und sich einigermaßen aufrecht fortzubewegen, während sie das gesägte Metall streichelten. Ein oder zwei Geschäftsleute mit glänzenden Gesichtern gesellten sich neben ihn und erörterten ihm in komplizierten Satzgebilden die Möglichkeiten eventueller Weiterverpflichtungen in dieser oder anderen Arenen und die unbedingte Notwendigkeit zuverlässiger Berater. Jemand schlug ihm mit leiser Stimme vor, daß er in Zukunft vielleicht mit Maske auftreten sollte, damit das Publikum nicht gleich sehen konnte, daß seine Haut so nächtlich war. Jemand anders hatte auf ihn gewettet und gewonnen und wollte seine Hand schütteln, aber Wintry brauchte beide Hände, um sich an einer Zierborde entlangzuziehen. Er kämpfte sich weiter, drehte sich um sich selbst. Einmal erhaschte er noch einen Blick auf das Mädchen, das Mädchen, das um den Toten mit dem halben Gesicht trauerte und das mit dem Leichnam fortging.

Der Veranstalter rang sich zu einer auf das Notwendigste verknappten Siegeszeremonie durch und drückte Wintry von einem samtbezogenen Treppenpodest aus mit säuerlichem Gesichtsausdruck den goldenen Stirnreif oberhalb der Augenbrauen ins Gesicht. Wintry unterdrückte den Impuls, diese

Bewegung zu parieren und dann mit dem Schwert zu kontern. Immer noch mehr Leute drängten heran. Der Name ›DeVlame‹ wurde so oft genannt, daß Wintry schon anfing zu glauben, die Leute meinten ihn. Er lehnte mit dem Rücken an einer girlandengeschmückten Säule, um nicht zu stürzen, aber all diese hell leuchtenden Menschen kamen ihm so winzig wie der Veranstalter vor.

Als die Gratulanten ihm seine rauhen Hände wieder zurückgaben, forderte er undeutlich die Übergabe des Körpers von Brone Carper. Gillett ließ Wintry von zwei Gehilfen bis zum Ausgangstor stützen, wo der schmächtige Stadtgardeoffizier in Ausgehuniform bereits geflissentlich wartete, zu seinen Füßen einen in ungefärbtes Leintuch gehüllten Leib. Die Innenhöfe waren verhältnismäßig menschenleer, da die Zuschauer alle über die Treppenaufgangtore hinausquollen, die direkt von den Rängen ausgingen.

Wintry war schon viel zu lange Kopfgeldjäger, um noch jemandem zu trauen. Er bat einen der Gehilfen, das Gesicht des Toten freizulegen, um sich nicht selber bücken oder in die Hocke gehen zu müssen. Der Gehilfe ließ kurz Schmetterlings vom kalten Griff des Todes bereits vereinnahmtes Gesicht aus dem Tuch lugen und packte es dann wieder ein.

Niemand hatte einen Wagen oder einen Karren, um den Leichnam zu transportieren. Der Gardist war dermaßen schwächlich, daß er wahrscheinlich einen Apfel mit zwei Händen stemmen mußte. Gilletts Gehilfen hatten Befehl, das Areal der Arena nicht zu verlassen. Wintry begriff, wie der Veranstalter ihn doch noch büßen lassen wollte.

Er bückte sich unter Schmerzen, die ihn zittern ließen, packte das Leintuch am Kopfende, drehte es zusammen und setzte sich staksend in Bewegung, den Leichnam einfach hinter sich herschleifend. Das Männchen von der Garde war immerhin geistesgegenwärtig genug, dafür zu sorgen, daß eines der Holztore geöffnet wurde. Ansonsten redete er in einem fort auf Wintry ein, erläuterte ihm wahrscheinlich die spezifischen Formalitäten einer Kopfgeldübergabe in der Befestigten Stadt, aber er hätte genauso gut in einer fremden Sprache plappern können, Wintry hörte gar nicht hin.

Das Volk, das bisher durch eine hohe Wand von den Kämpfern abgetrennt gewesen war, war jetzt um ihn. Buntes, nach vielem riechendes Streben und Drängen, Körper mit weichen und wippenden Brüsten, andere in Kleidung, die schon bei zu schneller Bewegung zerreißen mußte. Menschen, die sich gut verstanden, die Arm in Arm gingen. Kinder zeigten auf seine Stirn. Was war denn da? Blutete er aus dem Kopf? Pferde und Ochsen, die überplante Wagen zogen, schnauften neben ihm her. Der Gardist wies erklärend einen Weg. Wintry zog den Toten hinter sich her über Pflastergestein. Ein Arm löste sich aus dem Leinen und zeigte umher. Schmetterlings Arm. Zeigte auf Kinder. Auf einen Hund. Auf eine Bettlerin an einer Straßenecke. Auf ein paar zerrupfte Blumen, die feilgeboten wurden auf einer mattgrünen Decke. Mißtrauische Gesichter gingen dem torkeligen schwarzen Mann aus dem Weg. Er versuchte, sich an den Weg zurück dorthin zu erinnern, wo er den Rest seiner Waffen gelassen hatte, aber es gelang ihm nicht. Zuerst der Tote. Die Toten vor allem. DeVlame tauchte von der Seite her auf und machte einen Ausfallhieb. Wintry wich aus, stieß eine Frau beinahe um, wurde gescholten, aber als er den Kopf hob, gloste seine Stirn golden wie von einer Krone, und wie vor einem König verstummten die Beschwerden. Wintry blinzelte und sah sich um, doch DeVlame war verschwunden, trotz seines zertretenen Fußes behende wie der Wind. Sie gingen weiter, der Lebendige, der Tote und der, der zwischen beidem schwankte. Schmetterlings Fingernägel fuhren die Konturen der Straßen nach. Hier gab es keine Vögel, keine Bäume, kein Holz mehr, denn alles war aus Stein.

Im Bereich mehrerer Marktstände, die mürrisch abgebaut wurden, kam jemand neben Wintry in Wintrys eigener Geschwindigkeit und redete mit ihm. »Ich habe lange gebraucht, um mir darüber klarzuwerden, aber jetzt habe ich es endlich begriffen, mein Junge,« sagte jemand. »Es war der mit dem Pflug! Er zieht durchs ganze Land und bringt die Pest mit sich, und dann zieht er weiter. Du hast den berührt und geöffnet, der vom Pflug berührt wurde, und hinterher haben alle deine Hand geschüttelt, ist es nicht so? Die Befestigte wird endlich fallen, von innen heraus, als wären all ihre Mauern nur Sand.« Wintry drehte den Kopf weit genug, um den Redenden sehen zu können. Ein großer Kerl, hager, ausgezehrt, mit verlebtem Gesicht und filzigen Haaren. Ein Auge fehlte ihm, da war einfach nichts in der Augenhöhle, nicht einmal eine Narbe. Ein wenig Wasser vielleicht, Tränen oder Tau. Schwer legte der Hagere eine Hand auf Wintrys Schulter. »Du bist verloren, mein Junge, und ich bin es jetzt auch. Machen wir doch unseren Frieden und lachen. Hast du schon Gelächter gehört am heutigen Tage? Es ist der Achte des Achten, ein Jubeltag, also lache doch! Lach!« Die Hand wurde schwerer und schwerer, bis in beiden Beinen Wintrys etwas brach. Seine Abwehrbewegungen kamen zu spät. Er stürzte neben den Toten, den er von früher kannte, und biß sich beinahe einen Teil der Zunge ab. Der Hagere lachte ein schartiges, anfallartiges Gelächter und warf sich dann in die Menge zurück, so viele wie möglich berührend.

Das Männchen in der Ausgehuniform mühte sich redlich, um Wintry wieder auf die Beine zu helfen, aber es ging nicht mehr. Nanimonais Tritte, so präzise, so unglaublich hart. Der mit dem Pflug? Der war so unscheinbar gewesen, sein Gesicht so unbedeutend, daß Wintry sich schon gar nicht mehr sicher sein konnte, es überhaupt gesehen zu haben. Der Pflug allein hatte alle Aufmerksamkeit auf sich gezogen wie ein Wunder. Es ging nicht mehr weiter, es ging nicht mehr.

»Ich werde zur Garnison laufen und uns Hilfe holen«, schlug das Männchen vor. »Aber Ihr müßt von der Straße herunter, Ihr werdet sonst noch überrollt.«

Mit Hilfe des Gardisten gelang es Wintry, in eine von den Überresten eines Gemüsestandes übersäte Gasse zu kriechen. Der Gardist hievte noch Schmetterlings Leichnam heran, pustend und prustend wie ein Ertrinkender, und setzte das umwickelte Bündel neben den Schwarzen, als seien sie zwei gute Freunde.

»Bleibt einfach hier und bewegt Euch nicht, Bürger Wintry. Ich werde Männer holen und einen Wagen, wenn ich einen kriegen kann.« Das uniformierte Männchen wetzte los.

Wintry blieb allein mit Schmetterling und betrachtete die schartenschmalen Fenster, die auf dieses trostlose Gäßchen hinabblickten. Das bunte Leben auf der Straße trieb mit unglaubwürdiger Langsamkeit an den Schatten der Gasse vorüber. Wintry nickte kurz ein, er war so müde, und es gab keinen anderen Weg, der von den Schmerzen fortführte, aber als das Flattern der großen Vögel wieder in ihm anschwoll, wachte er auf. Ein kräftiger, häßlicher Typ und ein schlaksiges Rattengesicht mit struppigem Vollbart waren bei ihm. Es war über zwei Jahre her, aber er erkannte sie dennoch wieder, nur zu müde sich zu wehren.

Puppe ging neben Wintry in die Hocke und berührte sein Gesicht mit den Spitzen seiner nägelgespickten Keule. »He, Schwarzgesicht. Du hast jemanden allegemacht, den ich nie ausstehen konnte. Macht uns das jetzt zu Freunden, oder was?«

Mit knackenden Knien hockte sich Raupe daneben. »Das hier war mein Plan. Von Anfang an. Sogar die schäbige Gasse hatte ich mir von Anfang an so vorgestellt. Es wäre alles so einfach gewesen, wenn Schmetterling nicht die dumme Idee gehabt hätte, teilzunehmen.«

»Schmetterling war einfach ein blöder Idiot. Warum schleppst du ihn mit dir rum, Schwarzgesicht? Laß ihn doch einfach fallen, so wie wir.«

»Der Gardist kann jeden Moment zurückkommen. Nimm ihm den Stirnreif ab und dann laß uns verduften.«

»Du nimmst den Reif. Ich paß auf, daß er sich nicht wehrt.«

Wintry sah, wie sich Raupes zitternde Hand seinem Gesicht näherte, aber er schloß halb die Augen und bewegte sich nicht. Ein sanfter Druck wurde von seiner Stirn genommen, ein kaum zu spürendes Gewicht, dann glomm etwas auf in der milden, beruhigenden Farbe von Herbstlaub, aber hier gab es kein Herbstlaub. Das Glimmen verschwand in Raupes rissigem Tuchbeutel.

»In Ordnung, jetzt weg von hier. Willst du ihn kaltmachen?«

»Wozu? Der ist doch eh schon fast hinüber. Weißt du eigentlich, wie du hier dasitzt, Schwarzgesicht? Wie ein verdammter Bettler siehst du aus. So wirst du auch enden. Die Beine sind erledigt, die wachsen nie wieder richtig zusammen. Hier hab ich was für dich: dein erstes Almosen. Gewöhn dich dran.«

Puppe drückte Wintry eine Münze in die Handfläche. Die beiden Gesetzlosen erhoben sich. »Was ist das Gegenteil von Nichts?« fragte Wintry undeutlich.

»Hm?«

»Das Gegenteil von Nichts. Versteht Ihr das?«

»Der ist nicht mehr klar. Der stirbt doch«, stellte Raupe nüchtern fest. Am Eingang des Gäßchens war plötzlich Bewegung. Das Männchen in der Ausgehuniform war heilfroh gewesen, als die Patrouille seinen Weg gekreuzt hatte. Dadurch hatte er nicht den ganzen Weg bis zur Garnison rennen müssen und hatte dennoch vier Männer hierherordern können.

»Was ist denn hier los? Geht weg von dem Mann da!«

»Wir tun doch nichts«, grinste Puppe. »Wir haben ihm Geld gegeben, er kann nicht mehr weiter.«

»Wir verschwinden schon. Nichts für ungut«, versicherte

Raupe mit erhobenen Händen. Argwöhnisch traten die fünf Gardisten in die Gasse. Ein leichter warmer Hauch stieg auf und brachte Kleidersäume in Bewegung.
Mit leiser Stimme fing Wintry an, einen Abzählreim aufzusagen, den ihm ein kleiner rußgeschwärzter Junge in den nördlichen Bergen beigebracht hatte. »Raupe, Puppe, Schmetterling bringen ihre Ernte ein. Raupe, Puppe, Schmetterling tanzen wild durch dein Gebein. Renne, fliehe, laufe, spring, denn du wirst der nächste sein – Raupe, Puppe, Schmetterling kriegen deine Knochen klein.«
Mehrere redeten jetzt gleichzeitig. Puppe ging grinsend auf die Gardisten zu, die Nagelkeule in der Hand. Vier kleine Armbrüste wurden gezogen und entsichert. Raupe rutschte im Rückwärtsgehen auf einem Salatblatt aus. Gold schlug blind gegen eine Hauswand. Schmetterlings Hand knackte unter Puppes Fuß. Männer schrieen sich an. Armbrüste klackten. Die Bolzen waren viel zu klein, um jemanden wie Puppe aufzuhalten. Das Männchen schrie gellend um Hilfe. Die Nagelkeule bekam Haare. Wintry betrachtete die fremde Münze in seiner Hand und fing jetzt tatsächlich an zu lachen. Schmetterlings Oberkörper kippte nach vorne.
Der Himmel wandte sich ab.

»Tobias O. Meißner hat alle Chancen, ein Kultautor zu werden.« Der Spiegel

Tobias O. Meißner
Hiobs Spiel
Erstes Buch. Frauenmörder
360 Seiten
Gebunden mit Schutzumschlag
€ 24,90 (D) • sFr 44,90
ISBN 3-8218-0691-5

Hiobs Spiel ist die Geschichte eines Mannes, der sich auf eine unglaubliche Wette eingelassen hat. Gewinnt er, kann er die Welt retten. Verliert er, fällt sie dem Bösen anheim. Um die Welt vom Bösen zu befreien, muß er ihre entsetzlichsten Schauplätze aufsuchen, muß tief in die Abgründe hinabsteigen, und er darf dabei nicht wählerisch sein in der Wahl seiner Mittel. Er muß betrügen, morden, quälen und vernichten.

Der Inhalt ist so maßlos wie das gesamte, auf mehrere Bände und fünfzig Jahre angelegte Projekt vermessen. *Hiobs Spiel* ist ein Romanzyklus der Extreme, der Schrankenlosigkeit, des Absoluten. Das gesamte Arsenal der Genres, Formen und Jargons, das dem Autor während seiner Arbeit an den Texten begegnet, soll in *Hiobs Spiel* einfließen.

Tobias O. Meißner

Die dunkle Quelle

Im Zeichen des Mammuts 1.
384 Seiten. Serie Piper

In einer phantastischen Welt zieht ein Geheimbund die Fäden: Im Zeichen des Mammuts haben sich der Rathausschreiber Rodraeg, eine Schmetterlingsfrau und andere illustere Gestalten zusammengefunden, um gegen die Umweltzerstörung in ihrer Welt zu kämpfen. Doch schon beim ersten Einsatz in den berüchtigten Schwarzwachsminen werden die Gefährten in die dunkle Hölle der endlosen Stollen und Gänge verschleppt und müssen sich ihren Widersachern in einem tödlichen Duell stellen … Fantasy, wie sie moderner und spannender nicht sein kann

»Fast überflüssig zu sagen, dass Meißners schriftstellerisches Können überragend ist …«
Frankfurter Allgemeine Zeitung

05/1904/01/L

Markus Heitz

Trügerischer Friede

Ulldart – Zeit des Neuen 1.
448 Seiten. Serie Piper

Nach der großen, verheerenden Schlacht ist auf dem Kontinent Ulldart wieder Frieden eingekehrt. Doch die Ruhe trügt: Während Lodrik sich immer weiter zurückzieht, plant seine erste Frau Aljascha, die Herrschaft über Tarpol zu erlangen. Und im fernen Norden ist jemand erschienen, den alle für tot gehalten haben. Die ehemaligen Kampfgefährten müssen erneut zusammentreffen, um die Katastrophe zu verhindern …

Mit dem Zyklus »Zeit des Neuen« kehrt der Bestsellerautor auf den Kontinent Ulldart zurück – ein idealer Einstieg für Neuleser und zugleich ein Wiedersehen mit den beliebtesten Helden und größten Schurken.

05/1869/01/R

Markolf Hoffmann

Nebelriss

Das Zeitalter der Wandlung 1.
510 Seiten. Serie Piper

Fremdartige Invasoren fallen in die Welt Gharax ein und reißen die magischen Quellen an sich, auf die Kaiser, Götter und Priester ihre Macht gründeten. Ein Bündnis der letzten freien Reiche könnte die Feinde aufhalten, doch zwischen den Ländern herrschen Hass und Intrigen. Fürst Banister wagt eine gefährliche diplomatische Mission. Nur ein junger Zauberlehrling, der über die Macht verfügt, in die bizarre Dimension der Fremden einzutauchen, wird die Welt retten können – doch er fällt dem Feind in die Hände ...

Mit diesem Band beginnt der große Zyklus des neuen Shooting-Stars deutscher Fantasy!

05/1803/01/L

Markolf Hoffmann

Flammenbucht

Das Zeitalter der Wandlung 2.
462 Seiten. Serie Piper

Während das Kaiserreich Sithar in Glaubenskriegen und Intrigen versinkt, gerät der Zauberlehrling Laghanos in die Fänge einer unheimlichen Sekte. Gepriesen als der Auserwählte, soll er die magischen Quellen durchschreiten und in den Kampf um die Sphäre ziehen. Schon bald erkennt Laghanos, dass er zum Werkzeug einer uralten Verschwörung wurde. Noch hält sich der Drahtzieher im Hintergrund, doch dann entbrennt der Kampf um den Leuchtturm Fareghi, das legendäre Machtzentrum der Magie ...

Die Fortsetzung des neuen großen Fantasy-Epos »Das Zeitalter der Wandlung«

05/1804/01/R